U0106863

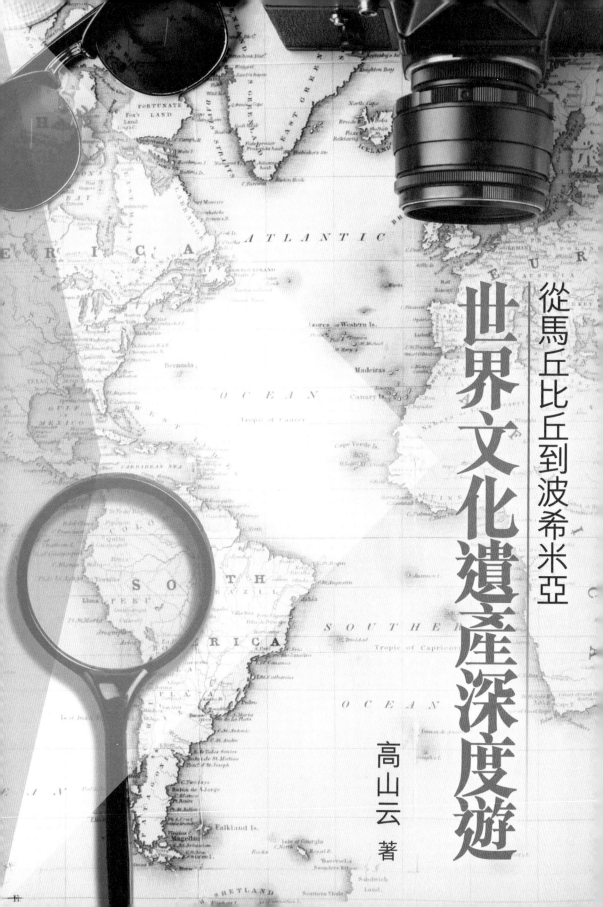

從馬丘比丘到波希米亞

世界文化遺產深度遊

高山云 著

目錄

考古遺址篇 ◆

魯姆洛夫就位於這條重要的通道上，因此克魯姆洛夫的歷史非常悠久。中世紀的歷史文獻和文學作品中也都可見到克魯姆洛夫城的記載和描述。

宮殿城堡篇 ◆

宗教建築篇 ◆

工業遺產篇 ◆

前言

人類在這個地球生存了數百萬年，憑藉着一代又一代人無窮的智慧、多樣的審美觀和堅韌不拔的努力，在世界各地不同的自然環境中留下了極其豐富多彩，或蔚為壯觀、或富麗精緻的文化遺產。這些物質或非物質的文化遺產，是人類創意和技術的結晶，是啓迪現在和將來人類創意的源泉，是彰顯人類文化多樣性的珍貴見證，因此是全人類的共同財富，值得現在和將來的人類珍惜和保護。

自從聯合國教科文組織在 1972 年通過保護人類文化遺產的憲章以來，世界上許多國家已將鑒定、保育和利用本國文化遺產作為治國策略的一部份。到 2015 年為止，在聯合國教科文組織的世界文化遺產名錄上，已經有 779 項文化遺產和 197 項自然遺產，還有 31 項自然和文化雙遺產。[1] 這個數目還在逐年增加。通過保育和善用這些傑出的文化遺產，聯合國教科文組織和世界各國政府希望宣傳人類文化的多樣性，增加人類群體之間的互相尊重和包容，讓公眾認識各項文化遺產所包含的歷史、科學、審美藝術和社會價值，從而認識各地人類的歷史與文化。

1　http://whc.unesco.org/en/list/

認識人類文化遺產的一個途徑，就是旅遊。

通過旅遊去欣賞文化遺產，不僅是一個寧靜身心，釋放壓力，愉悦靈魂的休閒過程，而且是一個接受相關信息的教育過程。在全球化的今天，很多商品都可以在別的國家或地區買得到；只有世界各地獨特而多樣的人文和自然風光，如中國的萬里長城、瑞士琉森地區的天鵝湖、梵蒂岡西斯廷小教堂的天頂壁畫、法國拉斯科山洞的史前壁畫等等，是必須到當地旅遊才可親身感受及欣賞的。這些人類創意的結晶和各具特色的藝術品，能夠培養和強化我們的審美和人文修養，讓我們讚嘆和欣賞古往今來人類的創意和成就，不僅讚美自己的歷史文化，同時也讚美其他族群的歷史和文化。這些美麗的人文和自然風光，還可以成為我們生命美好記憶的一部份和心靈平靜的源泉，幫助我們心平氣和地面對生命中的種種挑戰。

此外，旅遊還是短暫脱離我們所熟悉的文化環境，到另外一個陌生而又有些相似的文化中，通過觀察和比較人類群體在不同自然環境中所創造的多種歷史、文化、社會結構和價值觀念等，來反思我們自身的文化和價值觀，思考生命的意義。因此，旅遊既是心理層面的休閒，更是開闊眼界和學習的過程。「讀萬卷書，不如行萬里路」，正是此意。在世界不同的地方旅行，欣賞豐富多彩的人類文化遺產，可以隨時對比、觀察，反思、自省、挑戰自己習以為常的價值觀，更能開闊視野，蕩滌心靈。

這本小書所描述的世界文化遺產，從我去過的 50 個海外國家 160 多個城市中選擇而成。必須承認，每個人都有偏好與局限，我的選擇同樣也是個人教育背景、專業和興趣的結果。因此，本書所描述的文化遺產比較集中在歐洲，並不是一個兼顧世界五大洲的均衡選擇。本書沒有列入聯合國教科文組織世界文化遺產名錄上的中國文化遺產，這絕對不是説位於中國境內的世界文化遺產不重要，只是因為這方面

的書籍已經很多,不必重複。本書也不是「人生必到」指南,每個人都可依據自己的標準去發現美麗。對於同一項文化遺產,不同的人完全可以有截然不同的看法。這本小書匯集的只是我最喜歡、認為最有特色的國外世界文化遺產,希望與讀者分享這些人類偉大作品的美麗和魅力,並且能夠親自去感受和欣賞人類不同群體所創造的這些傑作。

除此之外,本書還希望介紹一些現代文化遺產保育的基本概念,並與讀者分享一些重要的世界文化遺產所包含的歷史、科學或藝術信息。為了強調重點,本書中所描述的文化遺產按照遺產保育領域比較常見的分類進行歸類,如考古遺址、古城古鎮、宗教建築等。但必須說明,這個分類不是絕對的,也無法絕對,因為世界上的事情本來就是複雜的。有些考古遺址和古城裏面就包含了宗教建築,有些宗教建築也是考古遺址,諸如此類。分類的標準是根據該文化遺產的主要特性,例如墨西哥的奇琴伊察主要是與宗教有關的建築,故歸入宗教建築,而特奧蒂瓦坎是一個包括了宗教建築的古城遺址,故歸入考古遺址。

現代人對每一項世界文化遺產的認識都是很多學者努力的結果,理應加以尊重。本書中引用了各地學者對世界文化遺產研究的結果,所引資料均註明出處,也方便有興趣的讀者進一步延伸閱讀。當然,書中的錯漏之處均由我負責。

感謝本書編輯為此付出的辛勞和努力,若這本小書能夠對讀者欣賞世界各地文化遺產有所助益,就是我最大的欣慰了。

高山云

本書介紹的世界文化遺產年表及世界古文明簡介

● 兩河流域（今天的伊朗、伊拉克等地）主要以農業為基礎的蘇美爾文明，其特色是獨立的城邦國家。古城遺址、寺廟、楔形文字、青銅器等遺址和文物是主要的文化遺產。

● 印度河流域的哈拉帕文明出現，以今天巴基斯坦境內的摩亨佐－達羅和哈拉帕遺址為代表。

● 以農業為基礎的黃河流域夏、商、周文明，以城市遺址、墓葬及出土文物為主要文化遺產。

● 馬格達林考古學文化，包括洞穴遺址、藝術和石器、骨角器工具等，本書「文化景區篇」的法國維澤爾河谷即為該文化的重要分佈區。

● 英國處於「新石器時代」，本書「考古遺址篇」的巨石陣屬於這個時期。

● 希臘克里特島米諾斯文明出現，宮殿遺址和出土文物為主要文化遺產。

● 米諾斯文明。

公元前 17000 多年	公元前 約 3500 年	公元前 約 3000 年	公元前 2600 多年	公元前 約 2100 年
舊石器時代末期	距今 5000 多年	距今 5000 多年	距今 4600 多年	距今約 4000 年

● 埃及文明。

● 埃及文明。

● 埃及文明出現，神廟、金字塔、帝王墓葬和出土文物是其主要文化遺產。

ASIA

印度河流域的佛教和其他本土宗教出現。阿旃陀和艾羅拉石窟寺為其代表性宗教建築之一。

約且地區的納巴泰文明,「考古遺址篇」中介紹的約且佩特拉古城為其首都。

西亞地區為羅馬帝國之一部份,「考古遺址篇」的約且傑拉什古城為代表性遺址之一。
192 年至 15 世紀,越南出現占婆文明。本書「文化景區篇」的美山遺址屬於其重要文化遺產。

邁錫尼文明出現,以城堡聚落、墓葬和出土文物為主要文化遺產。本書介紹邁錫尼遺址,以及由希臘移民在土耳其建立的以弗所聚落。

古希臘文明,聚落遺址、墓葬和出土文物為主要文化遺產。希臘建築的三大柱式:多立克式、愛奧尼亞式和科林斯式出現於此一階段。本書「考古遺址篇」的「特洛伊」遺址晚期堆積屬於這一時期。

羅馬帝國文明,主要文化遺產包括遍佈歐洲、北非和西亞地區的聚落遺址及建築遺蹟、軍事設施、墓葬和出土文物等,包括本書「文化景區篇」介紹的英國哈德良長城,「考古遺址篇」介紹的意大利龐貝古城,「古城古鎮篇」的意大利維羅納古城、英國巴斯古城和德國特里爾城等。

公元前 1600–1500 年	公元前 750– 公元 1000 年	公元前 4 世紀– 公元 106 年	公元前 1 世紀– 公元 235 年
距今 3600– 3500 年	距今 2700 多年		

埃及文明,包括本書「宗教建築篇」介紹的盧克索和哈特謝普蘇特神廟。

迦太基早期聚落出現。

北非地區為羅馬帝國一部份,迦太基考古遺址見證了羅馬文明入侵北非並在此發展。

墨西哥地區的奧爾梅克文明,目前所見主要為出土文物。

中南美洲高地文明,主要有各種聚落遺蹟和出土文物,包括本書「考古遺址篇」中的墨西哥特奧蒂瓦坎遺址。

ASIA

本書「文化景區篇」
中的拉帕努伊島上
的波利尼西亞文明
出現。

柬埔寨的高棉文
明，吳哥窟是其重
要文化遺產之一。

中世紀時期，哥特式宗教和民間建築、哥特式藝術
等是主要的文化遺產。
本書「古城古鎮篇」的科英布拉大學城、克羅地亞
古城杜布羅夫尼克，「宗教建築篇」中的托馬爾基
督修道院等均始建於這一時期。波蘭克拉科夫的維
利奇卡和博赫尼亞鹽礦開始挖掘。
8-13世紀阿拉伯文明進入歐洲南部，葡萄牙辛特
拉、西班牙南部的阿爾罕布拉宮和科爾多瓦大清真
寺／大教堂，均為這一「文明衝突」和交流的見證。

文藝復興時期。法國
盧瓦爾河谷歷史建
築、丹麥克倫伯城堡
等始建於此期。

300-900 年

500-1500 年

802 年

約
1420-1600 年

伊斯蘭文明約在公元7世紀興起於
中東地區，並影響到北非和南部歐
洲。本書「古城古鎮篇」的突尼斯
凱魯萬屬於其重要文化遺產之一。

瑪雅文明，聚落遺址、神廟、國王雕
塑、瑪雅文字等為主要文化遺產，包
括本書「考古遺址篇」介紹的帕倫
克、烏斯馬爾和卡巴遺址。

AMERICA

「古城古鎮篇」中的越南會安古城見證了當時的海上貿易經濟。「宮殿城堡篇」中的景福宮和昌德宮是朝鮮半島古文明的重要文化遺產。

巴洛克藝術風格盛行歐洲。本書介紹的英國布倫海姆宮、波蘭華沙的維蘭諾宮均屬於巴洛克風格。
蘇格蘭愛丁堡和捷克魯姆洛夫城的主要建築建於此期。

洛可可藝術風格盛行於歐洲。德國巴伐利亞州的維斯教堂是典型代表。
現代運動、工業革命，新古典主義和浪漫主義興起。
「宮殿城堡篇」中介紹的德國天鵝堡和新天鵝堡屬於 19 世紀的浪漫主義建築。「工業遺產篇」中的英國新拉納克紡織廠和鐵橋均為工業文化遺產。

1476－1534 年　　　約 16－18 世紀　　　18－19 世紀

印加文明，「考古遺址篇」的馬丘比丘和「古城古鎮篇」的庫斯科古城屬於其重要文化遺產。

文化景區篇

所謂文化景區（cultural landscape，有時候也譯成「文化景觀」），是文化遺產學界的一個分類術語。根據歐洲生態地理學家的定義，文化景區指在一定的地理區域中，由於人類數百年甚至數千年的活動，在當地形成了獨特的人文景觀；區內又有獨特的自然環境。[1]從古到今，人類如何適應不同自然環境，創造出不同的生活方式、經濟模式和社會政治制度，一直是認識人類文化多樣性的重要內容。因此，一個文化景區反映了當地人類、文化和自然長時期的互動和互相影響，不同的文化景區則反映了世界上的自然和人類文化的多樣性。

從遺產管理的角度而言，一個文化景區內通常存在多項自然遺產和物質或非物質文化遺產，或者是多項物質和非物質文化遺產。界定一個文化景區，不僅是因為在景區裏面存在不止一項文化遺產，更因為這個景區的地理環境、自然和文化遺產綜合起來，展現了獨特的、具有重要歷史、科學、審美、藝術和社會價值的自然和文化、歷史和人文風光，反映了某一地區自然和人類社會從過去到現在的共存、互相影響和變化。如果說一個地質公園、一座歷史建築或一個考古遺址

---

1 Farina, A. 1998, *Principles and Methods in Landscape Ecology*. London: Chapman and Hall.

英國湖區風光

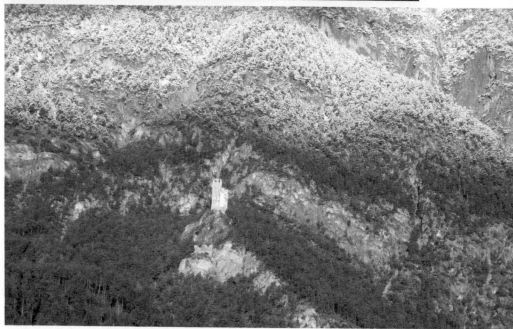

上：英國 18-19 世紀著名詩人華茲華斯在湖區的舊居，現在是紀念他的博物館。
下：雪線上下的阿爾卑斯山和矗立於雪線下的小小城堡，有唐代詩人王之渙「一
　　片孤城萬仞山」的氣勢。

是一個孤立的、自然或文化遺產的點，一群相關的歷史建築或考古遺址共同構成一條文化遺產的線；那麼，文化景區就是由自然和物質與非物質文化遺產綜合形成的一個面，或者一個區域。

文化景區既有陸地的，也有海島的；既有以河流湖泊為特色的，也有以崇山峻嶺為依託的，當然也有多種地理元素兼備的文化景區。不同的文化景區各有特色，適合不同愛好、不同興趣、不同需求的人群。比如英國著名的湖區（Lake District），位於英格蘭西北部坎布里亞郡（Cumbria County），是風景秀麗的自然和人文景區。雖然並未列入世界文化遺產名錄，但湖區山巒起伏，英格蘭海拔 900 米以上的山峰盡在這裏。山間錯落分佈着大小湖泊，岸邊到處是綠樹鮮花掩映的民居別墅。湖中有黑白天鵝游弋，空中百鳥飛翔，正是文學家和詩人醞釀靈感之地，無怪乎 19 世紀末至 20 世紀初的英國著名兒童文學家和插圖畫家比特莉克斯·波特（Beatrix Potter）選擇在這裏定居，在這裏創作了著名的《彼得兔的故事》，至今還深得世界各地兒童的喜愛。這裏是英國和世界著名的度假勝地，也是詩人文士著述潛修的好地方，華茲華斯（Wordsworth）等湖畔詩人都曾經在湖區生活和寫作。現在湖區有專門紀念華茲華斯和波特的博物館。又比如，蘇格蘭高地的古堡和眾多湖泊共同構成了充滿歷史滄桑的文化景區，維也納森林、多瑙河和奧地利的歷史文化也可以說是一片承載着無數音樂華章的文化景區，而位於西歐中南部的阿爾卑斯山脈則孕育了多族群、多語言的山地文化。

聯合國教科文組織名錄所列的文化景區只是一小部份，世界各地美麗的文化景區甚多，端賴有愛美之心的人去發現和欣賞。這裏僅和大家分享法國的維澤爾河谷和盧瓦爾河谷、英國的哈德良長城、葡萄牙的辛特拉、柬埔寨的吳哥和越南的美山等陸地文化景區，以及三個列入世界文化遺產名錄的海島文化景區。陸地和海島是兩種完全不同

的地理環境，但即使同樣是海島，每個島嶼獨特的地理位置、自然資源和環境，以及島上居民在登島時所帶來的文化，都對該島的自然和文化變遷有重要影響。本篇所介紹的三個島嶼，其地理位置、自然資源、人類文化的差別，使其成為各具特色的文化景區。

世界各地各具特色、分屬於不同歷史時期、由不同人類群體創造的文化景區，向我們展示了不同自然環境中、不同時空中豐富多彩的人類文化，為我們和將來的人類欣賞、讚嘆、獲取靈感和發揮創意提供了無窮無盡的源泉。

歐洲舊石器考古學的聖地：
維澤爾河谷

學習過考古學、藝術史、古代世界史或者現代人類起源的學生或學者，大概都聽過法國維澤爾河谷（Vallée de la Vézère）豐富的舊石器文化遺址，很多遺址中包含了在整個世界都享有盛譽的史前繪畫和雕塑藝術。

維澤爾河谷位於法國西南部，屬於法國阿基坦大區多爾多涅地區的佩里戈省（Périgord），多爾多涅河的支流維澤爾河流經該地。這裏屬於石灰岩地區，山清水秀，河水清澈見底，兩岸樹木成蔭，鬱鬱蔥蔥，氣候溫和，還有很多山洞，因此成為人類定居、生活的最佳地區。若史前環境與此相似，難怪遠古人類會選擇在此繁衍生息。

在維澤爾河谷大約 1200 平方公里的範圍內，共發現了 147 個舊石器時代的遺址，出土超過 50 萬件燧石石器，大量的動物骨骼，844件藝術品，還有人類骨骼的遺存，包括被視為現代歐洲人祖先的克羅馬農人遺骨。這些古代遺物很多都發現在洞穴中。在其中的 25 個洞穴中發現了繪畫、浮雕和線刻等史前藝術作品，所表現的動物大約 100種，包括已經絕滅的動物如披毛犀等。因為其重大、獨一無二的藝術和歷史價值，1979 年聯合國教科文組織將維澤爾河谷的史前遺址和洞

維澤爾河谷風光

穴群列入了世界文化遺產名錄。[1]

　　除了展現史前人類和自然的互動及文化發展的舊石器時代考古遺
址之外，現代的維澤爾河谷還以葡萄酒、民間工藝品著稱。這裏還保
留了大量歷史建築，展現了中世紀以來當地的歷史和文化發展。石灰
岩地貌又是一種獨特的自然地理景觀，大量的石灰岩溶洞成為史前乃
至古代人類良好的居住場所。整個河谷地區見證了人類從古到今與大
自然的互相依存和文化發展，因此完全可以稱為一個文化景區。

　　眾多的史前藝術洞穴中，首屈一指的是拉斯科山洞（Lascaux）。
這是一個舊石器時代晚期的洞穴，位於維澤爾河谷的蒙提涅附近。
在藝術史、考古學和文化旅遊業，拉斯科都稱得上是大名鼎鼎，因為

---

1 UNESCO 1979, "Prehistoric Sites and Decorated Caves of the Vézère Valley", http://whc.
unesco.org/en/list/85/.

洞裏佈滿了繪於距今 1.7 萬多年前的彩色壁畫，號稱是「史前的西斯廷」。[1] 不過，我不大喜歡這個比喻。首先，拉斯科的年代比梵蒂岡西斯廷小教堂頂部的壁畫古老多了。其次，拉斯科的壁畫是史前時期相對平等的人類群體成員發自內心的、激情的創意表述，不是由掌握大權的宗教統治者定製的作品。最後，西斯廷教堂的壁畫繪於頂部，慕名到訪者必須仰頭瞻望，時間一長，人人脖子痠痛；拉斯科洞穴的畫大部份是繪在洞壁上的，只有小量繪在洞壁頂部，但都可以從容、仔細地慢慢欣賞。

考古遺蹟和遺址的發現，除了考古學家的努力、盜掘者的行徑之外，往往還來自民間百姓的意外經歷。拉斯科洞穴的發現就是一個典型的例子。法國國家科學中心考古研究所的考古學家告訴我，1940 年 9 月 12 日，四個當地的少年帶着一隻狗遊玩。他們的狗走丟了，因此四個少年到處尋找，無意中發現了這個洞穴。1948 年，這個山洞開始對公眾開放，但很快就發現每天一千多位訪客所產生的二氧化碳以及帶入的霉菌等，對壁畫造成了嚴重的破壞。1963 年，法國政府決定關閉這個洞穴以便保存這一珍貴的史前文化遺址，並在附近建了一個複製的洞穴，1983 年開放供遊人參觀。這個複製品稱為「拉斯科 2 號」，是二十多位法國藝術家用 11 年的時間，按照原洞穴繪畫的比例、用同樣顏色的顏料精確複製成的，非常具有原來洞穴藝術的神韻，所以每年仍吸引大量的遊客到此參觀。至於原來的洞穴則稱為「拉斯科 1 號」，不對公眾開放。2000 年，「拉斯科 1 號」每天最多接待三位專業學者參觀，每人必須持有當地文物管理部門發出的邀請信。非常感謝法國考古研究所的學者代為申請了一封邀請信，我因而有機會瞻仰這一舊石器史前藝術的聖地。

1　Delluc B. et al. 1992, *Discovering Périgord Prehistory*, Luson, France: Sud Quest.

跟一般人心目中的「山洞」不同，拉斯科 1 號洞穴的入口開在地面，大致朝西北，整個洞穴位於地下，確是不易發現。據負責保育管理的學者告知，洞內全封閉，一年 365 天全空氣調節，以便保持洞內的溫度和濕度處於穩定狀態。進入第一道門後，地上有一個長方形的塑料盤，裏面有藥水浸泡的一小塊地毯，每個參觀者必須先在這藥水地毯上站一會，讓藥水清洗鞋底。帶領我們參觀的學者說，這是為了消毒，防止外部的細菌、特別是霉菌進入洞中。壁畫的「敵人」不僅是變化不定的溫度和濕度、燈光和二氧化碳，還有各種霉菌的侵蝕。

　　進入洞口就是一個寬闊的洞廳，上面繪着碩大健壯的馬、牛、鹿等動物，其中的一頭公牛長達四米。洞廳的東邊和南邊各有支洞，東邊的支洞較窄，南邊的支洞較寬，南端又有東、西兩個分叉的支洞。壁畫集中在洞廳和東邊支洞兩邊的洞壁上，此外在南邊各支洞的洞壁上也有相當多的繪畫。繪畫的主要內容是各種形態、大小不等的馬、牛和鹿科動物，也有個別類似人或半人半鳥的形象；顏色則有黑、黃、紅色等。繪畫者對所繪動物的身體、頭、角等細節十分熟悉，畫出來的動物充滿動態，或昂首奮蹄，或成群奔馳；動物的個體大小不等，姿態各異，但每一動物無不栩栩如生，朝氣勃勃，極富神韻，充滿了澎湃的藝術震撼力，令人深刻感受到一萬七千年以前的人類遠古祖先，儘管生活在氣候十分寒冷的冰河時期，生活艱辛，但仍然充滿了對生命和自然的激情和熱愛。這氣勢宏大、生動而瑰麗的史前藝術感動了無數的參觀者。畢加索在參觀完拉斯科 1 號之後曾經說：「我們根本沒有發明新的東西。」[1]

　　除了壁畫以外，拉斯科 1 號還有精美的史前雕刻藝術，表現的內容也是以動物為主。拉斯科 1 號發現至今超過 70 年，考古學家、藝術史學家和人類學家都對洞穴及其壁畫進行過研究。考古學家認為拉

1　Graff, J. 2006, "Saving Beauty", *Time*, 15th May.

拉斯科 1 號洞穴入口

斯科的繪畫應當是史前人類用以祈禱狩獵豐收的儀式的一部份；換言之，當時在洞內繪上這些動物的形象，是希望狩獵時有豐碩的收穫。藝術史學家分析拉斯科壁畫中色彩的運用、主題和符號的意義，或研究其繪畫的原料和方法等。研究人類演化的體質人類學家則引用拉斯科和其他史前藝術作為根據，分析現代智人（Homo sapiens sapiens）的創意和審美等智能和觀念。簡而言之，拉斯科 1 號是史前人類文化、創意、審美和認知能力的物質證據，為現代人類提供了無數的靈感、思考和研究資料。

不幸的是，拉斯科 1 號的史前壁畫經歷了一場生死存亡的危機。2006 年 5 月 15 日，《時代》週刊曾經作了報道。拉斯科 1 號 1968 年安裝的空調系統是根據對洞穴內自然氣候的仔細分析來設立的，其功能盡量模擬洞中原來的空氣流通模式，只是在最潮濕的季節減少洞內

的濕度和水份。2001 年，拉斯科 1 號裝設了新的空調設施，加了兩個巨大的抽氣扇，嘗試進一步改善洞內的空氣質量。但因為缺乏嚴謹的科學論證，這套新的空調系統反而導致洞中水份積累，白色和黑色的霉菌全面爆發，引發出一場空前的且無法控制的災難。2002 年法國文化部成立了一個拉斯科洞穴科學委員會，嘗試解決這個問題，甚至採用大量的化學藥品來除霉，但結果並不理想。[1] 由於主管機構溝通不靈，行動遲緩，到 2009 年，一部份壁畫和雕刻已經受到破壞，其中大約一半精美的雕塑已經消失。同年，聯合國教科文組織的世界文化遺產協會通過了一個決議，要求法國政府立即成立一個多學科綜合委員會，搶救拉斯科。到目前為止，搶救工作似乎有所進展，但問題尚未完全解決。[2] 已經幸存了 17000 年的拉斯科，沒有毀於戰亂，沒有毀於自然災害，卻在短短數年間遇到了因保育方法不當而造成的浩劫。這一人類史前文化的聖地是否能夠繼續保存下去，端賴各學科學者的共同努力！

拉斯科的慘痛經歷再次說明了人類文化遺產的脆弱性，也再次提醒我們：第一，不是所有所謂現代的、先進的就都是好的。在拉斯科的個案中，顯然是新不如舊。第二，《威尼斯憲章》提出的最小干預原則是有道理的。人類往往自以為是，認為自己所創造的技術可以控制自然，其實並非如此。第三，文化遺產保育需要多學科的綜合努力和慎重研究，任何改動和變化事先都需要經過審慎、科學的論證和檢驗，否則後患無窮。最後，官僚主義對文化遺產保育同樣也是災難。

瞻仰拉斯科 1 號已經是十多年前的事情，但山洞中那些色彩鮮艷、充滿活力的動物形象，在腦海中至今依然清晰可見。因為燈光會

1　Graff, J. 2006, "Saving Beauty", *Time*, 15th May.
2　International Committee for Preservation of Lascaux, 2011, "Prehistoric Paintings in Danger", www.savelascaux.org.

讓壁畫褪色，所以，1 號洞穴內禁止拍照。我只有在洞口拍的一張照片和在洞外購買的一張光盤。所幸 2010 年法國文化及通信部為了慶祝拉斯科山洞發現 70 週年，做了一個網頁，參觀者可以在網上的虛擬空間參觀拉斯科 1 號。儘管網頁都是法文，對不諳法文的訪問者可能有些不方便，但看圖像已經可以部份感受到其藝術震撼力。網頁的右側展示拉斯科洞穴的全圖以及繪畫所在的位置，而且還可以局部放大。網址如下：http://www.culture.gouv.fr/culture/arcnat/lascaux/fr/ 只要在"Lascaux"的標題下面點擊"Visite de la grotte"，就可以開始你的拉斯科虛擬之旅了。

絕大部份遊客到維澤爾河谷只能參觀拉斯科 2 號。千山萬水的去到法國西南部，當然不能只看一個精緻的複製品。所幸維澤爾河谷還有很多距今一、兩萬年的洞穴遺址，裏面有壁畫、浮雕和雕塑，而且都是真跡。例如貢巴來爾洞穴（Les Combarelles）的線刻披毛犀和鹿，卡普布朗洞穴（Abri du Cap-Blanc）那些距今大約 1.4 萬年、身軀龐大、栩栩如生的高浮雕奔馬，豐德高姆洞穴（Font-de-Gaume）中距今超過 2 萬年的彩繪浮雕野牛、披毛犀、鹿等，以及佩里戈市考古學博物館展示的史前象牙、泥雕藝術品等，無不栩栩如生，充滿了動態和強大的生命力。這些舊石器晚期的藝術品，被稱為人類最偉大的藝術作品之一，見證了史前人類的創造力、智慧、信仰和經濟活動，以及他們對自然界包括對動物的認識和理念。儘管現代人理解這些理念並不容易，但那些色彩鮮艷的壁畫和生氣勃勃的雕塑，仍然能夠帶給我們強大的藝術感染力和美的感受。

除了考古遺址之外，佩里戈市還有很多歷史建築物可供觀賞。這座城市至少在 2000 年還基本保留着中世紀以來的格局，大教堂是全市最高的建築物，以彰顯宗教至高無上的地位。市內還保留了很多中世紀以後至十八九世紀的歷史建築，因此建議計劃至少四五天的時間停

留在此地區，慢慢欣賞。

旅遊小知識

交通和住宿：

　　拉斯科坐落在法國西南部山谷之中。如果從巴黎出發，可從巴黎的奧斯特里茨火車站（Gare de Paris-Austerlitz）先乘火車到佩里戈市。此外，法國南部的尼斯也有火車到佩里戈。若不諳法文，在網頁右上角可將語言轉換成英文。

　　從佩里戈市到拉斯科山洞所在地區仍有一段距離，所以如果專門為了看拉斯科 2 號洞穴，法國旅遊部門會建議遊客住在蒙提涅。在夏天的旅遊旺季，參觀拉斯科 2 號必須在蒙提涅的旅遊辦公室購買門票，而且未必買得到當天的。如果要看其他舊石器時代的藝術和洞穴遺址，建議到了佩里戈市再換乘火車前往一個叫雷思思–泰雅（Lez Eyzies-de-Tayac），簡稱雷思思（Lez Eyzies）的小村子。這個小村子位於各主要洞穴遺址之間，有很多民宿或小旅店。遊客可以住在村裏，然後以此為據點出發參觀各史前洞穴遺址。初夏的整個維澤爾河谷風景秀麗，空氣清新，氣候宜人，非常舒服。當時本地人基本不說英語，因此需要懂一點法語。現在情況可能不同了。

參觀：

　　為了保育這些史前藝術遺產，各山洞都限制每天入場人數。門票可以在雷思思村裏的旅遊辦公室預訂；也可發電子郵件到 tourisme@tourisme-aquitaine.fr 詢問。要注意所有考古洞穴遺址都禁止拍照，而且要由導遊帶隊入場參觀。

食物：

　　佩里戈地區盛產紅酒、果仁和鵝肝醬。若住在雷思思－泰雅，村子外面有個超級市場，可購買各種日常用品。當地的民宿一般都有簡單的烹飪設施，可做三文治或烤麵包之類。當然不要做中國式的油炸或大煎大炒，因為有些民宿的烹飪設施就在房間裏面，而且沒有抽油煙機。其實，到了號稱西方美食天堂的法國，實在沒有必要自己烹飪，大可品嘗當地的菜式。雷思思－泰雅村裏就有不少餐館，提供具有當地特色的佳餚。至今還記得有一味香腸燴雜豆十分美味，上菜時盛在一個陶罐裏，要從罐裏舀到盤子裏再吃。

華麗的盧瓦爾河谷

位於法國中部、巴黎西南大約 120 公里的盧瓦爾河谷，全長大約 280 公里，面積約 800 平方公里，是法國最美麗的風景名勝地之一，有法國花園之稱。景區見證了人類和自然在兩千多年間的互動發展，特別是歐洲文藝復興和啓蒙運動時期的社會變遷；河谷中的歷史建築，尤其是文藝復興時期的城堡，具有極高的建築和歷史價值，聯合國教科文組織 2000 年將盧瓦爾河谷列為世界文化遺產名錄中的世界文化景區。[1]

盧瓦爾河是法國主要的河流之一，全長超過 1000 公里，流經法國中部和西部。至少距今 2000 年前，這裏就有人類定居。當地的經濟形態既包括葡萄種植和家禽家畜飼養等農業活動，也有城市商業活動，河流兩岸的森林則適宜狩獵活動。[2] 今天，盧瓦爾河兩岸到處可見大大小小的城堡、宮殿和豪宅，既有皇家建築，也有貴族私邸，蜿蜒分佈，錯落有致。很多宅第都有它獨特的歷史故事。在這裏，藍色的盧瓦爾河、翠綠的田園風光、樸素的農莊和高聳入雲的教堂、華麗炫目

---

1 UNESCO, 2000, "The Loire Valley between Sully-sur-Loire and Chalonnes", http://whc.unesco.org/en/list/933.

2 同上。

的宮殿城堡共存，整個盧瓦爾河谷可以説是一部物質化的法國中世紀到近現代政治、建築、藝術歷史的彩色長卷。

要理解盧瓦爾河谷及其城堡在法國歷史上的重要性，需要對法國歷史和歷史上的重要人物有一點了解。法國是歐洲最早有人類居住的地區之一。公元前 58－前 51 年，羅馬帝國的凱撒大帝征服了現在的法國地區，將之納入帝國的版圖。5 世紀初由法蘭克人建立獨立的國家，定都巴黎。法國之名即源自於此。14-15 世紀中期，百年戰爭中的許多戰事發生就在盧瓦爾河谷，當地因此出現了大量用於軍事用途的城堡。巴黎經常受到英國軍隊的威脅，所以法國王室長住盧瓦爾河谷。百年戰爭結束之後，法國的國王和貴族拆除原來用於防禦的軍事城堡，花費巨資改建為風格華麗的宮殿式城堡，便於狩獵、休閒、聚會。從 16 世紀開始，盧瓦爾河谷成為歐洲文藝復興時期藝術和文化繁榮之地，法國國王弗朗索瓦一世和來自意大利的凱瑟琳‧德‧美第奇王后在這方面發揮了巨大的影響力。盧瓦爾河谷著名的香波城堡（Château de Chambord）就是由弗朗索瓦一世開始修建。美第奇和她的後代則居住在舍農索城堡（Château de Chenonceau）。17 世紀以來，隨着商業、航海、工業的發展，法國國力進一步強盛，號稱「太陽王」的國王路易十四開始建立絕對君主制。但君主制被 1792 年的法國大革命推翻，後來雖然曾經有過短暫的復辟，但時間不長。至少從 19 世紀開始，盧瓦爾河谷又成為了旅遊區。[1]

除了法國歷代國王、王后及其他宮廷貴族在盧瓦爾河谷留下數不清的故事之外，盧瓦爾河谷還留下很多歐洲歷史名人的足跡。聖女貞德（Jeanne d'Arc）是 15 世紀的女英雄，她帶領當地軍民在百年戰爭中取得好幾次勝利，後來被敵軍用火刑處死。[2] 貞德被視為法國的守護

1　Haine, Scott 2000, *The History of France*, Westport, Connecticut, London: Greenwood Press.
2　同上。

上：香波城堡。
下：舍農索城堡。

神，位於盧瓦爾河谷的奧爾良正是她的家鄉。19 世紀著名法國小説家喬治‧桑（George Sand，原名 Armandine Lucie Aurore Dupin，曾是波蘭鋼琴家蕭邦居留法國時期的愛人）曾居住在盧瓦爾河谷。意大利文藝復興時期三巨人之一達‧芬奇的晚年歲月也是在盧瓦爾河谷度過的。據説，他 1519 年臨終時，國王弗朗索瓦一世守候在他床邊。達‧芬奇最後的居所呂塞城堡（Château de Clos Luce）現在成了達‧芬奇博物館。

　　除了首府奧爾良市之外，盧瓦爾河谷地區還有其他歷史名城如昂布瓦斯（Amboise）、昂熱（Angers）、布盧瓦（Blois）、希農（Chinon）、南特（Nantes）、索米爾（Saumur）和圖爾（Tours）等，其中的布爾日（Bourges）教堂和夏特爾（Chartres）大教堂也是世界文化遺產。這裏還有三個自然公園，種植大量的植物。要把這些都走一遍，至少需要兩個星期。遊客可根據自己的時間和興趣來安排參觀。不過，以我淺見，有幾個城堡是特別具有歷史和藝術價值的，可以說是盧瓦爾河谷必看的景點。

　　論城堡的大小規格、建築風格的華麗和歷史的重要性，首先要看的當然是弗郎索瓦一世的香波城堡。弗郎索瓦一世在政治、宗教和經濟方面的統治成績見仁見智，但他是法國文藝復興的主要推手。他從他的教師那裏接受了文藝復興藝術和思想，鼓勵文學、藝術的發展，大量收集藝術品，花費巨資修築了盧浮宮、楓丹白露宮、巴黎市政廳等，並資助了許多藝術家，包括達‧芬奇。這也就是達‧芬奇的許多名畫今天留在法國的原因。弗郎索瓦一世在盧瓦爾河谷修建或重修了好幾個城堡，香波城堡是弗郎索瓦一世為了向歐洲各國炫耀法國的富庶而修築的。這位法國君主當時與神聖羅馬帝國皇帝查爾斯五世、英國國王亨利八世是政治對頭，為了爭奪歐洲政治的話語權，軍事衝突不斷。1519 年弗郎索瓦一世決定修建香波城堡，但戰事失利，國庫空

虛，宮殿的建築工程直到 1684 年左右才算完成，弗郎索瓦一世早已去世多年了。[1]

香波城堡平面為長方形，四角和城堡正面有圓形的塔樓，最高的塔樓為 32 米。城堡內部有四百多個房間，包括中心塔樓、國王寢宮、小教堂等，裝飾風格均屬文藝復興時代。城堡的內園和外圍都是法國式花園，叢林花木都被剪裁成各種幾何形圖案，是西方建築藝術中花園設計的典型代表。

第二座是舍農索城堡。這座城堡修築在盧瓦爾河中央，靠入口和橋樑與兩岸相接。房子原來是一個貴族的宅第，因為欠稅變成了皇家產業，後來又經過了多次翻修擴建。比起香波、雪瓦尼等城堡，舍農索規模是比較小的，但重要性不僅因為其地基部份建於 1412 年，而現存的城堡建於 1513 年，距今已有 500 年歷史；而且因為它和當時歐洲最重要的政治家族、歷史事件有關。1533 年，佛羅倫薩的統治者美第奇家族的一個女兒凱瑟琳·德·美第奇（Catherine de Medici, 1519–1589），嫁給當時還是王子的法國國王亨利二世。這是一個強勢的皇后，在丈夫去世後曾攝政，三個兒子先後成為法國國王，兩個女兒嫁為西班牙、納瓦拉王后，因此她對 16 世紀的法國甚至歐洲的政治有相當大的影響。1547 年，亨利二世將舍農索城堡送給他的情人戴安娜·德·普瓦捷（Diane de Poitiers）；但 1559 年亨利二世意外去世後，攝政王后凱瑟琳·德·美第奇將城堡要了回來，用另外一座城堡和戴安娜·德·普瓦捷交換。之後，美第奇和她的兩個女兒、三個兒媳先後在這裏居住，因此有一間房子稱為「五個王后的房間」。

從中世紀到近代，法國的國王們和政客們在舍農索城堡進行過各種政治活動。城堡的樓下有個畫廊，據說 1940–1942 年德國佔領期

---

1 Lagoutte C. 1999, Chambord, Paris: Editions ouset-France; Haine, S. 2000, *The History of France*, Westport, Connecticut, London: Greenwood Press.

雪瓦尼城堡

間，城堡的入口位於德國佔領區，但人們可從畫廊的南門前往當時自
由法國運動的地區。[1] 所以，可以說舍農索見證了法國從中世紀到近現
代的政治歷史之一部份，而建築本身則是典型的文藝復興時期風格。

　　第三座城堡雪瓦尼（Château de Cheverny）不是皇家宮殿，而是貴
族住宅。法國國王路易十一時期的貴族雪瓦尼伯爵購買了這塊土地，
後來曾一度成為國家財產，亨利二世把它送給情人戴安娜·德·普瓦
捷，後者卻出售給雪瓦尼伯爵的兒子。雪瓦尼城堡建於 1624–1630 年
間，直到 2000 年仍為雪瓦尼伯爵的後人擁有。城堡的建築是文藝復興
時代風格，內部的裝飾、掛毯、藝術品均富麗堂皇。但最特別之處是
城堡主人於 1914 年將城堡向公眾開放，這是法國最早向公眾開放的歷
史建築之一。2000 年我到訪的時候，城堡的主人還住在城堡的三樓，
而地下和二樓則對公眾開放。城堡主人仍保留着打獵的習慣，因此養
了一大群獵犬，每天定時有人餵食，而這個活動也成為吸引遊客的賣
點之一。

1　舍農索城堡導遊小冊子，2000 年英文版，作者不詳。

雪瓦尼城堡的獨特之處是其主人一直居留在城堡裏面，城堡因而有了活生生的現代氣息，不像其他城堡，儘管富麗堂皇，但無人居住，只是冷冰冰的博物館。此外，雪瓦尼城堡的開放和運作也是一種歷史建築保育和管理可持續的模式。眾所周知，古老建築的維修和養護需要大量的資金。雪瓦尼城堡主人通過向公眾開放、收取費用用來維修城堡，某種程度上減少了公共資金的開支。此外，由主人負責維修城堡，維修保養的質量自然相對較高，有利於保持其原真性，即城堡獨特的歷史風格。

　　盧瓦爾河谷重要的城堡當然不止這三個，還有哥特式和文藝復興風格的昂布瓦斯城堡、布盧瓦城堡等至少十多個城堡，就留給遊客親臨河谷自己慢慢欣賞吧。愛好園林的遊客還可看看當地的法國式花園，和中國花園作個比較，並分析花園格局所反映的法國與中國文化的自然觀。最近法國旅遊局盧瓦爾河谷的網頁有中文版，顯然是因為近年中國遊客多了，或者是希望吸引更多中國遊客。網址如下：https://cn.france.fr/zh-hans/。這個網頁十分有用，不僅介紹盧瓦爾河谷，而且介紹法國各地的基本情況，包括行政區劃、各地區歷史、交通、旅遊所需要的證件、住宿、美食、購物等等，可以說遊客前往法國的基本信息一應俱全。此外該網頁還將盧瓦爾河谷主要城堡的法文名字用中文注音，方便遊客記憶。

旅遊 小知識

季節：

　　法國最佳旅遊季節是從 4 月底到 6 月中旬，這時候白天的氣溫在 10-20℃，還可以穿長袖衣服，天氣不熱，人也不會太多。七八月份

歐洲和美國的學校放假，到處人山人海。

交通：

從巴黎乘火車可以到達盧瓦爾河谷不同的城市，班次很多。可選擇從巴黎的蒙帕納斯火車站（Gare de Montparnasses）乘坐法國的 TGV（子彈列車，最高時速可達 300 公里）前往盧瓦爾地區西南端的城市圖爾，大約半個多小時就進入風光如畫而又歷史悠久的盧瓦爾地區。也可以從巴黎乘火車到盧瓦爾河谷東北端的城市布盧瓦。

飲食：

眾所周知，法國美食是西方美食的翹楚，各地的美食又各有特色。蝸牛、火腿、家禽、海產、甚至只是各種豆類，法國的烹飪都有其獨特之處。盧瓦爾河谷以各種紅酒、奶酪等出名。法國一些地區正式宴會的程序是：開胃小食、湯、頭盤、主菜、奶酪、甜品和咖啡或茶；吃完主菜以後，主人會推出不同的奶酪讓客人挑選，之後才是甜品。喜歡奶酪的人在法國可找到一二十種奶酪。很多人喜歡鵝肝，但其實鵝肝含極高的膽固醇，淺嘗即可。

法國甜品的品種很多，包括著名的小甜餅馬卡龍（macaron）。這種圓形的雙層夾心小甜餅有多種顏色，表面酥脆，中間鬆軟。據說，法國大革命期間被送上斷頭台的瑪麗‧安托瓦內特（Marie Antoinette）王后最喜歡這種甜品。當被告知百姓沒有飯吃時，瑪麗王后的回答是：「何不食小甜餅？」這和中國的晉惠帝那句「何不食肉糜」一樣，反映了不知人間疾苦的統治者心態。好萊塢電影《瑪麗王后》，說的就是這位奧地利籍法國王后的故事。不過，馬卡龍的糖份實在太高，甜得發膩，並不符合現代健康飲食的標準。我推薦烤製的杯裝小蛋糕（soufflé，發音類似「蘇芙麗」，中文多稱舒芙蕾），這是法國著名的

甜品之一，主要成份是蛋白和糖。這種蛋糕香軟可口，有多種味道，如巧克力、香橙、薑汁等，但沒有馬卡龍那麼甜，甚至還有微鹹的蘇芙麗。

法國人習慣中午吃大餐，公司或機關的同事中午聚在一起吃飯聊天，可以吃兩個小時。晚上他們在家一般吃很少，通常是麵包加蔬菜湯之類。他們說，這是他們保持身體不超重的原因。對遊客而言，大城市的餐館晚上還是有很多不同品種的菜餚可供選擇，但如果到小城市或鄉村，就要留意一下當地餐館晚上的營業時間，太晚了可能就找不到吃飯的地方。

法國盛產礦泉水，價錢也非常便宜。除非泡茶或咖啡，歐洲人都沒有燒開水喝的習慣。

語言和風俗：

別看法國旅遊局有了中文網頁，會說漢語的法國人依然是鳳毛麟角。法國大城市會說英語、或者願說英語的人多一些，但在小城市和鄉村就很少了。法語曾經是 17-19 世紀歐洲上流社會必須學習的語言，當時會說法語才是有教養的表現，所以法國人當然不喜歡現在英語在全世界越來越「獨大」。有些法國人，特別是上年紀的法國人，真的不會說英語，有些是即使會說也不願意說。當然，法國各地遊客中心的職員都會說一口流利的英語。

據一位法國朋友說，他們能夠容忍不會說法語的亞洲人（他們一般分不出中國人、日本人還是韓國人），願意和他們說英語，但他們不那麼能容忍不會說法語的歐洲人。據我在法國生活、工作和遊覽的經驗，這應該是實情。所以，中國人到法國，一定程度上還是可以用英語溝通的。

法國的族群和文化相當多元。法國在越南、北非等地有不少殖民

地，當地的人民普遍接受法語和法國文化教育。20 世紀中期以後，這些前殖民地儘管獨立了，但因為種種政治和經濟的原因，有不少來自前殖民地的居民選擇移居法國。因此在法國常常見到來自非洲和東南亞特別是越南的族群，包括越南的華僑。因為大量移民進入法國，部份當地居民對外來移民抱有偏見，認為外來移民搶了他們的工作和福利，出現了種族歧視。

此外，法國的失業率，特別是年輕人的失業率偏高，而福利政策逐漸不勝負荷，因而帶來了很多社會問題。當然這不是説法國人都是種族歧視者，但在當前的社會經濟背景下，無論是自由行還是跟旅行團，都需要注意安全和謹慎保管個人財物，不可炫富，且避免夜間外出。法國某些小火車站晚上乘客很少，有時候甚至沒有工作人員，所以，要盡量避免晚上到這些小火車站乘車。

哈德良長城

中國的萬里長城為世人所熟悉。位於英國和歐洲北部的「長城」，知道的人可能就不多了。其實這是公元 2 世紀羅馬帝國在歐洲地區軍事性防禦設施的一部份。1–2 世紀的羅馬帝國處於全盛時期，版圖涵蓋歐洲、亞洲西部和非洲。為了防禦來自帝國境外「野蠻民族」的進攻，保衛帝國的安全，羅馬帝國不同時期的統治者在帝國的邊疆修建城牆、城堡、望樓、兵營、壕溝等軍事設施，分佈範圍從英國北部、歐洲西部一直到黑海、中東和北非地區，總長超過 5000 公里。[1] 哈德良長城（The Hadrian's Wall）就是其中之一。

英倫三島在史前時期就已經有人類居住。公元前 55 – 前 54 年，凱撒將軍曾跨過英倫海峽並在英國南方短暫停留。公元 43 年，羅馬帝國皇帝克勞狄一世（Claudius I，41–54 年在位）開始進攻英國。85 年左右，英倫中南部成為羅馬帝國的一個省，稱為布列塔尼亞（Britannia）。為了防禦來自北部地方武裝力量的進攻，122 年，羅馬帝國皇帝哈德良（Hadrian，117–138 年在位）下令在英國北部，即今天的諾森伯蘭郡（Northumberland）一帶修建城牆、城堡、軍營等軍事

1　UNESCO 1987, "Frontiers of the Roman Empire", http://whc.unesco.org/en/kist/430.

設施，哈德良長城因此得名。[1]

根據學者的研究，哈德良長城及其軍事設施由英國當地的士兵用超過十年的時間修建，西起英國西北的索爾威灣（Sloway Firth）一直延伸到英國東部的泰恩茅斯（Tynemouth）等地，橫跨整個英倫島的北部。後來，布列塔尼亞省的疆域曾一度北擴，142 年到訪英國的羅馬皇帝安東尼·庇護（Antonius Pius）下令在蘇格蘭境內修建同類的軍事設施，稱為安東尼長城（The Antonine Wall），用以抗擊來自北方的入侵勢力；哈德良長城因此一度失去軍事功能。但 160–250 年間，哈德良長城又成為羅馬帝國的前線。[2] 隨着羅馬帝國的覆滅，哈德良長城也逐漸荒廢。

目前保存得較好的哈德良長城段位於諾森伯蘭郡科布里奇（Corbridge）和赫克瑟姆（Hexham）境內，全長 118 公里。蘇格蘭的安東尼長城今天還保留了大約 60 公里長的一段。另外，德國西北部到多瑙河也保留了一段長約 550 公里的羅馬長城。[3] 1987 年，聯合國教科文組織接受英國政府的申請，將哈德良長城列入世界文化遺產名錄。後來，該文化遺產的範圍多次擴大，今天這一世界文化遺產稱為「羅馬帝國前線」（Frontiers of the Roman Empire），包括了英國、德國和其他國家境內的羅馬帝國軍事設施。這一橫跨歐洲和英倫島的世界文化遺產，不僅有用石頭壘起的高 6 米、厚 3 米的城牆，還有各種各樣的軍營、城堡、望樓、壕溝，甚至還包括附近的民間聚落。在不少地區，這一「帝國前線」還利用了當地的河流、山脈等自然地理環境修建。[4] 整個「帝國前線」見證了羅馬帝國全盛時期的政治結構和軍事制度，反映了羅馬時期的軍事防禦理念，代表了當時的建築工藝設計水

1　UNESCO 1987, "Frontiers of the Roman Empire", http://whc.unesco.org/en/kist/430.

2　Breeze, D. 2006, *Hadrian's Wall*, London: English Heritage.

3　同上。

4　UNESCO 1987, "Frontiers of the Roman Empire", http://whc.unesco.org/en/kist/430.

平，因此是古羅馬偉大文明的見證，同時還反映了當時族群之間的衝突，以及不同群體的聚落、文化和他們的創造力。

　　在這一範圍廣闊的羅馬帝國軍事系統中，坐落在英國北部鄉村地區的哈德良長城應當是旅遊開發較早的一個地段。哈德良長城景點比較集中的中東部地區屬於丘陵和平地夾雜的地貌，羅馬時代的城牆蜿蜒其間，還有城門、糧倉、街道、噴泉、碉樓、瞭望塔和軍營遺蹟、採石料的石礦遺址等。只是羅馬帝國覆滅以後，哈德良長城的很多軍事設施都被拆毀作為建築原料，兩千年來人類的農業和牧業活動又帶來不少破壞，[1] 故絕大部份建築都只剩下了地面遺蹟。

　　哈德良沿線的主要軍事設施遺址及博物館超過十個，比較重要的有雷文格拉斯（Ravenglass）羅馬浴池、科布里奇（Corbridge）羅馬遺址、切斯特（Chester）羅馬城堡、沃特鎮（Walltown）羅馬軍隊博物館、森豪斯（Senhouse）羅馬博物館和伯多斯沃爾德（Birdoswald）羅馬城堡等。這些考古遺址和遺蹟不僅反映了羅馬時代軍事設施的建築技術和工藝，而且反映了當時士兵的生活風貌。比如在糧倉的石板地面下建有矮牆，讓空氣在地板底下流通，以便讓穀物保持乾燥，就是頗為有智慧的古代建築結構。當時對士兵的健康似乎也頗為重視，軍事要塞內不止有公共廁所，而且有浴場。博物館裏可看到考古學家發掘出來的羅馬時代遺物，包括軍隊士兵及其家庭成員的日用品、文獻記錄等。只不過，羅馬帝國這一花費大量人力、物力建造的軍事前線最終還是沒能抵擋得住所謂「蠻族」的進攻。

　　在世界歷史中，橫跨歐、亞、非三大洲的羅馬帝國扮演着重要的角色，對各地的經濟、政治、社會和文化都產生過巨大的影響，軍事設施和武力又是羅馬帝國擴張和防禦的主要手段，因此，哈德良長城

1　UNESCO 1987, "Frontiers of the Roman Empire", http://whc.unesco.org/en/kist/430.

上：哈德良長城羅馬時代軍隊糧倉遺蹟，始建於公元 185 年。
下：要塞內的北門遺蹟。

紐卡斯爾 13–18 世紀的城牆和城門

可以說是羅馬帝國在英倫島最重要的歷史見證之一，為我們認識羅馬帝國和英倫三島的古代歷史、軍事技術和建築工藝提供了難得的實物資料。

哈德良長城沿線的景點不少，遊客可自行選擇參觀的數量和地點。不過要先把說明書看清楚，到了當地博物館要仔細看說明牌，以了解羅馬長城的結構。強調這一點是因為畜牧業是當地經濟之一，不少農家會壘起石頭牆分隔各家的羊群。如果事先不弄清楚，就會把隨處可見的現代石頭牆誤認為是羅馬時代的軍事長城。

管理這個世界文化遺產遺址的是哈德良長城基金，其資金來自「英國遺產」（English Heritage，一個曾經是官方、現在轉為非官方的英國國家文化遺產管理機構）和「自然英格蘭」（Natural England），還有地區發展項目和地方商界等。他們有一個網頁 http://www.hadrians-wall.org/，對遊客非常有用，上面的信息包羅萬象，從如何使用公共交通、如何預定住宿、尋找美食、到參觀景點需要注意的事項、AD122

號旅遊車每年運行的時間表等等無不具備。如果遊客希望發電子郵件諮詢管理基金，他們的電子郵件地址是 info@hadrians-wall.org。網頁上有一句口號：計劃你的入侵（哈德良長城）（Plan your invasion）。

哈德良長城主要的遊覽地段位於英國的紐卡素市附近。熟悉英國足球的年輕朋友大抵聽過紐卡斯爾聯隊。紐卡斯爾頗具英國北部中等城市安寧清靜的風貌，值得一遊。

旅遊 小知識

季節：

中歐和西歐（包括英國），最美麗、最適宜旅遊的季節是初夏，也就是 5 月初到 6 月中旬。此時的氣候和風光最宜人，白天的氣溫大概在十多度，清爽舒適。初夏的英國到處都是鮮花和綠草，其中包括著名的英國玫瑰。旅途中可一路享受清新空氣，更可欣賞多彩的風景。此時的歐洲，剛剛進入旅遊季節，所有與旅遊相關的設施都開始運作，遊人卻不多，酒店的價錢往往比較實惠，你可以悠閒地慢慢細心觀賞，真正享受旅遊的樂趣。6 月底至 8 月，歐洲進入休假、旅遊旺季，幾乎所有博物館、教堂、古城、商店、酒店等擠滿了遊客，價錢貴、服務不好，主要景點到處都是長長的人龍排隊入場，加上天氣熱，實在不是一種享受。

飲食：

英國有豐富的海產、水果、家禽等，在四星、五星級的高級酒店餐廳可以嚐到較為「高檔」的菜式，如魚子醬、藍龍蝦頭盤和煎鵝肝、香橙鴨胸，不僅擺設成藝術品，味道也豐富多彩，因為除了龍蝦

或鴨胸之外還加入了小蘿蔔和其他蔬菜，配上酸甜爽口的沙拉，魚子醬的濃郁、龍蝦的清甜和小蘿蔔的爽脆，各有各的精彩，又能夠融合成多層次的口感。我從不喜歡鵝肝，但鴨胸和橙汁相配則酸甜可口。甜品舒芙蕾的鬆軟也恰到好處。

在英國，最常見的食物是炸魚和薯條。問過一位英國學者甚麼是英國名菜，他居然說是咖喱雞。大概這與英國和印度長期的殖民歷史文化交流有關。

英國的飲食文化中最著名的大概是下午茶。不過，英國下午茶的甜品既多油又多糖，並不健康，也算不上是令人回味的美味。品嘗下午茶其實是一種社會儀式，借此宣示對英國生活方式的認同而已。今天，遊客紛紛前往倫敦的麗茲酒店去喝下午茶，以致於該酒店一天供應四次下午茶，成了大批量生產，我以為已失去下午茶的原意。個人意見認為麗茲酒店下午茶的食物質量和服務都不見得有多麼出色，無非是大家都慕名去它的金色棕櫚廳坐一下，打扮起來到那裏看人也希望被人看，喝下午茶成了一種「社會表演」。

其實，要體驗原汁原味的英國下午茶，不如到城市常見的咖啡店，那裏同樣有英國紅茶、格雷伯爵茶（Earl Grey Tea）或印度大吉嶺紅茶（Darjeeling Tea），配上鬆軟而熱氣騰騰的英國式鬆餅和美味的德文郡奶油、果醬，不必像到五星級酒店那樣穿着正式，更可以放鬆地享受美食和一段悠閒的下午時光，這才是下午茶的原意。

今天很多年輕人都掌握了喝英國下午茶的儀態，不過部份國人還有可以改善之處。喝下午茶既然是「社會儀式」，當然就有一些所謂「規範化的行為」。喝茶的時候，應當把攪完奶茶的勺子放到茶杯的杯碟上，再端茶杯喝茶。不要把勺子放在杯子裏然後端着杯子喝，也不要用勺子舀茶來喝。鬆餅、三明治等都是用手拿着吃的。鬆餅的吃法應當是用餐刀從鬆餅中部橫切一刀，將之一分為二，然後塗上果醬

或者奶油。不要用叉子來叉鬆餅。長方形或三角形的軟蛋糕則通常要用叉子來吃，應當根據自己想吃的大小，持叉子垂直切向蛋糕的橫切面，然後舀起那一小塊蛋糕放入口中。不管是吃主菜還是吃蛋糕，吃多少就切多少，不要把一塊牛排先切成很多小塊再逐塊叉來吃，那是沒有餐桌禮儀的表現。此外，不管喝湯或咀嚼食物都要合起雙唇，不要發出大的聲音。英國人比較重視這些，如果拿不準餐桌禮儀，你可以觀察和學習當地多數人的行為。

風俗習慣：

　　英國人說話比較間接，特別重視禮貌。你可以痛批這是虛偽，但我們老祖宗說入鄉要隨俗，禮多人不怪。所以，請時常使用「謝謝」「請」「對不起」「抱歉打擾」這些基本禮貌用語，特別是在問路、購物等等場合；否則會被對方視為沒禮貌，遭到白眼。另外，很多英國人討厭在公共場合大呼小叫、高談闊論。部份美國人有這毛病，不少國人也有這種習慣。為了避免不愉快，最好加以注意。

繽紛的辛特拉

本章介紹的法國兩個文化景區都在河谷地區，英國的哈德良長城則位於丘陵地區。葡萄牙的辛特拉（Sintra）和這三個文化景區有兩點不同。首先，辛特拉具有地貌和地理位置的獨特性。它位於葡萄牙首都里斯本西北部山區，距里斯本大約 23 公里，最高峰 529 米。辛特拉山（Serra de Sintra）西望北大西洋海岸，山腳下是寬闊的平原和伊比利亞半島主要的河流塔古斯河（Tagus R.），周邊環境良好。扼守山頂即可控制山腳下的大西洋沿岸地區，因此，辛特拉是兵家必爭之地，戰略位置十分重要。其次，辛特拉具有鮮明的文化多元性。在這裏不僅可見到南歐的葡萄牙宮殿和城堡，還可以見到北非阿拉伯文化的摩爾人城堡。多彩繽紛的辛特拉，是南歐文化的代表作之一。

一位葡萄牙朋友曾經告訴我，北歐和西歐國家有些人歧視比利牛斯山脈南面的西班牙和葡萄牙，認為他們不是「純粹」的歐洲文化，摻雜了很多北非文化的因素。葡萄牙和西班牙的確留下不少屬於伊斯蘭文化的世界文化遺產，有些更是同時兼有伊斯蘭和基督教文化的因素，如辛特拉、西班牙科爾多瓦大清真寺和教堂。這些文化遺產正是南歐歷史的見證，也是南歐地區的文化特色。

南歐和北非只隔着直布羅陀海峽，最窄處只有 13 公里。位於非洲

從辛特拉山頂遠眺山下的現代聚落和大西洋，當天空氣的質量並不十分好。

和歐洲之間的伊比利亞半島，自古以來就是人類族群互相交流之地。大約距今 50 萬年前，就有人類從北非遷徙到伊比利亞半島。農業在距今 7000 年左右出現於伊比利亞地區。從公元前 1000 年，凱爾特人、腓尼基人、希臘人先後來到伊比利亞，帶來了冶鐵、海上貿易和其他文化因素。公元前 218 年，羅馬人入侵伊比利亞東部，屠殺了大量居住在當地的凱爾特人，伊比利亞成為羅馬帝國的一部份。基督教在公元 2 世紀傳入伊比利亞。5 世紀開始，主要來自德國的所謂「蠻族」進攻伊比利亞，這些信奉基督教的族群在當地建立了多個王國。[1]

　　700 年，農作物歉收帶來的饑荒和疾病導致伊比利亞大量人口死亡。711 年，來自北非、信仰伊斯蘭教的摩爾人跨過直布羅陀海峽入侵伊比利亞半島，此後基督教和伊斯蘭文明在南歐展開了對當地控制權的反覆爭奪，爆發了多次軍事衝突。[2] 正因為伊斯蘭文明曾一度在南歐地區建立政權，所以今天伊比利亞半島才會留下帶有伊斯蘭文化因素的世界文化遺產。辛特拉文化景區內的多項物質文化遺產，鮮明地

1　Anderson, J. M. 2000, *History of Portugal*, Westport, USA: Greenwood Press.
2　同上。

展現了這一文明衝突與交流的歷史。

　　根據考古學發現，辛特拉地區早在公元前 10 世紀左右就有人類活動。公元 9-10 世紀，來自北非屬於伊斯蘭文明的摩爾人在此修建了城堡和城牆。1093 年，伊比利亞半島北部屬於基督教文明的萊昂王國（Leon），國王阿方索六世（Afonso VI）從摩爾人手中奪回辛特拉。阿方索六世去世後，摩爾人曾奪回辛特拉城堡。1147 年，葡萄牙的第一個國王阿方索‧恩里克斯（Afonso Henriques）再次奪回摩爾城堡，此後這個地區便基本處於基督教文明控制之下，15 世紀開始在山頂建修道院。十八、十九世紀歐洲浪漫主義文化期間，辛特拉被稱為「月亮之山」，曾經是英國和德國文人嚮往之地，盛讚辛特拉是「輝煌的伊甸園」，到訪此地的包括英國著名詩人拜倫。1833-1834 年，

辛特拉的摩爾人碉堡和城牆

葡萄牙政府解散宗教團體，辛特拉修道院被廢棄。1838 年，費南多二世（Fernando II）購買了修道院的廢墟，並開始建設一座浪漫主義風格的、城堡式皇家宮殿。宮殿的設計師在設計中加入了英國新哥特式風格，以及北非摩爾、印度和東方文化因素，與葡萄牙的建築文化融合，建成佩納宮（Palacio da Pena）。1910 年，葡萄牙革命推翻了君主制，佩納宮就成了「國家宮殿」。[1]

作為一個文化景區，辛特拉地區的自然遺產是鬱鬱葱葱的植物群落，其中有些屬於稀有的樹種。為了保護這些物種，辛特拉被宣佈為國家自然公園，景區內有兩個植物園。有了茂密的森林，當地即使在盛夏，氣溫也相對涼爽，因此辛特拉在歷史時期就是歐洲王室和上流社會的避暑勝地。這裏的不可移動物質文化遺產包括從史前到近代的遺址和歷史建築。屬於史前時期的文化遺產主要是位於山坡上的考古遺址，考古學家在這裏發現了從石器時代到青銅時期的器物，證明辛特拉地區早已有人類活動。至於歷史時期的物質文化遺產，最有氣勢的是 9-10 世紀摩爾人修築的碉堡和城牆。雖然使用的原材料只是當地盛產的岩石，而且沒有甚麼華麗的宮殿和裝飾，但這些城牆和碉堡沿着辛特拉山勢蜿蜒起伏，幾乎與崇山峻嶺融為一體。登上這一軍事設施的最高處，既可俯視腳下大片海濱和河流平原，又可遠眺渺無邊際的大西洋，非常壯觀。遊人登臨到此，可謂襟帶當風，胸懷為之一暢。

要論色彩繽紛，辛特拉景區最為矚目的文化遺產自然是佩納宮（Palacio da Pena），外牆的顏色有黃、紅、灰、白等，在藍天白雲綠樹的襯托之下格外耀目。不管是否喜歡這樣的色彩和外觀，必須承認這一宮殿的建築風格與法國、德國、意大利等地的建築風格都不同，

1　Pereira, P. and J. M. Carneiro 2012, *Pena National Palace*, London: Scala.

佩納宮和城堡的入口

具有強烈的葡萄牙本土建築文化特色。這也是它能夠被列入世界文化遺產的原因之一。眾所周知，葡萄牙在十五六世紀的「地理大發現」時期曾經是一個強國，其財富積累來自航海活動在美洲、非洲和亞洲的殖民地，以及葡萄牙商人在全球的貿易活動，特別是香料和奴隸貿易。[1] 所以在 15 世紀後期至 16 世紀初期流行一種採用與航海貿易相關元素作為裝飾的建築藝術，其裝飾圖案包括航海必須的繩索，象徵大海的貝殼、珍珠和海藻紋飾，還有植物紋飾、基督教和伊斯蘭教的符號等；建築形態則常見半圓形穹廬頂、大量立柱、裝飾繁複的窗緣和遮檐等等。後來這種建築風格以葡萄牙全盛時期國王曼努埃爾一世的名字命名為「曼努埃爾式」（Manueline）。佩納宮宮殿左邊大門的兩個門柱就是雕成繩索的形狀，大門則可見大小不等的貝殼、珊瑚形裝飾；窗戶的裝飾和遮檐的使用也都是「曼努埃爾式」。這一建築風格見證了葡萄牙歷史上以航海獲取巨大財富、並曾經一度擁有一個橫跨三大洲殖民帝國的歷史。

在辛特拉山腳的古老小鎮上還有一座辛特拉國家宮殿（Sintra National Palace），它的外觀奇特之處是兩個白色的圓錐形屋頂。這座歷史建築是葡萄牙保存最好的中世紀皇家宮殿，是辛特拉文化景區中的重要物質文化遺產之一。宮殿始建於 10 世紀，當時辛特拉處於摩爾人統治之下，宮殿是里斯本摩爾總督的行宮。1147 年葡萄牙第一個國王恩里克斯重新奪回里斯本，宮殿成為皇家產業，並且從那時候開始一直是皇室行宮、夏宮和狩獵住所，直至 1910 年葡萄牙君主制被推翻。在這漫長的 900 年間，歷代國王按照他們的需要和愛好加建、擴建，因此宮殿的規模不斷擴大。最早的摩爾建築已經不存，現存最早的建築由葡萄牙國王迪尼斯（Dinis）在 14 世紀早期修建的。難得的

1　Anderson, J. M. 2000, *History of Portugal*, Westport, USA: Greenwood Press.

辛特拉國家宮殿博物館

是這些加建和擴建並未完全消除該建築原有的伊斯蘭風貌，曼努埃爾一世甚至使用原來的瓦重新裝飾宮殿。[1] 現存的辛特拉國家宮殿混合了哥特式、摩爾式和曼努埃爾式的建築元素，已成為博物館開放給公眾參觀。裏面比較重要的有天鵝大廳，因天花板上佈滿天鵝繪畫裝飾而得名；還有皇室紋章大廳、宮廷會議室等。參觀時可留心室內裝飾使用了不少青色、白色或藍色的瓷磚，花紋則有植物、花卉等圖案，是伊斯蘭和曼努埃爾式建築元素的體現。

辛特拉文化景區內還有一個宮殿克盧什（Palace of Queluz），位於辛特拉附近的一個小鎮上，從里斯本乘前往辛特拉方向的火車，在克盧什站下車還要轉乘公共汽車前往。克盧什小鎮今天真的有些「荒涼」的感覺，宮殿所在的大道人煙頗為稀少。這座宮殿始建於 1747

1　Instituto dos Museus e da Conservacao 2008, "The National Palace of Sintra", Lisbon.

年，也是葡萄牙皇室的夏宮，規模非常宏大，後花園十分壯觀。主要建築師是法國人，因此建築風格和佩納宮、辛特拉國家宮殿的風格相差很大，基本屬於法國、奧地利等西歐國家的建築風格，類似法國凡爾賽和楓丹白露宮、奧地利美泉宮等宮殿的翻版。有趣的是在宮殿內見到為數不少的清乾隆時期出口瓷器，其中有些是中國特色的青花瓷，另外一些則是西方文化風格的瓷器，似乎是專門為出口而製作的。室內還有「中國特色」的裝飾，再次顯現出 18 世紀歐洲人對於中國文化的興趣。現在宮殿只有部份開放給公眾參觀，遊人甚少，保養似乎也有待改善，部份外牆的粉紅色灰皮已經脫落。若要前往參觀該宮殿，至少需要另外大半天的時間。

辛特拉景區內還有一座比較重要的歷史建築瑟特阿斯宮（Palace of Seteais），位置在辛特拉文化景區的西側，距離其他主要景點比較遠。該大宅 18 世紀時由一個荷蘭商人所建，後來被葡萄牙的瑪拉維亞侯爵買下來，曾經招待不少王室貴族，現在已經改建為一座豪華酒店。如時間充裕，不妨前往參觀其外觀，也可選擇入住。

辛特拉文化景區的特色，在於其獨特的地理位置，更在於其繽紛多彩的文化和歷史。辛特拉山脈在葡萄牙西海岸具有重要的軍事和政治戰略位置。過去一千多年來，伊斯蘭文明和基督教文明在這裏既互相衝突，又兼容並存，互相影響。加上葡萄牙獨特的航海貿易歷史，都在這裏留下了獨具特色的文化遺產，展現出不同文化、不同族群在辛特拉這一地理區域內生存發展的多姿多彩，成為人類文化多元性的代表之一，並且對歐洲其他地區的文化發展產生一定的影響。1995年，聯合國教科文組織接受葡萄牙國家的申請，將辛特拉文化景區列入世界文化遺產名錄，以確認其獨特的歷史、科學和審美價值。[1]

1　UNESCO 1995, "Cultural Landscape of Sintra", http://whc.unesco.org/en/list/723.

旅遊 小知識

季節：

　　葡萄牙位於歐洲南部，在七八月的時候很熱。辛特拉雖然古木參天，非常清涼，但因為要步行穿梭在山路之中，建議在6月底或之前前往。

交通：

　　在葡萄牙首都里斯本的羅斯奧（Rossio）火車站，有開往辛特拉的火車，大約40分鐘抵達辛特拉鎮，可以從里斯本出發到辛特拉一日遊。從辛特拉火車站下車大概走10分鐘就到小鎮的中心，再沿着山路向上走就可抵達城堡、宮殿。當地很難停車，因此不推薦自駕遊。如果從里斯本出發一日遊，建議先參觀小鎮的皇家宮殿博物館，對當地歷史有所了解，再步行上山參觀城堡、佩納宮等。

食物：

　　葡萄牙位於大西洋海邊，食物中的海產特別是魚類甚多，包括醃過的鹹魚「馬介休」（bacalhau）。除了海產和水果以外，葡國雞、葡式牛肉土豆等都是常見的菜式。奶酪也是葡萄牙飲食文化中的一部份。甜品的品種也不少，比較有特色的是一種用米、糖、牛奶和檸檬做的點心arroz doce，還有特濃咖啡 Bica。喜歡喝酒的可以嘗試櫻桃酒 Ginjinha。

語言和風俗：

　　年輕一代的葡萄牙人會說英語的不少，但年長的就不一定。火車站的職員也有不會說英語的。遊客要自己看清楚火車的班次、方向和停站點。每到一個地方首先要去的是遊客中心。收集好資料，就可以放心地自由行。

劫後餘生的美山

美山（My Son）位於越南中部廣南省（Quang Nam province）的維川（Duy Xuyen）地區。「美山」越南文的意思是「美麗的山」。這是相當名副其實的。美山位於一處面積不大的河谷，周圍有翠綠的群山環抱。這裏的文化遺產主要是印度教風格的廟宇和神殿。此外，值得關注的還有越南抗美戰爭時期留下的戰爭遺蹟。

越南是一個狹長形的國家，位於東南亞大陸的東岸，面向太平洋。東南亞大陸，英文曾經稱為"Indochina"，譯為「印度支那」，指出了中國和印度文明對當地的影響。東南亞大陸包括了越南、柬埔寨、泰國、老撾、緬甸等國家。這裏位處亞熱帶和熱帶地區，氣候溫暖潮濕，有漫長的海岸線，境內又有多條大小河流蜿蜒奔流，植物和動物資源十分豐富。早在距今一百多萬年前，當地就已經有人類居住。1936 年在印度尼西亞發現的爪哇人，即為亞洲大陸最早發現的直立人化石。在距今大約四千多年到三千多年間，東南亞大陸曾經受到來自中國特別是長江流域以南古代文化的影響。大約從公元 2 世紀開始，印度文化對東南亞大陸的影響大增，印度教和佛教先後傳入此地；但當地的族群在不同時期也建立了多個本土政權。據中國文獻記載，192 年，由馬來族群建立的占婆政權出現在越南中部的廣平、廣

治、承天、順化等地區，其經濟基礎是稻作、漁業和海洋貿易，印度教是占婆的國家宗教。[1]

　　根據現代學者的研究，占婆內部有不同的族群。他們和中國歷代政權處於時戰時和的狀態，當中國的政權強大時，便往往派出軍隊和占婆政權作戰，爭奪對當地的政治控制權；當中國的政權衰弱時，兩者便比較和平。此外，10-15 世紀，占婆和北部的越南政權也不止一次地發生衝突。12-13 世紀，位於占婆西側的高棉王國一度相當強大，占婆政權和高棉王國之間也有軍事衝突，雙方互有勝負。最後，越南軍隊於 1471 年攻佔了占婆的首都，占婆王國正式滅亡。[2] 占婆政權存在的時間從 2 世紀到 15 世紀，長達 1300 年之久，可以說是東南亞大陸歷史最悠久的政權之一。美山的佛教殿堂和廟宇，正是占婆政權在 4-13 世紀修建的宗教建築。在這裏還發現了 31 塊石碑，上面的文字為研究美山和占婆的歷史提供了極其珍貴的資料。[3]

　　美山的宗教建築分佈在河流兩岸，據說全盛時期當地有超過 70 座神廟。研究者認為美山一直是王國的宗教聖地，直到占婆滅亡。保存到今天的建築遺蹟被分為八組，其建築年代為 10-13 世紀。其中五組宗教建築位於河流兩邊的台地上，另外還有三組分佈在山上。進入遺址景區，中心地區的四組建築規模較大，另外一組在靠近入口和出口的河流左岸，規模較小，只有幾個建築遺蹟。分佈在山上的三組建築也都只有四五個建築遺蹟。[4] 這些建築大部份是用紅磚建造的，神廟的屋頂可能是用木料建成，但今天已不存。神廟入口通常有一對帶雕塑裝飾的石柱。景區內還有印度教濕婆神（Shiva）的象徵石祖、雕塑、

1　UNESCO 1999, "My Son Sanctuary", http://whc.unesco.org/en/list/949.

2　Tarling, N. 1992, ed. *The Cambridge History of Southeast Asia*, Cambridge, New York: Cambridge University Press.

3　Doanh, N. V. 2008, *My Son Relics*, Ha Noi: The G101 Publishers.

4　同上。

上：叢林中的美山歷史建築群。
下：已經清理、修復的神廟。

石碑等，原料都是天然石材如板岩、火山岩等。美山的建築中，高大的主塔象徵着宇宙中心神聖的山，方形或長方形的神廟基礎象徵着人類世界。在建築的屋檐下通常有浮雕作為裝飾，屋頂上原來覆蓋着黃金或白銀的葉子，[1] 彰顯占婆王國的財富和國王對宗教的虔誠。

15 世紀占婆國滅亡以後，美山逐漸荒廢，被掩埋在叢林之中。這一歷史遺蹟的「再發現」和早期的維修和研究，也是東南亞殖民歷史的一部份。從 19 世紀中期開始，越南成為法國的殖民地。1885 年，一群法國士兵「發現」了美山。從 1895 年開始，法國人開始對美山遺址進行了清理、研究和考古發掘，對現存的建築進行分類，並發表了碑文的內容。1937–1944 年，法國遠東學院對美山的建築進行了修復和重建工作。根據法國殖民政府在 20 世紀初期的記錄，1945 年之前，美山還有大約 50 座建築，而且基本是完好的。1954 年法國殖民統治結束。1955 年越南戰爭爆發之後，特別是 1966 年以後，美山經歷了空前的劫難。當時美山是越南南方游擊隊控制的地區，成為美國埋地雷、用 B52 轟炸機狂轟濫炸的地區；1969 年的一次大轟炸，毀掉了美山的大部份建築。現在美山的地面上還留有當時美軍飛機轟炸留下的巨大彈坑。1980 年越南政府開始調查和記錄美山歷史建築的情況時，發現只有 19 座建築還保留着原狀，其他建築或者已經崩塌，或者只剩下基礎或殘跡。[2]

戰後，越南政府逐步清除美山地區的地雷。從 1980 年到 1990 年代後期，越南和波蘭政府合作，對美山進行了全面的清理和復修工作。[3] 不過，從我 2009 年拍的照片可見，美山的維修和管理還有很多工作要做。有些建築遺蹟上仍長滿植物，如不清理，這些植物會影響

1　Doanh, N. V. 2008, *My Son Relics*, Ha Noi: The G101 Publishers.
2　同上。
3　同上。

神廟外牆的雕塑

建築結構的穩定性，甚至導致坍塌。另外一些建築也岌岌可危，其基本結構已經鬆散，隨時有崩塌的可能。要完全修復美山，仍需要大量的資金和人力。旅遊業的收入固然有所幫助，但直到 2009 年，美山的旅遊業似乎尚在初期階段，除了遺址的修復之外，基礎設施有待建設，人力資源也需培訓。

　　有人將美山稱為「小吳哥」。的確，美山在很多方面都可以和柬埔寨的吳哥相比。美山和吳哥都是東南亞大陸古代王國的宗教聖地，也都是印度文化和宗教傳入東南亞地區的歷史見證。美山和吳哥又都隨着古代地方王國的衰落而被遺忘，都是在法國殖民統治時期被「重新發現」，由殖民政府開始做調查和維修的工作。但是，美山和吳哥又不完全一樣。這不僅是因為美山的興建年代遠遠早於吳哥，占婆王國的歷史也比高棉王國的歷史要古老得多，因此美山是東南亞人類聚居和文明更加古老的文化遺產；而且還因為美山見證了 20 世紀人類最殘酷的戰爭之一。經歷了現代最先進武器的摧殘，美山的大部份神廟被徹底破壞，能夠幸存下來的歷史建築實屬僥幸。劫後餘生的美山，提醒人們不要忘記戰爭對人類的傷害。

岌岌可危的神廟

1999 年，聯合國教科文組織把美山列為世界文化遺產，因為它見證了印度文化在東南亞地區的影響，並且有助我們了解和研究東南亞歷史上曾經存在過的占婆王國。[1] 不過，我認為美山應當屬於文化景區，這不僅是因為美山有數量可觀的佛教宗廟，而且更因為美山的宗教和政治意義與當地的自然環境密切相關，或者說當地特殊的自然環境是美山宗教建築存在的一個決定性因素。首先，美山所在的河谷適宜種植水稻，稻作經濟直到今天仍然是當地重要的經濟活動之一，而當年占婆政權的經濟基礎之一也是稻作。其次，美山位於群山環抱之中，戰略上易守難攻，所以它不僅是占婆王國的一個宗教聖地，也是一個重要的政治據點。在這特殊的地理環境中，美山得以持續成為占婆王國的宗教聖地，歷代國王投入相當的資源在這裏修建華麗的宗教建築，並進行參拜活動。占婆政權覆滅之後，美山的宗教活動也停止了。[2] 由此可見，美山反映了古代占婆王國當權者如何利用當地特殊的自然環境建築一個宗教中心，通過國家的宗教活動來強化當權者的管治。

聯合國教科文組織決定將美山列為世界文化遺產時，並沒有提及它 20 世紀中期越戰中的那段心酸歷史，原因不得而知。但我認為這段歷史是不應該被忘記的。首先，越南的抗美戰爭，不僅對於整個越南，而且對於當代亞洲和世界的政治格局都產生了相當深遠的影響；其次，不管是那些幸存下來的美山神廟，還是那些已經被炸為碎片的歷史建築，都是戰爭摧毀人類文明和文化遺產的物證。站在美山巨大的彈坑前面，或者面對散落在地上的建築殘件，我們都應該反思人類為甚麼要自相殘殺，應該珍惜今天的和平環境，思考如何為維護和平而出一份力。歸根結底，通過認識人類多元文化而減少衝突，這也是1972 年聯合國教科文組織倡議保護人類文化遺產的初衷。

1　Doanh, N. V. 2008, *My Son Relics*, Ha Noi: The G101 Publishers.
2　同上。

旅遊 小知識

旅遊季節：

越南屬於熱帶氣候，全年氣溫偏高，冬天去比較舒服。

語言：

筆者當年去的時候，會說英語的人太少了，會法語的相對多一些，故懂一點法語會有幫助。

交通和食宿：

會安是一個非常安靜的小城，也是一個世界文化遺產地，可以在那裏逗留兩三天，一天遊覽美山，一天遊覽會安。

飲食：

越南的食物品種多樣，既有多種作料的米粉、越南春卷等，也有深受法國飲食文化影響的大菜。越南中部的食品價格並不貴，可好好享受當地的美食。

風俗習慣：

越南的城市差別很大。首都河內有點像中國 20 世紀八九十年代的城市，胡志明市（西貢）則非常西化。美山所在的越南中部西化的程度有限，感覺民風比較淳樸，但語言是個很大的障礙。

蒼茫吳哥

吳哥（Angkor），來自梵語 "nagara"，意為「城市」或「首都」。[1] 整個吳哥遺址區的面積四百多平方公里，坐落在柬埔寨王國暹粒省暹粒市的北部，位於湄公河下游洞里薩湖（Tonle Sap，「大湖」之意）北部一大片開闊的平地上，是東南亞大陸最重要的文化遺產之一。

東南亞大陸早在遠古時期就有人類居住，不同歷史時期又先後接受過不同外來文化的影響。印度的宗教和文化在距今 2000 年左右開始傳入東南亞，之後又有伊斯蘭教和基督教傳入。但東南亞大陸的居民並非完全被動接受外來文化的影響。他們在吸收外來文化的同時，與自己的文化融合，逐漸形成了一種外來與本土結合的豐富多彩的文化。吳哥正是見證了佛教如何與當地文化融合，並發展成為具有本地特色的古代文化。

很多人將吳哥稱為考古遺址，但我覺得應該稱之為文化景區。吳哥不僅是一大片曾經被廢棄後來又被修復、供遊人觀賞的皇家陵墓、殿堂和廟宇，這裏其實也是東南亞數千年來一個重要的聚居地。這裏

1　ICOMOS 1992, "Evaluation Report", http://whc.unesco.org/archive/advisory_body_evaluation/668.pdf.

正在修繕的吳哥主要建築群

地勢平坦，土壤肥沃，水資源非常豐富，氣候溫暖潮濕，非常適宜種植水稻；洞里薩湖有支流連通湄公河，便於貿易。就地理位置而言，吳哥扼守着湄公河下游和東南亞南端，經濟、戰略地位十分重要。

根據考古研究，自從新石器時代以來，這個地區就有人類居住，是東南亞大陸最早的人類居住地之一。據中國史籍記載，從 2 世紀開始，這個地方曾經出現過不同的小王國。中國史書把當地 2-6 世紀間的王國稱為「扶南」，6-8 世紀的國家稱為「真臘」。9 世紀初，高棉王國的國王闍耶跋摩二世（Jayavarman II）在今柬埔寨中部奠定了王國的基礎。[1] 根據當地的碑文和考古學發現，吳哥適宜農業、漁業和貿易，而這一直是古高棉王國的主要經濟活動。高棉的國王依靠宗教的力量來凝聚臣民，建構和強化他們對國家的向心力；而吳哥的印度教廟宇往往掌握着大量的土地和其他財富，並且通過對土地的管理來控制人民。高棉王國的廟宇是宗教、政治和經濟中心，地方家族和國王各有自己的廟宇，不同等級的廟宇構成社會政治和經濟權力等級的基礎。[2]

---

1 ICOMOS 1992, "Evaluation Report", http://whc.unesco.org/archive/advisory_body_evaluation/668.pdf.

2 Tarling, N. (1992) ed. The Cambridge History of Southeast Asia. Cambridge, New York: Cambridge University Press.

吳哥遺址的大樹根對遺址的結構造成破壞

　　802-1431 年，高棉王國是東南亞大陸南部最強大的國家，而吳哥應當是其政治、經濟和宗教中心之一。蘇利耶跋摩二世（Suryavarman II，1113-1150 年在位）和闍耶跋摩七世（Jayavarman VII，1181-1218 年在位）統治時期，高棉帝國處於巔峰，軍隊東征西討，領土包括現代的老撾、泰國、越南、緬甸和馬來西亞的一部份，覆蓋了東南亞大陸的大部份地區。後來，由於戰爭、水稻灌溉系統的逐漸失修以及鄰近的泰人興起，高棉帝國漸漸走向衰落。1431 年吳哥被泰人所佔領，高棉國王逃到南部地區。此後，高棉國王將政治中心轉到東南部，即現代的金邊一帶，因為那裏更便於和中國進行貿易。[1]

　　吳哥巨大的宮殿、神廟和帝王陵墓因此荒廢了，很多建築被熱帶雨林覆蓋和侵蝕，巨大的樹根甚至長在建築上。但是，作為一個人類聚居地，吳哥地區一直有村落，而且眾多廟宇也一直是當地社區生活和宗教信仰的一部份。現今，我仍然見到當地居民敏捷地攀到吳哥神廟的頂部，虔誠地膜拜他們的神靈。歐洲的學者承認，所謂歐洲人「重新發現吳哥」的傳說其實是歐洲中心主義建構出來的神話。當然，從 16 世紀末以來，歐洲一些探險家和傳教士對吳哥進行了報道，

1　Tarling, N. (1992) ed. The Cambridge History of Southeast Asia. Cambridge, New York: Cambridge University Press.

引起了外部世界對吳哥的關注。[1]

　　19世紀是西方列強向海外殖民的世紀，東南亞大陸也不能幸免。1863年，柬埔寨國王與法國簽訂協議，柬埔寨正式成為法國的被保護國，後來逐漸成為法國的殖民地。在法國殖民政府的支持下，吳哥地區考古工作正式開展，包括對考古遺蹟的報道、記錄和修復。從1907年開始，法國遠東學院負責吳哥的管理，並進行了小規模的修繕。一方面，這些工作對維護吳哥遺址具有技術上的積極作用；另一方面，正如人類學家安德森指出的，殖民政府對吳哥和東南亞其他古代遺址的調查、記錄和修復等工作，是其殖民統治手段的一部份。這些工作可以向百姓證明殖民政府的政績和能力，藉此確立其殖民統治的合理性。修復後恢宏巍峨、氣勢逼人的古代歷史建築，與低矮破舊的現代柬埔寨鄉村茅屋形成的巨大反差，向當地百姓傳遞這樣的信息：「你們已經衰落了，無法承襲祖先的輝煌了。所以，還是讓我們來管理你們吧。」[2]

　　1953年，柬埔寨宣佈獨立，但是不久就經歷了各種內外戰亂。1972年以後，因為動亂，吳哥的維修工程基本停止，小部份結構還受到戰爭的破壞。1979年，國內外戰爭雖然基本停止，但連年戰爭，專業人員和資源匱乏，因此政府向聯合國教科文組織請求國際社會援助吳哥的修復和管理。[3]從1989年開始，吳哥得到世界遺產基金的贊助，新一輪的清理和修復工作展開，參加工作的學者來自波蘭、英國等。到目前為止，已經有英國、法國、德國、匈牙利、瑞典、日本、中國等多個國家直接參與或資助了吳哥的維修和管理。中國政府派出的工作隊負責修復其中的周薩神廟。1992年，吳哥被聯合國教科文組織

1　Freeman, M. and C. Jacques 2005, *Ancient Angkor*, Thailand: River Books Guides.

2　Anderson, B. 2006 *Imaged Communities*, London and New York: Verso.

3　Freeman, M. and C. Jacques 2005, *Ancient Angkor*, Thailand: River Books Guides.

列入世界文化遺產和瀕危文化遺產。經過多個國家的共同努力，2004年，聯合國教科文組織終於將吳哥從「瀕危」世界文化遺產名單中刪除。[1]

　　作為柬埔寨兩個世界文化遺產之一，吳哥每年吸引來自世界各國大量的遊客和學者。吳哥文化景觀區包含了附近的洞里薩湖，以及 7-9 世紀不同時期、風格獨特的古代高棉建築。這些建築不僅是古高棉帝國統治階級禮敬諸神的殿堂，而且是統治階級成員之間爭權誇富、展示經濟和政治實力的作品。高棉帝國以印度佛教為尊，作為帝國政治、宗教中心的吳哥，集中展示了當時最高水平的建築工藝、審美和技術，因此成為東南亞佛教文化藝術的偉大殿堂。其中，建於 1129 年的聖劍寺（Preah Khan）門口的兩排石雕人像，讓人想起埃及盧克索神廟的佈局。這裏隨處可見的大象，是佛教的符號之一，因為大象是印度神話中神的坐騎；翩翩起舞的雕塑，是印度佛教中偉大的濕婆神在跳毀滅和再生之舞，在舞蹈中生出多種形象，並且由舞姿中生出宇宙變化和消亡的力量。[2] 而隨處可見的建築裝飾，其精雕細琢更使人嘆為觀止。

　　經過一百多年無數人的努力，吳哥又重新展現在世人面前。現代人來到廣袤的吳哥文化景區，凝望在鬱鬱葱葱的參天巨木中錯落婉蜒的吳哥廢墟上千姿百態的雕塑、風格多樣的建築，感受其壯麗、精細和深沉，同時也感受歷史的蒼茫和文化的厚重。歷史學家感嘆高棉王國曾經的輝煌，建築學家欣賞建築工藝、技術和裝飾，宗教學家尋找印度教和佛教的符號和意義，人類學家在此看到的是作為國家的工具，宗教殖民政治和權力的合法化、現代國家之間政治和經濟力量的對比和角力；從事文化遺產研究的學者，關心的是如何建立一個可持

1　Freeman, M. and C. Jacques 2005, *Ancient Angkor*, Thailand: River Books Guides.
2　同上。

上：聖劍寺的巨型石雕佛像。
下：建築表面的精細浮雕。

續的管理計劃，不僅要保育吳哥，而且要妥善管理吳哥地區的水、土地和動植物資源，同時還要照顧到當地社區現代的生活需求。

　　蒼涼、深邃而恢宏大氣的吳哥，精雕細琢的吳哥，歷盡磨難的吳哥，見證了人類數千年在這片土地上的生息繁衍，見證了古代高棉帝國的繁盛和消亡，也見證了現代柬埔寨國家殖民、獨立的歷史、戰爭和內亂的紛爭，還有，最終的和平，以及世界各國共同維護這一人類藝術和創意結晶的努力。吳哥不僅屬於柬埔寨，屬於東南亞，更屬於愛好和平的世界人民。

旅遊 小知識

氣候：

　　柬埔寨屬於熱帶氣候，夏天比較悶熱。春秋季節較為舒適。

交通：

　　吳哥附近的暹粒市有國際機場。從柬埔寨首都金邊可直飛暹粒。機場離市區不遠，坐出租車可抵達。整個吳哥遺址非常大，因此最好是租一輛由當地司機駕駛的吉普車或越野車，由司機兼任導遊，至少花兩三天的時間慢慢看。這也是和當地人聊天的好機會。

貨幣和語言：

　　暹粒市非常「旅遊化」，美元是通用的貨幣；旅館和餐飲行業的從業人員也大多會説英語，所以自由行完全沒有問題。

復活節島的故事

飛機在空中盤旋下降。藍天白雲下面就是三角形的小島，如同一扇巨大的綠色貝殼，漂浮在波光粼粼、一望無際的南太平洋之中。這就是荷蘭探險家雅各布・羅格文（Jacob Roggeveen）於 1722 年復活節抵達的復活節島（Easter Island）。[1] 當地人稱這個島為拉帕努伊島（Rapa Nui），即「偉大的島嶼」。

十七、十八世紀的西方探險家常常宣佈他們「發現」了這個島嶼、那個遺址，實際上往往是誤導世人，嚴格地説是殖民主義者爭奪文化話語權的一種表現。波利尼西亞人早在公元 400 年前後就已經航海到此，他們的後裔一直居住在這個島上。因此，他們才是真正的發現者。為了表示對他們的尊重，本文沿用當地人的稱呼，稱該島為「拉帕努伊島」。

拉帕努伊島的面積大約 163 平方公里，四面環海，無論從島上的哪個方向向外望，目之所及的海面上看不到陸地或其他島嶼，真正是天蒼蒼、海茫茫。距離拉帕努伊島最近的人類聚居地點是皮特凱恩島（Pitcairn Island），也在兩千多公里之外。因此，拉帕努伊島可以説

1　Garcia, M. et al. 2005, *Rapa Niu*, Santiago, Chile: Editorial Kactus.

是世界上最與世隔絕的島嶼之一，島上的動植物系統也具有相當的獨特性。在這片獨特的地理區域，曾經存在過獨特的波利尼西亞古代文化。

今天的拉帕努伊島是智利領土，但距智利本土的直線距離也有三千五百多公里。島上現代的居民都集中住在島的西部，其他地方基本無人居住。當地人告訴我，島上現在住有大約 4000 人，絕大部份人自稱是波利尼西亞人（儘管他們實際上含有智利和其他地區人的血統），主要靠旅遊業為生。

到拉帕努伊島的遊客，有些是為了度假，更多人是為了參觀島上著名的大石像。當地導遊帶我看了倒臥在海邊的大石像，告訴我其實當荷蘭人來到這裏的時候，島上所有的大石像都是倒臥的。我非常驚訝，因為之前見過的拉帕努伊島明信片或照片，都是矗立的石像！

島上的巨石像大部份是倒臥的

導遊一邊帶我參觀島上其他地點的大石像、開鑿石像的礦脈，以及中部的火山口湖，一邊敍說這個海島的故事。他說，根據地質學家的研究，拉帕努伊是由三座火山噴發後形成的島嶼。這三座火山分佈於島的中部、西部和南部，形成三個山峰。島上一共有三個淡水湖，中部至今還有一個巨大的火山口湖。他又說，根據考古學家的研究，拉帕努伊和夏威夷、大溪地、新西蘭等島嶼，在古代都是屬於波利尼西亞文化區。部份學者認為拉帕努伊島最早的居民是波利尼西亞人，公元 300 年至 400 年間從三千七百多公里外的馬奎薩群島（Marquesas Islands）移民到此。其他的學者認為他們或來自印度，或來自美洲。

　　不管從哪裏來，這些一千多年前的航海家從原地出發的時候，是如何知道在一望無際的太平洋遠方某處有個島嶼可供他們安居？或者，他們只是出海探險？是甚麼原因驅使他們如此勇敢地奔向未知的、安危莫測的大海？他們駕的是甚麼船隻，使用的是甚麼航海技術，如何在大海中辨別方向？如此長途的航海，又如何儲存食物和淡水？我們不能不嘆服古人的智慧、勇氣和探險精神。

　　島上的巨石像，當地人稱為「摩埃」（Moai）。這九百多個巨石像沿着海岸線分佈，幾乎遍佈全島。石像全部用島上拉努拉拉庫（Ranu Raraku）火山的深色凝灰岩為原料，人工鑿成，高 1-20 米，最重的達 11 噸。[1] 現在在山上還可見到尚未鑿成和已經鑿成卻尚未運到山下的石像。聯合國教科文組織認為這些巨石像代表了一個消失的文明，是人類歷史上一個非常重要的文化現象，因此在 1995 年將之列為世界文化遺產，用的也是當地的稱呼「拉帕努伊」[2]。

　　歐洲人「發現」這個島之後，向世界報道和宣傳島上矗立的巨石像，引發了世人種種猜想：是誰建造了這些大石像？是現代島上居民

1　Garcia, M. et al. 2005, *Rapa Niu, Santiago*, Chile: Editorial Kactus.
2　UNESCO 1995, "Rapa Nui National Park", http://whc.unesco.org/en/list/715.

的祖先嗎？它們是如何被建造和運送到岸邊的？它們代表了甚麼？有甚麼用？甚至有人問，它們是人類的產品，還是外星人的傑作？如果是人類的傑作，那麼，創造和豎立這些巨石像的人類文明，後來如何發展？

現在島上只有兩個地點的巨石像是矗立的，但那是由現代考古學家重新豎立起來的。其中一個地點阿胡湯加里基（Ahu Tongariki）豎了一塊牌子，寫明這個復修計劃是由日本政府的資金贊助，1992–1996年完成。那麼，為甚麼那麼多的巨石像之前都是倒臥的？他們是被自然力量推倒，還是因為人類的行為所致？如果是後者，當初是誰、為甚麼要豎立這些石像，後來又是誰、為甚麼要推倒它們？

根據考古學家和人類學家的研究，這些倒臥的巨石像背後，是一個古代人類濫用自然資源，最終導致自身文化湮滅的故事。最近 20 年，考古學家在該島持續進行考古發掘、古環境研究、人類活動分析。[1] 最後他們得出的結論是，當最早的人類移民來到拉帕努伊時，島上有豐富的動物、植物資源，包括高大的棕櫚科樹木、體形巨大的海鳥，還有海中大量的魚類和海產。在優越的自然環境中，來到島上的居民定居下來，砍倒森林，發展農業，乘獨木舟出海捕魚，還獵食島上的巨型海鳥，生活過得不錯，人口逐漸增加。增多的人口分屬 12 個大小不同的氏族，各有頭領，各有領地。隨後他們開鑿巨石像，每一個石像都是一個氏族頭領的象徵。鑿好的石像還要運到海岸邊豎立起來並且「開眼」，即鑿出眼睛。巨石像的大小，展現各氏族的實力。[2]

可惜好景不長。豐富的食物供應導致人口迅速增加；到 16–17 世紀時，島上的人口估計已達 1.2 萬 –1.5 萬人。更多的土地被開墾，森林迅速消失，這不僅因為開荒，而且因為需要伐下樹木，用滾木的方

1　詳細資料可見 www.eisp.org。

2　A. Farina, 1998, *Principles and Methods in Landscape Ecology*. London: Chapman and Hall.

阿胡湯加里基重新豎立的巨石像

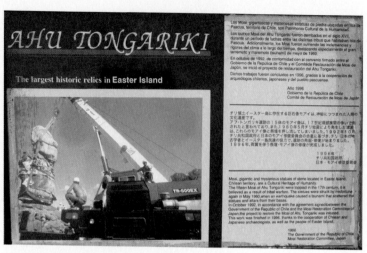

阿胡湯加里基地點的牌子，説明由日本的修復巨石像委員會出資贊助該計劃。

法將石像從山上運到海邊。森林消失導致海鳥失去了牠們的棲息地，加上人類大規模的捕食活動，海鳥最終滅絕，而人類由此缺少了一種重要的食物。沒有了樹木，無法製作船隻，島上的居民不僅無法出海捕魚，更嚴重的是再也無法航海遷徙到其他島嶼上。最後，數量可觀的族群被困在孤島上，面臨土地貧瘠、食物匱乏的生存問題，氏族之間開始爆發爭奪土地和其他資源的衝突，而巨石像就在衝突中被推倒。族群衝突加上饑荒，令島上的人口在大約 16 世紀的時候已經急劇減少。後來，殖民者帶來的疾病和奴隸買賣又進一步導致島上人口的下降。[1]

　　拉帕努伊島的故事應該引起現代人的反思。我們今天的地球是否是一個擴大版的拉帕努伊？地球上的資源是有限的，而人口的增加是無限的。我們的生活方式是否應該改變？我們需要頻繁更換電器、服裝、傢具和汽車嗎？我們還能夠狂吃狂喝，然後再消耗資源去減肥

1　A. Farina, 1998, *Principles and Methods in Landscape Ecology*. London: Chapman and Hall.

嗎？如果按照我們現存的消費模式生活下去，拉帕努伊的故事是否有一天會在全球範圍內重演？那些凝視着茫茫太平洋的石像，那些彷彿有生命的石像，難道不是給現代人最有力而無聲的警示？

拉帕努伊島上的石像展示了距今約一千六百多年前曾經繁盛一時的太平洋古代文化。除此之外，島上的動植物也具有其獨特性，因此今天的拉帕努伊島是智利國家公園，不僅石像，島上的動植物和自然景觀也屬於需要保護的內容。天蒼蒼、海茫茫的拉帕努伊島、島上的動植物系統和巨大的石像，共同構成了一個獨特的文化景觀，見證了一千多年前人類遠航出海、一個島嶼一個島嶼地遷徙、將人類的居住地域從陸地擴展到海島的文化變遷；而拉帕努伊島古文化的衰落更是值得現代人類警惕和反思的現象。

旅遊 小知識

飲食：

拉帕努伊島除了海產之外，島上幾乎所有物品都是從智利本土運來的，所以物價相對較高。島上有特色的是一種叫作 "Curanto" 的烹飪，基本做法是在地上挖個洞，洞底鋪上預先燒紅的石頭，然後放上海產、肉類、土豆等，上面再鋪上樹葉或其他植物葉子，然後壓上土、草捆等重物，經過一個小時以上，食物即可食用。

語言：

島上居民說他們的母語是波利尼西亞語，但因為以旅遊經濟為主，故很多人都會講英語。

克里特島

坐落在希臘東南部的克里特島（Crete Island）是希臘最大的島嶼。儘管尚未列入聯合國教科文組織的「世界文化遺產名錄」，卻是世界古代文明的起源地之一。這個島嶼是米諾斯文明（The Minoans）的發祥地，島上目前開放給公眾參觀的三個古代宮殿建築群：克諾索斯（Knossós）、費斯托斯（Phaestus）和馬利亞（Malia），都是米諾斯文明重要的文化遺產。米諾斯文明是歐洲最古老的文明，也是世界最古老的文明之一，其年代為距今大約四千六百多年到三千三千多年。[1]

從空中俯視克里特島，其平面大致為南北短、東西寬的長方形。全島面積為八千多平方公里，首府是伊拉克利翁（Heraklion，或Iraklion）。島上的地貌以山地為主，也有峽谷、平原與河流，多樣的地貌和水資源為人類的生存和發展提供了基本條件。根據考古學研究，克里特島早在公元前 6000 年左右就開始有人類居住，最早的居民可能來自小亞細亞地區。這些史前居民已經學會耕種穀物和馴養家畜，並用石頭建築房屋。到了公元前 2600 年左右，新的群體來到克里

1　Loguadiu, S. 2005(?), *Knossos*, Athens: Mathiqoulakis & Co.

克諾索斯考古遺址

特島，島上開始出現青銅器，進入了「青銅時代」，但這時候還未出現宮殿等大型建築，被稱為「前宮殿時期」。最早的宮殿建築出現於公元前 1900－前 1700 年左右，一直延續到公元前 1300 年左右。考古學家已經在克里特島上發現了四座宮殿群，分別是克諾索斯、費斯托斯、馬利亞和扎克洛斯（Zakros），也許還有更多宮殿群。[1]

　　米諾斯文明的經濟基礎是農業、家畜馴養和海上商貿活動，後者得益於克里特島得天獨厚的地理位置。從坐落在地中海東部中心的克里特島航海出發，北可到達希臘和土耳其，東可抵達西亞的兩河流域，往南可到埃及和北非。米諾斯文明的手工藝技術也相當發達。考古學家在島上發現了手工業作坊，其產品有青銅器的工具、武器和裝飾品，各種形態、功能、大小不一的彩繪或素面陶器，有些甚至用彩繪和立體雕塑來裝飾；還有水晶、象牙等貴重器皿，以及用黃金、水晶、象牙等貴重材料製成的裝飾品及人物雕像。[2]這些出土文物都陳列在伊拉克利翁的考古博物館內。

　　據研究，米諾斯的居民可能屬於不同的族群、不同的氏族。當地

1　Loguadiu, S. 2005(?), *Knossos*, Athens: Mathiqoulakis & Co.
2　同上。

的政治制度可能是一種「城邦國家」，即每個城市都是一個政治實體，各有一個國王。也有一種推論認為，米諾斯的政治制度具有某些中央集權的性質，在傳說中的「米諾斯」國王統治之下有若干相對獨立的小王國，島上的每個宮殿群都是一個小王國的政治中心。米諾斯的國王也兼任大祭司。[1]

米諾斯文明已經出現了文字。在費斯托斯宮殿出土的一件圓形碟狀文物上刻滿了文字符號，但到現在為止學術界尚未能夠釋讀該文字。[2] 因此，對於米諾斯文明的了解，目前主要是依靠考古學的發掘和研究。

米諾斯文明在公元前 1000 年之後逐漸衰落，學術界對其原因仍有不同的意見。居住在克里特島上的現代居民在他們的日常生活中一直有發現古代文物。從 19 世紀後期開始就有人在克里特島上進行考古發掘。持續的大規模考古發掘始於 20 世紀初，最早是由英國阿斯莫林博物館（Ashmolean Museum）的阿瑟·埃文斯博士主持。埃文斯在這裏主持發掘和研究 30 年，並根據傳說中的克里特島米諾斯（Minos）國王的名字，將所發現的考古遺蹟和文物命名為「米諾斯文明」。與此同時，埃文斯還主持了對克諾索斯宮殿遺蹟的修復和重建。今天我們見到的不少建築結構和裝飾，其實都是修復和重建的結果。儘管當代文物保育領域的學者對於埃文斯的修復方法、技術和材料的運用有不同的意見，例如當時使用了現代水泥這種和傳統石、木建築不兼容的材料，未必有利於出土遺蹟的長久保存；[3] 但無論如何，埃文斯在發現和研究米諾斯文明方面的貢獻是不容忽略的。為了紀念他，在克諾索斯樹立了埃文斯的雕像。

1　Loguadiu, S. 2005(?), *Knossos*, Athens: Mathiqoulakis & Co.
2　同上。
3　同上。

上：宮殿南部經過修復的「大祭司宅」。
中：繪畫複製品「藍色女士圖」，出土物原件陳列在
　　伊拉克利翁考古博物館。
下：宮殿牆上經過修復、重繪的海豚裝飾。出土文物
　　陳列在伊拉克利翁考古博物館。

米諾斯文明的宮殿建築已經具有作為國家中心的各種基本功能，包括了用於進行管治的宮廷，用於祭祀的神殿，還有用於居住的生活空間。以規模最大的克諾索斯宮殿為例，宮殿群依山而建，在西側有坡道通向整個建築群。宮殿的主要建築群平面大體為正方形，方向大致為南北向，稍微偏向東北－西南。建築群的中心是中央宮殿（Central Court），將整個建築群分為東西兩部份：西面是宗教活動場所和處理國事的殿堂，東面是國王的生活空間和王室工作坊。[1]

　　米諾斯的宮殿沿襲了早期建築的傳統，以石頭和木材為主要建築原料。宮殿內部的裝修以彩繪為主，通常是用灰泥抹平牆壁，再在上面繪畫。這些彩畫的內容比較豐富，有表現鬥牛的，有表現仕女的，也有描述神話中的聖獸「格里芬」（Griffins）的。這種鷹頭獅身聖獸的傳說不僅出現於古希臘神話中，也流傳於中亞草原和其他地區，據說牠能夠守護財富。在宮殿牆上還發現有海豚作為室內彩繪的圖案。[2]

　　除了克諾索斯宮殿之外，費斯托斯和馬利亞是另外兩個大規模的宮殿建築遺蹟。據說，這三處宮殿所在的三個城鎮都是由米諾斯國王所建立的。費斯托斯宮殿群的平面是個不規整的長方形，面積約 8400 平方米，大致是南北向。宮殿群的中心同樣有一個大規模的「中央宮殿」，周圍環繞着較小的宮殿建築、祭壇、通道、國王及其家庭的住宅等，共有超過一百個大小房間，分別建於不同的年代，包括被地震及其他災害破壞後重建的房屋。費斯托斯宮殿的西區主要用於宗教活動，祭祀的主要對象是一位女神，[3] 由此可見宗教信仰在米諾斯文明中的重要性。

　　考古學家在費斯托斯發現了大量珍貴的出土文物，其精華多在

1　Loguadiu, S. 2005(?), *Knossos*, Athens: Mathiqoulakis & Co.
2　同上。
3　Davaras, C. 2005(?), *Phaistos*, Athens: Hannibal Publishing House.

馬利亞出土的巨大陶罐

伊拉克利翁考古博物館陳列，包括用彩繪和立體花朵裝飾的極其精美的高腳大陶杯、佈滿米諾斯文字的圓形陶器，以及各種用青銅、水晶或其他材料製作的器物。費斯托斯宮殿的佈局、建築材料和裝飾手法等，與諾索斯頗為相似。

　　與前兩個宮殿群相比，馬利亞的規模是最小的，面積大約 7500 平方米，坐落於距伊拉克利翁東面約 34 公里的一個小平原上，靠近海邊，有利於航海活動。馬利亞最早的宮殿建於公元前 1900 年左右，公元前 1700 年被毀，之後又重建，最後於公元前 1450 年毀於大火。馬利亞宮殿群的平面佈局與克諾索斯和費斯托斯相似，且較為簡單，同樣有「中央宮殿」和周圍環繞的各類建築，還有寬大的台階通道。在馬利亞也發現了巨大的陶罐 Pithos，這類陶罐廣泛見於古代地中海地區，一般認為是用作儲存液體和糧食。[1]

　　米諾斯文明的產生和繁榮與克里特島獨特的地理位置和自然資源

1　Davaras, C. 2005(?), *Palace of Malia*, Athens: Hannibal Publishing House.

可謂密切相關。克里特島位於亞、非、歐三大洲多種文化交匯互動的中心，米諾斯文明的產生和繁榮是三大洲古代人類群體和文化交往的結果，也是古代人類善用自然地理資源的結晶。米諾斯之後是邁錫尼（Mycenae）和希臘文明，因此米諾斯文明可以說是歐洲文明之源頭。今天，克里特島上這些古老的文明遺蹟，與該島的天然地貌和海岸線，共同構成獨特的文化景區，展示了青銅時代海洋島嶼生態環境中人類文化的發展和演變。

　　米諾斯文明當時的影響不僅限於歐洲，而且遠至埃及，因為公元前 16 世紀埃及法老雅赫摩斯一世（Ahmose I）的宮殿裏面發現了米諾斯的壁畫，內容是一個女性牽引一隻動物走向祭壇。雅赫摩斯是埃及第 18 王朝的創建者，他選擇米諾斯壁畫來裝飾他的新宮殿，可見米諾斯文明在尼羅河流域具有一定的影響力。[1]

　　最後值得一提的是，目前遊客在克諾索斯宮殿看到的繪畫、建築結構等，都是經過現代的修復甚至重建，並非考古學家發現時的面貌。事實上，克里特島是一個火山和地震活動頻繁的地區，也曾經歷過多次戰火。[2] 可以說，距今兩三千年的建築要完好保留到今天的可能性是極低的，考古發掘通常見到的都是斷壁殘垣。如何使這些古代文明留下的碎片能夠被現代觀眾所認識，也是現代考古學研究、文化遺產保育和公眾教育所面臨的課題之一。完全沒有修復和重建，一般參觀者見到的都是殘缺不全的牆基、柱礎之類，難以據此想像古代建築的面貌。若通過修復和重建復原古代宮殿和其他建築的原貌，固然容易幫助參觀者認識古代文明的建築工藝、風格、功能和相關的政治、經濟和社會制度，但這種修復和重建，在多大程度上是古代建築忠實

1　Heraklion Archaeological Museum. 2005(?), "The Minoan Wall Painting at Tel el Daba, Egypt", museum caption.
2　同上。

的「復原」，在多大程度上是現代學者的解讀和重構，分寸仍然不容易把握。克諾索斯宮殿正是這一課題的實例，帶出現代人對如何保育、管理和維修古代建築的思考。

旅遊 小知識

旅遊季節：

希臘位於南歐，七八月的時候氣溫可達 40℃。海邊地區好一些，因為有海風；但在內陸還是會感到酷熱。如果時間許可，避開七八月到希臘。

語言：

希臘語無論是字母還是發音都獨具一格。克里特島街上會說英語的人不多，但旅遊是克里特島重要的經濟支柱之一，所以酒店、旅遊中心、博物館和考古遺址的職員，甚至公共汽車司機都可說一些英語。依靠地圖、英語加一點身體語言，在克里特島自由行還是沒有問題的。

參觀：

建議先參觀伊拉克利翁考古學博物館，對米諾斯文明的年代和內容有個初步認識，並可欣賞精美的米諾斯文物，然後再去參觀三個宮殿群。參觀時仍需要導賞服務幫助遊客認識各宮殿的建築特色、功能等。看完博物館和三個宮殿最少需要兩天的時間，其中到馬利亞如果乘坐公共汽車的話，來回連參觀就要大半天。如果還想參觀城區和享受島上的海灘，那需要停留更多時間。

美食：

　　從米諾斯時代，農、牧、漁業就是克里特島的經濟基礎之一。島上現在仍盛產海產、土豆、水果（包括釀酒的葡萄）、橄欖等，而山地農民則從事畜牧業，主要養山羊和綿羊。島上的食材很多來自當地，製成各種沙律、麵包、比薩、魚肉類主菜、甜品、奶酪、酒等等，遊客可按照個人興趣品嚐，甚至可參加當地的「農業旅遊團」，觀看傳統農業和釀酒的過程。

馬耳他群島

馬耳他群島位於地中海中心，向西北到意大利的西西里島只有 90 公里，向西、向南可到非洲海岸，向東可到希臘和克里特島。該群島主要由馬耳他和戈佐（Gozo）兩個大島以及若干小島組成，其中有人居住的是馬耳他、戈佐和科米諾（Comino）三個島，其餘均為無人島。島上現在的居民有阿拉伯人、歐洲人、非洲人以及各族群之間通婚的後代，人口約 40 萬人。[1] 馬耳他共和國屬於歐洲國家，首都瓦萊塔（Valletta）位於最大島嶼馬耳他島的東北岸。戈佐島和科米諾島均位於馬耳他島的東北，三個島大致形成一個「品」字形。

由於其獨特的地理位置，從古到今，馬耳他都是歐洲、亞洲和非洲地區人類文化交流的橋樑。這裏曾經是古代腓尼基人（Phoenician）活動的地方，後來，希臘人、羅馬人、拜占庭人、阿拉伯人、天主教聖約翰騎士團、法國人和英國人又先後統治過馬耳他。因此，馬耳他雖然面積不大，但島上可找到不同文明的豐富歷史文化遺產。首都瓦萊塔數百年歷史的老城區保留得相當完整，而且繼續在使用，並沒有成為純粹的商業旅遊區。馬耳他有三個世界文化遺產，分別是瓦萊塔歷史城區，以及屬於新石器時期的地下建築和地面的巨石遺蹟。整個馬耳他就是一個巨大的歷史文化景區，隨處可見炮台、教堂、歷史建

---

1 Bonechi, M. et al. 2011, *Malta, Gozo and Comino*, Malta: Plurigraf.

築和傳統街區。

　　瓦萊塔歷史城區位於瓦萊塔城的東部，平面雖然不規則，古城內的街道佈局卻基本上是棋盤式。古城周圍有高聳的城牆圍繞，還有很深的護城壕溝。這座古城 1566 年開始由聖約翰騎士團指派意大利工程師修建，城市規劃、設計、建築和防禦設施等均深受意大利文藝復興晚期城市規劃的影響。1798 年，聖約翰騎士團放棄該城之後，瓦萊塔古城區沒有經過大的改動，基本佈局和結構保存相當完好。城內今天仍可看到許多 16-18 世紀的歷史建築，包括建於 16 世紀的聖約翰大教堂、「大團長」宮殿、聖約翰騎士團西班牙和葡萄牙分團的團部（Auberge de Castille）[1] 等。在瓦萊塔 55 公頃面積的歷史城區內一共有 320 項古蹟和歷史建築，密度在世界範圍內也屬罕見。瓦萊塔古城是一座在海島上設計建造而保存相當完好的意大利文藝復興晚期風格的城市，又是曾盛極一時的歐洲聖約翰騎士團軍事和宗教政治歷史的見證，具有獨特的歷史、審美和科學價值，因此聯合國教科文組織 1980 年將瓦萊塔古城列入世界文化遺產名錄。[2]

　　1530-1798 年間，馬耳他被屬於天主教的耶路撒冷聖約翰騎士團統治了二百多年，因此，馬耳他的歷史成為歐洲騎士團歷史的重要部份。騎士團是始於中世紀的宗教軍事組織，原則上只聽命於教皇。聖約翰騎士團是歐洲最著名的三大騎士團之一，1048 年始建於耶路撒冷，起初是一個在當地修建醫院、教堂和修道院，為信眾和朝聖者服務的宗教慈善修會。從 12 世紀起，逐漸發展為擁有武裝力量、獨立於國家之外的騎士團（the Knights of the Order of St. John），不僅保障其財產和利益，而且在歐洲和地中海地區開疆拓土，抵抗穆斯林的政

1　"Auberge" 是法語，一般翻譯為「酒店、旅館」；但是聖約翰騎士團在馬耳他所建的很多 "auberge" 是用作其下屬分團的辦公用地和團員居所，似乎應當稱為「分團部」。

2　UNESCO 1980, "City of Valletta", http://whc.unesco.org/en/list/131.

上：馬耳他群島歷史文化景區。
下：馬耳他首都瓦萊塔的古老城牆和護城壕。

上：正在維修的「大團長」宮殿。

下：馬耳他最精美的 16 世紀歷史建築之一：聖約翰騎士團西班牙分團
　　部，18 世紀經過重建，現在是馬耳他總理官邸。

治、軍事和宗教勢力，擴展天主教影響力，建立屬於騎士團的領地。[1]

騎士團的首領稱為「大團長」（Grand Master），其下有教士會議、法官、騎士等。馬耳他聖約翰騎士團的標誌是紅底八角形的白色十字架，口號是「守衛信仰、援助苦難」。1310 年聖約翰騎士團佔據了羅德島，1523 年未能頂住阿拉伯蘇丹蘇萊曼一世 20 萬軍隊的進攻，被迫撤出。1530 年，騎士團獲得教皇克雷芒七世及神聖羅馬帝國皇帝查理五世的同意，佔領了馬耳他，並於 1565 年成功頂住了奧斯曼帝國的進攻，從此正式成為馬耳他的統治者，開始修建瓦萊塔城，並以當時的騎士團大團長瓦萊提（Jean de la Vallette）的名字命名該城。此後聖約翰騎士團在地中海地區稱霸一時，直到 1798 年拿破侖迫使他們投降並離開馬耳他。今天，聖約翰騎士團的總部設在意大利羅馬的馬耳他宮，這是現在屬於該騎士團的唯一領地。[2]

瓦萊塔古城是馬耳他中世紀到近代的歷史文化遺產，但馬耳他島的人類活動歷史要古老得多。根據考古學研究，早在公元前 5200 年左右的新石器時代，馬耳他島上就有人類居住和活動。到了公元前 3600 多年，島上出現了巨石建築。這類建築用經過雕琢的巨大天然岩石建成，有廟宇、祭壇等。距今四千五百年到距今三千年左右，馬耳他進入青銅時代，島上仍然有巨石建築。公元前 7 世紀前後，馬耳他屬於腓尼基文化區；公元前 4 世紀前後受過北非迦太基文明的影響，公元前 3 世紀納入羅馬帝國版圖，之後又受過阿拉伯文化的影響，然後才是聖約翰騎士團和法國人的統治。19 世紀，馬耳他是英國殖民地，1964 年獨立。今天瓦萊塔的考古博物館中陳列了不少出土文物，展現了馬耳他群島從史前、希臘羅馬、阿拉伯到近現代的社會文化變遷。

1　Order of Malta, 2008(?) "960 years of history", www.orderofmalta.int/history/639/.
2　同上。

馬耳他群島上的另外兩項世界文化遺產均屬史前建築，[1] 一項是位於瓦萊塔市區內的哈爾·薩夫列尼地下墓群（Hal Saflieni Hypogeum）；另外一項則是位於馬耳他和戈佐（Gozo）島上的七個巨石建築群，戈佐島上的兩個建築群屬於青銅時代建築，馬耳他島的三個建築群姆那拉（Mnajdra）、哈扎伊姆（Hagar Qim）和塔西安（Tarxien），則始建於新石器時代晚期。考古學家一般認為這些大型建築是用於宗教活動的，將其稱為「廟群」。

　　哈爾·薩夫列尼地下墓群用巨石和珊瑚石灰石建成，年代在公元前 2500 年左右，屬馬耳他的青銅時代。這座地下墓群猶如蜂巢，大體上分為三層（實際上很難清晰區分），每層都包括了層層疊疊的圓形、橢圓形或近似方形的大小石室，以無數通道從平面和立體互相連接。1902 年，島上居民建房子的時候無意中發現了這個巨大的「地下室」，經過考古發掘，在這裏發現了超過 7000 具人骨，所以一般認為「地下室」早期可能有某種宗教功能，後來變成了一個巨大的地下墓群。這座巨大的復合「地下室」開鑿在地下岩石中，牆壁鑿得相當光滑，展示了高超的岩石加工技術；而當時的工具只是用燧石和其他岩石製成的石器！[2] 由此可想像當時開鑿和建造這樣一座巨大地下建築所需要的人力和社會組織能力，也令人思考為甚麼要用這樣浩大的人力來建造這座建築。

　　馬耳他群島的巨石廟群中，對塔西安神廟群（Tarxien Temples）的考古研究工作做得最多。廟群的發現和發掘均始於 20 世紀初期，經過考古學家多年來的持續工作，目前已經大致了解廟群的建築年代和功能等。據研究，神廟始建年代為公元前 3600 年左右，比哈爾·薩夫列尼地下墓群還要早一千多年。此後不斷有新的擴建，原來的建築又經

1　在馬耳他，青銅時代仍屬於「史前」。
2　UNESO 1980, "Hal Saflieni Hypogeum", http://whc.unesco.org/en/list/130/.

過多次改建和重修，形成今天見到的大型建築群。[1]

廟群中心的主要建築是三座互相連接的橢圓形建築，較大的一座由三個橢圓形建築連接在一起，平面看起來像一個葫蘆；另外兩座建築平面為「8」字形。每個橢圓形建築的中軸線頂端有類似祭壇的結構，中軸線的中間和底部有門道相通。建築構件上有浮雕的漩渦形紋飾、船型紋飾、動物紋飾等裝飾圖案。類似的橢圓形建築也見於廟群的東部。

神廟的功能一直是考古學家關注的問題。在廟群的南部發現了一個巨大的女性雕像殘部（擺在現場的是複製品）。這個女性雕像是神像，還是一個社區領導者？此外，在廟群的不同地點均發現了尺寸較小的石雕人頭像，還有石器、陶器、動物骨頭等；在廟群的一間房子內有一個巨大的石盆，周圍的牆上都是火燒的痕跡。所有這些發現又說明了甚麼呢？考古學家目前尚沒有一致的意見，但傾向於認為塔西安神廟是史前時期馬耳他島上的一個政治、宗教和社會中心，供人民聚集在此從事某些政治和宗教儀式。到了距今約 4500 年的青銅時代，神廟突然失去了原來的功能，考古學家在廟群建築的廢墟上發現了火葬墓地。為甚麼會出現這樣突然的變化？是自然災害還是人為入侵導致塔西安神廟所代表的當地文化突然消失？這也是尚未完全解決的問題。[2]

總之，馬耳他群島上的文化遺產向世人展示了從距今七千多年到近現代，來自不同大陸的不同群體、不同文化在一個海島上交流、碰撞、融合、發展的歷史。

---

1 Pace, A. 2010, *The Tarxien Temples*, Malta: Heritage Books.
2 同上。

塔西安神廟南部的殘缺女神像（複製品）和浮雕紋飾。

旅遊 小知識

季節：

　　馬耳他屬於地中海氣候，夏天熱，冬天較為溫和，春秋季節較宜人。

交通和參觀：

　　瓦萊塔城區內有公共汽車，交通比較方便。哈爾·薩夫列尼地下墓群就在瓦萊塔歷史城區裏，到當地旅遊中心找張地圖，可按圖索驥。該墓群的入口處很小，就在現代民居之間，但地下別有洞天。注意參觀該地下墓群最好事先在網上預約，網站是 www.visitmalta.com/en/

info/hypogeum。

其他重要歷史建築都在古城內，像大王宮、教堂、騎士團建築、公共廣場等，都可步行參觀。城內的歷史建築太多，只能挑重要的看。

巨石建築分佈範圍較廣。到塔西安神廟的公共交通很方便，有不少公共汽車可抵達。在瓦萊塔也有公共汽車到另外一個新石器時代晚期的廟群哈扎伊姆。到其他遺址則要看具體情況，有些遺址需要預約，交通也沒有那麼方便。欲知更詳細的信息可瀏覽網頁 www.visitmalta.com。

語言和文化：

馬耳他的官方語言是馬耳他語和英語，只要會英語，在馬耳他自由行就沒問題。這裏的文化和族群均相當多元，雖然絕大多數人信仰天主教，但也有其他宗教信仰者。

美食：

馬耳他靠海，海產豐富，其食材有海產、肉類、橄欖、奶酪、蔬菜等。其飲食文化同樣屬於「地中海」譜系，似乎明顯受到意大利文化影響。當地有特色的食品包括魚餅、魚湯、復活節杏仁甜品、西西里風格的甜品等，隨季節變化而變化。要注意馬耳他的淡水資源十分缺乏，現代主要是靠海水淡化。經過淡化的海水燒開了喝，還是有些鹹味，用來泡茶和沖咖啡也總感覺有點不一樣。

考古遺址篇

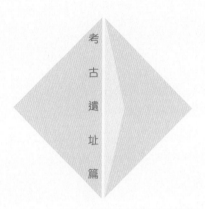

考古遺址篇

在漫長的歷史長河中，生活在不同時間、不同自然環境中的人類群體，各自發揮他們的創意和智慧，創造出各具特色、輝煌壯觀的文化和文明。不同時代、不同地區的考古遺址，便是人類多種多樣的古代文化和文明的見證。

一個考古遺址就是一個古代人類曾經在此活動，並留下了遺蹟、遺物、人類遺骨和動植物遺存的地點。在考古遺址中發現的墓葬、建築和其他遺蹟，石器、陶器、金屬器、玉器等多種多樣的考古遺物，人類的遺骨、動植物遺存等等，為我們認識古代文化和文明提供了重要的實物資料。

考古學所説的人類「文化」和「文明」是有區別的。簡單地説，一個考古學「文化」，指的是過去某一時期、某一地區、某一群體的生活方式，包括了這個群體的衣食住行、社會結構、信仰理念等等。例如中國陝西地區新石器時期的「仰韶文化」，指的就是距今大約七千多年到五千多年前生活在陝西地區的人類群體的生活方式，或者説他們所創造的文化，包括半地穴式房屋、種植小米、彩繪陶器等。只有出現了國家、城市、文字、社會分工等現象的古代「文化」，才可被定義為一個「文明」，例如黃河流域的夏商周文明。進入「文明」

標誌着當地的文化進入了「歷史時期」，因此尚未進入「文明」階段的古代文化便被稱為「史前文化」。所以，法國的拉斯科洞穴和英國巨石陣所代表的是一個史前的「文化」，而中美洲瑪雅遺址所代表的是已經出現國家的瑪雅文明。

　　人類歷史中最古老的文明，除了大家所熟悉的夏商周文明之外，還有始於距今 5500 年左右的兩河流域文明、距今 5200 年左右地中海克里特島的米諾斯和邁錫尼文明、距今 5000 年左右的埃及文明、距今 4500 年左右的印度河流域古文明、距今 3500 年左右的南美洲古文明，以及其他出現於歐洲、東南亞、非洲、大洋洲等地年代稍晚的古代文明。這些古代文明是現代人類文明的基礎，其經濟、政治、意識形態、社會結構等，對今天和未來人類社會的變遷仍然具有深遠的影響。

　　每一種古老文明都有代表性考古遺址。兩河流域文明主要分佈在中東地區，如今天的伊朗、伊拉克、敍利亞、約旦、巴勒斯坦、以色列、土耳其等地，其中最古老的蘇美爾文明的烏爾、尼尼微和巴比倫遺址等，都位於今天的伊拉克境內。這些考古遺址，雖然因為歷年戰亂受到嚴重的破壞，仍然有部份保存下來，如大名鼎鼎的伊朗波斯波利斯（Persepolis）遺址，由阿契美尼德王朝的大流士一世（Darius I the Great）於公元前 6 世紀所建，是兩河流域古代文明的代表作之一，向世人展示當時的政治中心、宮殿建築工藝和藝術、國家積累的巨大財富和當時的宗教活動。不過，因為現代國家之間和國家內部的衝突，今天到伊拉克、敍利亞等地旅遊仍然有安全上的困難甚至生命危險，因此本篇只介紹在世界史和考古學史上都享有盛名的土耳其特洛伊遺址和以弗所遺址。地中海最古老的米諾斯文明位於希臘的克里特島，在「文化景區篇」已經作了介紹。本篇會介紹米諾斯文明之後的邁錫尼文明。年代較晚但非常有特色的約旦佩特拉古城，也會在本篇介

伊朗的波斯波利斯遺址

紹。至於邁錫尼文明之後希臘地區以雅典為代表的古代文明，相關的
介紹很多，無需在此重複。

　　古埃及文明以金字塔和神廟為特色，前者的相關資料也很多，
無需重複；後者將會選擇性地在「宗教建築篇」中加以介紹。印度河
流域古文明代表性的考古遺址是位於今天巴基斯坦境內的莫亨佐達羅
（Mohenjodaro）和哈拉帕（Harappa）遺址，但該國目前恐怖襲擊不
斷，不宜前往參觀，只好付之闕如。代表南美洲瑪雅文明早期的墨西
哥帕倫克遺址，代表瑪雅文明中期的墨西哥特奧蒂瓦坎遺址和屬於瑪
雅文明晚期的墨西哥烏斯馬爾及卡巴遺址，以及代表印第安文明的秘
魯馬丘比丘遺址，都會在本篇加以介紹。年代稍晚的東南亞高棉文明
的傑作吳哥窟和復活節島所展示的古代海洋文化，則都在「文化景區
篇」加以介紹。

　　從公元前 2 世紀到公元 3 世紀左右，也就是中國的戰國到秦漢時期，是羅馬文明的全盛時期。當時的羅馬帝國版圖橫跨歐洲、非洲和亞洲西部地區。這個龐大的帝國疆域寬廣，帝國境內的居民族群各異，各有其原來的文化；但分佈於現代的歐洲、約旦和北非等地的羅馬考古遺址，卻展示出高度相似的文化因素，充份證明當時的羅馬帝國成功推行了某種程度的「文化單一化」。本篇將介紹突尼斯的迦太基遺址、約旦的傑拉什遺址和意大利的龐貝遺址，從中可見羅馬文明在非洲、西亞和歐洲三大洲的巨大影響。

　　因為時間和文化的距離，更因為考古遺址所出土的往往是過去的城市、建築遺蹟和其他人類活動留下的碎片，所以，要認識考古遺址所見到的遺蹟和遺物並不是一件容易的事情，有些遺址的功能更是一直讓考古學家煞費苦心。例如英國的巨石陣和秘魯的納斯卡線（Nazca Lines），後者是少見的必須乘四人小飛機參觀的考古遺址。納斯卡遺址位於秘魯南部的納斯卡沙漠，其遺址的圖案有猴子、飛鳥、蜘蛛、花草等，最大的圖案超過 200 米長。該遺址 1994 年列入了聯合國教科文組織的世界文化遺產名錄。學者認為納斯卡線是 400–650 年的納斯卡文明留下的痕跡，至於其功能則眾說紛紜。但正因為很多考古遺址的未解之謎，考古學的研究工作才富有挑戰性和趣味性。

　　由於自然災害和人為因素例如戰爭等活動的破壞，能夠保存到現在的考古遺址數量很少。考古遺址中所有的一切，從一個建築遺蹟到一件出土文物，都是不能夠再生又極易受到破壞的人類文化遺產，需要加以珍惜和保護。在聯合國教科文組織的世界文化遺產名錄中，有為數不少的考古遺址。此外，世界各國也有很多考古遺址，雖然尚未列入「世界文化遺產名錄」，但從不同角度反映了當地不同時代的文化變遷，或者反映了同一歷史時期在廣大地域內的文化交流。當我們參觀這些經過千百年歲月洗禮而幸存下來的古老文化遺產的時候，應

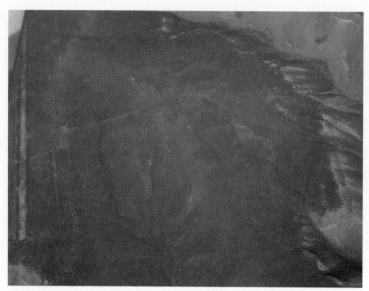

納斯卡的「飛鳥」圖案。

當善加珍惜，努力保存。這不僅是為了我們這一代，更是為了將這些珍貴的文化資源留給我們的後代子孫去欣賞、去研究。

　　作為遊客，如希望對世界各地的考古遺址有較多的了解，最好在出發之前做些功課，例如對當地的考古、歷史和文化有些最基本的了解，參觀的時候留心閱讀當地的說明資料，聽導遊的講解，或者購買一本小冊子幫助理解。要從考古遺址的斷壁殘垣中認識古代的輝煌，參觀者還需要一定的想像力，例如從地面柱礎想像當年聳立的房屋支柱，從殘缺的地面和牆壁的裝飾想像當年房屋的結構和內部裝修的華麗，等等。總之，要有一點從局部復原全體、根據平面痕跡想像立體三維空間結構的能力。

巨石陣和老塞勒姆城堡遺址

大名鼎鼎的巨石陣（Stonehenge，也有人稱之為「巨石圈」）和相關的考古遺址，位於英國南部威爾特郡索爾茲伯里（Salisbury，Wiltshire）市附近的平原，是世界上最巨大、最著名的古代巨石建築之一，也是最令人費解的考古遺址之一。雖然經過了多年的發掘和研究，考古學家至今還在爭論巨石陣的功能和意義。不過，大部份考古學家同意它是當地史前人類留下來的遺蹟，新石器時代和青銅時代的人類可能在此舉行過特殊的儀式或葬禮。

所謂新石器時代，在世界不同地區有不同的內涵。在中東地區和歐洲，新石器時代的開始是以農業、定居和磨製石器工具的出現為標誌的。在中國，則往往以陶器的出現為標準。至於青銅時代，簡單來說，就是人類發明和使用青銅器物的時代。距今 6000 年左右，中東地區的人類群體發明了青銅冶煉技術。距今 4200 年左右，英倫三島的居民從伊比利亞半島（即今天的西班牙和葡萄牙）的居民那裏學會了製作紅銅和青銅器物的技術。從此，金屬器物逐步取代了石器工具，英國進入了青銅時代。[1]

1　Darvill, T. 1996, *Prehistoric Britain*. London and New York: Routledge.

所謂史前，就是文字和古代國家出現之前的那一段人類歷史，但要注意，不同地區「史前」的定義不一樣。中國的夏商周時期也是青銅時代，所以中國的青銅時代屬於歷史時期。中東地區也是如此。但在歐洲的不少地區，例如英國，是從公元43年羅馬帝國入侵時開始出現文字記載，[1] 在羅馬入侵之前的青銅時代還沒有出現系統的文字，所以英國的青銅時代仍屬於「史前時代」。又比如澳洲的原居民直至18世紀還沒有出現系統的文字和國家。這說明世界各地人類的社會和政治結構的變化不是一模一樣的，不同地區的人類各自有其文化發展的軌道，表明人類文化的豐富和多樣，但不存在所謂「先進」「落後」文化的分別，因此千萬不要根據這一點去鄙視不同的群體，否則就變成和十八九世紀歐洲殖民主義者一樣的種族歧視者了。

根據考古學的發掘和研究，現在的英倫三島，早在距今大約70萬年前就開始有人類居住，靠狩獵和採集食物為生，但似乎是斷斷續續的在此活動。大約距今6000年前，英倫三島的居民開始定居下來，修築房屋，在某些地區開始用石材作為建築和傢具的材料；他們還種植穀物和圈養牲畜，進入了「新石器時代」。農業能夠提供剩餘產品，社會逐漸出現分工和分化，除了農民之外，還出現了手工業者、領導者等，人類社會的差異和不平等從此逐步積累。當時某些有權力的人開始修築大型墓葬，英國最早的大石建築出現在距今5300–4900年。索爾茲伯里的巨石陣是在大約距今5100年開始建造的，其建造和改建的時間斷斷續續一直延續到距今3600年，[2] 即英國的青銅時代。

據英國學者的研究，現在見到的巨石陣結構大致是兩個同心圓加上中心的一個馬蹄形結構。最外的一圈是圍繞着巨石陣的地面溝槽痕跡（外圍凹陷的一圈），據說這是距今4900–4600年最早的圓形木結

1　Darvill, T. 1996, *Prehistoric Britain*. London and New York: Routledge.

2　Richards, J. 2005, *Stonehenge*. London: English Heritage.

巨石陣外緣的圓形溝槽和遊客

構留下的痕跡。當時這裏並沒有巨石，只是在地面上挖了 56 個柱洞，豎起 56 根木柱，圍成一個巨大的圓圈。大圓圈的中心可能也有用木柱建起的較小的圓形結構，不過中心的柱洞痕跡已經不清楚了。距今 4550 年左右，史前居民開始將附近的莫爾伯勒丘陵（Marlborough Down）的砂岩巨石運抵當地，還有來自二百多公里之外威爾士(Wales)的藍色石頭。這些巨大的石頭被用作建造我們現在見到的中心圓及圓圈內的馬蹄形結構。據研究，當地夏至和冬至太陽升起和下山的光線可以分別從相反的方向穿過馬蹄形中心的巨石，而當時的人類就會到巨石陣來進行某些儀式。至於這些儀式的功能和內容則難以考究了。[1]外圍的巨石就是原來中心圓的組件，而中心像個中文「川」字的三塊豎立的石頭和上面的兩塊橫樑石頭，則是馬蹄形結構的一部份。

大約在公元 43 年羅馬帝國入侵英國之前不久，巨石陣就不再使用了，並逐漸成為人們探奇研究的對象。1130 年已經有人描述巨石陣，比較認真的研究工作則始於 16 世紀。1883 年英國通過了關於保護古代建築的法案，巨石陣被列為古代建築。可惜，18 世紀後期巨石陣的

1　Richards, J. 2005, *Stonehenge*. London: English Heritage.

巨石陣

巨石開始出現塌落。從 20 世紀開始，考古學家通過多次發掘來解決巨石陣建築的年代、功能等問題，但到目前為止仍沒有一個大家都接受的答案。[1] 現在，巨石陣由「英國遺產」負責進行保育和管理。1986年，聯合國教科文組織將之列入世界文化遺產名錄，原因是巨石陣和鄰近的考古學遺址是史前人類傑出創意和技術成就的見證，為現代人類的建築、藝術、考古和歷史研究提供珍貴資料，具有重要的科學和歷史價值，並有助當代人了解史前英國的喪葬和其他社會儀式。[2]

今天的巨石陣位於 A303 和 A334 兩條高速公路之間，路過的汽車排出的大量廢氣加速了岩石的風化。據「英國遺產」的一位學者説，他們曾經提出過不同的保育計劃，包括在巨石陣附近修建地下隧道，或修鐵路以取代兩條高速公路，以減少汽車廢氣對巨石陣的污染和破壞。但這些計劃到現在為止都只是計劃而已，不論哪個計劃都需要大量的資金，而且對當地的交通和生活有相當的影響，所以一直沒有能

1 Richards, J. 2005, *Stonehenge*. London: English Heritage.
2 UNESCO 1986, "Stonehenge, Avebury and Associated Sites", http://whc.unesco.org/en/list/373.

夠實施。由此可見即使如巨石陣這樣的著名世界文化遺產，其保育和管理同樣要面對現代社會資金和政治的壓力。

巨石陣留下許多未解之謎，由此也帶出現代考古學的局限性。考古學依靠所發現的物質遺存來研究和了解古代人類的生活文化，但面對「非物質」的內容，例如古代的儀式、信仰和理念等，考古學家能夠做的往往有限。近年來一些考古學家提出「認知考古學」，希望通過綜合各種學科的研究手段，例如體質人類學、心理學、文獻記載再加上考古發現，來認識人類意識、信仰和理念的變化。不過，巨石陣這類考古遺址並沒有文獻記載作為參考，因此，要真正了解巨石陣在史前英國的功能和意義，還需要更多新的研究方法和思路。

今天，巨石陣的主要社會功能是作為吸引遊客的文化景點，每年為英國旅遊業帶來可觀的收入。在這裏，遊客可以根據自己的想像力來解讀巨石陣的功能，或猜測當年在這裏曾經舉行過的儀式。巨石陣北部大約 30 公里的埃夫伯里（Avebury）也有類似的巨石建築，但知名度不如巨石陣。此外，巨石陣附近的西爾布利山（Sibury Hill），則號稱是歐洲最大的史前時期由人工建造的白堊土堆，高 39.5 米，但功能仍不清楚。[1]

除了巨石陣以外，索爾茲伯里市和市郊的老塞勒姆（Old Sarum）城堡遺址也十分值得一看。索爾茲伯里市不大，但其城市建於中世紀，至少在 2006 年，街頭仍可見到不少古色古香的房屋，而且都在使用，仍然是當地社區生活的一部份，並沒有成為冷冰冰的博物館。市內的哥特式大教堂建於 13 世紀，號稱擁有英國最高的旋轉樓梯，有興趣者可前往登高遠眺。市內還有博物館、歷史建築等也值得參觀。

---

1 UNESCO 1986, "Stonehenge, Avebury and Associated Sites", http://whc.unesco.org/en/list/373.

索爾茲伯里市內的歷史建築

　　至於老塞勒姆城堡遺址，它和英國歷史上一位大名鼎鼎的人物「征服者威廉」（William the Conqueror）密切相關。威廉原是法國北部的諾曼底公爵（Duke of Normandy），1066 年跨過英倫海峽從英國南部登陸，征服了英國並成為其國王，史稱「諾曼征服」。威廉一世的統治對英國的文化產生了深遠的影響，包括在英國大修城堡、碉樓和其他軍事防禦設施，改變了英國的宗教、貴族結構、文化和語言，並在英國和法國之間建立了長久的聯繫。[1]

　　老塞勒姆城堡就是由征服者威廉始建，後來歷代統治英國的國王又有加固修繕。城堡是 11–12 世紀的英國王室住所、行政管理中心和監獄，裏面關押過的囚犯甚至包括英王亨利二世的妻子伊莉諾王后。14 世紀之後，國王們不大到這裏來了，城堡逐漸荒廢。1514 年，亨利八世（另外一個著名的英國國王，著名的原因之一是喜新厭舊，先後結婚六次，與兩個妻子離婚，殺掉兩個妻子，另一個早死）將城堡送給了一個英國貴族，允許他拆除城堡的建築材料循環再用（今天覺得

1　Morgan, K. O. (ed.) 2010, *The Oxford History of Britain*, Oxford, New York: Oxford University Press.

真是匪夷所思）。結果就是，好的建築材料全部被拆走，城堡成為了廢墟。

　　從地理位置來看，城堡建於一個山崗上，可四面俯瞰索爾茲伯里平原，軍事位置十分重要。城堡四面有超過兩米深的護城壕，城堡的唯一入口是橫跨護城壕的木橋，如果敵人逼近，木橋就會被拆除，厚厚的橡木城門關閉上栓。當然現在看到的木橋是重修的。進入城堡遺址內部，可看到當年用石塊修築起來、厚度超過 1.5 米的城牆，以及同樣是用石塊修築的皇家宮殿地基。在這裏還有王室的廚房、麵包房、花園等等，以及建於 1075-1092 年的教堂（11 世紀，索爾茲伯里大主教就曾經駐節於此）。雖然所有這些建築現在都只剩下了地基，但老塞勒姆城堡仍被視為索爾茲伯里最古老的政治和行政中心，是當地人緬懷本土歷史、進行國民教育、培養本土和國家認同意識的場所。這是文化遺產在當代社會最常見也最重要的社會和政治功能，

老塞勒姆城堡主要的建築遺蹟和當地的遊客

也是現代國家及各級政府花費巨資保護和管理文化遺產的主要原因之一。

旅遊 小知識

交通：

　　要看巨石陣需要到索爾茲伯里市，從倫敦或英國其他大城市都有火車開往索爾茲伯里。我是從英國南部另外一個世界文化遺產古城巴斯（Bath）乘火車去的。在索爾茲伯里火車站外面就有汽車開往巨石陣和老塞勒姆。若抓緊時間，這兩個遺址可以在一天內看完。

參觀：

　　各遺址以及索爾茲伯里大教堂不同季節開放的時間不一樣，要先查清楚。大教堂的開放時間可見下面的網頁：http://www.salisbury cathedral.org.uk/visitor.opening.php。

邁錫尼

世人所熟悉的、以希臘雅典衛城為標誌的古希臘文明，並非希臘地區最早的古代文明。當地最古老的是米諾斯文明，距今大約4600 年出現於希臘南部的克里特島。距今 3600 年左右，邁錫尼文明出現在希臘南部的伯羅奔尼撒半島（Peloponnese）。希臘神話和《荷馬史詩》中有很多關於邁錫尼國王和英雄的傳說，比如說這個古代王國是由大神宙斯的兒子珀爾修斯（Perseus）締造的，其中一個國王阿伽門農（Agamemnon）是特洛伊戰爭的統帥，為了搶回弟弟被誘拐的妻子海倫而召集希臘各國國王進攻特洛伊，用木馬計獲得成功，等等。[1]

世界上最古老的文明包括了距今 5500 年左右出現於中東地區兩河流域的蘇美爾文明、距今大約 5100 年出現於尼羅河流域的埃及文明、距今大約 4600 年出現於地中海地區克里特島的米諾斯文明。其中，兩河流域、埃及和米諾斯－邁錫尼－希臘文明體系都位於地中海東側，兩河流域位於地中海的東岸，埃及在地中海東側的南岸，米諾斯和邁錫尼及希臘文明在其北部的希臘半島。

---

1 Decopoulos K. 1999, *Corinth Mycenae, Nauplion-Tiryns-Epidaurus, Archaeological Sites and Museums*, Athens: Hellinico.

三大古代文明體系齊集在地中海東部，絕非偶然。距今 1.2 萬－1.1 萬年，兩河流域的古代人類逐漸結束了逐水草而居的狩獵採集生活方式，開始定居下來，並在距今 1 萬年左右開始栽培小麥和大麥，馴養山羊和綿羊，[1] 從根本上改變了人類文化發展的軌跡。簡單來說，因為定居和農業，社會逐漸生產和積累剩餘產品，出現社會分工，手工業、商業等行業開始出現，也出現了遠距離的貿易和交換。因為定居，人口逐漸增加，社會不斷複雜化，部份聚落從村落發展為城市，成為當地的政治、經濟、宗教和行政中心。因為財富的積累和社會分化，社會的某些成員具有比其他成員更多的財富和政治權力，這些人逐漸成為「國家」的領導者，又因為財富的積累和差別以及爭奪農業和其他經濟活動所需要的土地、水等資源，或爭奪財富和便於貿易的城市和商道，聚落之間出現衝突的概率增加，由此導致了聚落防禦措施的發展，城牆、碉堡等相繼出現。所有這些社會變化都成為古代文明出現的基礎。最後，因為農業發展和人口的增加，農業社會需要更多的土地，因此不斷向外遷徙。貿易和其他經濟活動也增加了地區內和地區之間族群的文化交流和互相影響。

　　繼兩河流域之後，希臘和埃及地區先後在距今 8300 和 8000 年左右出現了農業，這可能是受到兩河流域影響的結果。[2] 農業為古代文明出現奠定了經濟、社會和政治基礎。與農業發展相關的遷徙和交流，以及因社會分工發展而促進的商業貿易活動，甚至是族群之間的衝突，都增加了族群之間的互相影響。可以説，三大古代文明體系匯聚在地中海地區，是農業和貿易經濟率先在當地出現和發展，以及當地不同族群文化發展與互動的結果。

1　Scarre, C.(ed.) 2005, *The Human Past*, London: Thames & Hudson.

2　Decopoulos K. 1999, *Corinth Mycenae, Nauplion-Tiryns-Epidaurus, Archaeological Sites and Museums*, Athens: Hellinico.

學術界對於邁錫尼文明產生和發展的經濟基礎有不同的看法，其中一種觀點認為邁錫尼文明的主要經濟來源是邁錫尼人給埃及法老當僱傭兵，獲得黃金作為報酬。[1] 邁錫尼文明最具有代表性的考古遺址邁錫尼遺址，坐落於希臘南部距雅典大約 90 公里的阿爾戈斯（Argos）河谷東北一個平面為三角形、高約 40 米的小山上，是邁錫尼古代文明的一個政治和軍事中心。整個遺址面積大約 3 萬平方米，所在位置正好控制當地的一條交通要道。這個遺址被稱為 "The Acropolis of Mycenae"，"acropolis" 在希臘文是「最高點」的意思，說明該遺址為邁錫尼的最高點。在這裏可以看到的考古遺蹟包括了位於小山頂部的城堡，裏面有城牆、城門、宮殿的遺蹟，以及王族和貴族的墓葬等。城堡外面和周圍的山坡上還有平民居住的聚落和墓葬。此外在城堡的西南大約 400 米外還有一座石砌的穹廬頂墓葬，號稱「阿伽門農王之墓」。19 世紀德國人謝里曼（Schilemann）宣稱他在這墓裏發現了阿伽門農王曾經戴過的黃金面具，[2] 不過，近年有考古學家開始懷疑其真實性。

邁錫尼城堡的建築依山而建，經過後來的加建和重建，平面的形狀不規整，各建築的建成年代也不同。城堡在山腳的唯一入口在西北方，城門用巨石砌就，門楣上巨大的三角形石塊上刻有一對高浮雕的獅子作為裝飾，這就是鼎鼎大名的獅子門，建於大約距今 3250 年前。[3] 留心觀察，可見那一對獅子沒有鬃毛，顯然是母獅子的形象。看過《動物世界》的朋友應該知道，在獅子群中，儘管公獅子是首領，母獅子卻是為獅群提供食物的主要獵手。至於為甚麼古代邁錫尼人選擇母獅子而不是外表似乎更威猛的公獅子來作為城堡入口的浮雕圖案，就留給現代人去解讀了。

---

1 Decopoulos K. 1999, *Corinth Mycenae, Nauplion-Tiryns-Epidaurus, Archaeological Sites and Museums*, Athens: Hellinico.

2 同上。

3 同上。

邁錫尼王族和貴族圓形墓葬 A 區，中間長方形的是經過發掘的墓坑。當時的遺址沒有圍欄，遊客可隨意進入。

　　整個城堡由巨石建成的城牆所圍繞。獅子門的東邊（或左側）有一個面積不大的房屋遺蹟，可能是衛兵駐守城門的地方。跨進獅子門，最令人矚目的就是右側的墓葬群，稱為「圓形墓葬 A 區」。這裏面的墓葬其實是長方形的，但有一道圓形的石牆把這些墓葬圍起來，因此得名。謝里曼 1874–1876 年首先發掘了這一片墓葬，在裏面發現了大量的黃金陪葬品。之後又有其他考古學家先後在此發掘，包括 1950 年以後希臘考古學家的發掘和研究，為了解邁錫尼文明提供了更多的資料。根據他們的研究，在圓形墓葬 A 區的南面有祭台等建築，城堡外的西面山坡上還有圓形墓葬 B 區。[1]

　　經過墓葬區，沿着上山的通道上去，在城堡的中央有一組規模宏大的建築遺蹟，被稱為「宮廷大廳」。再往上走，在城堡的東面最高處有一個佈滿柱洞的建築遺蹟，可能是原來的宮殿所在。這裏可以說是城堡的制高點。在山頂北面的城牆還有一個小門，通向後面的山坡，也許是城堡失守時逃生所用。不過，以現場的實地觀察來看，這座城堡所在的山崗高度和面積都有限，若敵軍以優勢兵力圍困城堡，

1　Decopoulos K. 1999, *Corinth Mycenae, Nauplion-Tiryns-Epidaurus, Archaeological Sites and Museums*, Athens: Hellinico.

堡內的人恐怕難以逃脫。

根據考古學家的研究，早期的邁錫尼文明明顯受到克里特島上米諾斯文明的影響，但是從大約距今 3450 年開始，邁錫尼文明取代了米諾斯文明，其全盛時期的政治版圖延伸到現在意大利的西西里、中東的巴勒斯坦、敍利亞和埃及等地。從距今 3350 年開始，邁錫尼人用石材建造了很多城堡。不過，到距今 3200 年左右，隨着從海上和中東遷徙到希臘半島的不同群體，以及多利安人（Dorians）的到來，邁錫尼文明逐漸步向衰落。有意思的是，邁錫尼城堡在邁錫尼文明衰落之後仍有人居住，一直到公元 2 世紀，城堡才完全荒廢。[1]

除了古老的邁錫尼文明之外，伯羅奔尼撒半島上還有很多從新石器時期到近代的考古遺蹟和歷史建築。在邁錫尼遺址東北有著名的科林斯（Corinth）遺址。科林斯是古希臘時期的城邦國家之一，其位置扼守伯羅奔尼撒半島前往希臘大陸的通道。科林斯人曾經受到邁錫尼文明的控制，後來大約在公元前 8 世紀成為一個獨立政權。現在地面可見到的考古遺蹟包括半圓形劇場、宮殿、市集、神廟、商店、祭壇等。

從科林斯向南不遠就是阿爾戈斯海灣，其中在納夫普利奧（Nafplio）市有一座位於海水中的布爾齊（Bourtzi）城堡特別令人難忘。城堡大約始建於公元 15 世紀，是統治當地的威尼斯人修建的，用來保護城市免遭海盜的進攻。希臘一度被土耳其的奧斯曼帝國統治，1822 年希臘人從土耳其人手中奪回城堡。20 世紀之後城堡喪失了軍事功能，曾經一度作為旅店。這座位於蔚藍海洋中的城堡，在藍天白雲碧樹青山之間遺世獨立，儘管原來的功能是為了戰爭和防禦，今天看來卻是特別的寧靜、平和而悠遠。站在岸上於海風習習中遙望靜靜矗立於海中的布爾齊城堡，想像數千年來地中海波瀾壯闊、風雲變幻的

1 Decopoulos K. 1999, *Corinth Mycenae, Nauplion-Tiryns-Epidaurus, Archaeological Sites and Museums*, Athens: Hellinico.

人類歷史，都沉澱在湛藍的地中海水之中，只有石頭見證着當年的英雄豪傑和他們的故事。多少一世梟雄，均已變成天邊飄浮的白雲。對塵世的名與利、生和死，又何必過於執着呢！

上：科林斯遺址部份遺蹟，據研究是當時的商店、市集、祭壇
　　等，應是聚落的經濟和宗教中心。
下：希臘南部納夫普利奧海灣中心的布爾齊城堡。

旅遊 小知識

季節：

　　希臘位於南歐，七八月的時候氣溫可以達 40℃。到海邊地區好一些，因為有海風；但在內陸還是會感到酷熱。還是那句話，如果時間許可，避開七八月去希臘。

語言：

　　希臘語無論是字母還是發音都獨具一格。酒店、旅遊中心的職員一般都可説一定程度的英語。

飲食：

　　希臘盛產橄欖、奶酪、海產、水果等，食材頗為健康。「希臘沙拉」就是用橄欖、橄欖油和奶酪加蔬菜拌成。此外還有各式比薩、魚、蝦等主菜，夏天則有新鮮多汁的瓜、杏、桃等。

交通：

　　本文提到的三個遺址距離希臘首都雅典都不遠，可在抵達雅典後乘長途汽車前往參觀。比較省事的方法是參加當地旅行社組織的旅遊團，一天就可以看完這三個遺址。

風俗習慣：

　　希臘給我的印象很好。儘管有一定程度的語言障礙，但接觸到的希臘民眾似乎對生活都相當滿意，因此表現樂觀，開朗健談。

特洛伊

讀過希臘神話故事或者看過電影《木馬屠城記》的讀者，大概還記得美麗的古希臘女子海倫被特洛伊王子誘拐私奔、阿伽門農王率希臘聯軍遠征特洛伊、最後用木馬計賺開城門攻陷該城的故事。這是古希臘史詩《伊里亞特》中描述的特洛伊戰爭，一般認為發生在大約公元前 1300－前 1200 年。特洛伊的故事流傳了三千多年，是西方文學的重要內容之一。

特洛伊並非子虛烏有，而是確實存在過的一個古代城市，其遺址位於今天土耳其安納托利亞地區（Anatolia）的西岸、達達尼爾海峽（Dardanelles Strait）出海口東岸一個叫作希沙立克（Hisarlik）的小山丘，隔海與西面的希臘遙遙相望。達達尼爾海峽是連接黑海和地中海的重要通道，而特洛伊正好扼守這一出海口，戰略位置十分重要。地中海地區是南歐洲、中東和北非三大古代文明體系交流互動的核心地區，特洛伊在這一地區的文化演變中扮演了相當重要的角色。

從 19 世紀現代考古學出現以來，不少西方人都嘗試尋找特洛伊遺址，有些人是為了證實或推翻荷馬關於特洛伊戰爭的描述，個別人則是為了自己成名。1860 年一個英國人和當地居民發現了特洛伊遺址，並進行了小規模發掘，初步了解遺址的主要範圍。但論對遺址造成的

破壞程度，則首推德國人謝里曼，也就是發掘過邁錫尼的所謂「阿伽門農王墓」的那個德國人。據謝里曼的自傳，他在幼年時期聽過特洛伊的神話故事，就下定決心去尋找和發掘這個遺址。在第一次世界大戰中，謝里曼靠販賣軍火發了財，於是向當時的土耳其政府申請發掘特洛伊遺址。[1]

問題是，謝里曼完全沒有受過正規的考古學訓練，不懂得考古學田野發掘的規範和要求，而且他的目的僅是為了發掘特洛伊戰爭的遺蹟以印證荷馬的敍述，根本不是為了探討地中海東岸古代的文化和社會。考古學發掘的規則是從上到下逐層發掘、分辨和記錄不同地層的文物和遺蹟，但謝里曼完全沒有按照這一規則，而是在遺址的中心開挖了一條巨大的南北向大溝，寬40米、深17米，橫切整個遺址的主要考古堆積。他主觀地認為「特洛伊戰爭」的遺存應該在遺址底部，所以完全忽略遺址上部的文化堆積，只是垂直挖到底，無可挽回地破壞了遺址上層的大量考古堆積，包括屬於傳說中的「特洛伊戰爭」時期的堆積。在這條大溝的底部，他發現了特洛伊早期、即公元前2900年左右的城牆遺蹟，這是遠遠早於「特洛伊戰爭」時期的考古遺蹟。[2]換言之，他的所謂「發掘」，其實對特洛伊遺址造成了極大破壞。

從20世紀開始，特洛伊的考古發掘逐漸進入正軌。1990年代以來，來自將近20個國家的350多個考古學家、自然科學家和技術人員參加了特洛伊的發掘，但發掘的目的並不是為了印證荷馬史詩關於特洛伊戰爭的記載，而是為了全面認識地中海東岸古代文化變化和人類的交往、遷徙。經過多年仔細認真的發掘工作，考古學家認識到特洛伊是一個有相當規模的人類聚落，在全盛時期其城市規模達到75公頃。學者將特洛伊的考古遺存分為九個時期：

1　Tosun A. (2005?) *Troy*, Istanbul: Uzman Matbaacilik San. Tic. Ltd.
2　同上。

謝里曼挖掘的大溝

　　特洛伊 I 期：公元前 3000 年－前 2500 年。人類開始來到土壤肥沃的希沙立克居住。最早的特洛伊城平面近圓形，直徑大約 90 米，有厚重的牆身和塔樓，當時的特洛伊人就住在城牆內，而統治階層則住在城市中心。憑藉這裏重要的地理位置和良好的自然條件，特洛伊逐漸發展成為當地最大、最重要的青銅時代城市。

　　特洛伊 II 期：公元前 2500－前 2200 年。特洛伊 I 期的城市曾受到嚴重破壞，第 II 期的特洛伊是在 I 期城市的廢墟上建起來的，同樣有厚重的城牆。1870 年代謝里曼宣稱他發現的一大批金銀首飾和其他文物，即所謂「特洛伊的珍寶」，就屬於這一期。謝里曼將這批文物非法運到了德國。第二次世界大戰後這批文物被蘇聯紅軍取得，現存莫斯科的普希金博物館。

　　特洛伊 III 期到 V 期：公元前 2200 年－前 1800 年。公元前 2200 年左右，可能來自歐洲大陸的族群再次入侵特洛伊，並將城市夷為平地。此後特洛伊被多次重建，但規模都不大。

特洛伊 VI 期：公元前 1800－前 1275 年。公元前 1700－前 1275 年是特洛伊的全盛時期。這期間城市的人口明顯增加，聚落的範圍擴張到城市的東面和南面，並且修建了寬 3.5 米、深 1.98 米的護城壕，還有高達 9-10 米的城牆和塔樓。但一次嚴重的地震再次毀滅了繁華的特洛伊。

特洛伊 VII 期：公元前 1275－前 1100 年。人們重建了被地震破壞的城市，但是公元前 1180 年左右又受到了嚴重破壞，這次的侵略者可能是來自歐洲南部巴爾幹地區的航海族群，他們曾一度定居在特洛伊。

特洛伊 VIII 期：公元前 700－前 85 年。公元前 8 世紀初，希臘移民來到這裏定居，特洛伊成為希臘文化區。公元前 4 世紀，特洛伊被納入波斯帝國的版圖。馬其頓的亞力山大大帝也曾經來過該地區。公元前 2 世紀，在經過激烈的戰爭之後，特洛伊成為羅馬帝國的一部份，但城市受到嚴重破壞。

特洛伊 IX 期：公元前 85－前 50 年。羅馬皇帝蘇拉（Sulla）重建了特洛伊，擴建了廟宇，修築了露天劇場等公共設施。公元前 4 年，康斯坦丁大帝曾經一度選擇特洛伊為東羅馬帝國的首都，不過他很快改變了主意，因為特洛伊已經逐漸喪失了它的經濟重要性。

公元前 1 世紀之後，特洛伊仍然有人類居住，並曾經是拜占庭帝國的一部份。公元 1350 年完全廢棄。[1]

從考古發掘可見，特洛伊見證了人類在地中海東部從距今五千年到一千三百年間長達三千多年的歷史。在這漫長的歷史時期，特洛伊曾多次被毀，或毀於兵燹，或毀於自然災害；但特洛伊也多次浴火重生，甚至更加繁華。在三千多年的時空中，不同的古代文明在特洛伊

1　Korfmann, M. 2004, Was there a Trojan War? www.archaeology.org/0405/etc/troy.html.

上：特洛伊 Ⅵ 期的南門和城樓遺蹟。
下：特洛伊 Ⅷ 和 Ⅸ 期的宗教建築遺蹟。

碰撞、衝突、交流；不同的群體先後在這裏建設家園，繁衍生息，又先後消失。特洛伊所代表的安納托利亞地區文明，與大體同時期的邁錫尼和埃及文明，並稱地中海的三大文明，都是古代人類智慧和創造力的偉大結晶。

從青銅時代到鐵器時代的刀光劍影，最終都消失在希沙立克的藍天白雲中了。那麼，到底那場爭奪美女海倫的特洛伊戰爭是歷史事實還是傳說？考古學家在這個問題上也沒有統一的看法。一派學者認為沒有足夠的考古學證據證明特洛伊戰爭的確發生過；另一派認為不排除特洛伊戰爭曾經發生的可能性。[1] 從上述考古學資料可見，特洛伊的確經歷過不止一次的戰火洗禮。也許，荷馬關於特洛伊戰爭的描述，是地中海地區古希臘文明的政治體制、希臘各城邦國家之間的關係、宗教信仰、軍事制度和技術，以及希臘和安納托利亞地區的群體衝突和利益爭奪等等歷史事實的藝術再創造。

無論木馬屠城是否真的存在過，特洛伊遺址都真實地見證了人類在地中海地區數千年生存繁衍的歷史，特洛伊城市的興衰則反映了人類屢經挫折而不斷重建家園的精神，當然也反映了人類社會為了各種原因而出現種種流血衝突並為此付出的巨大代價。特洛伊數千年的考古文化堆積真切地反映了戰爭與和平的結果，或許這是今天我們參觀特洛伊遺址的時候值得思考的問題。而荷馬所創造的關於特洛伊的故事，數千年一直是西方文學的重要作品，也是西方文學的源泉之一。特洛伊為西方文明早期發展提供了重要的證據，因此在 1998 年被列入了聯合國教科文組織的「世界文化遺產名錄」。[2]

1　Korfmann, M. 2004, Was there a Trojan War? www.archaeology.org/0405/etc/troy.html.

2　UNESCO 1998, "Troy (Turkey)", http://whc.unesco.org/archive/advisory_body_evaluation/849.pdf.

旅遊 小知識

季節：

　　在土耳其的愛琴海和地中海地區旅行，最好的季節是春天（4 月到 6 月中旬），但建議避開 4 月中下旬，因為每年的 4 月 25 日是澳大利亞－新西蘭兵團日（ANZAC Day），紀念 1915 年第一次世界大戰時澳新兵團在達達尼爾附近加利波利（Gallipoli）半島的一次軍事行動；屆時特洛伊所在的恰納卡萊及附近城鎮將會出現酒店爆滿的情形。

　　土耳其的夏天相當炎熱，不過特洛伊位於海邊，因此即使在盛夏 8 月也不是十分酷熱。但 6 月中旬到 9 月中旬是旅遊旺季，儘管參觀特洛伊的人通常不會很多，但土耳其其他地方人多擁擠，酒店、交通服務等價錢較高。

交通和住宿：

　　從土耳其的伊斯坦布爾有長途公共汽車到恰納卡萊，可在那裏停留一夜，塞納卡爾有不少酒店可供選擇。從恰納卡萊乘公共汽車出發到特洛伊，距離大約 36 公里，車程 40 分鐘左右。上車後可預先告訴司機自己去 "Truva"，請司機到時候停車。從公路走進遺址的距離並不遠。回程可看好時間表在公路旁等車返回塞納卡爾。

　　夏季，伊斯坦布爾的一些旅行機構會組織特洛伊一天遊，但因為汽車從伊斯坦布爾到特洛伊單程就要 5 個小時，所以在遺址停留的時間很短，並不值得。塞納卡爾的旅行社在旺季也會組織特洛伊半日遊。

語言和風俗：

土耳其的貨幣是里拉（Lira），帶美元去兌換即可。土耳其的官方語言是土耳其語。大城市的「白領」有些會説英語，大酒店和餐廳的員工一般也會英語，但大部份人只説土耳其語。土耳其是伊斯蘭國家，要注意遵守當地的風俗文化和宗教忌諱。可從網站 www.goturkey.com 尋找更多信息。

飲食文化：

土耳其的飲食文化既有地中海文化的因素，也有伊斯蘭文化的因素。橄欖油、酸奶、牛、羊、雞、魚、豆類、各種果仁等是常見的食材。不同地區有不同的菜式，如愛琴地區比較多用海鮮作為食材。在大街上常見的是土耳其烤肉，一片片切下來包在薄餅裏面出售，味道通常不錯。濃郁的土耳其咖啡也很有特色。土耳其軟糖（Turkish delight）也是當地比較有特色的小吃之一。

參觀：

遺址內道路有些崎嶇，要穿輕便的旅遊鞋；怕曬的要做好防曬措施。

以弗所

在世界考古學、宗教史和古代史領域中，以弗所（Ephesus）應當是最著名的遺址之一。遺址位於土耳其共和國西部安納托利亞地區伊茲密爾（Izmir）市南部大約 50 公里的愛琴海西岸。以弗所曾經是一座歷史城市，但現在已經完全是一片廢墟。離遺址最近的現代人類聚落是塞爾丘克（Selçuk）鎮；大約 20 公里外還有一個較大的鎮庫薩達斯（Kuşadasi）。

在古希臘羅馬和早期基督教的文獻中就已經記載了以弗所的歷史和相關的重要人物，所以，從 19 世紀開始就有人到這裏發掘。最早來到這裏的是英國工程師伍德（J. T. Wood）。在大英博物館資助之下，伍德 1859–1874 年間在此挖掘，發現了小劇場和號稱「古代世界七大奇蹟」之一的阿爾忒彌斯（Artemis）女神廟遺址。伍德發現的重要文物都運到大英博物館陳列，包括著名的阿爾忒彌斯（Artemis）女神像。

從 1895 年開始，奧地利考古學研究所在此持續發掘，先後發現了當時的露天市集（Agora）、大劇場、藏書量號稱在古代世界排名第三的塞爾蘇斯圖書館等。從 1954 年開始，以弗所博物館的考古學家也參加了考古學發掘，並且維修和重建所發現的文物和遺蹟。今天，考古發掘工作仍在進行中，但考古學家已將更多的精力放到維護和重修已

經發現的建築遺蹟和出土文物、監測和保育遺址周圍的自然環境等方面的工作上。[1]

超過一個世紀的考古發掘雖然還沒有揭開以弗所古城的全貌,但已經發現了很多重要的雕塑、建築物和街道等。據目前發掘所見,古代的以弗所是一個依山而建,東西向、平面為長方形的聚落,從西向東分佈着希臘羅馬時代的海灣大街、可容納2.5萬人的大劇場、神廟、大理石大街、塞爾蘇斯圖書館、噴泉、長方形會堂、公共浴場,甚至還有妓院、公共廁所等。

根據希羅多德和其他古代歷史文獻的記載,以及考古學家的發掘和研究,以弗所作為人類聚落的歷史可追溯到距今5000年左右。在距今三千多年前,當地的土著就在以弗所建立了城市。大約從公元前1200年到前1050年,希臘部份居民開始向安納托利亞地區移民。經過和當地土著的浴血衝突之後,來自希臘的愛奧尼亞人在今天的土耳其西部建立了一系列移民城市,或佔領和改建原來當地土著居住的城市,以弗所即為其中之一。[2]

希臘移民在這裏建立和發展了與希臘本土不完全相同的文化。他們以農業和與地中海其他國家和地區的貿易為主要經濟。今天以弗所遺址的科爾特大道,一頭通向著名的圖書館遺蹟,另一頭穿過以希臘羅馬神話中的大力士赫拉克勒斯命名的赫拉克勒斯之門通往小劇院、多米提安神廟、市集等。在以弗所,科爾特大道是一條重要的商業大街,兩旁曾經佈滿了商店。移民到此的希臘愛奧尼亞人崇拜自然、土地和豐收女神阿爾忒彌斯,從公元前625年開始就修建神廟供奉這一女神。建於公元前564到前540年的阿爾忒彌斯神廟,據說長425米,寬200米,高20米,有127根柱子,因此號稱「古代世界七大奇蹟」

1　Mert, B. 2005, *Ephesus*. Istanbul: Mert B. Y. Y. Ltd.
2　同上。

上：以弗所遺址遠眺。
下：以弗所古城的科爾特大道。

之一。可惜的是，這個巨大的神廟後來被放火燒毀，於公元前 334-前 260 年重建，最後在 262 年哥特人入侵時又被毀掉。[1] 神廟的遺址在現在的塞爾丘克鎮外，地面只有一些柱礎。在神廟發掘出土的重要文物現在都陳列在大英博物館中。

據歷史文獻記載，公元前 5 世紀，以弗所屬於波斯帝國。公元前 334 年，馬其頓的亞力山大大帝成為以弗所的統治者。公元前 2 世紀，以弗所成為地中海地區最重要的商業港口之一，又被納入羅馬帝國的版圖。公元 1 世紀，以弗所是整個西亞地區最重要的商業貿易中心之一，富甲天下，當時的城市人口達到 22.5 萬人，是羅馬帝國在小亞細亞地區的首府，又是政治和學術中心。當時修建的大劇場是愛琴海地區最大的劇場之一，可容納 2.5 萬人，從一個側面反映了當時城市人口的數量可觀。今天在以弗所還可見到一座建於 2 世紀、獻給羅馬皇帝哈德良的廟宇，建築元素包括裝飾精緻的科林斯柱式和拱券結構，入門的門楣上方飾有高浮雕，是一座典型的羅馬建築。這座廟宇是由考古學家用出土文物重修起來的，門楣上的高浮雕是複製品，原件在以弗所博物館展出。[2]

除了大量希臘和羅馬時代的文物之外，在以弗所還可以見到古埃及文明的遺蹟。以弗所遺址西部還有一座同樣是建於公元 2 世紀的廟宇，據說是為當時來自埃及的商人所建，供奉埃及的塞拉皮斯（Serapis）神，但神廟的建築風格仍是羅馬式，同樣採用了裝飾富麗的科林斯柱式和高質量的大理石作為建築材料。儘管這個廟宇似乎沒有完成，有學者仍然認為，這充份說明古代的以弗所是一個具有多種宗教文化的大都會，在這裏，不同的文明和信仰可以和平共存。[3]

1　Mert, B. 2005, *Ephesus*. Istanbul: Mert B. Y. Y. Ltd.
2　同上。
3　同上。

左上：能容納 2.5 萬人的羅馬時代大劇場。
右上：塞拉皮斯神廟遺蹟。
左下：遊人如織的羅馬時代塞爾蘇斯圖書館建築遺蹟。
右下：塞爾蘇斯圖書館的科林斯式柱頭和立面裝飾細部。

　　作為羅馬帝國的學術中心之一，以弗所自然需要一所圖書館。這座羅馬時代的圖書館位於以弗所古城的中心位置，現存的建築立面有兩層樓，以風格華麗、精雕細刻的科林斯柱式為承重結構托起前門廊，大廳正面分列四座大理石雕像作為裝飾，稱得上是以弗所最美麗的建築，因此總是聚集了最多的遊客。據研究，這座建築同時又是一座墓葬。公元 2 世紀，以弗所的總督塞爾蘇斯（Celsus Polemaenus）去世，他的兒子在他的墓上建了一個富麗堂皇的書房，這就是圖書館的前身。20 世紀初期奧地利考古學家在此發掘，在圖書館地面下發現了墓室，還有其他珍貴文物，部份文物後來被運到了維也納的博物館。20 世紀 70 年代，考古學家根據出土文物開始重建圖書館的立面，[1] 成為今天我們所看到的圖書館遺蹟。

　　除了在古代地中海地區的經濟、政治和學術領域扮演重要角色之外，以弗所在基督教歷史上也佔有重要地位。從公元 1 世紀開始就有早期基督徒來到以弗所傳教，游說當地民眾捨棄原來的多神宗教，包括放棄對阿爾忒彌斯女神的信仰，改信基督教。據歷史文獻和傳說，基督教的早期使徒之一聖保羅 65-68 年間曾居留在以弗所；耶穌的母親聖母瑪利和聖約翰也曾經在此停留。因此，以弗所又成為天主教和基督教徒朝聖的地點。[2] 這個考古遺址見證了從古希臘到羅馬時代地中海西岸的人類聚落歷史和文化變遷，包括多族群和多宗教共存的歷史；其歷史建築，特別是圖書館的正立面，又是古代建築不可多得的精美範例，具有獨特的歷史、科學和審美價值。因此，無論是從考古學、古代歷史、建築史、宗教史還是從藝術史角度而言，以弗所都是到訪土耳其不容錯過的重要人類文化遺產。

1　Mert, B. 2005, *Ephesus*. Istanbul: Mert B. Y. Y. Ltd.
2　同上。

旅遊 小知識

交通：

　　從伊斯坦布爾有長途汽車到伊茲密爾，車程大約 9-10 個小時，也可以乘飛機到伊茲密爾。從伊茲密爾中央汽車站可坐公共汽車到塞爾丘克，車程大約 1 個半小時。塞爾丘克離以弗所大概 3 公里，可搭出租車前往遺址，當然也可以步行。伊茲密爾有些旅店可為住客安排從伊茲密爾到塞爾丘克的來回交通。圖省事的遊客可以在伊茲密爾或者庫薩達斯參加當地旅行社組織的一日遊前往遺址，但這些一日遊往往要到商店購物，比較浪費時間。

開放時間：

　　每年的 5 月到 9 月是旺季，認真參觀完整個遺址大概需要一天的時間。

玫瑰古城佩特拉

位於約旦王國首都安曼南部的佩特拉（Petra）古城，是約旦境內三大著名古代城市遺址之一，也可以說是世界上最美麗的考古遺址之一。當地導遊說，"Petra"的意思就是「岩石」。古城坐落在玫瑰紅色砂岩的群山之中，主要建築也都是在玫瑰色砂岩的山岩上開鑿而成。砂岩是一種硬度較低、容易開鑿（當然也容易風化）的岩石。古城的修建者充份利用這種岩石的特性，在山崖陡壁的剖面上直接開鑿修建各種建築，而且還用同樣的砂岩製成建築材料。整個古城均為溫柔的玫瑰紅色，因此佩特拉又被稱為「玫瑰城」。

佩特拉及其鄰近地區很早就有人類居住。公元前 6 世紀左右，阿拉伯半島的游牧民族納巴泰人（Nabataeans）遷徙到這裏，並控制了今天以色列和約旦境內相當大一部份土地。通過發展商貿經濟，特別是經營阿拉伯、中國、印度、羅馬和希臘之間的絲綢和香料貿易，納巴泰人在公元前 4 世紀到公元 106 年建立了一個相當繁盛的王國，而佩特拉就是王國的首都。[1]為了在當地相當乾燥的氣候和環境中生存，納巴泰人也發展出一套相當成功的灌溉和供水系統。

1　Case Editrice Plurigraf 1996, *Jordan*, Amman: Plurigraf S.P.A.

富裕的王國和巨大的財富難免引起旁人的覬覦。因此，納巴泰人充份利用當地的地理環境，將佩特拉建成了一座具有高度防禦性的堡壘城市。古城的主要入口是一條在山岩之間的狹窄通道，稱為 "the Siq"。這條通道是利用天然的山間峽谷修鑿而成，全長大約 1.2 萬米，最窄處的寬度只有大約 3 米。通道兩邊是高聳入雲的陡峭山崖，從通道上望可見典型的「一線天」。在冷兵器時代，來犯之敵要攻入這樣的通道，肯定要付出慘重傷亡，或者幾乎是不可能的。當地導遊說，古城的唯一弱點是水源來自城外，供水系統的源頭當然也在城外。當敵人切斷水源時，城內的居民只有投降。

　　公元前後，由於商貿路徑的改變，特別是公元前 25 年羅馬帝國皇帝奧古斯都開通了阿拉伯和埃及亞力山大港之間的海上貿易通道，繁盛一時的納巴泰王國開始逐漸衰落。106 年，羅馬帝國皇帝圖拉真吞併了納巴泰王國，佩特拉古城的政治和經濟地位一落千丈。363 年，古城又經歷了一次嚴重的地震破壞。中世紀十字軍東征的時候，古城曾一度受到重視，但之後就湮沒無聞，直到 1812 年才由瑞士旅行家布克哈特（Burkhardt）重新發現並逐漸引起世人的注意。[1] 20 世紀以來，來自英國、以色列和美國等地的考古學家先後在佩特拉古城從事發掘工作，復原和修建了部份已經發掘的考古遺蹟。美國好萊塢電影《奪寶奇兵》曾經以這古城為背景拍攝了部份鏡頭，大大增加了古城在世界上的知名度。今天的佩特拉古城是約旦境內最具吸引力的旅遊地點之一，每年都吸引來自世界各地的大量遊客。

　　今天進入佩特拉仍需要通過那條彎彎曲曲的「一線天」。遊客可以選擇乘坐當地人經營的小驢車進入古城，當然也可以選擇步行。乘坐小驢車的好處是可以從車夫那裏得到很多關於古城的信息，包括在

1　Case Editrice Plurigraf 1996, *Jordan*, Amman: Plurigraf S.P.A.

佩特拉古城的入城通道

通道兩旁所見到的古蹟，如納巴泰人特有的墓葬。這組形式獨特的墓葬是 1 世紀由一個納巴泰家庭修建的，上部的四座方尖碑式墓葬年代較早，共埋葬了五位死者。

穿過狹窄的通道便進入古城，眼前的景觀豁然開朗。古城的中心坐落在一個巨大的山間盆地，周圍是連綿不絕、氣勢恢宏的玫瑰色群山。城中央有一條寬闊的街道，兩旁密集排列着用經過加工的圓形紅色砂岩石塊疊壘而成的羅馬式石柱。豎立在街道上的英文和阿拉伯文說明牌告訴遊客，這條街道由納巴泰人始建，114 年羅馬帝國圖拉真皇帝吞併納巴泰王國之後重建，是當年城內的主要商業街道，兩邊曾經佈滿了商店，並且通向城裏的大市集。

中央街道的一側是納巴泰人的「大神廟」遺蹟，從 1993 年開始由美國布朗大學的考古學家進行發掘。神廟由納巴泰人建於公元前 1 世紀，平面的面積超過 7000 平方米，高度應超過 18 米。神廟的正面曾經有四個高 15 米的巨大圓柱，還有精細的植物雕刻裝飾。神廟的主要建築今天已經不存，但神廟遺蹟的寬度和留下的石柱、台階、內部建築等，仍可讓人感受到當年神廟的恢弘氣象。門框上精細的雕塑植物

左上：入口處的方尖碑式墓葬。
右上：羅馬露天劇場。
下：古城連接市集的中心街道和山上的古代建築遺蹟。

圖案又讓人體會到納巴泰人的建築不僅有氣勢宏大的一面，也有細膩嫵媚的一面。

中央大道通往開鑿在山崖斷壁上的大量墓葬，這裏埋葬着屬於不同時代、不同階級的古城居民。其中一座崖墓稱為「甕墓」，因在其山形牆上有一陶甕而得名。這類崖墓的規模巨大，可以想見當時開鑿這樣一座崖墓所需要的人力和物力，由此也可見墓主人家族所擁有的政治和經濟力量。這原是一座皇族墓地，447 年曾被當地的主教改作教堂。這大概是歷史建築再利用的古代例子了。

佩特拉古城裏面主要的考古遺蹟或者古代建築有十多個，包括「寶庫」、羅馬露天劇場，「修道院」、羅馬戰士墓等。其中，依山開鑿的半圓形露天劇場，始建於公元前 4 到公元 27 年，據說可容納4000 名觀眾。這座露天劇場的結構和格局與其他地區所見羅馬劇場的結構和格局大同小異，但仔細看仍可發現建築師的匠心。劇院高低不等的觀眾席是沿着傾斜的山坡鑿成的，這一設計可大大減少用於開鑿岩石的人力。此外，在今天的伊斯蘭教國家看到與在歐洲地區所見極其相似的羅馬露天劇場，也令人深刻感受到古代羅馬帝國宏大的版圖和文化的影響力。

要參觀佩特拉古城最引人矚目的考古遺蹟，當然不可遺漏寶庫和修道院。寶庫位於古城中心區附近，沿着羅馬劇場向南不遠即可抵達。這座在山崖斷面上鑿建的建築，被視為佩特拉最重要的遺蹟之一。寶庫建於公元前 1 世紀，可能是納巴泰王國的一個大墓，或者是一個廟宇。其立面分為上下兩層，柱式明顯屬於科林斯式，立面上部的圓形和斜脊形結構很有特色，在古城其他建築中也可發現類似的結構。建築立面上部還有砂岩的人像雕塑作為裝飾；中央的圓形建築頂部雕有一隻鷹，據說是納巴泰人和希臘人所尊崇的一個男性神祇的象徵。這座建築之所以被稱為「寶庫」，是因為當地的游牧民族貝都因

人相信，立面上部中央的圓形「石罐」是海盜收藏寶藏的地方。

如果説寶庫以裝飾華麗著稱，「修道院」則是佩特拉最大和最具氣勢的建築。這座建築位於古城西北的山巔，從古城中心區步行前往至少需要一個小時，而且全部是上山的路，相當崎嶇陡峭。不願意或不能步行的遊客可乘坐當地人經營的馬匹前往。

雖然名為「修道院」，但並沒有證據説明這座建築曾用為修道院。這座納巴泰建築可能是一座廟宇，用來供奉納巴泰王國全盛時期即公元前 1 世紀在位的國王奧波達斯一世 (Obodas I)。無論其功能是甚麼，它顯然是佩特拉古城最大、保存最完好、氣勢最懾人的一座建築。該建築的立面高約 50 米、寬 45 米，中央的圓形「石罐」形結構高達 10 米左右。對比站在入口的遊客，可見該建築的巍峨恢宏。「修道院」的立面裝飾不如「寶庫」那麼富麗，但卻有一種莊嚴雄渾的氣勢。

現在，佩特拉古城的這些歷史建築裏面都是空空如也，只有寬敞的岩廈大廳，沒有甚麼文物。只有其中一個納巴泰人崖墓被用作考古學博物館，裏面陳列了在佩特拉古城歷次發掘中發現的部份建築構件、雕像等文物；一些重要的文物則陳列在約旦首都安曼的考古博物館。不過，據説一個新的考古學博物館將要建成，裏面將會陳列佩特拉歷次發掘發現的所有重要文物。

佩特拉古城是距今兩千多年前納巴泰文明的傑出代表。現代人類社會對這個文明了解不多，因此佩特拉古城的遺蹟和文物為我們認識這一「消逝的文明」提供了極其重要的資料。從建築和審美的角度而言，納巴泰人對玫瑰色砂岩的利用發揮到極致，不僅善於在山崖上開鑿墓葬、露天劇場等，在砂岩上用雕刻和打磨工藝建成各種柱式、山牆和立面，而且還用紅色砂岩製成了長方形、方形、圓形等各種形狀的建築材料，用來建造大氣恢宏的地面建築，並加上細緻的圖案裝飾。整個古城的建築既氣勢磅礴，與巍峨的群山融為一體，又富麗堂

古城的主要遺蹟「修道院」。

皇；既有其自身獨特的藝術風格，又有希臘和羅馬藝術的影響。「大神廟」和各類墓葬從不同角度揭示了納巴泰人的信仰和政治結構，中央大街和市場展示了納巴泰人的商業經濟，而羅馬劇場則證明了羅馬帝國對當地的影響。總而言之，佩特拉城內的遺蹟和遺物，成為我們認識納巴泰文明的經濟、歷史、審美、建築藝術和技術、社會結構、政治制度、信仰理念以及文化交往的重要物質證據。因此，1985 年佩特拉被聯合國教科文組織列入世界文化遺產名錄。

旅遊小知識

季節：

　　約旦的氣候乾燥溫熱，夏季尤其炎熱，要記得帶上足夠的飲水和小量食物。

交通和住宿：

從首都安曼有長途汽車經過佩特拉。另外可以在安曼當地旅行社租車（包司機）前往。後者比較方便，而且費用也不貴。約旦境內還有不少古代文化遺址，可到約旦旅遊局的網頁上搜尋更多信息：http://www.visitjordan.com。該網頁有中文版。

語言和風俗：

阿拉伯語是當地的官方語言。我碰到的部份約旦年輕人能說簡單的英語，但上年紀的人一般都不會說。不過，我所遇到的約旦人一般都十分友善，樂意幫忙。約旦是伊斯蘭教的國家，所以要特別注意尊重當地的文化和宗教信仰。

飲食：

約旦盛產各種橄欖油、果仁、魚類、肉類等，食材很豐富。我個人最喜歡的是香脆的烤餅和各種果仁，包括開心果、腰果等。開心果最早是在中東栽培種植的，約旦的開心果和其他果仁都經過當地的香料加工，非常美味，其他國家製作的同類果仁絕對無法比擬。注意天然的開心果外殼是褐色的，白色外殼的開心果往往經過了漂白處理。

參觀：

古城內有餐館，但參觀古城主要景點需要一天的時間，不能花太多時間購物和吃午飯。古城的道路崎嶇，以山路為主，要到「修道院」更需要走很長的一段山路，所以一定要穿輕便的鞋子。當地導遊的信息未必都準確，所以最好還是事先購買一本關於佩特拉的手冊。

迦太基

在世界古代史上，迦太基（Carthage）文明、漢尼拔（Hannibal）將軍等名字如雷貫耳。即使在參觀歐洲宮殿的時候，也時常會見到關於迦太基、羅馬帝國、漢尼拔等歷史故事的陳述。例如在德國陶伯河上的羅騰堡主教宮殿中的眾多掛毯裏，就有一幅講述當年羅馬帝國征服迦太基並將之納入羅馬帝國版圖的故事。

地中海地區位於歐亞非三大洲的交匯處，是古代和現代文明交匯、交流和碰撞之處。迦太基文明的代表性遺址迦太基（Carthage），位於地中海南岸、非洲大陸北部，突尼斯海灣的西岸。從迦太基出發，東面可從陸路抵達埃及，東北面可航海到意大利的西西里島，更可進一步抵達中東地區，北面可穿過地中海抵達意大利的撒丁尼島，向西可從陸路到達北非的摩洛哥，向西北則可航行到西班牙和歐洲南部其他地區。顯然，迦太基位於地中海一個非常重要的戰略位置上，而這一古老文明的繁衍和衰落又都與此相關。

根據考古學研究，以小麥和大麥栽培為主的農業經濟，早在距今1萬年左右便出現在中東地區，隨後向北進入歐洲，向南則進入非洲北部。農業經濟為古代人類提供了相對較多和較穩定的食物，也促進了社會分工、貿易發展。位於非洲北部海岸的迦太基文明，便是以農

業和貿易為主要的經濟基礎。

　　迦太基最早的城市是地中海地區腓尼基文明的殖民地。腓尼基文明大約在公元前 15 世紀出現於中東沿海地區，並在公元前 12－前 8 世紀左右達到巔峰，其政治影響力曾經遍及整個地中海地區。腓尼基文明以海洋貿易為經濟基礎，是獨立的城邦國家，其拼音語言被公認為西方拼音文字的祖先。公元前 6 世紀以後，腓尼基人分別被來自中東的亞述人、巴比倫人和波斯人統治，最後在大約公元前 332 年被馬其頓的亞歷山大大帝所征服。[1]

　　據說，腓尼基文明的城邦國家之一泰爾（Tyre）城國王的妹妹埃利莎（Elissa）公主在大約公元前 9 世紀來到北非的迦太基，在公元前 814 年開始興建迦太基古城。不過，目前在迦太基附近發現年代最早的陶器製作於公元前 760－前 680 年左右，比傳說中迦太基建城的時間稍晚。考古學家還在這裏發現了三個墓地，但尚未發現公元前 7 世紀以前的居址遺蹟。[2]

　　由於獨特的地理位置，迦太基在北非、歐洲和西亞地區的海上貿易中扮演着重要的角色，很快就成為當時整個地中海地區主要的貿易中心。以迦太基城為中心，當時的迦太基帝國控制着北非和歐洲南部海岸地區。這個時期被稱為迦太基文明的「布匿時期」（Punic period）。"Punic" 在拉丁語中意為「腓尼基的」；因為迦太基人來自腓尼基，故用以指迦太基人，或迦太基文化。[3]

　　從公元前 6 世紀開始，迦太基文明就與希臘文明及後來的羅馬文明發生衝突。公元前 264－前 146 年，逐步崛起的羅馬帝國與迦太基帝國在地中海地區為爭奪土地、資源和人口而爆發了三次戰爭，在世

1　Gates, Charles, 2003, *Ancient Cities*, 2nd edition, Oxford and New York: Routledge.

2　同上。

3　Anonymous, unknown year, *Carthage: History, Monuments, Arts*, Tunisia: Rotalsele & Sitcom.

界史上稱為「布匿戰爭」（Punic wars）。第一次布匿戰爭，迦太基帝國輸多贏少。在第二次布匿戰爭中，迦太基名將漢尼拔曾揮軍進入羅馬帝國境內，取得一系列勝利，但羅馬入侵迦太基，迫使漢尼拔回師北非，最後被羅馬將軍西庇阿（Scipio Africanus）擊敗，迦太基帝國也被迫向羅馬帝國支付戰爭賠款，經濟和政治實力受到進一步削弱。最後一次布匿戰爭的時間發生在公元前 149－前 146 年間。在這次戰爭中，迦太基城被羅馬軍隊圍困三年，城中不少人餓死，更多的人戰死。最後羅馬軍隊攻城，迦太基人雖然頑強抵抗，最後仍寡不敵眾。整個城市被羅馬軍隊徹底破壞，幸存者淪為奴隸，許多重要歷史文獻被付之一炬。[1] 因此，今天在迦太基遺址中，屬於布匿時期的考古遺蹟和遺物的數量都較少。

這三次戰爭改寫了地中海、歐洲和北非地區古代文明的版圖，從此迦太基文明滅亡，羅馬文明成為地區霸主。土地富饒、盛產穀物的北非成為羅馬帝國的主要糧倉，每年大量的糧食從迦太基港運往意大利和其他羅馬城市。[2] 羅馬軍隊摧毀了布匿時期的迦太基城之後，在公元前 29 年重新建造羅馬風格的城市，這也是今天迦太基遺址主要的文物和遺蹟。此後迦太基成為羅馬帝國非洲行省的政治和行政中心，直至公元 7 世紀阿拉伯文化進入，迦太基才被毀棄，其政治和行政中心的地位被突尼斯城取代。[3]

迦太基遺址之後荒廢了相當長的一段時間，直到 19 世紀才有來自法國的耶穌會教士開始對遺址進行發掘。從 1970 年代開始，考古學家對這個遺址進行了規模可觀的發掘和研究。[4] 遺址現存面積大約 5 平方公里，平面為不規則的長形，在遺址上建有「迦太基考古公

1　Scullard, H. H., 2002, *A History of the Roman World, 753 to 146 BC*, Routledge.

2　Anonymous, unknown year, *Carthage: History, Monuments, Arts*, Tunisia: Rotalsele & Sitcom.

3　Scullard, H. H., 2002, *A History of the Roman World, 753 to 146 BC*, Routledge.

4　Anonymous, unknown year, *Carthage: History, Monuments, Arts*, Tunisia: Rotalsele & Sitcom.

園」。遺址內不同時期、不同性質的遺蹟分佈在不同的地點，年代分屬於布匿時期、羅馬帝國時期及中世紀時期。由於公元前146年羅馬軍隊攻克迦太基城之後的大規模破壞，遺址內屬於布匿時期的遺蹟數量較少，主要是房屋聚落和少量墓葬。迦太基遺址內主要的遺蹟和文物都屬於羅馬時期，如圖書館、希臘神話裏醫藥之神埃斯科拉皮俄斯（Aesculapius）的神廟遺蹟、市政廣場、坐落在山坡上的羅馬房屋聚落、半圓形劇場和位於海邊的巨大羅馬浴場等。此外，遺址公園裏還有一個博物館，收藏和展示迦太基遺址出土的部份文物，包括羅馬時代的雕塑、馬賽克拼圖、陶器和玻璃等。通過觀賞這些遺蹟和遺物，遊客可從中了解羅馬時代迦太基城市的規模、公共設施和民眾的生活方式、社會等級和審美概念等。例如，羅馬聚落是羅馬帝國時期迦太基貴族的聚居地，其中有一座用多種馬賽克拼圖裝飾地面的「豪宅」，既顯示了羅馬貴族的財富，又反映了羅馬時代的房屋結構佈局、建築技術、藝術和審美標準、人物形象和服飾等。

浴場是在羅馬時代考古遺址經常可見的遺蹟，但迦太基的羅馬海濱浴場不論是規模、氣勢，還是結構的複雜，在同類遺蹟中都可說是首屈一指。這是羅馬帝國第三大的浴場，建成於公元2世紀羅馬皇帝安東尼統治期間，故稱為「帝國安東尼浴場」（The Imperial Antonine Baths）。從現在留下的遺蹟來看，大浴場的建築分為上下兩層，底層由密集相連的穹隆形結構所支撐，上層可見高聳的科林斯石柱和厚重的磚砌建築構件。在遺蹟現場有一幅復原圖。根據這幅圖，當時的羅馬浴場下層是儲存燃料的倉庫，為浴場提供熱能的巨大爐灶也位於下層；上層則是一座穹隆型的高大建築，內部裝飾華麗，設施齊全，包括更衣室、桑拿、熱水浴池等，還有室外游泳池。整個浴場可以同時接待數以千計的顧客。[1]

---

1 Anonymous, unknown year, *Carthage: History, Monuments, Arts*, Tunisia: Rotalsele & Sitcom.

上：布匿時期的房屋聚落遺蹟。
下：埃斯科拉皮奧斯神廟巨大的柱礎。

上：羅馬時代聚落遺址。
中：羅馬時代豪宅地面的馬賽克裝飾。
下：坐落在海濱的羅馬時代安東尼帝國大浴場，以及高高
　　聳立的科林斯石柱。

迦太基出土的羅馬時代建築遺蹟和遺物，與歐洲各地和西亞（約旦）所見的羅馬時代建築遺蹟和文物可謂大同小異，例如都見到科林斯柱式、馬賽克裝飾的房屋地面、彩繪的壁畫等。歐亞非三大洲羅馬時代遺蹟和遺物的這種相似性，說明羅馬帝國的統治者在其巨大的疆域、多種多樣的原住民文化中，成功地推行了羅馬文化的很多重要因素，包括城市的設計和佈局、主要的政治、宗教和社會設施，以及建築工藝和藝術等。這可以作為人類學考古學研究古代文化交流和某種「同化」現象的重要證據。

值得指出的是，18 世紀以來，西方殖民主義者經常將非洲描繪成一片蠻荒之地，是「野蠻和落後」的地方。但是，迦太基遺址向我們揭示了非洲大陸古代文明的源遠流長。非洲大陸不僅只有埃及文明，還有曾經顯赫一時、影響整個地中海的迦太基文明，而迦太基遺址就是這個古老文明最重要的物質見證之一，而這也正是這個遺址最重要的文化和社會價值之一。它向世人證明非洲大陸在人類文化發展中同樣佔有重要的地位，作出了重要的貢獻。

旅遊小知識

交通：

迦太基遺址位於突尼斯城東面的海濱地區，距離首都大概只有十來公里的距離。突尼斯國際機場即以迦太基命名，稱為「迦太基國際機場」。在世界各國首都國際機場中，以一個考古遺址命名的機場似乎數量不多，由此也可見迦太基遺址在當地的重要性。

遊客可乘火車從突尼斯前往迦太基遺址。遺址的範圍頗大，需要在不同的火車站分別上下車，然後再步行前往參觀各考古遺蹟，所需

要的時間和體力都較多。另外一個方法是請酒店職員代為聯繫當地的出租車司機，講好價錢，司機將客人帶到迦太基遺址的各主要地點參觀，參觀完後再帶回市區酒店，這樣比較節省時間和體力。當然進入遺址到各個地點還是要步行的，特別是在羅馬房屋聚落和羅馬浴場，要步行相當的距離，所以穿着要輕便。

飲食：

突尼斯的烹飪有地中海烹飪文化的特色。突尼斯北部和東部面向海，所以食品原料中有很多海產品。當地也盛產橄欖，所以橄欖製品也很常見。主要的食物有烤餅、煎蛋卷、烤魚和牛羊肉排等。此外，北非地區盛產各種果仁、椰棗、蜜棗、無花果等，既健康又美味，值得品嚐。

宗教信仰和風俗習慣：

突尼斯是伊斯蘭國家，所以宗教在當地的社會文化和生活中扮演着很重要的角色。因為穆斯林每天有定時祈禱的時間，所以如果出租車司機到一定時間說要停車去祈禱，請尊重他們的信仰，耐心等候。

在突尼斯，以我的經歷，當地人能夠說英語的不多，會說法語的不少，大概因為突尼斯曾經是法國殖民地的關係。如果是自由行的話，學幾句法語會很有用。

龐貝古城

龐貝 (Pompeii) 位於意大利拿坡里省 (Province of Naples,「拿坡里」是意大利語發音的譯音,「那不勒斯」是英語發音的譯音)。從地圖上看,意大利半島很像一隻高跟靴子,從歐洲南部伸進地中海,隔海和地中海南岸的北非相望,東邊是希臘和中東。這裏是多個古老文明匯聚、交流、互動的核心地區,曾經是盛極一時的羅馬帝國首都所在,又是歐洲文藝復興運動的起源地。從中世紀以來,這裏就是天主教教廷中樞所在。具有如此豐富醇厚的歷史文化背景,無怪乎意大利境內到處是考古遺蹟和各種各樣的歷史建築。在聯合國教科文組織的「世界文化遺產名錄」上,意大利擁有的世界文化遺產數量最多。

龐貝大概是世界上知名度最高的考古遺址之一。古城坐落在意大利東面的拿坡里海灣。這裏風景秀麗,夏天海風送爽,不像羅馬那樣炎熱,所以自羅馬帝國時代以來,這裏就是富裕人家和上層社會的避暑勝地。由於靠近維蘇威火山,火山灰是極好的肥料,因此這裏土地肥沃,農業發達。此外,靠近海岸線的地理位置也便於人們從事海陸貿易和其他經濟活動。[1]

1　Santini L. 1998, *Pompei*, Terni: Plurigraf.

根據歷史文獻和考古學的研究，龐貝始建於大概公元前 9 世紀到前 8 世紀，距今已經有將近 3000 年的歷史了。古代龐貝以農業、海陸貿易為經濟基礎。公元前 5 世紀，埃特魯斯坎人（Etruscans）曾經一度管治龐貝。從公元前 3 世紀開始，羅馬帝國開始入侵意大利南部，龐貝也逐漸成為羅馬帝國的一部份。在羅馬帝國統治時期，龐貝的經濟不斷發展，城市人口持續增加，成為帝國最重要的經濟和政治中心之一，其城市面積一度達到 66 公頃。靠海陸貿易致富的商人成為龐貝城中具有影響力的「中產階級」，為了從掌握政權的貴族階級那裏分享權力，他們在城裏建造了很多華麗的住宅，通過炫耀財富來增加其政治影響力。[1]

　　龐貝古城的覆滅是世界古代史上最慘烈的悲劇之一。79 年 8 月 24 日，維蘇威火山突然大爆發，一時烈焰騰空，通紅的滾滾熔岩奔騰而下，在很短的時間內湧向龐貝、赫庫蘭尼姆（Herculaneum）和斯塔比亞（Stabiae）三座城市，迅速埋葬了城市內所有的建築、器物和走避不及的居民。此後維蘇威火山又曾多次爆發，最近的一次爆發在 1631 年。[2] 但因為火山灰是良好的肥料，而且自然環境優美，因此儘管每次火山爆發都令很多人喪生，但人類還是一次又一次回到這裏居住。目前這裏仍是意大利人口最密集的地區之一，龐貝古城附近就有現代的龐貝鎮。

　　維蘇威火山兩千多年前的那次大爆發將龐貝的城市文化突然凝固，直到 19 世紀才通過考古學家的發掘而重見天日。今天遊客所看到的都是經過考古學家發掘、整理、復修之後的考古遺蹟，不過這只是龐貝古城的一部份。龐貝古城中的主要景點包括市政廣場和阿波羅神廟、圓形大劇場、公共浴場、陳列出土文物的考古博物館，以及民

1　http://whc.unesco.org/en/list/

2　Santini L. 1998, *Pompei*, Terni: Plurigraf.

居、商舖等。

龐貝古城的平面大致為長方形，周圍有城牆圍護。城市的佈局是典型的羅馬風格，城市的街道分為東西向和南北向。南北向的稱為 "cardo"，主要的南北向大街稱為 "cardo maximus"，通常是商店林立之處，也是城市的經濟中心。東西向的街道則稱為 "decumanus"。[1] 根據城市所在的自然地貌和文化需求，有些羅馬城市以南北向大街為主要街道，有些城市以東西向大街為主要街道，但無論是哪一種形式，市政廣場通常都位於南北和東西大街的交匯處。羅馬時代的市政廣場是政府機構、宗教建築和中心市集所在地，是城市的經濟、政治、社會和宗教中心。在這裏通常有一座稱為「巴西利卡」（Basilica）的建築，便於政府官員在此管理和解決當地的行政、法律和商業事務。到了中世紀，「巴西利卡」往往又是宗教活動的中心。

龐貝古城的市政廣場平面是個不規則的長方形，廣場的北面是供奉希臘羅馬大神朱比特的神廟，西南是巴西利卡和阿波羅神廟，東面則是其他的神廟和重要建築。阿波羅神廟的遺蹟保存較好。阿波羅是古代希臘羅馬信仰體系中一個很重要的神，被視為太陽、音樂、舞蹈、奧林匹克之神，又具有管理城市、宗教、懲惡揚善等多種功能。龐貝的阿波羅神廟可能始建於公元前 6 世紀，比市政廣場的其他建築要古老得多。神廟後來又經過擴建，既有意大利又有希臘風格。[2] 整座神廟的平面呈方形，周圍有 48 根高聳的石柱環繞，中央的高台上是長方形的神殿。神殿內既有供奉阿波羅神的祭台，也有阿波羅和羅馬神話中執掌狩獵、月亮和生育女神狄安娜的雕塑；但這兩件雕塑的原件放在拿坡里考古學博物館，龐貝古城所見的是複製品。整個市政廣場的遺蹟不僅可讓遊客認識羅馬時代城市的格局，也可了解宗教信仰在

1　Santini L. 1998, *Pompei*, Terni: Plurigraf.
2　同上。

左上：龐貝市政廣場的巴西利卡遺蹟。
右上：阿波羅神廟遺蹟。
下：圓形大劇場，可遠眺現代龐貝鎮和維蘇威火山。

城市生活中的重要性。

露天劇場是羅馬時代幾乎每個城市都有的公共設施,龐貝城裏有好幾個劇場。其中最大的是圓形露天劇場(Amphitheatre),建於公元前 80 年,至少可容納 1.2 萬名觀眾。圓形劇場的旁邊是運動場。從這裏還可遠眺現代的龐貝鎮。

另外一座「大劇場」,則是羅馬時代典型的半圓形露天劇場。劇場始建於公元前 2 世紀,是城中較古老的建築之一,保留了希臘時代的建築風格,可容納 5000 名觀眾。龐貝城裏還有不少較小的劇場,包括室內劇場(Teatro Piccolo)。羅馬時代劇場的座位通常分為底層、中層和高層,底層中央的座位是留給社會上層人物的,高層的座位則留給羅馬帝國的自由民,如商人、手工業者、農民和工匠等。[1]

除了上述公共設施之外,不可錯過的還有龐貝城中的貴族豪宅、平民房屋、商舖、作坊,甚至妓院,以及街道牆上兩千多年前的選舉標識和塗鴉,後者是古代龐貝政治制度的生動記錄。在龐貝城,既可見到用馬賽克裝飾地面的豪宅,如「野豬宅」,因為其地面馬賽克有一幅獵狗圍攻野豬的圖案而得名;或牆上佈滿美麗繪畫裝飾的「維納斯之家」(因為屋子的牆上有一幅「貝殼中的維納斯」而得名;或「塞伊之家」,建於公元 1 世紀左右,其花園北牆的繪畫動物形象生動栩栩如生,等等;也有室內只有簡單土床的平民住宅。這些住宅不僅是羅馬時代建築和繪畫藝術的物質證據,也真實地反映了當時龐貝的社會結構和貧富差別。此外,城中的商舖和作坊遺址有助於我們認識羅馬時代的工商業經濟和手工業格局。

龐貝古城全面展示了羅馬時代城市的佈局規劃、建築技術和風格、審美和藝術、宗教信仰、乃至政治結構和社會等級。通過參觀龐

1　Santini L. 1998, *Pompei*, Terni: Plurigraf.

貴族住宅「塞伊之家」內的壁畫裝飾。

貝古城，我們可以對兩千多年前的羅馬文明，特別是當時城市中不同
階層居民的經濟、政治和社會生活，有一個比較全面的認識。龐貝同
時也是一個典型的人與自然的故事。龐貝的地理位置既是城市繁榮和
居民財富的重要原因之一，也是城市毀滅的主要因素。如何取和捨，
如何與自然相處，是龐貝留給世人思考的永恆主題。

旅遊 小知識

季節：

　　意大利位於歐洲南部，夏季可以達到將近 40℃ 的高溫。若在夏天
前往，需要有心理準備，帶好防曬油、太陽眼鏡、帽子和飲用水等。
打太陽傘在當地是不流行的。怕曬怕熱的可選擇春秋前往。

交通：

　　從拿坡里或者索倫托（Sorrento）都有火車直接到龐貝，十分方
便。拿坡里火車站的工作人員會講英語的不多，但只要發出「龐貝」
這個音，他們就會指引遊客到相應的站台。注意要在 "Pompeii Scavi"

（龐貝廢墟）車站下車，下車走一百多米就到遺址的入口處。若坐車到"Pompei"站則會到達現代的龐貝鎮，要走一大段路才到入口處。

語言和風俗：

在意大利，年輕一代會說英語的稍多，中年以上的意大利人，會說流利英語的人都不太多。不過，意大利人普遍開朗熱情，樂於助人，即使不會說英語，也會用身體語言、筆畫地圖等方法幫助遊客。如果遊客學會說一兩句意大利語，如「謝謝」、「再見」之類，當地人就會表現得更加熱情友好。

住宿：

可以住在拿坡里，也可以住在索倫托，除了看龐貝之外還可以參觀市內其他的古建築。如住在拿坡里，還可以參觀拿坡里考古博物館中陳列的龐貝出土文物，以及古老的城門、碉堡等。

飲食：

龐貝遺址裏面是沒有餐廳的，遊客需要到遺址外的餐廳去吃飯。若不願意花時間，也可自帶食物。喜歡意大利食物的遊客自然如魚得水，可品嚐到各種各樣的意大利麵、薄餅、奶酪、沙拉、著名的提拉米蘇（甜到發膩）等。不喜歡意大利食物的遊客只好去吃當地的中餐館或者麥當勞之類。不過，意大利香濃的咖啡值得嘗試。

參觀：

龐貝遺址裏面只能步行，而且不少地方的道路並非十分平坦；大致看完整個龐貝遺址的主要景點最少需要一天的時間，所以，一定要穿舒適輕便、可以走長路的鞋子，高跟鞋和拖鞋都不適合。

傑拉什

傑拉什（Jerash）古城位於約旦阿傑隆（Ajloun）山地上，在首都安曼以北大約 58 公里。這裏有一座號稱是歐洲以外保存最好的羅馬帝國城市遺址，有人稱為「東方的龐貝」。這座城市在羅馬時代被稱為 "Gerasa"，現在稱為傑拉什。羅馬時代的中東地區有十個城市組成了十城聯盟「德卡波利斯」（Decapolis），傑拉什是這個聯盟的成員。[1] 今天，傑拉什是約旦境內最著名的三大古代城市遺址之一，另外兩個古城遺址分別是佩特拉和巴爾米拉（Palmyra）。不僅如此，在羅馬帝國之前，傑拉什已經是古代人類重要的聚落之一，見證了這個地區數千年來人類和文化的變遷。

傑拉什所在的約旦河谷，氣候溫和，降水豐沛，河流眾多，土地肥沃，很早就有人類在此活動。這裏也是世界上最早出現農業活動的地區之一，作物主要是小麥、大麥和果樹，也牧養牛、羊等家畜。伴隨着農牧業經濟的發展和產品的增加，貿易活動逐漸興盛。目前所見世界上最古老的城堡耶利哥（Jericho），始建於距今八千多年前，位

1　Sandias, M. 2011, "The reconstruction of diet and environment in ancient Jordan by carbon and nitrogen stable isotope analysis of human and animal remains", in *Water, Life and Civilization: Climate, Environment and Society in the Jordan Valley*, pp. 337-346, eds. Steven Mithen and Emily Black. Cambridge: Cambridge University Press.

於今巴勒斯坦境內，其興建就是為了保護約旦河谷的古代貿易商道。在傑拉什西面有個著名的考古遺址佩拉，早在距今三千多年前，佩拉城的居民就從事酒、橄欖油、羊毛、紡織品和牛羊的貿易，與非洲大陸的埃及文明有密切關係，甚至一度受埃及管治。[1]

公元前 322 年，馬其頓國王亞歷山大大帝攻佔敍利亞，開始在地中海東岸地區建立希臘文化區。傑拉什最早的聚落大概出現於公元前 2 世紀早期，即希臘文化期。早期的聚落可能叫作安提阿（Antioch），規模較小，房屋主要聚集在河流西岸較高的山坡上，還發現了農業的設施和一個供奉希臘主神宙斯的小型神廟。公元前 64 年，羅馬帝國的將軍龐貝征服了約旦河谷，將這裏變成羅馬帝國的敍利亞行省，安提阿城改名為 "Gerasa"。

羅馬帝國時期，傑拉什是羅馬帝國敍利亞行省的省會。現在我們看到的城中主要建築如橢圓形廣場、神廟、劇場、主要街道等，多是在這個時期建成。129–130 年，羅馬帝國皇帝哈德良，就是那個決定在英國北部修建哈德良長城的皇帝，曾駕臨傑拉什。傑拉什的哈德良拱門即建於這一時期。286 年羅馬帝國分裂，傑拉什成為東羅馬帝國的一部份。這時期傑拉什仍然依靠當地的商業貿易活動而保持着經濟上的繁華。[2]

自古以來，中東地區便有不同的族群生存繁衍，多種宗教在這裏或並存、或互相排斥，不同的文化在這裏或共存、或衝突。傑拉什古城的歷史也不例外。羅馬帝國滅亡以後，傑拉什城中的陶器製作和商業貿易在約旦河谷和鄰近地區的經濟活動仍扮演着相當重要的角色。

1　Sandias, M. 2011, "The reconstruction of diet and environment in ancient Jordan by carbon and nitrogen stable isotope analysis of human and animal remains", in *Water, Life and Civilization: Climate, Environment and Society in the Jordan Valley*, pp. 337-346, eds. Steven Mithen and Emily Black. Cambridge: Cambridge University Press.

2　Khouri, R. 1986, *Jerash – A Frontier City of the Roman East*, Hong Kong: Longman Group LTD.

從 6 世紀開始，傑拉什出現了不少拜占庭風格的建築。614-630 年，波斯人佔領了傑拉什。7 世紀，伊斯蘭文明在阿拉伯半島興起並逐漸向外擴張，在中東的影響力也逐步增加。636 年，伊斯蘭軍隊打敗了拜占庭軍隊，傑拉什成為伊斯蘭帝國的一部份。當時傑拉什城中的居民既有基督教徒也有穆斯林，不過後者可能佔多數。750 年以後，隨着巴格達作為當地政治和經濟文化中心的崛起，傑拉什的地位逐漸下降。8 世紀末到 9 世紀初期這裏曾出現一次地震，城市逐步荒廢，9 世紀之後成為廢墟，直到 1920 年代才又被重新發現，並經過多年的考古發掘和古蹟保育，成為今天的模樣。[1]

傑拉什古城遺址見證了從公元前 2 世紀到近代約旦河谷的人類文化變遷，反映了從古羅馬帝國、拜占庭帝國到伊斯蘭文明在中東地區兩千多年的歷史。今天的傑拉什古城保存了羅馬帝國時期城市的基本佈局，仍可見到城牆、城門以及城內的建築，如街道、商店、半圓形劇院、廣場、不同宗教的廟宇以及大量的建築構件，還有其他出土文物。這些遺蹟和遺物大部份屬於羅馬時代，也有一些屬於拜占庭和伊斯蘭文化。通過參觀傑拉什，遊客可認識地中海地區古代城市聚落的發展和文化變遷，羅馬帝國在地中海地區的影響，西亞地區文化在羅馬帝國文明中所扮演的角色，以及不同古代文明在這裏的碰撞和交流。

現存的傑拉什古城平面呈不規則的近似方形，城市的最南端是哈德良拱門，拱門之北是大競技場，再往北數百米便是城市的南門。進入南門不遠是宙斯神廟和半圓形劇場，神廟的東北面通向壯闊的橢圓形廣場；後者的北端連接傑拉什的主要街道「卡多」(Cardo) 的南端起

1　Khouri, R. 1986, *Jerash: A Frontier City of the Roman East*, Essex: Longman Group Ltd; Sandias; M. 2011, "The reconstruction of diet and environment in ancient Jordan by carbon and nitrogen stable isotope analysis of human and animal remains", in *Water, Life and Civilization: Climate, Environment and Society in the Jordan Valley*, pp. 337-346, eds. Steven Mithen and Emily Black. Cambridge: Cambridge University Press.

上：大競技場。
下：傑拉什城市的中軸線「卡多」、橢圓形廣場和宙斯神廟遺址（左前面的長
　　方形建築遺蹟）。

點。「卡多」呈東北－西南走向，長約 600 米，是古代傑拉什的城市中軸線，當時街道兩旁應當都是店舖和重要的公共建築，現在則矗立着裝飾華麗的科林斯式石柱。傑拉什重要的古代建築大多分佈在中軸線的南端和西側，包括羅馬時代的劇院、神廟、噴泉、浴場等，都是羅馬帝國城市中常見的公共建築。中軸線的東側還有浴場、商店、小型的廟宇和住宅遺蹟等。「卡多」的北端是城市的北門。與「卡多」垂直的還有兩條大體東西向的街道，分別位於城市的南部和北部。此外，城中還有建於不同時代的住宅、商店、陶窯、墓葬等古蹟，包括小量拜占庭時期的建築遺蹟，以及建於公元 7-8 世紀的清真寺遺蹟等。

在傑拉什古城中，哈德良拱門、大競技場、橢圓形廣場、城市南端的宙斯神廟、中部的狄俄尼索斯（Dionysos）神廟和阿爾忒彌斯神廟，還有位於「卡多」西側的羅馬噴泉，是最壯觀、最華麗、最具有代表性的建築。如上所述，哈德良拱門是在 129-130 年間為了紀念羅馬皇帝哈德良到訪傑拉什所造。拱門之北就是巨大的競技場，平面為長橢圓形，長約 245 米，寬約 52 米，據説可容納 1.5 萬名觀眾。不過，這個大競技場的建造年代、建造是否已經完成、是否曾經使用等，都還有待研究。[1]

經過大競技場之後的現代遊客中心，便是傑拉什古城的南門。南門的西側是宙斯神廟的遺蹟。在古代希臘羅馬神話中，宙斯是天空、氣象、法律和命運之神，是「萬神之王」。因此，在希臘、羅馬城市中，供奉宙斯的神廟具有重要的位置。傑拉什的宙斯神廟只剩下建築的部份遺蹟和散落在地面的大量建築構件，據此可看出神廟的主要建築是個長方形的大殿，由巨大的石柱和石牆組成。據法國和約旦考古學家研究，早在公元前 1-2 世紀傑拉什作為希臘文化城市的時候，就已經建有一座

1　Khouri, Rami 1986, *Jerash: A Frontier City of the Roman East*, Essex: Longman Group Ltd; Sandias.

希臘神廟。現存的宙斯神廟建於 162–163 年間，規模宏大，展示了傑拉什當時作為羅馬帝國敘利亞行省省會的地位。宙斯神廟不僅成為當時城市居民重要的宗教活動場所，而且和鄰近的橢圓形廣場、半圓形劇場一起，成為古代傑拉什城市的政治、宗教和社會中心。[1]

傑拉什橢圓形廣場長軸 90 米，短軸 80 米，氣勢恢宏，地面鋪滿大石板，160 根愛奧尼亞石柱環繞廣場，石柱上面有石楔銜接。希臘古典建築有三大柱式：多立克式、愛奧尼亞式和科林斯式，以多立克式最為恢宏而線條簡潔、科林斯式最為修長而裝飾秀麗。羅馬文明沿襲了希臘建築藝術的風格，因此在傑拉什可見到愛奧尼亞和科林斯式的石柱，也發現過多立克式石柱的碎片。在傑拉什可見到希臘古典建築的三大代表性柱式，等於上了一節希臘羅馬建築的入門課。

在「卡多」西側的眾多建築遺蹟中，供奉狄俄尼索斯和阿爾忒彌斯的兩座神廟無論是從規模和建築工藝上都十分引人注目。狄俄尼索斯是希臘神話中天神宙斯的兒子，既是酒神，也是農業和歡樂之神。傑拉什的酒神神廟最早建於 2 世紀，但通向神廟的入口和樓梯則是 4 世紀重建的，帶有拜占庭藝術風格。因為 4 世紀基督教在中東地區的勢力增大，狄俄尼索斯神廟被改作教堂，因此這個氣勢恢宏、裝飾華麗的入口又被稱作「大教堂入口」。沿着入口的樓梯到達廟宇的頂部，可見到 4–6 世紀的基督教建築。[2] 因此，除了其建築工藝和藝術風格的特色之外，狄俄尼索斯神廟還見證了古代傑拉什不同時期不同宗教文化的興起和衰落。

阿爾忒彌斯神廟位於狄俄尼索斯神廟的北端。在希臘羅馬神話中，阿爾忒彌斯是宙斯的女兒、太陽神阿波羅的姊妹，是狩獵與月亮女神，也是羅馬時期傑拉什的城市守護神。阿爾忒彌斯神廟始建於 2

---

1 Khouri, Rami 1986, *Jerash: A Frontier City of the Roman East*, Essex: Longman Group Ltd; Sandias.
2 同上。

上：狄俄尼索斯神廟的入口和台階。
下：阿爾忒彌斯神廟遺址。

世紀，是傑拉什最精細、最重要的單體建築。神廟平面呈長方形，建在一個長約 40 米、寬約 20 米的基座上，基座下為寬百餘米的長方形平台，通往平台有兩層寬敞的台階。神廟建築遺蹟包括高大的科林斯式石柱和 2-7 米厚的石牆。[1]

建於 2 世紀末的羅馬噴泉水池也是傑拉什城內重要的公共建築。

1　Khouri, Rami 1986, *Jerash: A Frontier City of the Roman East*, Essex: Longman Group Ltd; Sandias.

碩大而雕飾華麗精細的石建築構件

儘管這個噴泉水池的規模不大，寬度在 22 米左右，但建築和石雕工藝之精細、華麗卻令人嘆為觀止。噴泉建築的平面呈圓弧形，正面有兩層羅馬建築特有的圓拱形結構，頂部有三角形山牆，上面佈滿了繁複華麗的石雕紋飾，包括七個雕刻的獅子頭。這座噴泉水池具有鮮明的羅馬建築風格，是羅馬時代傑拉什的代表性建築之一。

城市是人類聚落的一種模式，一個城市的設施通常必須滿足居民的居住、健康衛生、經濟活動、政治活動、宗教活動和消閒娛樂的需求。從現存的建築遺蹟來看，早在羅馬時代，傑拉什已經建造了各種建築來滿足城市居民的各種需求：住宅、商店、陶窯等無疑是為古代傑拉什居民的居住和經濟活動服務的，劇院為居民的消閒娛樂服務，噴泉和浴場為居民的生活和健康服務，各種廟宇為居民的宗教信仰服

務，而建於 1 世紀的橢圓形廣場則應當是行政管理和政治中心。[1]

　　一個城市公共建築的規模、技術和工藝，反映了這個城市的經濟能力和政治地位。傑拉什現存古代建築呈現出的恢弘大氣，巨大的建築構件上華麗精細的石雕裝飾，不僅說明當時石雕工藝技術的成熟和無名工匠的創意，反映羅馬時代的審美和藝術觀念，更說明當時投放在城市建築中的大量人力和物力資源，也間接證實了羅馬時期傑拉什城市的繁榮和財富。

旅遊 小知識

交通和住宿：

　　儘管傑拉什古城臨近現代的傑拉什城，但城中住宿很不方便，遊客多數是從安曼出發到傑拉什遊覽，當天返回安曼。如早出晚歸，有一天的時間足可看完整個城市遺址的主要建築。從安曼有公共汽車前往傑拉什，也可以在安曼當地請酒店幫忙找可靠的旅行社租車（包司機）前往，不僅節省時間，也更具自由度。

參觀：

　　在傑拉什城內參觀只能步行。遺址的面積相當可觀，需要步行的距離頗長，故衣履以輕便舒適為宜。南門的旅客入口處有個餐廳，遊客可在此用膳，遊客最好隨身帶足飲用水。

1　Khouri, Rami 1986, *Jerash: A Frontier City of the Roman East*, Essex: Longman Group Ltd; Sandias.

帕倫克

瑪雅文明是人類重要的古代文明之一。經過考古學家、歷史學家的多年研究，加上 1960 年代之後學術界成功釋讀了部份瑪雅文字，現代人對瑪雅文明已經有相當的認識。瑪雅文明大約始於公元前 500 年，主要分佈在中南美洲大陸，以農業和貿易為經濟基礎，大約在公元 300–900 年間進入全盛時期，無論建築、城市化和藝術的發展都達到空前的高度，出現了眾多城邦國家，具有獨特的文字系統、曆法、建築和宗教等。瑪雅的統治者通常依靠對祖先和神的祭祀來確認和鞏固其政治權力，而祭祀的日期要根據曆法來決定，所以，宗教和曆法在瑪雅文明中都佔有十分重要的位置。瑪雅的文字是一種拼音和象形文字，類似古埃及文字。[1]

由於自然災害和城邦國家之間頻繁的衝突，9 世紀之後，大部份瑪雅國家開始衰落，只有在今天墨西哥東部尤卡坦半島的瑪雅國家還曾經繁榮了一個時期，一直延續到 15 世紀左右，才由於西班牙殖民者的入侵而衰亡。[2] 但瑪雅文明的因素並沒有完全消失。今天在中南美洲還有不少土著群體自稱是瑪雅人的後代，仍會說屬於瑪雅語系的

1　Leal, M. C. 2006, *Archaeological Mexico*, Vienna: Bonechi.
2　同上。

語言。

在中南美洲大陸，特別是在墨西哥南部、洪都拉斯、危地馬拉等地，分佈着大量瑪雅和印加文明遺址。僅在墨西哥境內就有超過 20 個重要的考古遺址，其中知名度較高的有墨西哥城外的特奧蒂瓦坎、位於墨西哥東南的帕倫克，以及尤卡坦地區的奇琴伊察和烏斯馬爾等。其中，帕倫克遺址代表了 3-6 世紀瑪雅文明早期的文化，一共有十個廟宇。

在這些考古遺址中，帕倫克既沒有特奧蒂瓦坎宏偉壯觀的大型金字塔，也沒有奇琴伊察和烏斯馬爾那樣精緻的建築。但帕倫克仍被視為瑪雅文明最出色和最重要的遺址之一，有三個原因：首先，在瑪雅文明長達一千多年的歷史中，帕倫克代表了位於墨西哥中部地區的早期瑪雅王國，因此帕倫克遺址在瑪雅文明研究中具有重要地位；第二，帕倫克的建築有其特色，如透雕風格的屋頂裝飾、牆壁表面廣泛使用灰泥的技術、小型神廟內部常見美麗的人 / 神圖像浮雕和文字符號等，被稱為瑪雅建築藝術的傑作；第三，帕倫克從一個小村莊逐漸演變成為一個控制大片土地的重要城邦國家，是瑪雅文明發展的一個縮影，也折射出古代人類文化的變遷。[1]

帕倫克坐落於今墨西哥低地的恰帕斯（Chiapas）山腳，附近有數條河流交匯，周圍是鬱鬱葱葱的熱帶叢林。通過考古發掘和歷史學家、文字學家的研究，特別是在破譯了部份瑪雅文字之後，我們對帕倫克的歷史有了一個大致的了解。公元前 2 世紀左右，這裏就有人類居住，但最初只是一個小村落。3-6 世紀，帕倫克已經是一個逐步擴大的城市。據瑪雅文字記載，431 年 3 月 11 日，巴魯姆·庫克（Bahlum-Kuk）成為帕倫克的國王，標誌着帕倫克王國歷史的開始。

---

1   UNESCO 1987, "Pre-Hispanic City and National Park of Palenque", http://whc.unesco.org/en/list/411.

帕爾卡大帝（Pacal the Great，生於 603 年，卒於 683 年，615–683 年在位）統治時期是帕倫克王國的全盛時期，王國在瑪雅諸城邦國家中具有強大的影響力，今墨西哥境內的恰帕斯和塔巴斯科兩個州的大片土地都是當時帕倫克王國的疆域。[1]

帕倫克王國 9 世紀之後開始衰落，數以百計的神廟、宮殿和其他建築從此湮沒在熱帶雨林之中，直到 18 世紀的時候才被歐洲各國的探險家們「重新發現」，並加以發掘、保護和維修。西班牙、意大利、墨西哥等國家的考古學家都先後參加過帕倫克遺址的發掘和維修工作。根據考古研究，整個帕倫克遺址的面積可能超過 25 平方公里，目前考古發掘披露的面積只有大約 2.5 平方公里，[2] 但不少重要的遺蹟已經發掘和修復，成為吸引遊客的重要文化資產。

在已經發掘和修復的遺蹟中，帕倫克的宮殿無疑是規模最大的建築物。宮殿的主建築坐落在三級次遞縮小的高台基上，平面呈長方形，中央有一個四層高的方形塔樓，基座上的文字顯示塔樓當時可能用作天文觀測。塔樓的周圍環繞着迴廊和多座房屋，均為瑪雅特有的金字塔式拱形屋頂。各建築單元之間用小型的院落分隔，這些院落同時具有通風和採光的功能。建築工匠還用灰泥在房屋表面雕成高浮雕的人像用作裝飾，同時表達他們的某些意念。在宮殿中的「C 號建築」外牆上就有不少這樣的高浮雕人像，有人認為部份人像可能是表現當時的戰俘或奴隸。

與宮殿相對的是「刻劃文字廟宇」，這座建於 692 年的廟宇中共發現了 620 個瑪雅文字，其中部份文字尚未能解讀。[3] 帕倫克其他建築的基座多在三到五層之間，這座「文字廟」的基座是所有帕倫克建築

1　UNESCO 1987, "Pre-Hispanic City and National Park of Palenque", http://whc.unesco.org/en/list/411.
2　同上。
3　同上。

上： 帕倫克遺址遠景。右側的建築是宮殿遺蹟，
中間的建築是「刻劃文字廟宇」。
左下：Ｃ號建築的浮雕人像。
右下：「刻劃文字廟宇」。

最高的，有九層之多，層層收束，廟宇坐落在最頂層，達到 23 米，高於對面的宮殿房屋。廟宇的正面有五個門，鄰近的太陽神廟只有三個門；整座廟的寬度也遠遠超過其他廟宇建築。這說明了「文字廟」在帕倫克建築群中具有非同一般的重要性。

瑪雅的廟宇一般用做祭祀，但有時候也用來埋葬重要的人物，因此也有人將之稱為「金字塔」。1952 年，墨西哥考古學家在「文字廟」的一個房間內發現了一座長 22 米、完全被泥土和石塊封填的樓梯。經發掘，在樓梯盡頭發現了五個殉葬人及隨葬品，並發現了一塊三角形的大石塊。移開石塊之後發現了一個巨大的石棺室，裏面有一座石棺，上面覆蓋了一塊 8 噸重、佈滿淺浮雕圖案的巨大石板；棺室的四面牆上則雕刻着瑪雅文化死後世界的九個王，還有其他人像。石棺中的人骨為男性，身高大約 1.73 米，根據牙齒的磨損程度判斷其死亡年齡為 40-50 歲。死者有大量玉器和其他貴重器物陪葬，面部覆蓋着玉器製成的面罩，身體表面還覆蓋了一層象徵生命的紅色粉末。[1]

死者顯然是一個非常重要的人物，但對於他的具體身份，學術界有不同的意見。有人根據瑪雅文獻記載，認為死者很可能是帕倫克王國全盛時期的帕爾卡大帝。但另一派學者則反對，認為死者的年齡只有大約四五十歲，而據瑪雅文字記載，帕爾卡死的時候已經 80 歲，他們因此認為「文字廟」裏的死者很可能是一個王和祭司，也就是集神權和政權於一身的人物。[2] 無論死者是誰，這一考古發現有助於我們了解瑪雅文明的喪葬習俗、陪葬模式和宗教信仰。值得注意的是，用大量玉器隨葬，特別是使用玉面罩的葬俗，也見於中國戰國到西漢時期的王室貴族墓葬。在相距數千公里、年代先後相差數百年的兩個古代文明，為何會出現如此相似的葬俗和信仰，是學術界探討的課題之一。

1　UNESCO 1987, "Pre-Hispanic City and National Park of Palenque", http://whc.unesco.org/en/list/411.
2　同上。

除了宮殿和文字廟外，太陽神廟也是帕倫克重要的建築物。太陽是瑪雅文明中一個很重要的神，瑪雅人會定期舉行祭祀儀式膜拜太陽神以祈求護佑，所以這座太陽神廟有助於我們認識瑪雅的宗教信仰。根據當地說明牌的介紹，這座太陽神廟是紀念帕爾卡大帝的兒子「蛇－美洲豹二世」（Serpent-Jaguar II）635 年出生、684 年繼位登基為王兩件大事，因此具有重要的歷史價值。最後，太陽神廟屋頂的灰泥雕塑裝飾是帕倫克建築獨有的風格和工藝，[1] 這座神廟頂部的灰泥雕塑保存得相當完好，因此又具有獨特的建築和審美的價值。

宮殿、「文字廟」和太陽神廟都位於帕倫克的中心區，也就是遊客進入帕倫克首先接觸到的地區。此外，在遺址的北部還有一組五座廟宇，建在一個寬廣的平台上。這些建築的正面不少石板有淺浮雕裝飾，屋頂也有灰泥透雕裝飾，儘管大部份裝飾已經不完整，仍反映了瑪雅早期的建築工藝技術和審美觀。帕倫克廟宇的結構相當一致，都是建在級數不等的多層台階上，越重要的廟宇台階通常也越高。廟宇中心的房間通常是神壇所在，是最重要的房間，正面牆壁由數塊巨大的石板（通常是三塊）建成，石板上面常刻有國王的形象，並伴以瑪雅文字，記載廟宇始建年代、國王和重要王族的名字、與廟宇建造相關的重大事件等。帕倫克北區一座小廟的內室就有瑪雅國王形象和瑪雅文字，年代為 8 世紀。有些廟宇外牆上的石板也有浮雕的國王形象。瑪雅文字目前主要見於廟宇、雕塑等建築物上。帕倫克這些大小廟宇中的文字，不僅為了解帕倫克王國的歷史、而且為了解瑪雅文明，提供了珍貴的第一手資料。

位於墨西哥低地的瑪雅文明為甚麼衰落了？經過多年的研究，學界普遍同意，是由於自然災害導致的農業歉收，瑪雅群體內部經常性

1　UNESCO 1987, "Pre-Hispanic City and National Park of Palenque", http://whc.unesco.org/en/list/411.

右上：帕倫克遺址遠景，左側的建築是太陽神廟。
右下：帕倫克北區一座小廟內的國王形象（右側站立者），左右的方塊圖案為
　　　瑪雅文字，該廟的建築年代為 8 世紀。
左：　帕倫克遺址中瑪雅國王的形象。

的衝突，國家之間或互為仇讎，或結成軍事聯盟，通過戰爭來爭奪土地、資源和人民，以及對自然資源的無限制開發等因素，最終導致了瑪雅文明的消亡。[1] 當現代人參觀帕倫克和其他瑪雅遺址的時候，也應當反思如何吸取瑪雅人的教訓，如何在人類的需求和自然資源的保育之間取得平衡。

瑪雅文明對現代南美洲乃至世界文明具有深遠的影響，而帕倫克作為瑪雅文明早期的代表性考古遺址，具有重要的歷史、科學和社會價值。早在 1979 年，世界古蹟遺址理事會（文化遺產保育領域的國際性專家組織）就提出，為了彰顯瑪雅文明對人類文明的傑出貢獻，應當將重要的瑪雅文明遺址如帕倫克等列為世界文化遺產。1987 年，聯合國教科文組織將帕倫克遺址及其周邊地區列為世界文化遺產。[2]

旅遊 小知識

健康和醫療：

到中南美洲之前需要先諮詢醫生，預先注射必需的疫苗。帕倫克和其他中小城市醫療設施有限，加上語言障礙，所以即使是身體健康的遊客，也必須隨身攜帶一些重要的藥品，用於止血、退燒、止腹瀉、治扭傷、治蚊叮蟲咬等。

交通和住宿：

帕倫克距墨西哥城大約 130 公里，有公共汽車前往，但車程很長。此外，中美洲最早的文明是大約公元前 1500 年到 400 年左右

1　UNESCO 1987, "Pre-Hispanic City and National Park of Palenque", http://whc.unesco.org/en/list/411.
2　http://whc.unesco.org/en/list/.

的奧爾梅克（Olmec）文明，其主要文物陳列在墨西哥比亞埃爾莫薩（Vilahermosa）的拉文塔博物館－公園（La Venta Museum-Park）。如果想參觀墨西哥境內主要的古代文明遺址和文物，可從墨西哥城乘飛機或汽車到比亞埃爾莫薩，參觀完奧爾梅克文物以後，乘汽車到帕倫克；參觀完帕倫克以後，再乘汽車到尤卡坦地區的首府梅里達（Merida）參觀奇琴伊察和烏斯馬爾等著名瑪雅遺址，然後再返回首都墨西哥城。要想節省時間，可乘晚上的長途汽車從帕倫克出發，第二天早上 6 點鐘抵達梅里達。

帕倫克是一個小城，但仍可找到乾淨舒適的酒店。梅里達則是一個相當大的城市，有多種酒店可供選擇。墨西哥基本還是安全的，但絕對不要炫富。

食物：

墨西哥盛產玉米、南瓜、各種水果、辣椒等，玉米薄餅很有特色，香脆美味，包裹了不同的餡料，因此色彩繽紛，味道豐富。不能吃辣的則要小心選擇，因為辣椒是墨西哥常用的食材。

語言和風俗：

墨西哥曾經是西班牙殖民地，西班牙語仍然是當地的主要語言。絕大部份墨西哥人不會説英語，即使年輕一代、甚至從事旅遊業的人，會説英語的也不多，因此學一點西班牙語很重要，至少會一點基本詞彙，如「水」、「洗手間」等。我接觸過的墨西哥人都很樂於助人，即使語言不通也會用手勢溝通。另外，墨西哥有支付小費的習慣，各服務行業如餐廳、旅館的從業人員都要付小費，我甚至遇見過在結賬的時候要求支付一定數額「小費」的民宿老闆。為了避免不必要的爭執，在入住酒店的時候要問清楚費用包括哪些內容，總共要付

多少錢，免得到結賬的時候麻煩。另一方面，出外旅行總會有些意想不到的開支，如果不是非常不合理，其實也不必錙銖必較，免得影響自己的心情。

參觀：

夏天的墨西哥相當炎熱。廟宇在那時候是允許遊客攀爬的，需要爬到廟頂的祭祀室內才可見到瑪雅國王形象和文字。但廟宇的階梯非常陡峭，遊客要注意安全。若要看完主要的廟宇最少需要半天的時間。

墨西哥旅遊局的官方網頁 www.visitmexico.com 有中文版，可以獲得更多信息。

特奧蒂瓦坎

特奧蒂瓦坎（Teotihuacán），阿茲特克語的意思是「諸神誕生之地」。遺址位於墨西哥城外東北部的特奧蒂瓦坎河谷，距墨西哥城大約 50 公里，聖胡安河（San Juan River）流經此地。這個考古遺址是墨西哥高地古代文明留下的最大型建築群。早在公元前，這裏就有人類居住活動，但特奧蒂瓦坎城市的主要建築年代在 1–7 世紀之間，[1] 是中南美洲瑪雅文明中期的典型遺址之一。

特奧蒂瓦坎是瑪雅文明中期的城邦國家之一，也是當時最大規模的城市之一。與瑪雅文明早期的帕倫克相比，特奧蒂瓦坎的建築規模要宏大得多，例如，太陽金字塔的底座長 225 米，寬 222 米，高 75 米，[2] 形成規則的幾何圖形。這些大型建築既反映了當時瑪雅文明的建築工藝成就，說明了特奧蒂瓦坎具有調動大批人力、物力興建大規模建築的政治和經濟能力，也反映了特奧蒂瓦坎人對於世界、宗教乃至外部物體形態的認知和概念。

特奧蒂瓦坎現在所見的主要建築，如太陽金字塔、月亮金字塔、羽蛇金字塔等，均是宗教建築。這些大型建築在城市中心形成了一個

---

1 UNESCO 1987, "Pre-Hispanic city of Teotihuacan", http://whc.unesco.org/en/list/414.
2 同上。

宗教建築群,彰顯宗教活動在瑪雅中期文明的重要地位。根據 16 世紀歐洲人的文獻記載,城市 650 年因為大火嚴重損毀,之後被逐步廢棄,但直到 16 世紀歐洲人進入美洲時,當地仍然有定期的宗教活動,這使得特奧蒂瓦坎成為中南美洲本土宗教最重要的聖地之一。[1]

雖然關於特奧蒂瓦坎的文字記載甚少,但從 19 世紀後期開始,國外和墨西哥的考古學家對特奧蒂瓦坎進行了長期有系統的考古調查、發掘和研究,再加上現代學術界已經解讀了部份瑪雅文字,因此對這個古代城市有相當多的了解。根據發掘和研究,考古學家復原了古代特奧蒂瓦坎的城市平面圖,分析城內各種類型的考古遺蹟和遺物,揭示了古城的聚落格局和不同類型社區的分佈,藉此展示特奧蒂瓦坎古代的城市經濟、政治和社會制度。

據研究,特奧蒂瓦坎是一個大型、多族群、多元文化共存的古代城市。城市佈局設計考慮了自然環境,將山川的走向與主要建築有機地融合在一起,城市的中軸線北面以山巒為背景,使主要的宗教建築更添氣勢。城市的平面佈局基本上是棋盤格式的。整個古城的佈局以現長約 5 公里、大致為南北向但偏東的「亡者之路」(Avenue of the Dead)為中軸,月亮金字塔位於大道的北端,太陽金字塔位於大道的東南面。和「亡者之路」垂直交匯的還有一條東西大道,將整個城市大體劃分為四個區域。在這個古代的「十字街頭」有一個邊長 400 米的廣場達德拉(Ciudadela),屹立着六層高的羽蛇金字塔,以及可能是王室住宅的建築物。除了上述主要建築之外,「亡者之路」兩側還有宮殿、廟宇和住宅,為當時城內的政治和宗教活動以及社會上層人士(主要是祭司)的生活服務。城內的大型建築內部還有繪畫和浮雕裝飾,羽蛇是相當常見的圖案,反映了古代瑪雅人的世界觀、

---

1   UNESCO 1987, "Pre-Hispanic city of Teotihuacan", http://whc.unesco.org/en/list/414.

上： 在月亮金字塔頂部從北向南拍攝金字塔前面的廣場、「亡者之路」和太陽金字塔（左邊）及周圍的群山。

左下：大道北端的月亮金字塔。

右下：正在維修的羽蛇金字塔。

左上：月亮金字塔前廣場東側經過發掘的建築遺蹟。
左下：古代建築的庭院、彩繪檐板、迴廊和石柱上的裝飾。
右：　建築石柱上的羽蛇圖案。

宗教信仰和對自然的認識。因此，特奧蒂瓦坎被視作瑪雅古代城市規劃的模範，對同期和後來的中美洲地區文明有深遠的影響，其影響力在 300–600 年間曾遠達墨西哥東部尤卡坦地區甚至更遠的危地馬拉。[1]

特奧蒂瓦坎繁華的原因之一，是因為它位於從墨西哥河谷到墨西哥海灣的貿易路上。此外，大型宗教建築的修建也可能使城市具有宗教聖地的功能，吸引大量的朝聖者前來，這同樣有助於當地的經濟。火山玻璃石器和其他手工業製品的製作和貿易也是重要的經濟活動。1 世紀建城以來，特奧蒂瓦坎的人口迅速增加。100 年有 8 萬人居住在此，到 200–600 年間，據說當地有 10–20 萬人，成為當時古代世界人口最多的城市之一。2–5 世紀應當是特奧蒂瓦坎的全盛時期，周邊的政權多少都受其影響。[2]

在全盛期間，整個城市的面積達到 36 平方公里，城內曾修築了600 座金字塔，500 個手工作坊區，2000 座綜合住宅建築，還有廣場、街道等。考古學家在「亡者之路」的南面發現了可容納多個家庭的綜合住宅建築。在這類住宅內，每個家庭各自擁有臥室、儲存室、廚房，還有家庭成員進行宗教活動、祭祀神祇的庭院。在特奧蒂瓦坎的東南邊緣地區，考古學家則發現了所謂「移民」居住區，這裏的居民來自墨西哥灣或特奧蒂瓦坎河谷之外的其他地區。這些「移民」所居住的房屋，建築格式和房屋內發現的食物、器皿用具等，與「本地居民」的房屋都有明顯的差異。[3] 據學者研究，特奧蒂瓦坎大部份的人口來自各地移民，但不知道這些移民是自願遷入，還是因為戰爭或其他

1　UNESCO 1987, "Pre-Hispanic city of Teotihuacan", http://whc.unesco.org/en/list/414.

2　Prem, H.J.1997, *Ancient Americas: A Brief History & Guide to Research*, Salt Lake City: University of Utah Press.

3　Arnauld, M. C., L. R. Manzanilla and M. E. Smith 2012, *Neighborhood as a Social and spatial unit in Mesoamerican cities*, Tucson: University of Arizona Press.

原因而被迫遷入當地。[1]

　　考古學家在特奧蒂瓦坎城內不同位置都發現了手工業作坊的遺址和遺蹟，為了解該古城的經濟活動和社會結構提供了重要的資料。為城市中的統治階級和社會精英服務的「作坊」建在城市中部大型貴族住宅附近，其他「作坊」則位於城市的邊緣。例如，在城市的東部發現了製作玉器、水晶、石英、貝類等製品的地點，陶器製作工場則位於南部邊緣。火山玻璃是製作石器的優秀原料，在特奧蒂瓦坎也發現了製作這類石器的地點。[2] 這些發現，一方面說明特奧蒂瓦坎的城市經濟包含了多種不同的手工業，另一方面也說明社會精英對城市經濟的控制。

　　綜合多項研究的成果，考古學家認為特奧蒂瓦坎至少有三個層次的社區群。第一個社區群分佈在城市中北部的「亡者之路」周圍，這裏聚集了特奧蒂瓦坎最主要的大型宗教建築如太陽和月亮金字塔等，也匯聚了統治階層和社會精英的大型居住建築，如位於太陽金字塔西北面的「太陽宮殿」；因此，這裏是特奧蒂瓦坎最早的聚落核心區，也是這個城市的政治和宗教中心區。第二個社區群是社會精英社區，位於中心部位，這裏分佈着許多住宅，是中上層居民區、行政區、文娛活動區和重要手工藝區。第三個社區群是邊緣地帶的居民區，這裏也有一些較為大型的住宅，但更多的是手工業作坊、外來移民住宅等，也有小型的廟宇和行政機構。特奧蒂瓦坎的統治者可能同時也是宗教領袖，其下是藝術家、技術高超的手工藝人和商人，而大量的農民和搬運工則構成社會的底層。[3]

　　大約在 650 年之後，特奧蒂瓦坎開始走向衰落，具體原因尚不清

1　Scarre, C. and B. M. Fagan 1997, *Ancient Civilizations*, New York: Longman.

2　Arnauld, M. C., L. R. Manzanilla and M. E. Smith 2012, *Neighborhood as a Social and spatial unit in Mesoamerican cities*, Tucson: University of Arizona Press.

3　同上。

楚，但有學者認為是周圍其他政治勢力興起，逐漸取代了特奧蒂瓦坎作為經濟中心的地位。考古學家發現，750 年左右，特奧蒂瓦坎突然沒落，城市中心的許多建築被燒毀或破壞，城市從此一蹶不振。[1]

特奧蒂瓦坎的大型建築修建的年代各有不同。規模最大的太陽金字塔建於 100-250 年左右，在 1905-1910 年間經過重修，頂部的第五層可能就是這時候加上去的。[2] 這種「修復」在今天的文化遺產保育中當然是不能容忍的，不過 100 年前還沒有像今天這樣成熟的遺產修復原則。1960 年代以來，特奧蒂瓦坎遺址由墨西哥國家人類學和歷史學研究所負責協調考古發掘和研究，發現了不少新的考古遺蹟，例如宮殿遺蹟和太陽金字塔下面的洞穴等。[3]

特奧蒂瓦坎反映了中美洲瑪雅文明全盛時期的城市規劃、經濟和社區結構、建築工藝技術、宗教信仰、政治架構等多方面的內容，對同時期乃至後來的美洲文明有深遠影響，具有十分重要的歷史、科學和審美價值，因此聯合國教科文組織在 1987 年將特奧蒂瓦坎列入了世界文化遺產名錄。墨西哥政府為保育和管理這個重要的考古遺址做了大量的工作，在規劃地區發展時，在遺址附近劃出建設控制地帶，禁止修建現代建築，以保持遺址的原真性、完整性和遺址周圍地貌景觀與遺址的和諧。[4] 今天進入特奧蒂瓦坎遺址，周圍絕不見現代建築的蹤影，可讓遊人有「時光倒流」的感覺，在參觀遺址的過程中想像古代瑪雅文明的點點滴滴。這不能不歸功於當地政府為保護特奧蒂瓦坎所付出的努力。

1　UNESCO 1987, "Pre-Hispanic city of Teotihuacan", http://whc.unesco.org/en/list/414.
2　同上。
3　同上。
4　同上。

旅遊 小知識

交通：

　　從墨西哥城北的車站（Autobuses del Norte Station）有公共汽車往返特奧蒂瓦坎，需要大約一個半小時抵達特奧蒂瓦坎。如果希望自由掌握在遺址參觀的時間，坐公共汽車去是最好的。當然，如果不懂西班牙語，或嫌坐公共汽車麻煩，也可參加當地旅行社組織的半日遊，但價錢較貴，而且花在遺址的時間不多，只有大約一個小時。

參觀：

　　大多數遊客只參觀「亡者之路」周圍的主要建築。太陽和月亮金字塔是可以爬的（至少在當年如此），如果要細看各主要遺址並爬兩三座金字塔，大約需要三四個小時。建議自己帶食物和水，因為遺址的範圍較大，而供應飲品和食物的地點很少。

語言：

　　西班牙語是墨西哥的官方語言。我遇到的墨西哥人會說英語的不多。所以，學幾句最基本的西班牙語還是很有用。在墨西哥，不少人有安全的考慮。這是個人經歷，難以一概而論。作為一名單身女性，我那時候獨自在墨西哥遊覽了將近十天，並沒有遇到甚麼不愉快的事情。雖然語言基本不通，但感覺當地人都很友好，樂於助人。我也碰到不少其他國家的單身遊客，男女都有。當然，貴重物品和證件需要小心保管。作為單身遊客，特別是年輕女性，服裝以保守為宜，切忌炫富。

烏斯馬爾和卡巴

烏斯馬爾（Uxmal）和卡巴（Kabah）都是瑪雅文明後期的重要考古遺址。烏斯馬爾位於墨西哥尤卡坦半島西部，距奇琴伊察約120公里，是瑪雅晚期的城邦國家之一，大概建於7世紀末，曾經一度衰落；9世紀末到10世紀又再度繁華，當時控制的領土大約方圓25公里，人口大約3000人，是尤卡坦地區的一個經濟和政治中心，並且和奇琴伊察等瑪雅城市結成政治和軍事同盟。在烏斯馬爾的部份瑪雅建築中發現了當時的文字和圖像，記錄了其中一位國王的事跡。[1]

12世紀，尤卡坦地區的瑪雅城邦國家之間衝突不斷，烏斯馬爾也捲入其中。15世紀，尤卡坦的瑪雅文明開始衰落，烏斯馬爾逐漸荒廢。[2]16世紀之後開始有遊客造訪。1834年，西方探險家瓦爾德克（Jean-Frederic Waldeck）用繪畫的方式記錄了遺址的主要建築，包括遺址中區的祭祀塔。照相技術發明之後，不少西方學者分別到中美洲的瑪雅文明遺址探險，其中有數位探險家對烏斯馬爾進行了記

---

1 Alducin, X. 1985, *Uxmal, Kabah: A Practical Guide and Photo Album*, Mexico: Ediciones Alducin; Sharer, R. with L. Traxler 2006, *The Ancient Maya*, 6th edition, Stanford: Stanford University Press.

2 同上。

錄和測量，並且給這些建築命名。[1] 今天烏斯馬爾重要建築的名字，例如總督官邸（The Governor's House）、修女的四合院（The Nuns' Quadrangle）、魔術家金字塔（The Magician's Pyramid）等就是這樣來的，未必反映了這些建築的真實功能。更何況根據瑪雅文字的記載和考古學研究，瑪雅的塔與埃及的金字塔功能完全不同，前者主要用於祭祀，應當稱為「祭祀塔」；後者是國王的墓葬。因此，為避免產生歧義，這裏只將主要建築按其形狀或功能稱為宮殿、四合院、方形祭祀塔或橢圓形祭祀塔等。

從 19 世紀歐洲探險家拍攝的照片可見，當時的烏斯馬爾遺址荒草叢生，一直長到祭祀塔頂部的廟宇屋頂上。南區的宮殿建築周圍，植物長得比人還高，屋頂上也有樹木生長。這些植物會讓建築出現裂縫，增加坍塌的風險。20 世紀 30 年代，墨西哥國家人類學和歷史學研究所成立，負責保護墨西哥全國的考古遺址和歷史建築。從此以後，考古學家和工程技術人員在烏斯馬爾遺址進行了大量持續性工作，包括使用三維攝影技術來詳細記錄遺址各重要建築的尺寸和細節，並維修和加固這些建築。[2] 遊客今天看到的烏斯馬爾，是多年來政府和學者對該遺址進行保育和維修工作的結果，其中部份建築尚未完成加固工作。

烏斯馬爾遺址現存的瑪雅古建築分佈在大約 850 米長、700 米寬的範圍內，可辨認的主要建築包括三座祭祀塔、一個球場，還有宮殿、廟宇等。這些建築分別位於遺址的北區、中區和南區，其中以南區和中區的建築最為精美。南區的主要建築有方形的大祭祀塔、宮殿

1　Desmond, L. G. 2007, "A historical overview of recording architecture at the ancient Maya city of Uxmal, Yucatan (Mexico), 1834 to 2007", in Philippe Della Casa and Elena Mango eds., *Panorama: Imaging ruins of the Greek and Maya Worlds*: 6-13. Zurich: Archaeological Institute, University of Zurich.

2　同上。

和廟宇等，均經過加固和維修。中區的主要建築是西邊的墓地、東邊的四合院和底部為橢圓形的祭祀塔，還有一個球場。四合院和橢圓形祭祀塔也都經過大規模的加固和維修。北部的建築群規模較小，尚沒有名字。和瑪雅其他考古遺址所見一樣，烏斯馬爾的主要建築基本呈南北向排列，但偏東 17 度。這是瑪雅建築設計中最常見的中軸線。

烏斯馬爾的大部份建築是瑪雅山地建築風格的典型代表，其重要特徵之一是建築物外牆上部密佈高浮雕幾何圖案，下部則樸實無華，完全沒有裝飾，[1] 建築的上下兩部份形成鮮明的對比，凸顯上部裝飾的富麗和精緻。烏斯馬爾的宮殿、四合院和其他建築都充份體現了這種裝飾風格，其中四合院的四座建築外牆上部各有不同的裝飾圖案組合，被稱為瑪雅山地建築最美麗的典範。四合院之所以得名，是因為在一個方形院落的四面分別有四座結構和風格不同的建築。其中，北部的建築最大，整座建築寬 82 米，坐落在高 7.4 米的平台上，中央的台階寬 30 米，台階的兩側各有兩個小廟宇。其餘三座建築規模較小，但同樣具有華麗豐富的外牆，凸顯瑪雅古文明細膩高超的山地建築工藝技術和審美觀念。

總而言之，烏斯馬爾建築的裝飾圖案有立體或高浮雕的方形、曲尺形、倒梯形、圓形、菱形和鋸齒菱形、鋸齒菱形內嵌方形、立體圓柱形中間嵌圓形的「面具」圖案，以及圓雕的蛇紋、神像等。因為農業需要水，所以古代瑪雅人對雨水十分重視。雨神恰克（Chac）是重要的神祇之一，在建築表面會出現恰克的面具圖案，與中國古代青銅器上的獸面紋或饕餮紋頗為相似。瑪雅建築師運用多種圖案的組合，加上浮雕或圓雕的工藝，組成非常繁複精細和華麗的外牆裝飾，在陽

1　Desmond, L. G. 2007, "A historical overview of recording architecture at the ancient Maya city of Uxmal, Yucatan (Mexico), 1834 to 2007", in Philippe Della Casa and Elena Mango eds., *Panorama: Imaging ruins of the Greek and Maya Worlds*: 6-13. Zurich: Archaeological Institute, University of Zurich.

左上：烏斯馬爾南區的方形祭祀塔。
右上：烏斯馬爾中部的橢圓形祭祀塔側面。
下：　烏斯馬爾南區的官邸建築，外牆上部的裝飾與下部
　　　形成鮮明對比，是典型的瑪雅山地建築風格。

上　：烏斯馬爾的球場，規模較小，保存狀況不佳。
左下：烏斯馬爾中區四合院建築外牆上部的裝飾圖案細部。
右下：卡巴的面具宮殿，因外牆佈滿面具圖案而得名。

光下極具立體美感。這些精細的圖案，是以石雕工藝加工而成，不愧是古代瑪雅山地建築工藝技術最傑出的代表。

瑪雅時期，雖然在不同時期、不同地區有不同的城邦國家，但其宗教儀式頗為相似，發現於不同瑪雅遺址的祭祀塔、球場等宗教建築的結構和功能也都大同小異，但建築風格則往往各具特色。烏斯馬爾遺址中最有特色的是中區的橢圓形祭祀塔。這座祭祀塔高四層，每層的直徑逐漸收束，高度也逐漸遞減。祭祀塔底層的平面近似橢圓形，第二層的平面為圓角長方形，第三層和頂部的廟宇基本是長方形。整座祭祀塔巧妙地從底部近似橢圓的幾何圖形漸變為頂部的長方形，其設計匠心獨運，風格獨樹一幟。像這樣的橢圓形祭祀塔，在瑪雅文明中非常罕見。

這座祭祀塔不僅外形設計獨特，頂部的廟宇也很有特色。常見的瑪雅祭祀塔多是平面方形或長方形，有兩道或四道通向塔頂的階梯。塔頂有一座廟宇，內有神壇，祭祀活動由祭司（往往由國王兼任）登上塔頂，在廟中進行，瑪雅文明早期的帕倫克遺址已經出現了這樣的建築格局。但烏斯馬爾的橢圓形祭祀塔，塔頂有兩座風格不同的廟宇。塔的正面（西面）和背面有陡峭的階梯，正面第三層台階將近頂部建有一個廟宇，外牆佈滿了立體圓形、方形和面具形圖案裝飾，非常華麗。在瑪雅文明中，這種整個外牆都加以裝飾的建築風格稱為晨尼式（Chenes），與僅裝飾建築上部的山地建築風格不同。

這座晨尼式廟宇兩側各有一道狹窄的階梯通向塔的第四層即頂層。塔頂的廟宇是只裝飾建築上部的「山地建築」風格。在塔頂建有兩座風格不同的廟宇，在我所見的瑪雅從早期到晚期的祭祀塔中並不多見。為何會出現這樣的情況，是否反映了不同族群在不同時期對烏斯馬爾的控制，是值得深入研究的問題。

烏斯馬爾有一個球場，但保存得不好，規模也不如奇琴伊察球

場。球賽是古代瑪雅宗教活動的內容之一，失敗的一方也許會被用作祭祀的犧牲。這一點留待在「宗教建築篇」中的「奇琴伊察」章節再介紹。此外在烏斯馬爾還有刻着瑪雅文字的石柱，是研究瑪雅文明的重要資料。

　　卡巴是另外一個瑪雅文明遺址，離烏斯馬爾大約只有20分鐘車程。這裏的建築大都是山地式，外牆甚至還有圓雕的神像；但也有晨尼式建築，最令人印象深刻的就是所謂「面具宮殿」。這座建築原來顯然已經塌陷，現代的重建工作尚未完成，但其外牆佈滿了面具裝飾，據當地導遊說，宮殿外牆大約有250件面具，都是瑪雅雨神恰克的形象。雨水對瑪雅農業非常重要，所以瑪雅人十分崇拜雨神。以如此大量精細的雕塑來裝飾正面的這座建築物，當時必定具有重要的意義。

　　烏斯馬爾在古代瑪雅是一個政治中心，卡巴是它的衛星城，兩者有道路相通。從現場的情況來看，卡巴的考古發掘和歷史建築修復

左：烏斯馬爾遺址刻有瑪雅文字的石柱。
右：卡巴宮殿外牆的神像和裝飾。

卡巴遺址發現的瑪雅文字，尚未能完全釋讀。

工作還正在進行中，還有大量的瑪雅建築有待復原。另外，現場也見到一些瑪雅文字，這些文字尚未能完全釋讀。顯然，對於考古學家來說，要全面了解瑪雅文明，還有很多工作要做。

最後一個有趣的現象是，烏斯馬爾和卡巴都有拱券式的建築，讓人不禁想起在所謂舊大陸也都出現了各種形態的拱券建築。美洲和歐亞大陸兩地相距如此遙遠，這種建築技術的相似，到底是古代人類的多次發明，還是古代文化交流的結果，也是值得我們去探討的問題。

旅遊 小知識

交通和住宿：

從梅里達前往上述兩個遺址距離較近，也可以參加當地的一日遊旅行團，可在一天之內參觀兩個遺址，晚上回到梅里達住宿。

參觀：

和帕倫克不同，烏斯馬爾和卡巴的神廟建築都是不准攀爬的。

馬丘比丘

秘魯中部海拔 2430 米高處白雲繚繞的安第斯高山密林中，掩藏着世界最著名、也是最壯觀的考古遺址之一：馬丘比丘 （Machu Picchu，意為「老山頂」）[1]。遺址坐落在高山之巔，平面大致呈長橢圓形，東西短，南北長。這裏的年平均溫度大約 26 ℃，年降雨量 1500–3000 毫米，氣候溫暖濕潤。遺址周圍是茂密的熱帶雨林，生長着大量美麗的動植物，特別是多種多樣的蘭花。

根據現代考古學研究，安第斯山脈至少從公元前 5000 年開始就有人類居住和活動。這些早期居民以狩獵、採集、種植瓜果、馴養駝羊、打魚為生，並逐漸發展出他們獨特的政治、宗教、手工業、建築和藝術，特別是打磨石材用以建造大型建築的技術。這種大型建築在公元前 1800 年已經開始出現，[2] 很可能是進行宗教或特殊社會儀式的場所，標誌着當時的社會已經出現了某些特權人物。

公元前 900 年左右，規模不等的王國開始出現在安第斯地區。從公元 100 年開始，這裏先後出現了多個強大的政權。印加帝國是最後一個本土政權，1476–1534 年統治着安第斯地區，庫斯科（Cuzco）是

1　在當地的發音應當是「馬出披出」。
2　Scarre, C. and B. Fagan 1997, *Ancient Civilizations*, New York: Longman.

帝國的首都。1532 年，帝國的人口達到 600 萬人，這是一個相當可觀的數字。但是，由於西班牙殖民主義者的侵略和屠殺，印加帝國的日漸衰落，1560–1570 年間被迫向西班牙軍隊投降，接受殖民統治和文化同化，印加文明逐漸消失。[1]

安第斯古代文明的遺址主要分佈在今天的秘魯境內。其中，列入世界文化遺產名錄的著名遺址，除了庫斯科和馬丘比丘之外，還有秘魯中部的查文（Chavin）遺址、南部的納斯卡線和瀕危的陳－陳考古區域（Chan Chan Archaeological Zone）等。若論古代建築氣勢的壯觀和自然景觀的美麗，馬丘比丘應當是首屈一指的。它已經被聯合國教科文組織列為世界自然和文化雙遺產。[2]

1　Scarre, C. and B. Fagan 1997, *Ancient Civilizations*, New York: Longman.
2　UNESCO 1983, "Historic Sanctuary of Machu Picchu", http://whc.unesco.org/en/list/274.

據研究，馬丘比丘是印加帝國的兩個國王在 1438-1493 年間建造的。但為何在距離首都庫斯科 100 公里之外建造這樣一個特殊的聚落，則不得而知。最近有西方考古學家認為，這裏是印加帝國的一個宗教和曆法聖地。這個地方何時、如何被廢棄也不清楚，但根據對遺址出土人骨的研究，當地似乎沒有發生過戰爭。[1] 西班牙征服者似乎沒有到過此地，因此，這個遺址是保存較完整的印加文化遺產。

馬丘比丘這一亦城亦鄉的聚落顯然是經過全面佈局規劃的。整個遺址面積大約 13 平方公里，主要建築分佈在大約 9 公頃的範圍之內，分為農業區、手工業區、皇家區、宗教區等。在這裏，印加文明的建築工藝技術、聚落設計、宗教信仰、曆法、農業等都得到了全面的展示。這裏有沿着陡峭山坡層層開鑿建造的房屋、從山頂向各個方向開鑿的供水渠道、各種形狀的廟宇、莊嚴的皇家墓葬，還有日晷、採石地點等等，為當時人類的各種需要提供了相應的設施。印加人民充份利用當地的自然資源，特別是安第斯山脈的岩石，發展出獨特的建築工藝。他們用經過打磨加工的岩石作為石材砌造各種建築，石材之間嚴絲合縫，有些部份可以說是刀插不入，展示出極高的工藝技術水平。

馬丘比丘遺址內有兩百多座建築遺蹟，重要的景點大約有二十多個，如果從清早到達遺址且步行速度較快的話，可在一天之內大體看完。其中著名的景點有中心廣場和所謂「太陽貞女宮」（Acllahuasi）、手工業區、日晷、皇家宮殿和墓葬、「三個窗戶的房間」、王子府第和太陽神廟、雄鷹廟等。

和瑪雅文明相似，曆法和對太陽神的崇拜也是印加文明的重要內容。太陽神廟有兩扇窗戶的位置是經過仔細選擇的，冬至和夏至，太

---

1 UNESCO 1983, "Historic Sanctuary of Machu Picchu", http://whc.unesco.org/en/list/274.

陽會分別射入這兩扇窗戶中。位於馬丘比丘山頂的巨大日晷則是印加人用來觀測太陽軌跡的。除了崇拜太陽神之外，印加人對翱翔在安第斯崇山峻嶺間的雄鷹也非常崇敬。在馬丘比丘就有一座祭祀雄鷹的廟宇，地面上的石雕就是雄鷹，而建造在傾斜的石岩之上的建築，恰似雄鷹展開的翅膀。我們今天當然無法得知當年印加建築師設計這一廟宇的構思，但面對這座猶如雄鷹振翅欲飛的石構建築，仍不得不佩服數百年前印加人的大膽創意和高超的工藝技術。此外，馬丘比丘還有用巨石砌成的「皇家陵墓」，據説印加帝國某個國王的木乃伊就存放在這裏。儘管到目前為止考古學家還沒有發現人骨遺存，但這座「陵墓」的設計和工藝仍是印加建築文化的代表之作，特別是「陵墓」上部的長方形石材，每一塊都經過仔細打磨，石材的拼接嚴絲合縫，反映了極高的原材料加工和建築技術。

　　1911 年，一名美國探險家在當地居民的帶領下「發現」了馬丘比丘，吸引了美國和西方其他國家的考古學家和其他學者到此發掘、考察、收集文物，所以馬丘比丘有相當多的文物保存在美國某些大學或文化機構中，最近才有部份文物歸還給秘魯政府。馬丘比丘「再發現」和研究的歷史，與亞洲、非洲其他殖民地國家考古遺址如吳哥、美山等的歷史相似，同樣是西方學術界通過掌握殖民地的考古資料，控制了詮釋和認識當地歷史的話語權。值得慶幸的是，近年來前殖民地國家的學術主權意識日益提升，開始爭取收回屬於自己國家的文物；某些西方國家的學術和文化機構也意識到過去強取行為不妥當，開始歸還一些被掠文物。這不僅有利於各地世界文化遺產更加全面地展示其內涵，而且也有利於各個國家更加深入研究自己本土的文化和歷史。

　　今天的馬丘比丘每年吸引了來自世界各地數以十萬計的遊客，但這一世界文化遺產的保育和管理也面對很多問題。據工作人員介紹，

左上：日晷。
右上：太陽貞女宮
　　　和廣場。
下　：太陽神廟。

雄鷹廟

遺址處於地震帶，地質安全和穩定是一個重要的課題。因為所處地區
為熱帶雨林地帶，每年大量降雨導致的山泥傾瀉、滑坡等地質災害，
潮濕氣候和遊客行為引起的岩石風化等，都對遺址構成威脅。由於地
勢陡峭，山路崎嶇，遊客的安全也存在隱患。2010 年春天的一次大雨
就導致兩千多遊客被困在山上，最後由直升機救援離開。馬丘比丘是
秘魯最吸引遊客的地方，如何平衡旅遊發展的經濟需求和遺址保育，
也是當地政府和人民面對的大挑戰。

旅遊 小知識

季節：

　　南美洲的季節和北半球相反，中國的夏天是當地的冬天。不過秘
魯的氣候比較溫和，所以在五六月份前往旅行還是很舒服的。

健康和醫療：

　　馬丘比丘和庫斯科都位於海拔 2000 多米的高山上，如果有心血管和肺部疾病，就要特別注意是否能夠適應當地環境。為防萬一，即使身體健康的遊客也可以在出發之前預備一點所謂的「高山藥」，防止缺氧帶來的不適。另外，庫斯科城內的醫藥設施有限，加上語言障礙，所以遊客最好還是隨身攜帶一些重要的藥品，如止血、退燒、治肌肉扭傷、止腹瀉的藥。

交通和住宿：

　　離馬丘比丘最近的大城市是庫斯科，這是一個充滿歷史文化遺蹟的古城，也是世界文化遺產。從首都利馬可以乘飛機到庫斯科，再從那裏乘清早的火車到馬丘比丘。另外一個選擇是在馬丘比丘山腳下有一個小鎮叫作阿瓜卡蓮待（Aqua Caliente），有些遊客會選擇先到這個小鎮住一夜，第二天清早再乘坐從小鎮出發的汽車前往馬丘比丘。

語言：

　　秘魯的官方語言是西班牙語，但因為旅遊發展的關係，很多酒店餐廳和遺址公園的工作人員會說英語，當地很多指示標誌也有英語。

食物：

　　秘魯盛產各種瓜果、土豆、海產等，食材種類繁多，顏色鮮艷，有沙拉、烤雞、烤南瓜、串燒肉類等，選擇很多。其中有特色的是一道叫作"Ceviche"的菜式，是用青檸檬、生魚肉、紅洋葱等加工而成，與番薯或者白色玉米同吃。是否欣賞它的味道就見仁見智了。另外一道菜"Lomo Saltado"則是百年前到秘魯的華人移民所創，將牛肉、西紅柿、洋葱、炸土豆等炒在一起。

古城古鎮篇

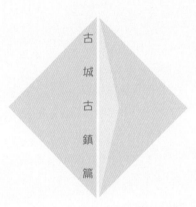

古城古鎮篇

城鎮是人類社會出現私有化、貧富差別、財富爭奪和群體衝突的產物，但也是人類因應不同的自然環境發揮創意建立的聚落空間。根據考古學研究，人類最早的定居聚落應當是村落。在村落發展的基礎上出現地區內的行政、經濟甚至宗教中心，即鎮（town）；隨着社會發展，人口增加，其中某些鎮進一步發展成為更大規模的行政、經濟、宗教中心，即城市（city）。當然，每個地區的具體情況不完全一樣，但一般説來，城市的規模較大，人口較多，通常也有較高的經濟、軍事、政治和文化重要性。

目前世界上最古老的、有城牆的聚落是位於今天地中海約旦河谷的耶利哥。根據考古研究，這裏的房屋用泥磚建成，聚落的西邊可見到一堵高 3.6 米的石牆，還有一座底徑 9 米，殘存高度 8 米，用石頭建成的圓形塔樓，塔樓內有樓梯通向頂部，塔樓前有壕溝。這套防禦系統建造的年代為大約距今一萬一千年。[1] 中國目前所見最早的城市遺址位於湖南澧縣的城頭山，始建於六千多年前，規模已經相當可觀。

1　Gates, Charles 2003. *Ancient Cities*, New York: Routledge.

在古代中國，「城」更多時候指的是城牆、城壕，是防禦敵人、野獸和自然災害的設施；「市」是市集，是經濟貿易和手工業活動所在地。這兩個漢字準確地概括了城市的主要功能：保護城內居民生命財產、貿易和手工業中心。城市的建造如果是為了防禦敵人，那麼城市的存在和延續便反映了群體之間的衝突，標誌着群體認同意識的出現，或者說標誌着人類社會內部出現了劃分「我們」和「他們」的社會意識。

一萬多年來，不同地區的人類就依據自然環境和不同的文化需求、信仰、生活方式等等，用不同的材料、設計、工藝和審美觀來建造不同的城鎮。在歐洲中世紀的很多城鎮（乃至鄉村），教堂一定是最高的建築，通過城市規劃和建築技術來彰顯神權和政權的至高無上。城鎮所在的環境、城市內外的佈局和功能分區、城內的設施和建築風貌，處處都反映着一個地區人與自然、人與人、人與神之間的關係。世界上各種各樣的古城古鎮，正是不同地區人類文化多樣性、豐富性的見證；而每個城鎮居民的生活方式，又使這個城鎮充滿了獨特的活力和魅力。

在漫長的歷史進程中，有些城鎮被逐漸廢棄，另外一些城鎮則延續成百上千年，後者往往被稱為「古城」。在聯合國教科文組織界定的「物質文化遺產」類別中，「古城」是一個重要的大類。但是，和已經被荒廢、失卻原來功能的考古遺址不同，「古城」仍然是人類居住和生活的聚落；而不斷變化的人類文化，不可避免地不斷影響和改變着城市的格局和設施。如何在現代城市發展和保存人類過去所創造的傑作之間取得平衡，如何管理和保育「古城」，一直是文化遺產保育界最大的挑戰之一。

在我所到過的 50 個海外國家一百多個大小城市中，有些城鎮並沒有給人留下特別的印象；有些城鎮則具有十分鮮明的特色，讓人念念

不忘。每個城鎮，無論大小，要避免的就是所謂「千城一面」，大家都是高樓大廈，或者大家都是城牆、教堂加碉樓，這樣的城市難以令人留下深刻印象。只有那些充滿個性的城鎮，不管是大城還是小鎮，不管是古老還是年輕，才具有永久的魅力。

　　一個古城或古鎮的特色，在很大程度上取決於建築。在全球化未曾影響世界各地建築之前，在不同自然環境和歷史時空中生存的人類，各自發展出獨特的建築風格和特色。建築不僅是為了遮風擋雨，不僅是各種空間的營造，不僅是為了滿足不同的功能，而且可以是使用者地位、財富和權利的宣示和象徵。因此，在人類進入階級社會之後，不同文化的建築也出現了一些規範和制度，將建築作為劃分社會等級、區別尊卑的手段之一，比如希臘羅馬建築中的柱式，或者中國傳統建築對建築規格和材料的使用制度，都是明證。至於同一城鎮中來自不同文化的建築，則是這個城鎮歷史文化演變的重要見證。此外，在不同地方見到相似的建築，又往往反映了人類的文化交流。因此，要欣賞古城古鎮中的歷史建築，打算自由行的遊客，最好有一點古代建築的基本知識，例如知道西方古建築從公元前 3000 年到公元 19 世紀發展的大體脈絡，能夠大體分辨希臘古典建築三大柱式：多立克式、愛奧尼亞式和科林斯式，知道羅馬建築承襲希臘建築風格但也有新的變化；了解一點歐洲的哥特式、巴洛克式、洛可可式和新古典主義建築大概有甚麼特色，東亞、東南亞和南亞地區的建築各自有何特點，伊斯蘭文明的建築又有甚麼獨特之處等，最好先讀一兩本世界建築的入門書。

　　要論自然與人文風光的秀麗、歷史的積澱與現代的舒適交融，日內瓦是作者的首選。日內瓦坐落在阿爾卑斯山脈腳下、波光瀲灩的日內瓦湖畔。在非旅遊旺季的 12 月，初雪之後，鉛雲暗淡，湖對岸層巒疊嶂，可見樓宇次第掩映其中。湖岸邊幾乎不見行人，湖上也是一

片靜謐，只有天鵝在湖中游弋，水鳥在空中掠過，一派冬日的安寧景象，令人想起唐朝詩人柳宗元「千山鳥飛絕，萬徑人蹤滅」的意境，只是沒有「蓑笠翁」在「獨釣寒江雪」罷了。如此詩情畫意，在煩囂的現代社會中，哪怕只是偶然一刻，也彌足珍貴。

若論歷史的厚重感，聖彼得堡則令人印象深刻。聖彼得堡是17–18 世紀統治俄國的沙皇彼得大帝所建，曾經是沙俄時代的首都。2003 年的聖彼得堡，特別是在涅瓦河兩岸，仍可見到大量歷史建築。道路仍是用卵石鋪成，彷彿下一秒就會聽到車馬轔轔，回頭就會看到盛裝的安娜·卡列尼娜倚在軟墊上，冷冷地俯視着冰封的涅瓦河；彷彿轉身就會見到阿芙樂爾號巡洋艦駛近冬宮，拉開十月革命的序幕，從此改變了世界歷史。

要論知名度，英國大文豪莎士比亞的故鄉沃偉克郡埃文河畔斯特拉特福（Stratford-upon-Avon）早在 18 世紀就吸引了大量遊客，從著名文學家到普通百姓，絡繹不絕地前往「朝聖」，瞻仰莎士比亞出生的舊居和他埋骨的教堂。小鎮上還有不少 15–18 世紀的歷史建築，包括始建於 1450 年的白天鵝旅店。很難想像一座數百年的木建構旅店還在繼續經營，但這座白天鵝旅店目前仍是旅店，而且內部經過大規模的裝修，既保留了酒店原來的建築特色，又絕不缺乏現代的功能和舒適，是善加利用歷史建築的好例子。

不過，以上這些城鎮，早已有很多文獻介紹，不必重複。本篇也沒有包括大家耳熟能詳的城市如倫敦、羅馬、威尼斯、雅典等等，同樣因為這些城市已經有很多相關的介紹。本篇所選擇的古城古鎮來自不同時代、不同地區和不同文明，其建築和佈局各有特色又各有魅力，或者大氣磅礴，或者小巧玲瓏。這些城鎮大小不等，有些是重要的地區首府，有些只是小城鎮；但它們的共同特色是都具有獨特的自然、人文和歷史特色，展示了人類在不同自然和文化背景下豐富多彩

上：涅瓦河畔的冬宮，現為艾爾米塔什博物館，與倫敦大英博
　　物館、紐約大都會博物館和巴黎盧浮宮博物館並稱為世界
　　四大博物館。
下：埃文河畔斯特拉特福鎮之莎士比亞舊居，16 世紀建築。

的創造力和審美觀念，見證了不同文明在不同時空的發展和變遷。這些城鎮無愧於「世界文化遺產」的稱號，值得我們去細心欣賞。其實，每個遊客都可以在旅遊的過程中，去發現和欣賞世界各地不同城鎮的價值和美麗，包括城鎮和周圍自然環境的關係，這個城鎮如何見證歷史文化變遷，建築特色及其所反映的人文內涵，以及城鎮中不同文化的互動和發展，等等。

聯合國教科文組織將歷史建築和歷史文化名城列為「物質文化遺產」，但建築和古城古鎮還凝聚着不同時代、不同自然環境、不同文化的人類審美意識、藝術、等級觀念、宗教信仰和理念等等「非物質」的成份，是人類文化多樣性的見證。因此，古城古鎮的歷史建築、現代居民及其文化風俗，不僅是人類認識自己的依據，而且是現代人類增進文化了解、獲得靈感和創意的源泉。

和所有物質文化遺產一樣，古城古鎮及城中的歷史建築一旦毀壞便不可彌補，再造的「假古董」已經失去原來的真實面貌和文化內涵。在現代化、城市化的衝擊下，如何保育古城古鎮和歷史建築，成為世界許多國家面對的共同問題。正因為古城古鎮和歷史建築的重要性和脆弱性，因此聯合國教科文組織將之列為人類重要的文化遺產之一，並呼籲世界各國政府和人民採取措施加以保護。希望隨着更多的公眾認識到古城古鎮和歷史建築的價值，為這一類文化遺產的保育帶來更多的公眾參與和支持。

會安古城

越南中部的會安古城（Hoi An Ancient Town），國際知名度也許不及河內、胡志明市等大城市，但在 15-19 世紀的時候，卻是東南亞地區重要的國際商業貿易港口。在經過無數戰火洗劫的越南，會安是唯一保存比較完好的古城，其古老的城市規劃和街道佈局仍基本保留原貌。城內的歷史建築建於 18-20 世紀，有一千多座，以磚木為主要建築材料，除了民居、商店之外，還有宗教廟宇、塔、會館、古井和古墓葬等。在會安，不僅是建築這類「物質文化遺產」得以保存，與之相關的傳統生活方式、飲食文化、宗教和風俗習慣等「非物質文化遺產」也延續下來。[1]

會安位於越南的東海岸，坐落在廣南省秋盤河（Song Thu Bon）的北岸，其東面就是太平洋。秋盤河是越南中部的一條重要河流，從西向東流入大海，另有支流從北向南流入海，會安正好位於秋盤河的入海口，交通和戰略位置十分重要。從事海上貿易的海船可以在這裏停泊，進出口的貨物都可用水路或陸路交通轉運到越南中部各地。無怪乎這裏曾經一度是越南中部最重要的商業港口和貿易中心。

---

1 UNESCO 1999, "Hoi An Ancient Town", http://whc.unesco.org/en/list/948.

會安古城的歷史建築

　　考古學研究表明，早在公元前 2 世紀的時候，這裏就是一個商
港。16-19 世紀是會安最繁榮的時期，中國人、日本人、歐洲人都到
會安來從事貿易活動，有些還長期定居在會安。因此，會安的建築既
有越南本土建築的風格，也受到中國和日本建築的影響，反映了本地
和外來文化在這座古代商城的融合、繁榮和發展。基督教 17 世紀經過
會安進入越南。18 世紀之後，越南其他沿海地區的港口特別是峴港發
展起來，逐步取代了會安的地位，發展的步伐緩慢下來，卻也因此使
得整個古城的建築和風俗文化得以保存和延續。[1]

　　會安古城呈東西向的不規則長方形，有東西向和南北向的街巷，
大多比較狹窄。房子或沿着河岸分佈，或位於老城內。古城內有不少
有趣的歷史建築，例如「進記」（Tan KY）大宅，是越南的「國家文
化遺產」，一直由同一個家族居住。這座房子建於 18 世紀，底層是
商舖，上層是住房，是典型的「上居下舖」商人住宅。房子的後面臨
河，方便貨物裝卸；前面臨街，方便商業活動。這座房子雖然不是會
安最老的房子，卻是保存得最好的歷史建築，其特色是帶有中國、日

1　UNESCO 1999, "Hoi An Ancient Town", http://whc.unesco.org/en/list/948.

本和越南的建築風格）。大宅的斗拱明顯是中國風格，室內到處是用珍珠貝母鑲嵌裝飾的紅木傢具、陶瓷、字畫等各種珍貴文物，連對聯也用貝母鑲嵌而成，凸顯本地文化特色。天井兩邊的兩塊木

「進記」大宅的斗拱。

板上刻有鑲嵌貝母的書法，每一筆都是一隻小鳥的形象。建築材料都相當名貴，有大理石、鐵木等，這也是大宅經歷兩百多年仍保存相當完好的原因。整座建築包括大門、帶照壁的天井和好幾座兩層樓的建築，各有功能，如大廳、臥室、商店等，整體結構通暢疏朗，室內冬暖夏涼。因為靠近河邊，歷年洪水氾濫的時候還在牆上留下了多條痕跡。這種建築格局在18-20世紀廣泛見於中國的嶺南地區和東南亞地區。

會安是商埠，來這裏做生意的中國人按照他們的習慣成立各省的「會館」，因此在會安可找到中華會館，還有廣肇會館、潮州會館、瓊州會館等。會館是離鄉別井到異鄉謀生的華人聚集之地，在這裏，來自同一個地方的華人建立起在經濟上、政治事務上和社會關係上互相幫助、互相支持的關係，有助於他們在異鄉奮鬥求存。會安的多個華人會館，其建築雖然未必都是古色古香，但反映了海外華人在異鄉的社會紐帶和奮鬥歷史。

會安城裏還有佛教寺廟，其中一座寺廟改成了會安博物館，用

文物和圖片展示會安的歷史和文化。這座博物館並不大，但有意思的是，建築上部欄杆用青花瓷片作為裝飾。類似的裝飾手法在其他會安建築中也有所見。青花瓷是明清兩代中國對外貿易的重要內容，用來作為房屋的裝飾則別有特色。

會安古城的標誌是一座有蓋木橋，稱為來遠橋，又稱日本橋，橫跨秋盤河支流，以磚砌成橋墩，木橋兩端有磚木結構的入口。據橋上的說明牌介紹，17世紀，住在會安的日本人建造了這座橋，以便和對岸的當地居民做生意。此後，該橋經過多次自然災害的破壞，中國人和越南人不斷重修，因此逐步喪失了原來的日本風格，反而帶有明顯的中國和越南風格。現存結構有些像中國南方侗族的「風雨橋」，但橋上的大量脊飾，則與風雨橋不同。橋一端的入口有一對猴神守護，另外一端的入口有一對犬神守護。當地居民在橋裏面修了一個神龕供奉北帝，因此又被稱為「廟橋」（Chua Cau）。神龕至今仍在使用。廟橋是生活在會安的日本、中國和越南文化交流的見證，也反映了會安作為國際商港的歷史。

會安古城見證了15–18世紀東南亞地區

「葉同源」顯然是華人開設的商店，也是上居下舖。

上：由佛寺改成的會安博物館。
下：用青花瓷作為博物館建築圍欄上的裝飾。

海上和內陸的商業貿易活動，其歷史建築更是中國、日本、越南乃至後來的法國文化互相交流、互相影響的見證。因為這個古城所具有的獨特歷史和科學價值，聯合國教科文組織在 20 世紀 90 年代將會安古城列入世界文化遺產名錄。值得注意的是，在當代文化遺產保育的領域中，已有學者注意到東西方歷史建築、考古遺址等所用建材的不同，因此需要不同的修復和維護技術，以保存人類不同文化遺產的完整性和原真性。為了解決這個問題，2001 年由意大利和越南政府資助，聯合國教科文組織在會安召開了一個工作會議，專門討論如何保育亞洲以磚、木、土為主要建材的歷史建築和古蹟，並發表了「會安指引」。這份文件成為保育亞洲文化遺產的重要技術綱領。

除了豐富的歷史建築和傳統文化，我認為，會安古城的吸引力之一是安寧靜謐。雖然遊客不少，但這裏極少現代工業的噪音及污染，城中人口不多，街道上沒有繁忙的交通；晚上尤其安靜，住在城中的酒店，可以聽得見河水淙淙，蛙鳴聲聲。在喧囂的 21 世紀，能夠有這樣一片安靜的土地，實屬不易。

旅遊 小知識

交通和住宿：

峴港在會安北邊，距離會安約 30 公里。會安現在是個旅遊城市，外國遊客甚多，城內也有各種級別的酒店，遊客可根據自己的預算和興趣選擇用較為可靠的互聯網預訂網站先行預訂。

參觀：

要參觀「進記」和其他重要的歷史建築需要購票，可買一張會安

古城旅遊票，自由選擇參觀城內的五個歷史建築。

　　若只看主要的五個歷史建築一天就可以了。若想享受會安寧靜的夜晚可選擇住在當地。

語言：

　　越南語是當地官方語言，當地人會說英語的極少，但主要歷史建築的說明牌多數是雙語，即越南語和英語。不過，會安古城不大，有一張地圖在手，基本上可自己找到主要的景點。

美食：

　　越南曾經是法國殖民地，所以飲食文化既有本地特色，又深受法國飲食文化的影響。越南盛產水稻，大米是越南飲食文化中的重要成份。會安靠海，各種海鮮成為重要的食材，加上越南本地的香茅、薄荷葉、辣椒和其他香料，混合外來和本土的烹飪方法，越南美食可以說是多種多樣。在越南，以濃香的肉骨湯為基礎、配上牛肉、扎肉、雞絲、豆芽等作料的米粉，包上蝦仁、扎肉、粉絲、蟹肉等各種原料的米紙春卷或經過油炸的春卷等，都是典型的本地美食。香脆的蒜蓉麵包、烤雞、濃郁的咖啡等則明顯是來自法國文化。越南也盛產椰子，到當地不可不嘗試具有本地特色的清甜鮮椰子汁、綠豆湯等多種飲品，沿河分佈着不少餐廳，價錢也都不貴。

凱魯萬

凱魯萬（Kairouan）位於突尼斯的中北部，距首都突尼斯大約 160 公里。凱魯萬始建於 670 年，是西北非洲伊斯蘭文明最古老的城市之一，不僅在突尼斯甚至北非地區都具有重要的歷史文化價值。如果説突尼斯的迦太基考古遺址見證了北非地區本土文明與羅馬文明的衝突，凱魯萬則見證了伊斯蘭文明在非洲北部的興起和發展。

從 1 世紀開始，羅馬帝國內部紛爭頻仍，在北非也出現了不同的政治勢力。6 世紀，北非主要受拜占庭帝國統治，但也有一些地方政權。這時候，凱魯萬是拜占庭帝國的一個軍事據點。7 世紀中葉，阿拉伯軍隊開始入侵北非，伊斯蘭文明成為當地的主要政治力量，但拜占庭和地方政治力量並未完全消失。670 年凱魯萬城的建立，標誌着伊斯蘭文明在非洲大陸建立固定的聚落點並發展其文化。據說這個地點的選擇是有深意的。當時拜占庭帝國的艦隊仍然在突尼斯海岸活動，突尼斯內陸的山區中又有反抗伊斯蘭軍隊的地方政治勢力；從凱魯萬到海岸和到山區的距離大體相等，不論從海邊或從山區到凱魯萬都需要一天的行軍時間。凱魯萬因而成為伊斯蘭軍隊對抗拜占庭和本土政治勢力的軍事要塞。[1]

1　UNESCO 2010, "Kairouan", http://whc.unesco.org/en/list/499.

7 世紀後期的凱魯萬是伊斯蘭文明重要的文化中心，吸引了來自世界各地的穆斯林到此學習宗教教義。從 8 世紀到 10 世紀初，凱魯萬是北非地區艾格萊卜（Aghlabid）王朝的首都和政治、經濟中心。這是凱魯萬的「全盛時期」，今天見到的大清真寺和許多重要建築都建於此期。9 世紀末，來自埃及的軍隊入侵突尼斯；909 年，艾格萊卜王朝被推翻，凱魯萬的政治地位逐漸下降。從 12 世紀開始，當地的政治中心轉移到巴格達，凱魯萬不再是北非的政治中心，但一直是伊斯蘭教的聖城之一。[1]

今天的凱魯萬城平面是不規則的近似四方形，大體為南北向。7世紀時的城市設計者將著名的大清真寺設計在城市中心，周圍是「麥地那」（Medina）、宮殿和其他重要建築。在此後的一千多年間，儘管中心城區的範圍和位置發生了一些變化，但城市的基本佈局至今保存完好。城內有很多重要的伊斯蘭古代建築，除了大清真寺之外，凱魯萬還有保存相對完整的古城「麥地那」、聖墓清真寺、三門清真寺和其他許多清真寺，以及為古代城市居民提供飲用水的聖水井等。簡言之，凱魯萬是北非伊斯蘭文明的歷史、城市規劃和建築發展的見證，因此整座城市在 1988 年被列入聯合國教科文組織的世界文化遺產名錄。[2]

清真寺是教徒進行宗教活動的場所。清真寺的核心建築是穆斯林祈禱的大殿。和基督教、佛教不同，清真寺的大殿裏面沒有神像，殿內最重要的結構是標誌聖城麥加方向的神龕，用做指示信眾祈禱的方向，還有供神職人員使用的宣講台。大殿外通常有廣場、迴廊，有呼喚信眾前來祈禱的宣禮塔，還有講經堂、沐浴室等。有些清真寺還有圖書室等附屬建築。所有這些建築都是為相關的宗教活動服務的。

1　UNESCO 2010, "Kairouan", http://whc.unesco.org/en/list/499.

2　同上。

因為宗教在伊斯蘭文明中的重要性，清真寺往往成為當時當地建築工藝技術、審美觀念、財富和政治地位的典型見證。在聯合國教科文組織的世界文化遺產名錄中，就列入了不少來自不同國家的清真寺。隨着旅遊業的發展，作為文化遺產的清真寺也開始成為遊客參觀的地點。但是要注意，如果一座清真寺仍然保存其宗教活動場所的功能，那麼在有些國家就不會允許非教徒進入祈禱大殿參觀。一處文化遺產如果能夠保留其基本功能、建築佈局和技術，方能夠保存這一文化遺產的原真性和文化價值。

凱魯萬始建初期，大清真寺位於城市的中心，但隨着城市的發展，現在大清真寺的位置已經不再是城市中心，而是「麥地那」的東北角。大清真寺始建於 7 世紀，後來經過一系列的破壞、重修和擴建，最終成為一座規模宏大的建築群，也是北非地區最宏偉的清真寺之一。清真寺現存平面呈規則的長方形，長 120 多米，寬 70 多米，基本是南北向。清真寺周圍有高大的磚牆圍繞，用於呼喚教徒來祈禱的圓頂三層宣禮塔就建在北面的圍牆中間。圍牆向內的一面以三排並列的羅馬風格科林斯石柱支撐着伊斯蘭風格的雙弧形磚拱，形成一道寬闊壯觀的迴廊，環繞着整個清真寺建築群，包括建築群中心寬廣的長方形庭院。祈禱大殿位於庭院南側，殿內用大理石和斑岩的科林斯式石柱支撐着伊斯蘭風格的雙拱磚券，以精細的鑲木大門與外界分隔。大清真寺被稱為伊斯蘭宗教建築的傑作，據說西北非洲的不少清真寺都是以此為藍本建造的。[1]

除了著名的大清真寺之外，凱魯萬的聖墓清真寺和三門清真寺也很著名。聖墓清真寺或稱宗教學校、巴伯清真寺，靠近大清真寺。這組建築群是為了紀念穆罕默德的追隨者 Abou Zama a Al-Balaoui 而建造

1　http://whc.unesco.org/en/list

上：凱魯萬大清真寺內院、宣禮塔和拱形迴廊。
下：迴廊的科林斯式石柱、磚拱和精緻的鑲木大門。

的，此人於 654 年在凱魯萬附近一次與拜占庭軍隊的戰鬥中死去，被葬在凱魯萬。這座清真寺也因此成為伊斯蘭信徒朝聖的目的地之一。[1] 聖墓清真寺始建於 15 世紀，後來經過重修和擴建，平面佈局包括庭院、通向祈禱大殿的走廊、祈禱殿、聖墓和其他附屬建築，如可蘭經學校。非穆斯林不可以進入祈禱大殿和聖墓，但遊客可參觀走廊和其他附屬建築。

聖墓清真寺狹長的走廊、佈滿白色透雕幾何圖案的穹廬頂和牆壁，都具有典型的伊斯蘭建築和裝飾特色。看了這裏的建築，再對比建於 13-14 世紀位於西班牙南部格拉納達地區的阿爾罕布拉宮（詳見「宮殿城堡篇」），雖然兩座建築的功能不同，但其建築風格、紋飾和工藝簡直可以說是如出一轍。分別位於歐洲南部和非洲北部的這兩座伊斯蘭建築，充份證明了古代兩地的文化交流，也說明了在歐洲文明發展演變過程中，伊斯蘭文明的影響和貢獻。也有學者認為聖墓清真寺的建築是受到了奧斯曼帝國和意大利建築藝術風格的影響。

建於 866 年的三門清真寺因祈禱殿有三個並列的門口而得名，規模不大，可見到的主要建築是宣禮塔和祈禱殿。三個入口上方有三個相連的磚拱，外牆上飾有高浮雕的可蘭經經文以及花卉和幾何紋飾，展現了典型的伊斯蘭建築裝飾風格和工藝。據說這是目前所見年代最古老的帶有高浮雕外牆裝飾的清真寺。[2] 這座小而精緻的清真寺坐落在凱魯萬「麥地那」一條不起眼的街巷中，附近都是民居和商店。同樣，遊客只能在外面參觀，不能進入寺內。

小時候讀阿拉伯世界文學名著《一千零一夜》，書中的主人公常說「我到麥地那去了」。來到阿拉伯世界才知道，「麥地那」是城鎮、市集之意。凱魯萬的「麥地那」保存得極好，城牆和城門都保存

---

1 http://whc.unesco.org/en/list
2 UNESCO 2010, "Kairouan", http://whc.unesco.org/en/list/499.

「麥地那」城內著名的「三門清真寺」，其外牆上飾有《古蘭經》經文。

左：「麥地那」的城牆和半圓形碉樓。
右：「麥地那」的城門之一。

完整，規模壯觀。整個「麥地那」的平面近似長方形，位於整個城市的東北方，有城牆圍繞，四周開有城門，高聳的城牆向外的一面有類似中國古代城牆的「馬面」，大概也是用於加強防禦。城裏面是迷宮一般曲折蜿蜒的街巷，密密麻麻的商店和民居，還有不可或缺的清真寺和廣場，以及管理城市的政治和行政機構。「麥地那」的商店還保存着傳統商業的風格，多屬於小型的零售店，出售服裝、地毯、黃銅器皿、皮革製品等日常用品，應有盡有，也有很多是旅遊產品，特別是地毯、皮革和黃銅製品。「麥地那」裏還有很多伊斯蘭風格的平房，顯然，「麥地那」是阿拉伯城市的行政和經濟中心。

在突尼斯、摩洛哥等阿拉伯國家的世界文化遺產名錄中，經常可以見到保存完好的「麥地那」。在突尼斯，除了凱魯萬的「麥地那」之外，首都突尼斯和另外一個海邊城市蘇塞（Susse）的「麥地那」，也是世界文化遺產。當然，凱魯萬、突尼斯和蘇塞今天都是旅遊城市，「麥地那」不少商品主要是為了吸引遊客的，例如地毯、皮革、

上：「麥地那」城內的街巷和民居。
下：「聖水井」。

黃銅器皿等；但至少這些商品還是本地製作的。

　　值得一看的還有凱魯萬的「聖水井」，這是兩個巨大的圓形水池，稱為「艾格萊卜蓄水池」，建於 9 世紀，但現在看到的是 1969 年重建的。艾格萊卜王朝建造了一道引水渠，將水從凱魯萬西部 36 公里之外的山區引到小水池中，再引到大水池，為王朝的宮殿供水。現在所見的大水池深 5 米，直徑 128 米，規模相當可觀。遊客可攀上遊客中心的屋頂鳥瞰這兩個水池。

　　和中世紀基督教文明的城市比較，凱魯萬等伊斯蘭古城都強調清真寺的重要性，這與基督教文明的古城相似，後者也是以教堂為中心來設計城市聚落格局。中國古代黃河流域的城市一直以衙署為中心，這或許反映了中國政權大於神權的歷史傳統。不過，中國的古城與伊斯蘭文明的「麥地那」似乎有不少相似之處：首先，城市都具有軍事防禦和保護城內居民和財富的功能；其次，城市都具有集市的功能；更有趣的是城牆的形式和結構，包括「馬面」，都十分相近。這是古代文化交流的結果，還是不同地區人類創意的趨同現象，則是有待探討的課題了。

旅遊 小知識

交通：

　　突尼斯的三個世界文化遺產城市：突尼斯、凱魯萬和蘇塞形成一個三角形，突尼斯在北邊的三角形「尖部」，凱魯萬和蘇塞各自佔據三角形底邊的兩個點。從突尼斯到凱魯萬 160 多公里，從凱魯萬到蘇塞大約 60 多公里，從蘇塞回到凱魯萬的距離也是 160–180 公里左右。因此，如果時間允許，可以從突尼斯到凱魯萬，從凱魯萬到蘇塞，然

後返回突尼斯，正好走完一個三角形。

　　遊客要去凱魯萬，一個方法是到突尼斯市內的長途汽車站搭乘公共汽車前往。但據當地旅行社職員見告，長途汽車至少要 4 個小時才能抵達凱魯萬，往返就要 8 個小時。如果還想前往蘇塞，則要在凱魯萬住一個晚上，次日再從凱魯萬坐公共汽車前往蘇塞，再從蘇塞乘長途汽車回突尼斯。

　　另外一個方法是通過酒店職員聯繫可靠的出租汽車和司機，事先談好價錢，包車前往，司機可將遊客直接帶到各個主要景點，又可以提供不少關於當地風俗文化的信息，大大減少旅途花費的時間和精力。如果選擇包車，在清晨出發，交通又順暢的話，從突尼斯到凱魯萬只需要兩個小時，一天之內可遊覽凱魯萬和蘇塞兩個古城，還可以在返回突尼斯的途中遊覽另外一個小規模的古城蒙提阿（Montiar）。突尼斯的出租車分為兩種，黃色的只能在當地營業，只有白色的出租車才可以跑長途。要通過比較好的酒店聯繫可靠的出租車司機，以保證旅途安全。

參觀：

　　要特別注意，突尼斯的很多世界文化遺產都是清真寺或與清真寺有關。在伊斯蘭教作為國教的突尼斯，清真寺內教徒進行祈禱的大殿是宗教聖地，絕對不允許非穆斯林進入，遊客只能夠參觀寺外的廣場、迴廊和其他附屬建築。此外，根據伊斯蘭教的規定，所有女性進入清真寺範圍之前必須先用頭巾將有頭髮的部位包裹起來，因此女性遊客要事先準備一條能夠包裹整個頭部的頭巾，否則會被拒絕進入清真寺的範圍內參觀。頭巾的顏色以素色為好。遊客務必請遵守當地的參觀規則，避免引起衝突。

　　凱魯萬的大清真寺和聖墓清真寺比較容易找（如果是包車的話就

根本不必找，司機會將遊客直接帶到地點，節省了問路的時間），但位於「麥地那」內的三門清真寺就相當難找，因為「麥地那」內街巷密集交錯，即使有地圖又問當地人，還是需要一點力氣才能找到。我問道於一個賣地毯的當地人，他將我帶到三門清真寺，但期待一點帶路的小費。我付了 3 第納爾，看他的表情還滿意。

「麥地那」商店密密麻麻，人多擁擠，一定要小心保管好個人財物和重要證件。城內的街巷十分密集，而且外觀沒有明顯區別，如果沒有當地人帶領，一定要有地圖才可進入，否則容易迷路。

木頭古城勞馬

　　提起歐洲古城，大家腦海中浮現的往往是高聳入雲的城堡，連綿不斷的城牆，深不見底的護城壕和裝飾着貴族或王室徽章的城門。但坐落在北歐波的尼亞灣（Bothnia）東岸的芬蘭古城勞馬（Old Rauma）卻與眾不同，既不見城堡也看不到護城壕。作為世界文化遺產，勞馬的特色是數百座顏色、形態各異的木頭房屋。它是北歐地區現存最大的木頭古城，已經有數百年的歷史。

　　勞馬的特色與芬蘭的地理位置、自然資源有關。位處高緯度地區，芬蘭的冬天酷寒，氣溫可降到 –50℃；但 6 月到 8 月的氣溫可以超過 30℃。[1] 由於被森林覆蓋率超過 60%，芬蘭傳統建築廣泛使用木材。

　　根據考古資料和歷史文獻記載，大約在距今 1.2 萬年左右，地球的末次大冰期結束，氣候變暖，人類開始出現在北歐地區，芬蘭最早的人類聚落也可以追溯到這個時期。12–16 世紀初的芬蘭是瑞典王國的一部份，人口和聚落都明顯增加，基督教在當地具有巨大的影響力。19 世紀初期，芬蘭是俄羅斯的一部份，1917 年俄國沙皇政府被推翻，芬蘭才獨立成為現代國家，[2] 並且逐步由農業國家轉為工業國家。

1　Maaranen, P. 2002 "Human touch, natural process: the development of the rural cultural landscape in southern Finland from past to present", *Fennia* vol. 180(1-2): 99-107.
2　同上。

中世紀時期，芬蘭的城鎮不多，規模也不大，只有六個比較著名的城鎮，其中一個就是勞馬，另外一個是距離勞馬不到 100 公里的圖爾庫城堡，也是世界文化遺產。勞馬古城位於現代的勞馬城內，勞馬城是勞馬地區的首府，而勞馬地區則位於芬蘭的西南海岸，是一個富裕的工業區，人口 7 萬多人，其中 3 萬多人住在勞馬市，包括勞馬古城內的大約 800 名居民。[1]

勞馬古城最早見於 1441 年的文獻中，至少在 13 世紀中期就已經成為當時重要的海上貿易中心。1442 年勞馬獲得地方貴族卡爾‧努特松（Karl Knutsson）爵士准許進行海上貿易。此後勞馬的經濟活動進入繁榮時期，勞馬的商船經常出發到瑞典、德國，以及北海和黑海周邊的其他國家，出售木材、木製品、黃油、獸皮和油脂等，換回鹽、布匹、酒、香料和玉米等貨品。[2]

隨着經濟的發展，勞馬古城在其他方面的影響也逐步增強。大約在 13 世紀中期，城裏出現了第一個教堂：聖三一教堂。基督教的法蘭西斯修道院也建於這個時期。不過，16 世紀，勞馬古城兩次出現了黑死病，大部份居民相繼死去，據說只剩下大約五六百人。禍不單行，從 1636 年開始，勞馬喪失國際貿易港的地位達 130 年之久。此外，古城還出現了兩次大火，整個城市幾乎完全被毀。1855 年的克里米亞戰爭又使勞馬遭受戰火摧殘。[3]

不過，勞馬並沒有被所有這些天災人禍所摧毀。在工業革命出現之後，19 世紀的勞馬是芬蘭第一個自己修建鐵路的城鎮，還建立了自己的高等教育學院。19 世紀之後，特別是第二次世界大戰之後，隨着芬蘭的工業化，勞馬的經濟也轉為以工業為基礎，海上貿易逐漸式微。但工業經濟的發展使勞馬能夠保持繁榮，城鎮的人口也逐

1　Halmeenmaki et al. 1991, *Rauma*, Rauma: Oy Lansi-Suomi.

2　同上。

3　同上。

漸增加。[1]

　　遊客初到勞馬，首先映入眼簾的是高大的白色教堂鐘樓，此外就是大片現代建築。勞馬古城被包圍在這一大片現代建築之中，但其歷史風貌保存得相當完整。和許多歐洲古城的佈局一樣，勞馬古城也有一個市政廳廣場。市政廣場往往是一個城市最重要的公共空間，兼有市集的經濟功能和政治聚會地點和行政管理中心的政治和社會功能。建於 1776 年的市政廳矗立在廣場旁邊，現在是勞馬博物館，用來展示古城的歷史，包括著名的蕾絲製作技術。

　　勞馬古城寬窄不一的街道從市政廳廣場向四面延伸，最大的特色是街道兩旁那些完全由木材建成的平房，不僅大小和形狀各異，裝飾的顏色和建築風格也是千姿百態。例如一座建造在兩條街道交匯處的房子，正門設計在交匯點上，房屋的兩翼分別向兩條街道展開，形成了寬闊的立面；窗和牆分別塗上對比鮮明的顏色，屋頂正中加上一個小的尖塔，使整座房子具有鮮明的立體感，層次分明，簡潔而大氣。很多房子的窗楣和房屋正面的木牆都用木材製成裝飾圖案，並且漆上各種顏色。房子外牆往往釘有一塊木牌，說明房子的建造年代。據我觀察，有相當一部份房子建於 19 世紀後期。作為完全用木材建造的房子，能夠延續超過百年，相當不容易。

　　只用不同的油漆就可以顯著改變房屋的外觀，這大概是木建築的優越性之一。當然，木建築也有它的弱點，最大的弱點就是容易毀於火。如上所述，勞馬歷史上曾經歷了兩次火災。不過，1682 年以後勞馬就甚少發生火災，至少在 19 世紀後期就出現了房屋火災保險業務。到了 1960 年代，當地政府也曾經考慮用現代建築取代古老的木建築，但這個計劃最終沒有執行。1981 年當地政府開始對勞馬古城進行保

1　Halmeenmaki et al. 1991, *Rauma*, Rauma: Oy Lansi-Suomi.

上：勞馬古城的教堂和鐘樓。
中：勞馬的一家商店，其建築充份利用了兩條街道交匯
　　點的位置，營建出寬闊的立面。
下：勞馬古城的一間木房，其窗門和木牆具有獨特的裝飾。

233

護；1991 年勞馬古城以其獨特的建築風格和創意，並作為從中世紀到現代北歐地區人類聚落的見證，列入了聯合國教科文組織的世界文化遺產名錄。

據我的觀察，勞馬古城絕大多數的木房仍然保留了原來作為民居或商店的功能，只有少數房子改變用途，成為在夏天開放給公眾參觀的「博物館」。古城內原來訓練海員的學校改為航海博物館，此外還有兩座藝術館也值得參觀。

因為大部份的木房依然是民居，遊客通常只能夠在外面參觀；即使是開放給公眾的商店或者博物館，觀眾也難以進一步了解房屋的結構。若希望了解勞馬古城房屋的建築特色以及相關的保育維修技術，遊客可參觀勞馬古城維修中心。這是一座規模不小的木房子，原來是私人物業，後來由當地政府買下來，改為維修和翻新技術的研究和展覽中心。很多人都認為歐洲的建築以磚和大理石為主，因此比較容易長期保存；東方的建築以磚木為主，因此難以長期保存。但北歐地區其實有不少用木材構建的建築，包括民房和教堂；勞馬古城便是這類建築的代表。木材容易損壞，所以木建築的保養和維修技術方法與石建築的維修方法不同，而這個中心正是為此而設立，參觀者從中不僅可以了解勞馬古城木房子的結構，而且可以認識木建築文化遺產的保育理念和維修技術。

每到一個地方自然都需要大體了解當地的歷史和文化。位於原來市政廳的勞馬博物館便展示了勞馬古城的歷史和現狀。除了介紹歷史之外，博物館內還有一位婦女現場演示勞馬的蕾絲製作。過去只聽説比利時的蕾絲很有名，但來到勞馬才知道當地的蕾絲也很有特色。這是一種手工編織工藝，和中國的刺繡和抽紗完全不同。據這位婦女説，製作蕾絲需要多條棉線，其數量視作品的寬窄和圖案而定。每根線的一頭用大頭針固定在一個寬大約 25 厘米的皮輥軸表面，另外一頭固定在

左：古城的「維修中心」，每一間房子都展示其原來的結構以及後來所做的維修。
右：勞馬古城著名的蕾絲，手工編織而成。

一根葫蘆狀小木椎上。編織者雙手上下左右快速甩動木椎，編織成各種不同圖案、不同大小的蕾絲。因為是全人工製成，所以售價當然不便宜。一塊杯墊大小的蕾絲，在當地商店的售價超過 10 歐元。

　　那麼，為甚麼蕾絲會成為勞馬著名的手工藝產品呢？承蒙展示蕾絲編織的婦女見告，因為海上貿易是古代勞馬的主要經濟形態，男人往往在海船上工作，長時間不在家；留在家裏的女性便逐漸發展出蕾絲編織，既可以打發時間，又製作了一項可供出口的商品，家庭收入也得以增加。這聽起來很有些「商人重利輕別離」的味道，也可見經濟方式對家庭的影響在東方和西方都有些相似之處。今天，海上貿易已經式微，但勞馬的蕾絲編織工藝仍然保留下來，成為一項非物質文化遺產。

　　目前勞馬古城內仍有大約 800 居民，古城又是勞馬市的組成部份。正是這些在勞馬古城內外生活和工作的居民，使勞馬古城保持活力，既不是一個僅靠遊客生存的「觀光城市」，也不是一個「博物館」，仍然具有其獨特的地方文化，包括當地的方言。這也是勞馬古城的吸引力所在。如何避免在旅遊開放和保育過程中將歷史文化名城變成「商業城」或者如博物館一般的「死城」，是文化遺產學界共同關注的問題。勞馬在這方面看來是做得比較成功的。

旅遊 小知識

季節：

　　北歐冬季嚴寒，夏季前往較好，最佳旅遊季節是每年的五六月份。當然，想去看極光的不在此列。

交通：

　　到勞馬古城可以選擇從芬蘭首都赫爾辛基出發，乘汽車或火車前往，需時大約 4 個小時；也可以從瑞典的首都斯德哥爾摩乘船到圖爾庫，上岸以後先參觀圖爾庫的中世紀城堡，然後乘汽車到勞馬，需時大約 1 個半小時。若選擇後一條路線，郵輪晚上從斯德哥爾摩出發，第二天清早抵達圖爾庫，比較節省時間。瑞典的郵輪很舒服，艙房內有獨立的衛生間和淋浴設施。

飲食：

　　芬蘭的飲食文化既受到瑞典的影響又受到俄國的影響。芬蘭有茂密的森林和數以千計的湖泊，又有漫長的海岸線，所以飲食中魚、肉、漿果的成份較多。用醋醃製的魚是北歐三國特色食物之一，甜酸可口，夏天更覺開胃。

人文風光：

　　芬蘭的官方語言是芬蘭語和瑞典語，但會說英語的人非常多。小地方的人往往更具有人情味。我印象很深的是初到勞馬，拖着行李拿着地圖在看街道名稱尋找預訂的酒店，就有當地婦女主動上前用英語問是否需要幫忙，然後熱心指引。雖然遊客不少，但勞馬是一個很寧靜的城鎮，並沒有一般旅遊地區的喧囂。

巴斯

巴斯（Bath），英文沐浴、浴池之意。這個城市的名字來源於城裏特有的溫泉，據說是全英國唯一的含礦物天然溫泉。[1]

對巴斯這一城市的興趣始於閱讀 19 世紀初期著名英國女作家簡·奧斯汀的小説——世界文學名著《傲慢與偏見》《愛瑪》《理智與情感》。奧斯汀曾經在巴斯生活過幾年，其最後一部小説《勸導》（*Persuasion*）的主要場景就是巴斯。18-19 世紀的巴斯是英國中上流社會聚會之地，是一個政治和時尚中心。那麼，21 世紀的巴斯，是否仍保存着 19 世紀的風韻，還是已經變成了一個和其他西方現代城市一樣的工商業城？

從倫敦帕丁頓火車站乘火車，經過大約一個半小時，抵達位於英格蘭西南部的巴斯。這個 1987 年被列入世界文化遺產名錄的名城，今天古風猶存：沒有高聳入雲的摩天大樓，也不見玻璃、合金外牆的現代建築。巴斯古城仍然保留着 19 世紀的景觀，壯觀的半月形巨宅雄踞城市中心，密集的排屋（即 town house）遍佈各區，連外牆和屋頂的顏色都保持一致。葱蘢綠樹和草地鮮花錯落點綴在城市的大街小巷。

1　Riddington, M. and G. Naden, 2004, *Bath*, Norwich: Jarrold Publishing.

在我所入住的旅社後面有一個不大的公園，不同種類的鮮花和喬木上的嫩葉在 5 月的陽光下競相綻放，可謂姹紫嫣紅。樹下有兩張長椅，供遊人靜坐享受春天的氣息，或者讀一本好書。巴斯固然令人發思古之幽情，但更令人感受到一份現代社會難得的閒適與恬靜。

巴斯古城坐落在英格蘭南部的薩默塞特郡（Somerset），埃文河從東、南兩面流經城區，整個城市的平面有點像一個犁鏵。據博物館資料介紹，巴斯附近的山上曾發現過史前時期人類活動留下的痕跡。傳說凱爾特王子布拉杜德（Bladud）於公元前 863 年來到這裏，浸泡在熱泥漿中治好了他的麻風病，於是在這裏建造了最早的巴斯城。羅馬人征服英倫三島以後，公元 65 年前後在這裏修建了一個溫泉浴場和一個廟宇，位置就在巴斯古城中心的「羅馬浴池」。據說當時很多人遠道而來，就是為了享受溫泉，或希望通過溫泉治療疾病。

羅馬帝國覆滅之後，盎格魯–撒克遜人佔領了巴斯，溫泉一度荒廢。中世紀的巴斯城主要是宗教中心和羊毛貿易中心。11 世紀，一位大主教在羅馬溫泉的廢墟上修建了一個供病人療養的溫泉浴池。浸泡溫泉在 18 世紀的英國十分流行，巴斯城也逐漸發展成今天的規模。許多輝煌的建築，如半月形廣場的巨宅，就是那個時候興建的。不過，19 世紀中期之後，到海濱游泳成為新時尚，溫泉浴不再流行，巴斯也不再是英國中上層社會趨之若鶩的地方。「二戰」期間，巴斯城有 1900 座房屋被毀。20 世紀 60 年代，當地居民甚至開始拆除一些歷史建築，建造新房子。後來，當地政府開始關注歷史建築的保育，並且通過立法和行政手段將十八九世紀一些重要的建築保存下來，同時又通過城市規劃使巴斯成為宜居城市。[1] 今天仍有數以萬計的居民居住在巴斯古城的歷史建築中。

---

1 Riddington, M. and G. Naden, 2004, *Bath*, Norwich: Jarrold Publishing.

上：埃文河和巴斯古城。
中：美麗的巴斯城。
下：巴斯古城路邊小公園一景。

巴斯整個城市都被列為世界文化遺產，也就是說巴斯的街道、花園、綠地等都是世界文化遺產的一部份。[1]這一類「全城」文化遺產在世界文化遺產名錄中並不多見，這對地方政府的管理和保育自然也提出了更高的要求。巴斯市政當局不僅要負責保育和維修城內的重要歷史建築，而且要管理和保育整個城市，包括維持街道和花園的整潔、減少城市噪音、處理污染問題等。換言之，古城和周邊的自然環境既需要保持歷史的原真性和完整性，又必須滿足城市發展、文化變化所帶來的現代生活需要。要達到這樣的目標，不僅需要政府的努力，更需要居民和遊客的共同參與和合作。2009 年聯合國教科文組織的評估報告，巴斯市政當局在這方面是做得相當成功的。[2]

　　來到巴斯，首先要看的當然是建於天然溫泉水之上的羅馬浴池。在羅馬時期，這裏的建築不僅有浴池，而且還有神廟。400 年前後，浴池成為廢墟。11 世紀和 15 世紀，這裏曾先後修築過「國王浴池」和「女王浴池」。1880 年，羅馬浴池及神廟等建築遺蹟被重新發現。浴池後來經過重修，現在的建築建於 19 世紀，屋頂上矗立着羅馬風格的人物雕像。[3]據說溫泉的水溫可達 46℃，泉水現在仍不斷湧出並流入浴池。今天，羅馬浴池當然已經不是公共衛生設施，而成了一個博物館。成人門票是 12.75 英鎊，在旺季的七八月份更達 13.25 英鎊，[4]不可謂不貴；但作為巴斯最重要的遺址和地標，羅馬浴場還是不應錯過。

　　巴斯古城另一座重要的歷史建築是離羅馬浴場不遠的巴斯大教堂（Bath Abbey）。757 年，盎格魯－撒克遜人在這裏建造了巴斯城最早的教堂，據說英國第一個國王埃德加於 973 年在這裏加冕。哈羅德（Harold）國王在 1066 年去世後，統治英國的歷代君主，包括今天的

1　UNESCO 2009, "City of Bath", http://whc.unesco.org/en/soc/720.
2　同上。
3　同上。
4　具體資料可瀏覽網頁 www.romanbaths.co.uk/default.aspx。

上：巴斯大教堂。
下：羅馬浴池，正面屋頂上有些是遊客，有些是人物雕像。

英國女王，都是外國人。所以，巴斯大教堂便具有某些特殊的意義。11世紀，原來的教堂被拆除，在原址建了一座諾曼風格的教堂，但後者於15世紀後期已經基本荒廢。據當地博物館的資料介紹，1499年，當時的巴斯和威爾大主教重修了一座教堂，屬於英國晚期哥特風格建築，內部的穹頂用當地的石料建造，非常精美、壯觀。現在見到的穹廬頂是19世紀60年代重修的。

既然十八九世紀的巴斯是個英國中上階層聚會之地，社交中心自然不可少。自1706年以來，巴斯的社交中心是一座社區會堂，英文稱為"the Pump Room"，之所以得此名是因為這裏有一個水龍頭，為訪客提供直接飲用的溫泉水。這座建築始建於1704年，1796年重建並沿用至今。除了飲用溫泉水之外，訪客還可以在此進膳；當地的各種社交文娛活動，包括舞會，也經常在這裏進行。[1]

---

1 UNESCO 2009, "City of Bath", http://whc.unesco.org/en/soc/720.

巴斯大教堂內的建築結構和彩色玻璃窗

普爾特尼古橋，橋上有商店。

　　巴斯城內到處是十八九世紀的歷史建築，最壯觀的是王室半月形廣場的巨宅。這一大排相連的房屋由一位非常有影響力的巴斯建築師楊格（John Wood the Younger）在 1767–1775 年所建，是英國乃至世界上最壯觀的帕拉第式（Palladian）建築之一，現在仍是民居和辦公室。18 世紀有幾個重要人物對巴斯的迅猛發展發揮了關鍵作用，其中伍德父子負責設計和建造了大量氣勢恢宏的建築，如城市的中心圓形廣場建築、王室半月形建築等。[1]

　　巴斯埃文河上有一座頗有特色的古橋普爾特尼（Pulteney Bridge），是當地一個有錢的地主威廉‧普爾特尼 1774 年出資建成。和一般橋樑不同，這座橋是密封的，橋上兩邊有商店，既方便交通，又提供購物的場所，具有多種功能，可謂頗有創意。

　　到了巴斯，自然應當去參觀一下「簡‧奧斯汀中心」。這是一個小型紀念館，位於城市北部的蓋爾街（Gay Street），紀念女作家簡‧奧斯汀，展示她生前在巴斯的生活。十八九世紀英國女性還沒有多少獨立自主權，如果嫁不出去而家裏又沒有資產，簡直難以生存。奧斯汀的小説充份反映了那個時代男女之間的不平等，也揭示了 19 世紀初期英國中上層社會的生活百態，因此直到現在仍是擁有大量讀者的世

1　UNESCO 2009, "City of Bath", http://whc.unesco.org/en/soc/720.

界文學名著。

　　巴斯城內值得欣賞的歷史建築和景點甚多，要大致看完需要兩到三天。若來到巴斯的客人希望享受溫泉，可以到古城內的新王室浴場（New Royal Baths）去體驗一下。這個新浴場由巴斯市政府投資數千萬英鎊修建，開放給公眾使用，裏面除了浴池之外，還有各種健身設施，供客人享用。

旅遊 小知識

交通和住宿：

　　巴斯距離倫敦大約 100 英里（約 160 公里），從倫敦帕丁頓火車站和滑鐵盧火車站都有火車到巴斯，班次很多。此外，從巴斯坐火車到布里斯托爾 Temple Meads 站只要十幾分鐘，從那裏可以換乘火車到英格蘭南部的其他城市。還可以從倫敦乘飛機到布里斯托爾，或乘長途汽車甚至輪船都可以抵達巴斯，交通十分方便。

　　巴斯老城區不大，可以步行慢慢遊覽，也可以坐雙層遊覽車，只要買一張全天的票，可隨時在各景點上下車，非常方便；還可以騎自行車在城裏穿梭。

美食：

　　巴斯半月形廣場的五星級酒店 Royal Crescent Hotel 提供下午茶，包括茶、一杯香檳酒、各種三文治、甜點和鬆餅，還有著名的巴斯麵包。

　　到了巴斯，不可不去嚐嚐巴斯麵包。麵包店叫作「莎利·露」（Sally Lunn's House），地址是 4 North Parade Passage。根據店裏的資

料，這間麵包店最早的房子建於 1482 年，1680 年一位叫作莎利・露的年輕法國姑娘來到這裏，將法國的麵包製作技術引入當地，製作柔軟美味的麵包，用於早餐和下午茶。後來，房子經過了多次翻修和改建，原來的木牆變成石牆；不過莎利・露的麵包製作配方於 1930 年重新發現，從此麵包店就一直用這一古老配方製作巴斯麵包。今天遊客在這裏既可以購買巴斯麵包帶走慢慢品嚐，也可以在店裏享受新鮮麵包製成的各種點心。麵包店的一部份已經成為巴斯麵包的博物館。大概因為近年到英國的中國遊客日益增加，麵包店的網頁上居然有中文的餐單。

巴斯麵包是否十分美味或者見仁見智，但去參觀這一座建築，觀賞一下現代烤爐中熱騰騰的麵包如何轉眼就被遊客和本地客人搶購一空，是十分有趣的體驗。

班貝格

曾經有個資深導遊說過，到德國旅遊，最好是去小城鎮，因為德國很多大城市的文化遺產都受到戰火的嚴重摧殘，只有在小城鎮才有機會找到幸存的、具有獨特歷史文化價值的文化遺產。在歐洲乃至世界歷史上，從中世紀以來，德國一直是一個相當重要的國家。雖然在聯合國教科文組織的世界文化遺產名錄上，德國擁有的世界文化遺產比意大利和西班牙都少，但卻擁有一些相當有特色的古城和建築遺產，包括著名水城班貝格（Bamberg）。

班貝格有「小威尼斯」之稱，但其實兩者的地理環境完全不同。威尼斯坐落在海邊，是由眾多小島組成的海上城市；班貝格則坐落在德國南部巴伐利亞州的雷格尼茨河邊，是典型的內陸河流聚落。雷格尼茨河在這裏分出基本平行的兩段支流，從東南向西北流經班貝格，然後再匯合流入德國南部的大河之一美因河。在班貝格，雷格尼茨河的西岸有青葱的群山，東岸的地勢相對平坦，是適宜耕作的鄉村，風景十分秀麗。

班貝格最大的特色是保留了中世紀以來的基本佈局，整個城市各種時代、各種風格的房屋沿河流兩岸迤邐分佈。在中世紀西歐的城市中，宗教具有極大的影響力，城市的政治統治者往往也是宗教領袖；

班貝格河邊風光

作為政教合一的統治階層，他們通常佔據城市中最佳、最有利於防禦的位置。這種社會關係和政治制度也體現在班貝格的城市規劃和建築中。在這裏，主教和王公的建築如教堂和宮殿均位於河流西岸的山崗上，居高臨下俯瞰整個城市；平民百姓則主要住在地勢較為平坦的山腳或河流兩岸。顯然，班貝格古城的佈局充份利用了當地有山有水的自然環境，展示了中世紀西歐城市聚落中的社會等級以及宗教和政治的關係。

據研究，7 世紀，在班貝格已經出現了一座大型城堡。10 世紀初，班貝格由德國東部的巴本堡 (Babenberger) 王朝統治，後來又成為巴伐利亞公爵的領土。1002 年，巴伐利亞公爵亨利成為德國國王亨利二世，他打算將班貝格建成王國的首都並設置主教，因此在班貝格大興土木，建造了很多大型建築，包括帝國大教堂。1014 年亨利二世加冕為神聖羅馬皇帝。11-18 世紀，班貝格一直是德國南部一個公國的首都，其統治者身兼當地的大主教，其頭銜為大公 – 主教 (Prince-Bishop)。[1]

1　Kootz W. 2013, *Bamberg*, Germany, Dielheim: Willi Sauer Verlag.

班貝格的全盛時期是 11–17 世紀，城中很多重要的建築也是建於這個時期。在這數百年間，西歐的建築經歷了從中世紀的羅馬式和哥特式，到文藝復興式、巴洛克和洛可可風格的變化，而班貝格便保留了很多屬於不同時代、不同風格的建築，不僅有宗教和政治建築，也有民間建築。因此，班貝格清晰展示了不同時期歷史建築演變的脈絡，見證了不同時代的建築工藝、審美創意和人文精神，因而也為研究歐洲建築的歷史風格、建築技術和工藝變化等提供了珍貴而豐富的實物資料。

　　班貝格具有特色的建築很多，最令人印象深刻的是老市政廳。作為政治中心，老市政廳位於河流中央一個小小的江心洲上，兩邊各有一道石橋連接東西兩岸，這個位置本身就極有特色。根據當地文獻記載，至少 14 世紀後期這裏就建有市政廳，現存市政大廈始建於 1461 年，市政大廈南邊那座木結構的尖頂小屋子是 1668 年建造的，也已經有三百多年的歷史。市政廳入口的塔樓則是巴洛克風格，建於 18 世紀。[1] 老市政廳的建築組合包括了三個不同時代、風格各異的三座建築，是班貝格豐富多彩的歷史建築的縮影。這一雙石橋、市政廳、橋下喧騰奔湧的雷格尼茨河兩段支流，共同形成了一道非常獨特、充滿動態而又古色古香的人文、建築與自然風景，彰顯了這個城市的古老和「水城」的特色。

　　老市政廳西側的橋樑通向班貝格的「山城」部份，沿着古老的街道蜿蜒上行，山頂上矗立着巍峨壯觀的帝國大教堂。教堂面向東邊的班貝格城市中心，四個高高的塔樓聳入雲天，與城內其他眾多教堂判然有別，凸顯其非同尋常的氣勢和地位。帝國大教堂始建於 11 世紀初，後來經過兩次大火的破壞，現存建築始建於 13 世紀，後來又經過

1　Kootz W. 2013, *Bamberg*, Germany, Dielheim: Willi Sauer Verlag.

不斷的修繕改建，四座塔樓則是 18 世紀建成的。教堂內牆有一個 13 世紀的騎士雕像，教堂內還有神聖羅馬帝國皇帝亨利二世及皇后、教皇克雷芒二世的棺槨，這也是阿爾卑斯山以北唯一的教皇棺槨。[1]

大教堂的北面就是班貝格大公－主教的老宮殿。宮殿始建於 10–11 世紀，正門是 1570 年建造的文藝復興風格建築。進入正門後，裏面是一個寬闊的庭院，周圍環繞一

上：坐落在雷格尼茨河中心、連接兩橋的老市政廳。
下：帝國大教堂。

列建於 15 世紀的民居和鄉村建築。這些建築在歷史時期是為班貝格大公－主教及其家人服務的廚房、麵包房、鐵匠房、馬房、食物儲藏室、傭人房間等，[2] 現在仍然有人在此居住。

老宮殿對面就是班貝格大公－主教的新宮殿。這座宮殿是為了彰顯班貝格大公－主教的顯赫地位而修建的，始建於 17 世紀初，花了將近 100 年的時間才完工。[3] 與老宮殿相比，新宮殿規模宏大得多，裝飾更為繁複、精細，如同歐洲其他同時期的宮殿一樣，有富麗堂皇的大

1　Kootz W. 2013, *Bamberg*, Germany, Dielheim: Willi Sauer Verlag.
2　同上。
3　同上。

大公－主教的老宮殿入口

廳、美輪美奐的王室寢宮、大大小小功能各異的房間。裏面還有一個「中國式房間」，裏面的裝飾其實沒有多少真正中國文化的成份，但在 18 世紀的歐洲建築中，「中國風」曾經風靡一時，班貝格大公主教新宮殿內的這個房間也反映了當時的建築時尚。新宮殿後面還有一個玫瑰花園，只是冬天沒有花，看上去頗為凋零。

在河流西岸的眾多歷史建築中，有一座外牆裝飾華麗的伯廷格宮（Böttingerhaus），建於 1707–1713 年。這座府邸的主人伯廷格是班貝格的王室顧問、稅收負責人和法院負責人，兼行政、金融和司法大權於一身。除了位高權重之外，伯廷格還出身名門，因此能夠買下

一片土地建造豪宅，而且還從大公－主教那裏得到免費的建築材料。不過，據說因為設計和地理上的各種原因，這座巴洛克式豪宅並不舒適，也無法給伯廷格的 12 個孩子提供足夠的空間，所以沒過多久伯廷格又在不遠處另外造了新的豪宅。[1] 現存的豪宅則成為班貝格 18 世紀重要的歷史建築之一，供後人欣賞和研究。

世界各地的很多古城中，往往只有一部份歷史建築能夠保存下來，而且這些歷史建築往往都是屬於所謂社會精英的，如宮殿、教堂、貴族府邸等，一般的民居很少能夠保存下來，結果就是社會中下階層的歷史文化，在很多古城中消失，或者只有很少的資料能夠保存。但在班貝格，不僅可見到統治階層的歷史文化，而且平民階層的房屋也隨處可見。屬於社會不同階層的建築能夠在班貝格得以保存，實屬難能可貴。

因為現代化和工業化的發展，很多城市的經濟、社會格局發生了巨大的變化，即使有少數歷史建築能夠保存下來，往往也只是在城市現代建築的汪洋大海中若干零星的「點」，點綴一下城市的歷史。但在班貝格，整條街道甚至成片的歷史建築都能夠保存下來，使整個城市具有一種完整的歷史文化氛圍。這也是班貝格令人印象深刻之處。據說，「二戰」期間，盟軍的飛機曾經飛抵這座小城，但看見城市如此美麗，不忍轟炸，這座中世紀建成的古城僥幸逃過戰火。1993 年，班貝格列入了聯合國教科文組織的世界文化遺產名錄。

有些人覺得古城就是死氣沉沉之地，老房子都不宜居住。班貝格正好相反，在這裏，很多建築雖然歷史悠久，卻都維護妥善，一方面保留原來的建築特色，另一方面又兼顧現代生活需求，仍然是民居、商店。街道雖然古老，卻是生氣勃勃，不僅有遊客，還有城內的居民

1　Kootz W. 2013, *Bamberg*, Germany, Dielheim: Willi Sauer Verlag.

上　：大公－主教新宮殿內的帝國大廳。
左下：建於 18 世紀的伯廷格宮。
右下：班貝格的半木構建築，樓下是商店，樓上是民居。

來來往往。臨近聖誕，古老的商店外牆裝飾得喜氣洋洋，石板鋪成的街道上佈滿了小商販搭起的臨時商棚，形成色彩斑斕的「聖誕集市」，就像中國過年前的市集。各種商品在這裏出售，從吃的到用的無不齊備，很多還是居民自製的各具特色的產品。市民和遊客擠在臨時搭起的商棚前，或吃着當地的食品，或購買各種產品，熱鬧非凡。在這裏，傳統、歷史和現代生活水乳交融，或者說，歷史和傳統就是當地居民現代生活的一部份，而不是為了吸引遊客而專門「再創造」出來的「表演」。只有在這樣的文化氛圍中，像班貝格這樣的古城才能夠持久保持它的生命力，而這也是班貝格的魅力所在。

旅遊 小知識

旅遊季節：

　　去歐洲的最好的季節是五六月，如果想體驗歐洲聖誕氣氛則可選擇在 12 月出發，不過要注意帶夠保暖的衣服，因為歐洲冬季頗為寒冷。此外，冬季在歐洲感冒的人不少，而且他們好像都沒有帶口罩的習慣，容易互相傳染，所以要注意帶上口罩和藥物。

交通：

　　德國的火車很方便，到班貝格最好從符茲堡（Wurzburg）乘火車出發。符茲堡靠近法蘭克福，從法蘭克福國際機場和市區火車站都有火車直接抵達，時間為一個多小時，班次很多。如果從符茲堡乘坐直達火車到班貝格，單程大約需要一個小時，每天的班次也很多。如果早上出發，可以在下午返回符茲堡。當然遊客也可以選擇在班貝格住宿一晚。符茲堡的大主教府和花園也是世界文化遺產，值得一看，有

些人會喜歡它的氣勢，但該建築明顯經過戰爭破壞和後期的修理。

美食：

德國的麵包品種繁多，製作各有特色，值得嘗試。德國菜中比較著名的是「鹹豬手」（烤肘子），但如果冬天到德國，則是吃鵝的好季節。此外，在巴伐利亞地區見到一種「冒煙」的啤酒，估計是熱的啤酒，應當是為了適應當地寒冷的氣候而製作的。在聖誕集市上見到不論遊客或本地人都端着「冒煙」的酒杯把酒言歡，喜愛德國啤酒的遊客自然不容錯過。

遊覽：

因為火車站、停車場都位於河流的東岸，遊客中心也在東岸，所以遊客一般都是從東岸向西遊覽，可選擇不同的參觀路線。其中一個選項是在下了火車之後乘出租車直接上到西岸的山頂大教堂，從那裏看完大教堂、大公－主教的新老宮殿之後再慢慢步行下山，沿途可觀賞其他歷史建築，然後跨過老市政廳返回火車站，這樣比較節省體力。

語言：

在德國的大城市，會説英語的人相對較多，但在班貝格有些小商店裏，店員未必會説很多英語，當然簡單的溝通還是可以的。在班貝格，很多路標和當地商品標籤等都是德語，所以懂一點德語會比較方便。

陶伯河上的羅騰堡

這個名字有些長的德國小城，和班貝格一樣，都坐落在德國巴伐利亞州的法蘭克尼亞地區。在有限的章節中介紹屬於同一個國家同一個州的兩座古城，似乎有「偏心」之嫌；但班貝格和羅騰堡（Rothenburg ob der Tauber）各有特色，而且都有各自的代表性和重要的歷史文化價值，實在難以割捨。

羅騰堡的自然景觀和班貝格完全不同，坐落在巴伐利亞西北部的高地上，周圍是一片群山。古城的平面是個不規則的近方形加一道延伸向南部的長「尾巴」。陶伯河從西側流經城下，因此稱為「陶伯河上的羅騰堡」（下文簡稱「羅騰堡」），德語的意思是「陶伯河上的紅色城堡」，恰如其分地描述出這座小城的風貌。在德國叫「羅騰堡」的城市不止一個，「陶伯河上的羅騰堡」以其保存完好的中世紀城市及其防禦系統而著名，成為德國旅遊界在 20 世紀中葉設計、推廣的「浪漫之路」和「古堡之路」兩條旅遊路線上的重要景點，每年吸引大量國內外遊客。

羅騰堡位於德國南部的商道上，最早的聚落始建於 960 年。1142年，國王在陶伯河旁的山頂上建築了羅騰堡城堡。此後數百年間，羅騰堡逐漸發展成一個商業城市，統治者曾數度變更，新的建築不斷出

陶伯河上的羅騰堡古城主幹道和周圍的自然景觀

現，包括市集、市政廳、教堂、鐘樓等。1274 年，魯道夫一世賜予羅
騰堡「帝國自由城邦」的地位，羅騰堡因此享有獨立的政治管治和司
法權，城內出現了更多的宗教和世俗建築，作為防禦設施的城牆也早
已建成。1356 年，一場地震摧毀了城內很多主要建築。1631-1648 年
間，天主教的軍隊數次入侵信奉新教路德派的羅騰堡。入侵者撤離之
後，一度富裕繁榮的羅騰堡幾乎被掠奪一空；再加上 1634 年的黑死
病導致城內大量居民死亡，羅騰堡元氣大傷，從此一蹶不振，因此整
個城鎮大體保留了 17 世紀的面貌。19 世紀後期，一群德國的藝術家
重新發現了羅騰堡並鼓勵遊客來此旅遊。旅遊業和相關行業從此成為
當地重要的經濟成份之一，行政部門也制定了相應的法律來保存城市
的原貌。1945 年，羅騰堡仍然受到盟軍的轟炸，城區東部受到嚴重破
壞，大約 40% 的古建築毀於火。戰後，羅騰堡經過了長期的重建，才
恢復成今天的面貌。[1]

---

1 Rothenburg Tourism Service, unknown year, *Rothenburg ob der Tauber*, pamphlet.

今天的羅騰堡古城仍然被城牆團團圍繞，間隔一定距離的城牆之間建有哥特式碉樓，這一保存完好的中世紀風格城牆系統在整個歐洲也不多見。城牆內是方便守城士兵運動和防禦的木棧道，每隔一定距離有幾乎垂直的木樓梯供士兵上下。城牆上還鑿有向外射擊用的孔洞。古城的四面均有城門，各城門的結構各有特點：東城門正面是一個看上去頗為單薄的拱形城門，兩邊有兩個尖頂的小塔樓，進入第一道城門後還有第二道城門和一個主塔樓。南

上：具有哥特式(白色)和文藝復興風格(黃色)的市政廳。
下：全城最高大的聖雅克布大教堂。

城門沒有塔樓，但第一道城門和第二道城門之間有個頗大的空間，周圍是磚石基礎的半木結構建築，很像中國古代的「甕城」。

在中國古代城市防禦系統中，「甕城」是為了加強城門的防禦功能而在城門外加建的護門設施，通常是半圓形或方形的封閉空間，對外和對城內方向各有一個城門，周圍有城牆圍繞，方便守城士兵運動。即使敵人突破城門，攻入「甕城」，守城士兵還可在「甕城」牆上居高臨下殺敵，有甕中捉鱉的可能。西安明清時期的南城門還保留着「甕城」。想不到在距離西安數千公里之外的德國小城羅騰堡會看

古城南城門類似「甕城」的結構。

到相似的結構。雖然這裏的「甕城」周圍的二層樓建築不知道在中世紀如何使用，不過這種在城門外加建城門和封閉空間來增強城市防禦功能的理念似乎是相似的。

羅騰堡保存了很多風格、功能各異的歷史建築，包括在歐洲中北部地區具有特色的半木結構房屋。根據建築學家的研究，從中世紀到現代，歐洲不同國家都曾流行過半木結構的房屋。[1] 歐洲建築歷史書籍都將重點放在神廟、教堂、宮殿等社會精英的建築上面，這些建築通常都用石材建成（當然在北歐地區也有木製的教堂），以彰顯建築的恢宏壯觀和持久性。半木結構的房屋多數是世俗建築，包括住宅、商店、旅店、餐廳等。這類建築所使用的材料與教堂宮殿之類的材料很不同，平面佈局和裝飾風格也不一樣。之所以稱為「半木結構」，是因為這類房屋的底部通常是用磚或石頭建成，而上部（二樓或以上）是用木枋作為承重的框架，在木枋之間填充各種材料如磚、石頭等，形成外牆。這些木枋呈垂直、平行和斜十字交叉結構，表面塗上不同顏色的油漆，因此既是房屋上部的骨架，又形成了外牆的裝飾。至於

1　Yarwood, D. 1992, *The Architecture of Europe: the Middle Ages*, 650-1550, London: B. T. Batsford Ltd.

木枋之間的充填材料所形成的牆體，表面往往抹上一層灰泥，然後再塗上不同顏色的油漆，通常與木枋的顏色形成差別，例如白色的牆體配紅色的木枋，或米黃色的牆體配深棕色的木枋等，使整座房屋的外立面具有獨特而美麗的色彩。有些房屋的木枋上面還有精細的彩繪木雕花草圖案作為裝飾。

相比在歐洲常見的教堂和宮殿，羅騰堡和班貝格等小城所保留下來的半木結構房屋同樣可貴。這是因為任何一個人類社會的存在和發展都離不開社會中下層的付出，任何社會中的統治階層或者所謂的精英，生存都要靠社會的中下層來支撐。因此，反映社會中下層的歷史建築其實更應該妥為保存，以便讓後人全面地認識到某一時空人類聚落的等級結構和不同社會階層的生活和文化。在世界各地的文化中都有各種外貌、風格各異的民居，聯合國教科文組織和國際古蹟遺址理事會稱之為「鄉土建築」，是人類建築文化遺產的大類之一，專門有一個委員會關注這類文化遺產，呼籲各國政府加以珍惜、善加保存，

左：建於 17-18 世紀的歷史建築（左邊為半木結構），現在仍是商店、酒店和餐廳。
右：半木結構房屋的外部裝飾。

並且強調在保存這類建築中特別需要當地社區的參與和支持。[1] 德國的旅遊業界則充份利用了這類建築作為「文化資源」，在 1990 年設計了一條「德國半木結構房屋之路」，全長 2800 公里，從北到南縱貫德國，向遊客介紹各地將近 100 個城鎮不同的木結構房屋特色和風格，鼓勵遊客去探索德國各地的風俗和文化。[2]

和其他歐洲城市一樣，羅騰堡也擁有市集、市政廳、鐘樓和大小不等的教堂。羅騰堡的城市佈局以縱貫南北的一條大街為中軸線，還有一條橫貫東西的街道，市集位於這兩條主要街道的交匯處，也就是城市的中心。這裏矗立着分別具有哥特式和文藝復興風格的市政廳大樓，同時也還是現代羅騰堡的商業中心，每年一度的聖誕市集也在這裏舉行。

中世紀的城市裏，大教堂通常都是城市裏最高大、佔據中心位置的建築，羅騰堡也不例外。羅騰堡的聖雅克布大教堂應當是城內最大的教堂，坐落在市集的西北面，是全城最高大恢宏、最引人注目的建築。教堂始建於 1311 年，1485 年才建成，[3] 可以想見當時社會投放在這一宗教建築上的人力、物力，以及教會在羅騰堡的權力和影響力。

此外，羅騰堡城內還有大小不一、風格各異的教堂及其塔樓，包括在城市西北面的克林根（Klingentor）塔樓，據說這是古代城市供水系統的起點。城裏還有不少古老的水井、小噴泉和水槽保留下來。某些商店的招牌本身就是精細的工藝品。羅騰堡的各個城門都有各自的建築特色和風格，值得細看。城市的西面還有一個花園，夏天有鮮花盛開。城裏的皇家城市博物館展示中世紀羅騰堡的歷史文化，而罪犯博

1　ICOMOS 2011, "ISC Vernacular Architecture", http://www.icomos.org/en/116-english-categories/resources/publications/303-isc-vernacular-architecture.

2　Head Office, 2014(?), "German Half-Timbered House Road", http://www.deutsche-fachwerkstrasse.de/uk/index.php?s=10&c=portrait.

3　同上。

左：古老的水井，雖然失去
　　了原有功能，仍然保存
　　下來。
右：精細的金屬商店招牌。

物館則展示中世紀拷打和處置犯人的器具。

　　總之，羅騰堡可以說是相當完整地保存着一個歐洲中世紀城市的佈局、建築、主要城市設施和防禦系統，保留着大量 13-17 世紀不同風格、不同功能的歷史建築，是現代人和後人認識中世紀歐洲城市聚落和建築歷史的重要文化遺產。因為這樣保存相對完整的中世紀城市不多，所以陶伯河上的羅騰堡更加值得珍惜。

旅遊 小知識

交通：

　　到陶伯河上的羅騰堡最好從符茲堡乘火車出發。符茲堡靠近法蘭克福，從法蘭克福國際機場和市區火車站都有火車直接抵達，時間為一個小時左右，每天的班次很多。從符茲堡到羅騰堡要在施泰納赫（Steinach）轉一次車，每天的班次很多，幾乎每個小時都有車，單程全程也是一個小時左右。如果清早出發，黃昏可以返回符茲堡。此

外，城裏有旅店，有興趣的遊客可選擇在城內過夜。如果住在符茲堡，可以花一天遊覽羅騰堡，另外一天遊覽班貝格。

參觀：

羅騰堡需要最少一整天的時間，而且都要步行，穿着以輕便、舒適為宜。如果是 12 月前往，市政廳前面的聖誕市集很熱鬧，出售各種食物和當地的手工藝品，遊客可在此體驗當地的文化。

美食：

城裏餐廳不少，除了本土食物外，還提供其他地方的食物供遊客選擇。我印象較深的是當地的一種甜品「雪球」，應當是炸黃油麵粉外面裹上巧克力，味道不錯。當地人強調這是在冬天可以增加熱量的甜食。此外，還有一種「冒煙」的啤酒，有興趣者可嘗試。

特里爾

坐落在德國西部摩澤爾（Mosel）河岸、靠近盧森堡的特里爾城（Trier），是德國最古老的城市之一，也是卡爾‧馬克思的故鄉，1986 年被列入世界文化遺產名錄。早在羅馬帝國時期，特里爾就是一個重要的政治和商業城市。古城中至今還保留了數量可觀的羅馬時代建築遺蹟，成為古羅馬帝國在歐洲中部文化和歷史的見證。[1]

據考古學的發掘，早在公元前 5000 年前的新石器時代，摩澤爾河谷就已經有人類在此居住。公元前 1 世紀，這裏是凱爾特人的特雷維利（Treveri）部族的領地。公元前 50 年，羅馬帝國凱撒大帝征服特雷維利部族，公元前 30 年在此地設立軍營，以鎮壓部族的反抗。這個軍營的遺蹟是特里爾最早的羅馬遺蹟。[2]

若干年之後，羅馬帝國皇帝奧古斯都在帝國的新行省修建各種基礎設施，包括公路和橋樑。在特里爾，羅馬人修建了一座橫跨摩澤爾河的木橋。根據現代考古學對木橋殘件進行的樹輪斷代法分析，該木橋建於公元前 17 年。這一年遂被定為特里爾建城的年代。羅馬時代的

---

1 UNESCO 1996, "Roman Monuments, Cathedral of St. Peter and Church of Our Lady in Trier", whc.unesco.org/en/list/367.

2 Trier Tourist Office 2013(?), Tourist Information Trier, www.trier-info.de/english/the-treveri-and-the-romans.

特里爾叫作「奧古斯都的特雷維利城」（德文 Augusta Treverorum），[1] 這反映了城市的歷史和對這個城市影響最大的族群和個人。

從那以後，特里爾城一直延續至今，擁有兩千多年無間斷的歷史和文化。公元 70 年，特雷維利人最後一次反抗羅馬統治的努力也告失敗，從此只有接受羅馬帝國的文化和語言。當時，特里爾已經是一個相當富裕的城市，是當地一個重要的商業中心。144 年在摩澤爾河上建立的石橋，直到 21 世紀仍然是連接特里爾城東西城區的重要通道，每天有數以千計的汽車通過這座橋。2 世紀，特里爾城進入全盛時期。作為羅馬帝國的大城市之一，城內先後修建了 6.4 公里長、8 米高的城牆和巨大的城門尼格拉門（Porta Nigra）、引水渠、大浴場、可容納 1.8 萬人的大劇場。其中，尼格拉門既是特里爾唯一的石城門，又是宮殿式的建築，非常獨特。[2]

到了 3 世紀，羅馬帝國已經是百孔千瘡。權力的爭奪導致帝國的皇帝們不停地被暗殺，各地的政治和軍事衝突不斷。特里爾城在這個時期也受到日耳曼部族的攻擊。羅馬皇帝戴克里先於 284 年即位之後，推行了一系列旨在解決危機、拯救帝國的改革，其中一項措施就是 293 年將以拉丁語系為主要語言的帝國西部與講希臘語的帝國東部分開，又分別將東、西帝國再分為兩部份。換言之，橫跨歐亞非三大洲的羅馬帝國被一分為四，每一部份各自設立統治者進行管治，除了帝國的首都羅馬之外，在其他四個地區又各有首都。戴克里先繼續管治東部帝國，委任馬克西米安為管理西部帝國的「皇帝」，以米蘭為首都。兩人的權位相當，其頭銜都是奧古斯都（Augustus）。在這兩個皇帝之下各有一個副手，稱為凱撒。這樣，帝國一共有四個統治者，

1 Trier Tourist Office 2013(?), Tourist Information Trier, www.trier-info.de/english/the-treveri-and-the-romans.
2 同上。

上：羅馬石橋，橋的上部份顯然是復修的。
中：尼格拉門。
下：羅馬時代的半圓形大劇場遺蹟。

上：巴西利卡，在11世紀和13世紀曾被重建。
下：羅馬帝國大浴場遺蹟。

兩正兩副，稱為「四帝共治」。3世紀，特里爾便是西羅馬帝國「凱撒」的駐蹕之地，主要管理阿爾卑斯山以西、以北的帝國西北地區，包括高盧省和不列顛省（今天的英國）等地；特里爾又是一個抗擊日耳曼人入侵的軍事基地，還設有鑄幣局，因此有「第二羅馬」之稱。[1]

　　4世紀，羅馬帝國分裂為東西兩個帝國，特里爾曾經一度成為西羅馬帝國皇帝君士坦丁大帝及其繼任者的駐蹕之地，因此號稱與土耳其的伊斯坦布爾各自為東、西羅馬帝國的首都。君士坦丁在特里爾城內大興土木，今天的大型公共會堂巴西利卡便是當時西羅馬皇帝的御座所在，是宮殿的一部份。帝國浴場也是始建於君士坦丁執政時期。

1　Trier Tourist Office 2013(?), Tourist Information Trier, www.trier-info.de/english/the-treveri-and-the-romans.

浴場長度超過 200 米，寬超過 100 米，規模宏大，據説是有意與意大利羅馬的浴場相匹敵。此外，特里爾還是當時西羅馬帝國高盧省的行政中心。[1] 特里爾 2-4 世紀在羅馬帝國擁有重要地位，因此在古城中建有大量羅馬帝國的建築，成為研究特里爾和羅馬帝國歷史的實物資料。

君士坦丁大帝是一個對基督教採取容忍態度的羅馬皇帝，在 313 年他和另外一個西羅馬帝國皇帝李錫尼一起起草了《米蘭赦令》，宣佈實行宗教自由，停止對基督教和其他宗教的鎮壓，並歸還之前所剝奪的宗教財產。這一文件為基督教的合法化及後來的興盛奠定了重要的政治基礎。後來君士坦丁自己也皈依基督教，成為第一個信奉基督教的羅馬帝國皇帝。[2]

4 世紀後期，羅馬帝國不斷受到日耳曼人的侵略，位於帝國前沿的特里爾已無法繼續成為帝國的首都，西羅馬帝國便把首都遷到了米蘭。5 世紀，特里爾被法蘭克王國吞併。和歐洲其他主要城市一樣，特里爾從此進入政教合一的中世紀時代，基督教的主教成為城中的統治者。[3]

此後，特里爾經歷過不同的統治者，882 年又受到維京人的入侵，城中大量居民被屠殺，城市遭到嚴重的破壞，經過相當長的時間才得以恢復元氣。11-13 世紀，特里爾城內出現了很多教堂、修道院、神學院和其他宗教建築，羅馬時代留下來的尼格拉門也改為教堂。中世紀的城牆、聖彼得大教堂和聖母教堂也建於這一時期，建於 13 世紀的聖母教堂更是德國最早的哥特式建築之一。這時候的特里爾是神聖羅馬帝國的一部份，特里爾的大主教從一開始就是七個選帝侯之一，在

---

1 Trier Tourist Office 2013(?), Tourist Information Trier, www.trier-info.de/english/the-treveri-and-the-romans.
2 同上。
3 同上。

帝國中擁有相當的政治影響力。此後，特里爾經歷了一系列戰爭，也經歷過文藝復興所帶來的政治、經濟和社會變化，到 18 世紀又逐步進入發展時期。古羅馬的石橋和城牆得到重建，還新建了巴洛克風格的選帝侯宮殿和洛可可風格的花園。[1]

18 世紀末期，德國選帝侯和奧地利聯軍敗給法國軍隊。1797 年，特里爾和萊茵河西部的整個德國地區成為法國的一部份。1814 年，普魯士軍隊進入特里爾。四年之後，也就是 1818 年，馬克思誕生於特里爾城。[2] 馬克思的學說和思想，直到今天仍然有着巨大的影響力。

馬克思的出生地在今天特里爾城南部，現在已經成為馬克思博物館，據說參觀的遊客大多數是中國人。博物館裏的說明都有中文，或者此言不虛。在城裏，我只找到一條用「馬克思」命名的街道，是一條通向摩澤爾河邊的小街。

處於德國西部邊界的特里爾，在兩次世界大戰中都遭受了戰火摧殘。西羅馬帝國皇帝的御座在 1944 年的空襲中被完全燒毀，選帝侯宮殿、大教堂，還有城中的很多重要建築都在這一年的空襲中受到嚴重破壞。戰後，特里爾進入了和平發展時期，部份古蹟也得到修復。[3]

縱觀特里爾兩千多年的歷史，可以說是歐洲城市從羅馬時代到現代的發展縮影。特里爾見證了古羅馬帝國後期一段重要的歷史，包括基督教的合法化；城內不僅有大量羅馬帝國的建築遺蹟，還有豐富的中世紀歷史建築，更有像馬克思這樣偉大現代思想家的生活遺蹟。特里爾的歷史，是歐洲和歐亞古代、中古及現代歷史的重要部份。這正是特里爾獨特的歷史和文化價值所在。

---

1 Trier Tourist Office 2013(?), Tourist Information Trier, www.trier-info.de/english/the-treveri-and-the-romans.

2 同上。

3 同上。

上　：聖彼得大教堂和教堂前面的聖誕市集。
左下：正在維修中的選帝侯宮殿。
右下：卡爾・馬克思出生地，現在是馬克思博物館。

旅遊 小知識

交通和住宿：

　　最靠近特里爾的國際機場是盧森堡大公國的機場。從盧森堡機場可乘坐公共汽車前往特里爾。此外，從盧森堡火車站也有火車到特里爾，班次非常多，單程大約一小時。從德國法蘭克福國際機場也有火車到特里爾，單程大約三小時，且需要中途轉車。

參觀：

　　在特里爾城，至少需要一天半的時間看完主要的古蹟。馬克思博物館不大，大約 1 個小時就可以看完。除了重要的古蹟之外，城裏也有一些 18 世紀的歷史建築值得觀賞。

美食：

　　説到德國美食，除了各種麵包之外，好像比較出名的就是鹹豬手。但如果在冬天到德國，可是吃鵝的好季節。在特里爾的一家酒店嚐過當地的鵝，做法有點像中餐的紅燒，但使用了當地的香草，鵝腿燒得軟而香，而且有鵝肉的味道（這好像是廢話，但現在很多用飼料餵出來的家禽家畜，吃起來味同嚼蠟，沒有了肉類原來的味道，肉質粗糙難以入口）。雖然我覺得有點太鹹，但配上酸甜味道的燴紅椰菜和加奶油製成的土豆泥，兩種配菜減少了鵝肉的油膩感，吃起來非常美味，只是份量有些大。此外，特里爾也是產酒區，有各種德國啤酒可供選擇。

五彩愛丁堡

在去過的 160 多個異國城市中，愛丁堡（Edinburgh）是最令人難忘的城市之一，也是少數幾個希望能夠有機會舊地重遊的城市。我也曾向若干朋友、學生推薦過愛丁堡，他們去過之後也都交口稱讚。

愛丁堡位於蘇格蘭東南海岸，擁有良好的海灣和港口，從歐洲大陸可以直接航行到此，地理位置相當重要。這裏的緯度雖高，但靠近大海，屬於海洋性氣候，冬天氣溫達到零下十多攝氏度，最熱的 8 月則在 31 ℃ 左右，尚算溫和宜人。

愛丁堡城分為新城（New Town）和舊城（Old Town）兩個城區，新城在北，舊城在南。蜿蜒流過城區的利斯河（Leith）為整個城市提供了重要的水資源。其實，所謂的新城也是建於 18 世紀的城區，至今已經有兩百多年的歷史；而舊城以愛丁堡城堡（Edinburgh Castle）為核心，年代可追溯到 16 世紀之前。在凱爾特的語言中，愛丁堡原來稱為 Eidyn，638 年盎格魯人（Angles）入侵蘇格蘭之後，才改用英語的稱呼「愛丁堡」。[1]

1　Tabraham, Chris 2003, *Edinburgh Castle*, Edinburgh: Historic Scotland.

上：愛丁堡老城區，左邊高聳的深色尖形建築是斯科特紀念碑，中央是著名的
巴爾莫勒爾酒店、鐘樓和火車站。
下：修築在山岩上的愛丁堡城堡和城牆。

據考古發現，距今 1 萬年左右，蘇格蘭就有人類居住。愛丁堡早在距今三千多年前就出現了人類聚落，大約在 10 世紀成為蘇格蘭王國的一部份，是王國內最大的商業城市。從文藝復興時期到 17 世紀，愛丁堡一直是蘇格蘭王國的首都，見證了蘇格蘭地區悠久的文化，具有非常厚重的歷史積澱。因此，在愛丁堡或者說在蘇格蘭旅遊，需要了解一點英格蘭和蘇格蘭的歷史。[1]

今天的大不列顛和北愛爾蘭聯合王國的國家和族群認同是一個相當複雜的歷史和政治問題，這方面的著作可以說是汗牛充棟。簡單地說，英格蘭和蘇格蘭在歷史上是兩個經常衝突但王族之間又有千絲萬縷血緣關係的國家。蘇格蘭在羅馬帝國時期就已經出現了地方政權，哈德良長城就和蘇格蘭地方政權與羅馬帝國的較量有關。長話短說，中世紀的蘇格蘭是凱爾特人的地域，今天蘇格蘭的許多旅遊景點還隨處可見凱爾特文化的符號。蘇格蘭最著名的政治人物之一是瑪麗女王，她在幼年被送到法國，後來嫁給了法國王子，也就是後來的法國國王法蘭西斯二世。後者登基只有一年就去世，成為寡婦的瑪麗 1561 年回到蘇格蘭，並做了女王。後來她被國內的反對派勢力所迫，讓位給只有 13 個月大的兒子詹姆斯六世（James VI），於 1567 年逃到英格蘭希望尋求庇護，卻被她的表親、英格蘭女王伊莉莎白一世囚禁多年，最後被斬首。吊詭的是，伊莉莎白一世終生未婚，所以在她死後，瑪麗女王的兒子、蘇格蘭國王詹姆斯六世 1603 年「兼祧」英格蘭王室，蘇格蘭與英格蘭合併組成聯合王國，詹姆斯成為這個新王國的國王詹姆斯一世（James I），定都倫敦。[2]

因為這次合併，1707 年之後愛丁堡不再是王國的首都，但保持着蘇格蘭政治和經濟中心的角色。不過合併後的蘇格蘭和英格蘭之間仍

---

1 Tabraham, Chris 2003, *Edinburgh Castle*, Edinburgh: Historic Scotland.

2 Warnicke, R. M. 2006, Marry, *Queen of Scots*, Florence, USA: Routledge.

然長期存在着政治角力，直到今天蘇格蘭也有爭取獨立的政治勢力。1997 年蘇格蘭在愛丁堡重新成立了自己的議會，並且有了自己的「首席部長」（First Minister），有點和英國首相（Prime Minister）分庭抗禮的意思。2014 年蘇格蘭的獨立公投也是這一政治勢力的反映。今天很多蘇格蘭人有很強烈的地方意識。遊客和當地人聊天時，要留意這一點。

　　愛丁堡城內現存最古老的建築是大名鼎鼎的愛丁堡城堡，坐落在舊城西南面一塊巨大的岩石上，居高臨下，俯瞰整個城市，炮口可瞄準海岸線。由此可以想像在中古時期城堡的防禦和威懾力量。據說，早在中世紀，這個城堡就是蘇格蘭王室的主要駐地，現在已經成為遊客必到的景點。整個城堡包括上中下三院、王家廣場和西部防禦區。遊客先通過位於下院的城堡大門、衛兵室等，拾級而上，穿過中院和上院，方可抵達位於較高位置的王家廣場，參觀這裏的宮殿和小教堂等。如果碰巧，還可觀賞到獨具風格的蘇格蘭管風笛演奏，但這不是專為遊客所設的表演，而是當地的管風笛隊利用這個地方進行練習。不過，在每年的愛丁堡節，愛丁堡軍樂隊會在城堡進行大型表演，包括管風笛演奏。

　　1566 年瑪麗女王曾經住在城堡內的宮殿中，並在這裏生下她唯一的兒子——蘇格蘭國王詹姆斯六世、英格蘭國王詹姆斯一世，後者於 1617 年回到他的出生地慶祝登基 50 週年，並將宮殿和城堡內的若干建築翻修或擴建。今天遊客看到的基本上就是 1617 年留下的建築和文物，包括「蘇格蘭的榮譽」——蘇格蘭的王冠、權杖和象徵王權的寶劍等。這「王室三寶」於文藝復興時代製成，首次用於瑪麗女王 1543 年的加冕儀式；不過該儀式並沒有在愛丁堡城堡舉行，而是在愛丁堡西北大約 40 英里、建在懸崖之上的斯特林城堡（Stirling Castle）舉行。

　　作為蘇格蘭古老的聚落之一，愛丁堡城堡周圍仍有很多小街小

上：愛丁堡城堡。
下：愛丁堡城堡內的蘇格蘭管風笛演奏隊。

巷，據說是中世紀以來平民百姓居住的地方。這些小街巷內的大部份
住宅現在依然是民居，只有個別的房子改為博物館開放給公眾，讓大
家了解愛丁堡最古老城區的歷史。博物館的陳列和介紹並沒有刻意美
化中世紀的愛丁堡，而是實事求是地說明當時大部份的民居房子都比
較簡陋，居民生活貧困，公共衛生條件也不好。此外還提到在工業革
命以後，愛丁堡一度以造船、釀酒等工業為主；環境的污染，加上冬
天家庭取暖大量燃煤所造成的空氣污染，因此，愛丁堡的天空總是
灰濛濛的。直到 20 世紀 80 年代以後，經濟逐漸轉型，居民取暖也不
再以燃煤為主，愛丁堡的空氣質量才顯著改善，才能經常見到藍天白

雲。這一段歷史可以為其他國家現代城市的環境控制提供借鑒。

作為歷史上蘇格蘭王國的首都，愛丁堡當然還擁有王家宮殿荷里路德宮（Palace of Holyroodhouse）。宮殿位於老城區的西部，坐落在巨大的聖十字花園西面，平面呈曲尺形，正門上方有蘇格蘭王家徽章。宮殿由蘇格蘭國王詹姆斯四世在 1498-1501 年間興建，現代的英國王室有時候也會到此小住。值得一看的是宮殿後面還保留着一座據說是由蘇格蘭國王大衛一世 1128 年興建的小教堂。教堂的建築時間遠早於宮殿，而且在 12-15 世紀的蘇格蘭政治中扮演重要角色，據說當時的蘇格蘭議會曾多次在此開會，並且有兩位蘇格蘭國王和三位王后在 15-17 世紀先後在此加冕，包括瑪麗女王的母親瑪麗王后（Mary of Guise）。16 世紀之後，隨着王室宮殿的建成，小教堂的重要性逐漸減弱，18 世紀之後基本成為廢墟。儘管如此，因為小教堂的古老歷史和重要性，它仍然被保留下來，作為蘇格蘭歷史的見證之一。

在愛丁堡，歷史建築可以說佈滿全城，觸目皆是，而且這些建築依然是城市生活的一部份。愛丁堡大教堂依然是信眾參拜和告解的地方，新城和舊城的歷史建築仍然是現代生活的一部份，是民居、銀行、商店、旅店、餐廳等等。在這裏，傳統和遺產是有生命力的，是現代文化和生活不可分割的一部份，而不是被視作與「現代化」對立的、陳舊過時的「古董」。作為世界文化遺產，整個愛丁堡城固然是蘇格蘭文明和歷史的見證；但愛丁堡同時又是一座繁忙而充滿活力的現代大都會，是一座到處是公園、鮮花和葱綠植物的城市。正是這一歷史和現代文化的交融，使愛丁堡成為一座五彩繽紛的城市，遊人既可在這裏訪古尋幽，也可以享受購物、音樂節、博物館和其他現代生活的樂趣。

愛丁堡只是蘇格蘭低地的一個城市，蘇格蘭廣袤的土地上還有很多非常具有魅力的城市和自然風光，特別是湖光山色和點綴其中的眾

左上：荷里路德宮殿入口。

右上：據説建於 1128 年的小教堂廢墟。

下　：斯科特紀念碑，紀念 19 世紀著名的蘇格蘭作家和
　　　詩人沃爾特・司各特（Walter Scott）爵士（1771-
　　　1832）。

左上：從愛丁堡新城看對面舊城的歷史建築，左邊露出的皇冠式尖頂是愛丁堡
　　　大教堂的拱頂，中間是蘇格蘭銀行。
右上：愛丁堡大教堂。
左下：愛丁堡新城這座氣勢恢宏的歷史建築是一家百貨商店。
右下：高街（High Street）是愛丁堡的中心街道。

多古堡。在歐洲，有一種觀點認為品味和財富的標誌之一是擁有一座古堡，而不是多少名牌手袋或華服。蘇格蘭的很多古堡是私人住宅，可以買賣；但具有歷史價值的古堡，其維修和保養必須遵守當地的規則。

在蘇格蘭常見男士腰間繫着格子花呢的裙子，這種格子花呢被稱為 "tartan"。承蒙蘇格蘭國家藝術館館長見告，不同圖案的 tartan 原來是蘇格蘭不同部族的標誌，現在是蘇格蘭文化最重要的因素之一，可以說是蘇格蘭的「國服」，所以遊客千萬不要以嘲笑的態度對待。

蘇格蘭另外一項重要的非物質文化遺產是管風笛（bagpipes）。其實這種樂器不僅見於蘇格蘭，在愛爾蘭、俄羅斯等地也有。但蘇格蘭管風笛吹奏的時候特別威武高亢，同時又透出蒼涼的味道，也許這與蘇格蘭的經濟和歷史有關。同樣承蒙蘇格蘭國家藝術館館長見告，蘇格蘭在歷史上一直以農業和牧業為主，特別是蘇格蘭高地，牧業是重要的經濟活動；此外，歷史上蘇格蘭長期與不同的政治勢力衝突，戰爭經常發生。由此看來，管風笛透出的也許是孤獨牧人的心聲，也許是抗敵武士的豪情，端視不同樂曲的內容而定。在愛丁堡的商店經常可見管風笛的光盤，是最好的旅遊紀念品之一。

旅遊小知識

季節：

蘇格蘭地區屬於溫帶，冬天相當寒冷，最佳旅遊季節是從 5 月到 9 月。蘇格蘭高地在夏季的溫度有時候只有攝氏十多度，前往時要準備合適的衣服。

交通：

從倫敦國王十字（Kings Cross）車站有火車直接到愛丁堡，需時大約四個半小時，白天大概每半小時到一小時一趟；另外，愛丁堡也有國際機場。若希望欣賞英格蘭北部和蘇格蘭低地的風光，火車是較好的選擇。

到了蘇格蘭只遊覽愛丁堡未免有些可惜。愛丁堡西面的格拉斯哥（Glasgow）是蘇格蘭最大的城市，也是最大的商港，同時不乏許多歷史建築，值得一遊。此外，要真正領略蘇格蘭文化的全貌，應當向北進入蘇格蘭高地，這裏地廣人稀，到處是湖泊、山丘、城堡，號稱是歐洲風景最美麗的地方。這裏的緯度較高，又是避暑勝地。愛丁堡是蘇格蘭的交通樞紐之一，有火車和長途汽車前往蘇格蘭各地。

美食：

愛丁堡靠海，海產非常豐富，餐館的食材經常有龍蝦、三文魚、帶子和其他魚類。愛丁堡的餐廳非常多，供應各個國家的食物，從印度到英格蘭到蘇格蘭式食譜應有盡有。到了蘇格蘭當然要嘗「蘇格蘭」的菜系，但其實蘇格蘭食譜中有不少法國飲食文化的因素，例如烤製的小蛋糕「舒芙蕾」、四色小甜品等，都是典型的法國甜品。其實歐洲各國文化互相之間交流很多，法國的飲食文化又號稱歐洲第一，所以這也不足為奇。

在愛丁堡印象最深的美食是蘇格蘭的草莓。6月是草莓收成季節，在各大超市有出售。蘇格蘭草莓的個頭比美國和澳洲的草莓小得多，比日本的草莓也要小一些，但非常清甜，我認為是草莓中味道最好的。若6月到愛丁堡，當地的草莓絕對不容錯過。

風俗文化：

　　我所接觸過的蘇格蘭人都有很強的本土意識，對自己的文化非常驕傲；加上蘇格蘭與英格蘭的歷史和現代政治角力，在蘇格蘭與當地人討論時事和歷史的時候要留心。比如説英格蘭人會認為 1603 年是蘇格蘭「併入」了英格蘭，因為倫敦成為新王國的首都；但蘇格蘭人會認為是蘇格蘭「合併」了英格蘭，因為是蘇格蘭國王詹姆斯六世成為英國的國王。遊客最好避免因為這些歷史課題與當地人出現衝突。

　　最後，蘇格蘭的英語口音和英格蘭的相當不同，有時候難以完全聽明白。國人往往因為面子關係，沒聽明白也假裝聽明白了，其實容易造成誤會或耽誤事情，還不如老老實實承認自己沒聽明白，客氣地請對方説慢點、再説一遍。英語不是我們的母語，沒聽明白也沒有甚麼丟人的。

　　當地的很多地名還保留了某些蘇格蘭用字，例如 "loch" 是 "lake"（湖）的意思。另外，近年因為蘇格蘭想要獨立，因此有人提出要放棄英語，使用在蘇格蘭和愛爾蘭歷史上的古老語言蓋爾作為官方語言，所以在蘇格蘭某些地方也會見到雙語的標誌，即英語和蓋爾語。

波希米亞的克魯姆洛夫

冷戰的結束給世界帶來了很多變化，其中之一就是東西方之間鐵幕的消失，使得中歐和東歐的國家得以向世界展示它們獨具特色的文化遺產。位於捷克共和國南波希米亞州伏爾塔瓦河（Vltava）流域的克魯姆洛夫古城便是其中之一。古城的全名是 Ceskỳ Krumlov，意思是波希米亞的克魯姆洛夫，因為在捷克的南莫拉維亞州還有另外一個克魯姆洛夫城，稱為「莫拉維亞的克魯姆洛夫」（Moravian Krumlov），但後者不是世界文化遺產。

伏爾塔瓦河是捷克共和國境內最長的河流，全長大約四百多公里，發源於波希米亞森林，從南向北流經捷克的南波希米亞州和中波希米亞州，最後在捷克首都布拉格附近的梅爾尼克匯入易北河。克魯姆洛夫古城便位於伏爾塔瓦上游的平原地區。這裏地勢平坦，植被豐盛，氣候溫和，又有豐富的水資源，是個適宜居住的好地方。

根據考古資料，可能早在距今 3500 年左右的歐洲青銅時代，波希米亞地區就已經存在一條貿易通道，而克魯姆洛夫就位於這條重要的通道上，因此克魯姆洛夫的歷史非常悠久。中世紀的歷史文獻和文學作品中也都可見到克魯姆洛夫城的記載和描述。大約從 1250 年開始，當地的貴族便開始在這裏修建城堡、宮殿等。最早的城堡是哥特式的

鳥瞰克魯姆洛夫城，中間是伏爾塔瓦河。

建築。1602 年，克魯姆洛夫成為哈布斯堡王朝的一部份。[1]

　　哈布斯堡王朝是中世紀到近代歐洲最顯赫、統治地域最廣的王朝。它其實並非一個統一的帝國，但從 13 世紀到 19 世紀初，哈布斯堡王族的男性成員統治過歐洲眾多國家，包括奧地利帝國和奧匈帝國。王族的男性首領還經常被選為羅馬帝國的皇帝。哈布斯堡王族的很多女性則嫁入王室，包括那位和路易十六在法國大革命中被砍頭的瑪麗·安托瓦內特王后。

　　今天的捷克在哈布斯堡王朝的歷史中，佔有重要的地位。當時的波希米亞王國和莫拉維亞領地都屬於哈布斯堡王朝，而布拉格還曾是神聖羅馬帝國的首都，也是哈布斯堡王朝的一個重要城市。因此，

1　Anonymous 2007, *Cesky Krumlov*, Ceske:Vydavatelstvi MCU s.r.o.

克魯姆洛夫古城，城堡和宮殿位於伏爾塔瓦河東北岸。

1605-1947 年，克魯姆洛夫的統治者都是與哈布斯堡王族有關係的奧地利或波希米亞貴族。現存的城堡是由 14-17 世紀初統治當地的羅森貝克（Rozmberk）家族所興建。18 世紀初期統治克魯姆洛夫的簡·克里斯蒂安（Jan Kristian）公爵熱愛文學、音樂、芭蕾舞和歌劇，因此在城堡中建了一座巴洛克風格的劇院；古城的城堡、宮殿等也都經過不同程度的翻修和更新。不過，1860 年以後，克魯姆洛夫的重要性逐漸降低；到 1949 年，克魯姆洛夫成了捷克斯洛伐克的國家財產。[1]

　　克魯姆洛夫建於伏爾塔瓦河的一個河流邊灘上，河流從南北西三面環繞小城。古城的主要建築分佈在伏爾塔瓦河兩岸，主要的貴族宮殿和城堡位於城外的伏爾塔瓦河北岸，市政廳、教堂和大部份民居則位於古城內。整個城市的面積並不大，只有大概 50 公頃。但因為古城在歷史上沒有經過太多兵燹，城裏自中世紀以來的大部份建築保存相對完好。作為人類的文化遺產，古城的佈局和建築都具有難得的原真性和完整性，整個古城展現了中歐地區從中世紀到近代商業小城和貴族領地數百年的歷史，具有很高的歷史價值。因此，克魯姆洛夫在

1　Anonymous 2007, *Cesky Krumlov*, Ceske:Vydavatelstvi MCU s.r.o.

克魯姆洛夫城堡夜景

1992年被列為世界文化遺產。[1]

　　克魯姆洛夫是一個非常精緻的小城，白天和晚上各有其美麗動人之處。寬大約一百米、清澈見底的伏爾塔瓦河，歡暢地環繞着克魯姆洛夫城從南向北奔向布拉格。白天登上城堡，遊客可遠眺波希米亞地區遼闊的平原、散落在平原的村落城鎮以及遠處鬱鬱葱葱的森林，又可近觀伏爾塔瓦河與克魯姆洛夫城全景，欣賞兩岸具有中世紀、文藝復興時期、十八九世紀風格的建築。在這裏，城堡和教堂的建築都是最高的地標，用高度來彰顯政權和神權的權威和地位。

　　夜晚的克魯姆洛夫並不像現代都市那樣燈火輝煌，甚至可以説有些暗沉；但這正好方便遊客逃脱現代城市的光污染和喧囂，回歸大自然，抬頭可欣賞天上的明月和星星，低頭可閉目傾聽伏爾塔瓦河的涓涓水聲。不少遊客選擇住在克魯姆洛夫城，晚飯後聚集到古城北面的橋頭欣賞夜景，或靜默不語，或拍攝照片，或輕聲交談。此時的古城非常安靜，伏爾塔瓦河兩岸的燈光折射在古建築上，倒映在河水中，川流不息的河水與燈影在月色中融成一片令人沉醉的夜色，使人可暫

1　http://whc.unesco.org/en/list/

忘塵世的種種煩擾，身與心都得到全面的放鬆。三千多年來，古城曾經有過的輝煌與喧囂，古老的宮殿和城堡中曾經璀璨的燈火與歌舞、歷史上曾經權傾一時的公侯貴族，都隨着清朗的伏爾塔瓦河流逝了，留下的只有沉默的城堡、教堂和房舍，見證着波希米亞平原一段古老的歷史，給後人留下悠遠的想像和對生命價值的反思。

　　古城的面積不大，一兩天大概可以看完主要景點。古城裏面重要的景點包括了城堡、宮殿、教堂、市政廣場、民居等，要俯瞰全城則需要登上城堡的最高處。參觀時尤其不要漏掉宮殿區內建於 18 世紀的巴洛克劇院。這個劇院並非全天開放，而是每天有一定的開放時段，遊客必須預先購票，然後在參觀票上指定的時間到劇院門口等待，由導遊帶領入內才可以參觀。所以遊客要到宮殿區的售票處事先了解開放的時間並購票。

古城的街道和城門

　　根據導遊介紹，目前在全歐洲只有兩座建於 18 世紀具有類似結構的古代劇院保存下來，其中一座就在克魯姆洛夫城，另外一座在瑞典斯德哥爾摩郊外的卓寧霍姆宮（Drottningholm Palace）。克魯姆洛夫劇院內部有富麗堂皇的舞台和觀眾席，導遊還會將遊客帶到舞台的底層，展示如何變換舞台佈景，如何製造雷電、風雨等效果的種種設施，非常有趣，遊客亦增加了不少關於 18 世紀舞台技術的知識。

　　除了城堡、宮殿、教堂之外，克魯姆洛夫還保留着古老的街道、民居、修道院等建築，其中很多都經過了修復和翻新。據説古城原來有十個城門，但 19 世紀以後隨着工業化和城市的發展，九個城門都拆掉了，只剩下一個城門還保留下來。這個城門建於 1598-1602 年，是克魯姆洛夫最「年輕」的城門，但直接通往城裏最古老的街道、市中心以及城堡。城裏的很多建築仍保留了中古風韻，包括建在拱形門廊上面的通道，將街道兩邊的房子連接起來，十分有特色，值得細心欣賞。當然，居住在古城內的居民並非生活在中古時期，他們同樣使用現代的交通工具，與具有古老風格的街道和建築形成一種有差別的和諧。在這裏，傳統並非與現代對立，而是現代生活的一部份；而現代生活的豐富多彩，又正正有賴於每一個地方傳統文化因素的存在。

旅遊 小知識

季節：

　　中歐地區夏天會相當熱，較為舒適的旅遊季節是五六月。捷克的旅遊旺季是 4-10 月，從 4 月底開始克魯姆洛夫就有些文化節之類的活動，如 4 月 30 日到 5 月 1 日的「神奇的克魯姆洛夫」活動，6 月 22-24 日的玫瑰節、6 月 29 日的音樂節等等。注意，克魯姆洛夫城堡

從 11 月到次年 3 月是不開放的。

交通：

克魯姆洛夫距離布拉格大約 190 公里，從布拉格乘長途汽車可直接抵達克魯姆洛夫，大約需要 3 小時，但最好預先訂票，否則在夏天旅遊高峰期間可能會沒有座位。從汽車站到古城大約需要步行 10 分鐘左右。另外一個方法是乘火車，但沒有直接從布拉格到克魯姆洛夫的火車，必須到布傑約維采（České Budějovice）轉車。火車從布拉格到布傑約維采要大約兩三個多小時，從那裏到克魯姆洛夫的火車需時 45 分鐘，沿途可以欣賞典型的捷克鄉村風光，所以是不錯的選擇。但火車站距離古城較遠，進入古城需要再坐出租車。

因為古城裏面仍然保存石板街道，帶輪的行李箱在這樣的路面上很容易受損甚至脫落，所以如果行李較重的話最好還是乘出租車。

關於汽車和火車的時間表以及其他相關資料，可瀏覽捷克旅遊網頁 www.myczechrepublic.com，上面有捷克的汽車和火車時間表。最後，如果時間很緊張，布拉格很多旅行社都有到克魯姆洛夫一日遊的旅行團，但其中坐車的時間就佔了五六個小時，而且無法欣賞到古城的夜景。

住宿：

古城裏面有不少旅店，有些是家庭式民居，有些是青年旅社。遊客可以通過上述網頁或者其他互聯網上的旅店預定網來預定。

旅遊信息：

古城的市中心有遊客服務中心，可以找到地圖和其他有用的資料。

當地旅遊服務中心和各景點的職員、導遊都會講英語。古城不大，憑一張地圖完全可以自己走遍主要景點。

杜布羅夫尼克古城

飛機從德國法蘭克福起飛，機翼下的亞得里亞海在陽光下猶如一匹無邊無際的絲緞，藍白色的粼粼波光溫柔而明亮。這一帶稱為達爾馬提亞型（Dalmatian）海岸，有很多中世紀的小城，杜布羅夫尼克古城（Dubrovnik）號稱「亞得里亞海上明珠」，因其代表性的地理位置和結構，獨特的歷史、科學和審美價值， 1979 年被列入世界文化遺產名錄。[1]

　　穿過大致為西北－東南走向的斯德山，杜布羅夫尼克古城就在山腳下。古城位於亞得里亞海東岸，背山面海，修建在一片延伸入海的半島之上，平面是不規則的長形。東南部不遠處還有一個比較大的島嶼洛克魯姆島（Lokrum）。根據當地資料的介紹，7 世紀的時候有一群移民來到島上定居；之後斯拉夫人也來到斯德山腳下居住，並將自己的聚落命名為杜布羅夫尼克。12 世紀，兩個聚落合併為一個政治體，成為拜占庭帝國的附屬國。1205–1358 年間，杜布羅夫尼克是威尼斯共和國的一個城市，1358 年之後它成為匈牙利和克羅地亞王國的一部份，但實際上保持着相當大的政治獨立性，是一個由富裕貴族統

1　UNESCO 1979, "Old City of Dubrovnik", http://whc.unesco.org/en/list/95.

治的共和制城邦。[1]

　　杜布羅夫尼克古代的經濟以海上貿易、造船業和海鹽生產為主。15-16世紀，杜布羅夫尼克城邦國家達到全盛時期，擁有當時地中海地區最強大的海上船隊。當時的古城不僅經濟發達，科學藝術也蓬勃發展。[2] 今天在古城中還可見到很多哥特式、文藝復興式和巴洛克式的建築，包括教堂、修道院、宮殿等等，是古城當年繁華和富庶的見證。古城南面的扇形城堡中有兩層樓是海事博物館，其中的陳列介紹了古城的海洋文化歷史。

　　不幸的是，1667年的一場大地震摧毀了城市中的很大一部份建築，許多居民也失去了生命。地震之後，杜布羅夫尼克古城元氣大傷。1808年拿破崙軍隊入侵該地，古城喪失了獨立的政治地位，成為斯拉夫國家的一部份。和歐洲的許多國家一樣，杜布羅夫尼克同樣經歷了兩次世界大戰的戰火以及冷戰之後的局部地區性武裝衝突，1991年南斯拉夫內戰又摧毀了城中很多歷史建築，古城因此被列入了「世界遺產瀕危名錄」。內戰結束之後，聯合國教科文組織和當地學者、民眾合作對古城進行了大規模的維修，1998年古城終於脫離了「瀕危」名單，整個城市面目一新，每年吸引大量遊客。[3]

　　從整個城市的佈局來看，當時的規劃設計者顯然是要防禦來自陸地和海洋的入侵者，所以無論是靠山還是向海的方向均有綿延厚重的城牆圍護，城牆四角有高聳的城堡。古城的兩個主要城門分別位於城市的西側和東側，前者可從山上輾轉抵達，後者開向大海一側，不僅具有防衛功能，顯然也方便古代的海上貿易船隊進出海港。城市的設計十分規範，街道基本上是垂直和平行走向。古城中央有一條主幹

1　UNESCO 1979, "Old City of Dubrovnik", http://whc.unesco.org/en/list/95.
2　同上。
3　同上。

鳥瞰杜布羅夫尼克古城

道，連接兩個城門，城內的主要建築基本集中在主幹道兩側，包括建於文藝復興時期的古老教堂、市政廳、鐘樓等，主要的商店也都集中在這條主幹道兩側。

從杜布羅夫尼克機場到古城有一段距離，遊客可乘機場的公共汽車從西面的城門進入古城，沿着主幹道步行參觀，慢慢抵達向着大海的東側城門和扇形的高大城堡。在主幹道的東部有海上遊船服務，遊客可乘船出海，從海上觀賞古城建造在岩石之上的城牆、碉堡以及東面的港灣。最後還可以登上古城牆，俯瞰全城風景，遠眺城外波濤萬頃的亞得里亞海。

古城內相當多的房子都經過翻修，而古城外也有不少新房子。值得注意的是，城內城外的房子，屋頂大多數都用了一種橙黃色的瓦，與灰白色的城牆、教堂和鐘樓，碧藍的亞得里亞海及青翠的斯德山形成鮮明的色彩對比，在藍天白雲的襯托之下如同一幅大型風景畫，賞心悅目，美不勝收。

歐洲很多古城，例如意大利的佛羅倫薩、法國的佩里戈、葡萄牙的波爾圖等，都會見到城市的大部份房屋均使用顏色類似的瓦，使整個城市具有統一的色彩。在波爾圖古城我曾經問過當地的一位導遊，她說根據古城的房屋修繕指引，大家都盡量使用同一顏色的瓦。若此

左上：古城的主幹道，從西邊城牆上遙望東邊城門。
右上：古城主幹道旁建於文藝復興時期的教堂。
左下：從海上欣賞杜布羅夫尼克古城的城牆。
右下：杜布羅夫尼克城牆上的通道和城堡。

古城街景：男童、他的小花貓和皮球。

說屬實，則當地居民為了維護古城的色彩規範而作的努力，真的值得讚嘆。如果沒有對於自身所居古城的熱愛，這樣的自律和努力大概也是不可想像的。

　　我到過不少歐洲古城，杜布羅夫尼克古城是最令人難忘的城市之一。這也許是得益於它背山面海的獨特地理位置，面向大海蜿蜒起伏的城牆和城堡，那一種與山海相映的壯觀和美麗，令人一見難忘。特別是在顛簸的遊船上欣賞古城，那看似溫柔的海水與冷峻堅硬的城牆和碉堡形成了奇異的對比，橙黃色的房屋、灰白色的城牆和碧海青山又形成了鮮明的色彩對比，於是古城與周圍環境共同構成了一道既自然又充滿歷史人文元素的美麗景觀。整個古城的建築和佈局並沒有特別強調某王公貴族的個人歷史，而是凸顯了古代海洋聚落的群體歷史和海洋文化發展的軌跡，這使得古城具有其歷史和文化的獨特性。

　　據當地資料介紹，古城現在有將近 5 萬居民，絕大多數是本地人。古城兩邊的街巷仍然是民居或商店，兒童在街上玩耍，在在顯示出這不是一座專為遊客而存在的「博物館」城，而是一座富有生命力的城市。

旅遊 小知識

季節：

　　古城位處海邊，氣候比較溫和，春夏皆可前往。

交通：

　　古城附近有面積不大的國際機場。遊客可以從克羅地亞首都乘飛機前往古城，或者從法蘭克福、羅馬等大城市乘飛機也可抵達。時間充裕的遊客可選擇沿達爾馬提亞海岸乘船遊覽，逐個探訪海邊的中世紀小城。若乘飛機抵達，最好乘坐機場的汽車前往古城區。

住宿：

　　杜布羅夫尼克古城牆之外是現代城區。古城內外均有酒店，但古城內的酒店數量較少。若住在古城外，有公共汽車通往古城，交通還算方便。

參觀：

　　古城本身並不大，花一天的時間基本可以看完主要景點，包括乘搭出海的遊船。注意亞得里亞海風浪頗大，遊船有時候會非常顛簸，暈船的人大概不宜登船。在船上照相一定要注意安全，首先是自身的安全，其次是相機的安全。

語言：

　　當地的官方語言是克羅地亞語，但旅遊業是當地的主要經濟之一，古城內會說英語的人很多，溝通基本沒有問題。

維羅納

讀過莎士比亞著作的人都應當知道維羅納（Verona）。莎士比亞至少有兩部劇本的場景設計在這座古城：一部是著名的《羅密歐與茱麗葉》，另外一部是《維羅納二紳士》。前者的名氣比後者大，因此維羅納又被稱為「羅密歐與茱麗葉的故鄉」，作為吸引遊客的營銷策略。

意大利維羅納省的首府維羅納位於意大利東北部，阿迪傑河（Adige Fiume）環繞城市，城市的平面因而大致呈"U"形。城市現有人口約25萬，經濟主要是農業、漁業和釀酒業。據説城市始建於公元前1世紀，已有兩千多年的歷史；它曾經是羅馬帝國重要的城市之一，在交通和貿易方面扮演重要角色。羅馬帝國覆滅之後，維羅納仍然是一個經濟繁華、文化氣息濃厚的城市，基督教逐漸成為這裏的主要宗教。不過，大部份的中世紀建築都沒有保留下來。[1]

據當地學者研究，1107年，維羅納成為一個城邦國家，維持了將近三百年。13世紀，維羅納內部不同的政治勢力出現了衝突，《羅密歐與茱麗葉》反映的就是這一時期的內鬥。在一系列內外衝突的影響之下，1387年維羅納喪失了政治獨立，從1405年開始接受威尼斯共

1　Zuffi, S. 1995, *Verona*, Milan: Electa.

和國管治，從此進入長達三個世紀的相對和平發展期，直到 1796 年拿破侖的軍隊入侵。[1]

作為一個擁有兩千多年歷史的古城，維羅納令人印象最深刻的是它保存相當完整、具有獨特建築風格的古城牆和城門，以及從羅馬、中世紀到文藝復興時期的歷史建築，真實反映了一個城市的有機演變。或者說，這些歷史建築和考古遺址，見證了維羅納城不同時期的文化發展，也見證了意大利北部兩千多年來的人類聚落歷史，見證了意大利境內古代不同國家之間的經濟、政治和文化交流。因此，維羅納在 2000 年被列入世界文化遺產名錄。[2] 不過，令維羅納古城廣為人知的是莎士比亞創造的關於羅密歐和茱麗葉的故事。莎士比亞所描寫的那一段中古歐洲兩大貴族世家之間蕩氣回腸的愛恨情仇，數百年來成為無數人津津樂道的故事，以及大量電影、歌劇和其他藝術作品的題材，因此也使維羅納古城成為現代人追尋永恆愛情的聖地。

在莎士比亞的故事中，羅密歐被放逐，據說就是從其中一個城門 Bra Gate 離開維羅納的。茱麗葉的家，就是城中的一座老房子，其外牆上的小陽台，據說就是茱麗葉應答羅密歐的地方。因此，這座「茱麗葉舊居」是遊客的必到之地。每年有不少情侶到維羅納註冊結婚或者度蜜月，希望他們的愛情可以天長地久。其實，當地學者認為，這個「茱麗葉露台」是為了取悅遊客而編造的故事。這座宅子當然是一座歷史建築，但茱麗葉和羅密歐都是莎士比亞創造的戲劇主角，並不是真實的歷史人物。不過羅密歐和茱麗葉的故事實在太過著名，為了滿足大眾的願望，所以命名了這樣一個「茱麗葉露台」。當浪漫的文學遇上嚴肅的歷史的時候，還是讓人們各自選擇自己願意相信的故事吧。

維羅納古城不大，兩三個小時就可徒步走遍全城。城內有一個

1　Zuffi, S. 1995, *Verona*, Milan: Electa.

2　UNESCO 2000, "City of Verona", http://whc.unesco.org/en/list/797.

據說這是茱麗葉的舊居,那個小露台就是她和羅密歐應答之處。

中心市集,周圍的樓房看上去很有些滄桑感,外牆上繪着壁畫裝飾,陽台上種着花草,依然有人居住。據當地學者見告,市集依然按照傳統的方式經營。我抵達市集時是清晨,大木櫃中的貨物尚未搬出來陳列,但路旁的商店有些已經開張。城內到處可見屬於不同時期的歷史建築,包括羅馬帝國時代的露天劇場、十八九世紀的教堂、市政廳和民居,夾雜着現代的超市、酒吧、商店和其他生活設施。古城牆下的木椅上坐着城裏的主婦閒話家常,兒童在鋪滿落葉的地面追逐嬉戲,儼然就是一幅歐洲現代小城的風景畫。城中不時可見遊客的身影,但來來往往的大部份是本地人。餐廳酒吧仍然是意大利語的天下,英語並沒有成為主要語言。商店售賣的主要是當地的日常用品而不是旅遊商品。現代的交通工具在 13 世紀建成的城門中穿梭往還,川流不息,古老與現代在這裏融為一體。若要問如何界定仍然保留本土特色的世界文化遺產古城,如何避免過度的「遊客化」,那時的維羅納應當屬於這樣的城市。

上　　：維羅納中心廣場的歷史建築，同時又是商店。

左下：中心廣場古老的大鐘，現在依然運行。

右下：具有文藝復興時代建築風格的維羅納教堂。

　　古城內的街道頗為狹窄，路面鋪着礫石，汽車在上面行駛不免顛簸。實際上，進入古城區的汽車也不多，居民多數步行或騎自行車。在古城的礫石小道上徜徉，不禁要問：這兩千多年的古城是如何保存下來的？難道維羅納沒有發展的需要嗎？為甚麼居民願意居住在舊房子而不是拆舊房建新房？為甚麼沒有把古城牆拆下來拓寬道路以便解決交通問題？

　　據意大利學者研究，維羅納的現代城市規劃是將古城和新城分開管理和使用。古城包括了羅馬時代、中世紀、十八九世紀的建築，新城則在古城之外。「二戰」期間，維羅納古城大約 40% 的建築受到破壞，因此，1947 年啟動了重建計劃，有意識地保留了古城區，將工商業中心搬離古城。市政當局從 1954 年開始復修古城，並且通過一系列法律和行政手段將主要的交通和商業活動轉移到古城外面。儘管城市的人口不斷增加，經濟不斷發展，但由於城市規劃的成功，主要的工商業活動和交通集中在新城，並沒有給古城區帶來太大的壓力。2000 年成為世界文化遺產之後，維羅納地方當局和古城居民一致同意進一步保存、小心使用和管理這一文化財產，因為這是他們文化和身份認同的根基，並於 2003 年制定了一個保存和管理古城的策略大綱，希望可持續地保育古城和周圍的環境。[1]

　　維羅納古城的保育和管理模式在意大利並非獨一無二。在意大利的大中小城市中，歷史建築比比皆是，包括古老的民居。眾所周知，持續維修老房子比蓋新房子要貴多了，也麻煩多了。因此我曾經問過一位意大利學者：為甚麼寧願花錢修繕老房子，而不是拆除老房子蓋新房子？她驚訝地看我一眼，說：「這是我們的家，為甚麼要拆掉？」

　　顯然，在她的心目中，「家」是附着在實實在在的老建築之上，

1　Stumpo, S. 2000, "The Sustainability of Urban Heritage Preservation – the Case of Verona, Italia," Inter-American Development Bank discussion paper.

附着在那些古老的磚瓦木料之上。也許是基於同樣的理念，維羅納古城的居民才會把古城視為他們文化和身份認同的基礎。用沒有生命的大理石和磚瓦建造起來的城牆、教堂和其他建築，只有在當地社區賦予它們某種意義和價值的時候，它們才值得珍視，才是文化遺產，才會被保留下來；也只有當地社區參與管理、使用和保育，古城才能保持其獨特的文化內涵，而不是變成主題公園。維羅納古城為可持續地保育和管理歷史文化名城提供了一個很好的範例。

旅遊 小知識

交通：

維羅納有機場，可以從羅馬轉機，也可以從米蘭或威尼斯乘飛機或火車抵達。維羅納古城中心不大，最好步行觀賞。邊走邊看，大概一天也就差不多了。若時間充裕，可從威尼斯或羅馬乘火車從南向北穿過意大利抵達維羅納，在每個城市停留兩三天，慢慢觀賞。意大利是世界上文化遺產最豐富的國家之一，走馬觀花也需要半個月到一個月的時間。

語言：

21 世紀初，英語在意大利仍不算十分通行，特別是在小城市如維羅納，不少當地居民不會講英文。所以，懂一點點意大利文很有用。建議每到一個城市先找當地的遊客信息中心，那裏的職員都會多種語言，英語溝通完全沒有問題，而且還免費提供市區地圖。

中等以上酒店的職員一般都懂英語。不少餐廳的餐牌是雙語的，即意大利語和英語。

庫斯科

南美洲可以説是一個幸運的大陸，因為兩次世界大戰的戰火都沒有燒到這裏，所以這裏很多古老的城市建築和考古遺址都保存得相當完好。南美洲又是一個獨特的大陸。在哥倫布航海到此之前，南美洲就已經發展出獨特的古老文明。隨着哥倫布的「發現」，歐洲殖民者相繼湧入這片新大陸掠奪土地和財富。在長期的殖民過程中，歐洲文化與本土文化碰擊、交流、角力，時而融合，時而衝突；屬於南美洲特有的文化，就是在這多角度的互動過程中發展，並且和南美洲美麗的自然風光互相交融，形成一片無限繽紛的迷人天地。有人在南美洲旅行一年依然流連忘返，可見這片大陸的吸引力。

庫斯科古城（Cuzco）就是南美洲獨特文化的代表之一。庫斯科海拔 3000 多米，坐落在秘魯東南部安第斯山區烏魯班巴河（號稱「印加的神聖河谷」）流域。這裏氣候溫和，土地肥沃，適宜農業活動，因此成為古代人類聚居之地。河谷中分佈着眾多印加時期的考古遺蹟和古城，庫斯科位於河谷的中間，著名的馬丘比丘遺址則位於河谷的西面。

今天的庫斯科包括了古城和新城兩部份，古城在中間，周圍是新城區。古城的平面呈不規則的扇形，大致成西北 – 東南方向，西部較

寬如扇體，東部較窄像扇柄。長方形的中心廣場位於古城西部，市政廳和最大的教堂都設在這裏。儘管因為地形的關係，庫斯科古城的整體輪廓並不規則，但主要道路基本上呈棋盤格狀，最寬的兩條主幹道就在中心廣場的兩側，其他大街小巷基本上是東北－西南向或者西北－東南向，只是因為城市的東南端較窄，所以有些貫穿西北－東南的大街，到了東南端便向南或向北傾斜。

12 世紀左右，庫斯科是由印加人所創建的庫斯科王國的首都。這個王國在戰爭和衝突中不斷壯大，逐漸發展成為印加帝國。帝國的統治者帕查庫提（Pachacuti）於 1470-1490 年將庫斯科重新設計、擴建，使之成為一個具有農業、政治和宗教多種功能的帝國首都。城市的中

安第斯群山中的印加帝國古都庫斯科，中央為主廣場。

心設計為政治、行政和宗教樞紐，重要的建築都坐落在中心廣場，外圍則是農民和藝術家居住和工作的地區，[1] 整個城市規劃反映了當時的等級和社會分工。據 16 世紀抵達庫斯科的西班牙殖民者描述，當時的庫斯科人口密集、族群多樣，城市規劃完善，全城設有供水系統，城內有恢宏的神殿、富麗堂皇的宮殿和豪宅，有些甚至以黃金來裝飾，是一個非常繁華的都會。[2]

1533 年西班牙殖民者征服了印加帝國以後，庫斯科又成為殖民者在當地的一個重要城市。西班牙人發現庫斯科的城市規劃與歐洲文藝復興時期的城市規劃有異曲同工之妙，即將主要的政治、行政和宗教建築集中在城市的中心位置。因此，他們拆除了市中心具有印加帝國政治和宗教特色的建築物如神殿、宮殿等，但沿用了城市的整體佈局。今天在庫斯科看到的主要是西班牙風格的教堂、市政廳、修道院、豪宅和其他歷史建築，但在城內和城外仍然能找到不少印加文明的遺蹟。

庫斯科古城的中心廣場稱為主廣場（Plaza de Armas），這裏矗立着歐洲風格的市政大樓、大教堂、耶穌會教堂、聖卡特琳娜博物館、修道院，還有印加帝國的印加羅卡宮、印加博物館等重要景點也都在廣場附近。廣場東面不遠就是庫斯科的遊客信息中心。大教堂 1560 年開工，1654 年才建成，用了 94 年。教堂的設計者是西班牙人，但教堂的外表採用了印加帝國建築的某些元素。此外，教堂裏面有一幅 17 世紀的繪畫《最後的晚餐》，作者是庫斯科當地的藝術家馬科斯·薩帕塔（Marcos Zapata），反映了天主教在南美洲的傳播過程。廣場東面的耶穌會教堂則始建於 1601 年，被 1675 年的地震摧毀，之後又重建。教堂裏面的聖壇用黃金葉子裝飾，高 2.1 米、寬 12 米，據說是秘

1　UNESCO 1983, "City of Cusco", http://whc.unesco.org/en/list/273.

2　Editorial P. 2005(?), *Cusco- the Complete Guide*, Cusco: Editorial Piki.

上：庫斯科大教堂。
下：耶穌會教堂。

魯殖民時代最大的天主教聖壇。[1]

　　庫斯科中心廣場在印加帝國時期比現在要大得多，當時廣場內佈滿了印加王室貴族的豪華宮殿或大宅，但絕大部份毀於西班牙殖民時期。今天主廣場的大教堂，原來是印加帝國的王宮所在地。廣場東面現在的耶穌會教堂，原來是印加文明所崇拜的聖蛇宮殿所在地，而修建教堂所用的石頭建築材料就是從宮殿上拆下來的。聖卡特琳娜修道院，原來是印加帝國太陽貞女的居所。[2] 這裏還有印加帝國最重要的太陽神殿，同時具有天文台和宗教聖殿的功能，裏面原來佈滿了黃金。16 世紀，西班牙殖民者在神殿裏掠走了數百磅黃金；神殿完全被毀，在廢墟上修建了聖多明各教堂。[3] 根據當地博物館資料介紹，當年西班牙殖民者消滅印加帝國以後，為了鞏固其殖民統治，防止當地人民的反抗，除了加強政治和軍事的統治之外，強迫當地居民信奉天主教，以取代原來的本土宗教信仰，並且大量拆除印加帝國重要的政治、宗教和歷史建築，在廢墟上修建西班牙的政治和宗教建築，有些甚至是用黃金作為裝飾，極為奢侈豪華。西班牙人還修建了豪宅、官邸、行政設施等，完全遮蓋了原來印加文明建築的遺蹟。這一段歷史讓人想起當年日本殖民統治台灣時期，也是大量拆除台灣原有的歷史建築，以日本式的建築取而代之。庫斯科（和台灣）的例子說明，歷史建築絕不僅僅是建築，它們同時是一個文明的物質見證，因此也成為了族群和文明的標誌和符號。殖民者要消滅土著文化，往往要清除歷史建築這類物質的文化符號。

　　庫斯科城裏保留比較完好的印加時代建築首推印加羅卡宮（Inca Roca Palace），現在是庫斯科大主教的駐地和宗教藝術博物館。據研

1　Editorial P. 2005(?), *Cusco- the Complete Guide*, Cusco: Editorial Piki.

2　同上。

3　Archeological Institute of America 1999, *Cusco and Nearby Sites*, http://archive.archaeology. org/online/features/peru/cuzco.html.

究，印加羅卡是庫斯科王國 14 世紀中期的國王，可是有關他的資料並不多。宮殿最出名的是外牆那塊有 12 個轉角的大石頭。安第斯山區的印加人民常常就地取材，用當地的岩石作為建築原料，其加工和砌石技術可說是登峰造極。砌在印加羅卡宮外牆的這塊大石頭，其 12 個轉角與上下左右的 11 塊大小石頭緊密結合，天衣無縫，是古代印加人加工和砌石技術的典型代表。

除了這塊大石之外，整個宮殿的石牆都是用大小不等的石塊砌成，每塊石頭都經過打磨加工，大部份的石塊之間嚴絲合縫，看到這種砌石技術令人想起埃及的金字塔，那也是世界著名的砌石建築，但埃及金字塔的石材並沒有經過印加石材這樣的全面加工，石塊之間的結合也沒有這樣緊密。印加文明的建築工藝和技術，在印加羅卡宮殿的石牆上得到了充份的體現。

庫斯科位處山谷，周圍群山環抱，各個山頭分佈着很多大小不等的印加文明遺蹟，如具有軍事功能的普卡普卡拉（Puca Pucara，在當

印加羅卡宮殿著名的「十二轉角」石。

306

普卡普卡拉

地語言中的意思是「紅色的堡壘」）、印加人進行宗教儀式之前淨身的塔博瑪凱（Tambomachay）等，但最引人矚目的是位於庫斯科北面大約 3 公里薩克塞華曼（Saqsayhuaman，意思是「斑點獵鷹」）山上的大型印加王國建築群。這裏現在已經成為考古公園，除了保存上述印加建築群遺蹟外，還可保育當地的植被和動物，包括著名的美洲駝羊（llamas）。

　　普卡普卡拉的位置正好可控制出入庫斯科的通道，軍事戰略地位十分重要。西班牙殖民者 1533 年入侵庫斯科，對當地文化實行摧殘，其統治不久就遭到了印加帝國王位繼承人曼科（Manco）的反抗。曼科的軍隊當時就駐紮在普卡普卡拉，曾封鎖庫斯科城達六個月之久。西班牙軍隊後來突圍，並且對曼科的軍隊實施反包圍，加上雙方武器裝備差別懸殊，最後印加軍隊全部戰死。西班牙軍隊隨後大肆毀壞普卡普卡拉的建築，今天看到的基本上都是當時留下的遺蹟。普卡普卡拉見證了 1530 年代印加人民反抗殖民主義者的一段慘烈歷史。隨着印加帝國的最後一個合法繼承人圖帕克·阿馬魯（Tupac Amarú）1572 年在庫斯科主廣場被處死，[1]印加帝國最終消失了。

1　Archeological Institute of America 1999, *Cusco and Nearby Sites*, http://archive.archaeology.org/online/features/peru/cuzco.html.

塔博瑪凱離普卡普卡拉不遠，其砌石建築分為四層，有一道清泉從上層流到下層，供印加人在參加宗教儀式前淨身用。至於薩克塞華曼建築群，從其所在的位置可俯瞰庫斯科城，軍事戰略地位固然十分重要；但這裏的建築主要具有廟宇的功能。建築群用巨大的岩石構築而成，佔據了整個山頭，氣勢磅礴，規模宏大，主要建築物是從山腳向上延伸的三層巨大的石牆、碉樓、劇院和廟宇等，所有建築都是奉獻給印加文明最重要的神——太陽神[1]。這個巨大建築群的每一塊石頭都經過仔細的加工打磨，每一塊石頭的形狀和大小都不一樣，都具有自己的特色；但每一塊石頭都天衣無縫地和其他的石頭結合在一起，石塊之間完全沒有縫隙，大小、形狀各異的石塊共同組成了形狀規範的石牆、石門或平面建築。古代印加的工匠是如何設計、加工和建造這樣既有個性又完美結合的建築呢？他們是否將石頭毛坯搬到現場，然後根據建築過程的需要再對每件石塊進行最後的打磨加工？要多少人力和時間才能夠完成這樣一個恢宏壯觀的建築群？我們也許無法知道這些問題的答案，但薩克塞華曼毫無疑問是印加文明給現代人留下的最壯觀的古代建築群之一，充份展示了印加文明嚴密的社會組織、巨大的政治能量和高超的建築藝術。

庫斯科無疑是南美洲印加帝國最重要的古城，見證了印加文明最後的歷史，也見證了印加文明偉大的成就，更見證了西方殖民主義對南美洲土著文明的摧殘。鑒於庫斯科獨特的歷史、科學和審美價值，聯合國教科文組織在 1983 年將庫斯科古城列入了世界文化遺產名錄。[2]

---

1 Archeological Institute of America 1999, *Cusco and Nearby Sites*, http://archive.archaeology. org/online/features/peru/cuzco.html.

2 同上。

上：塔博瑪凱，印加人沐浴的遺蹟。
下：庫斯科城外印加時期的薩克塞華曼大型遺址。

上　：薩克塞華曼的石牆遺蹟。
左下：薩克塞華曼石牆細部。
右下：薩克塞華曼的建築遺蹟。

旅遊 小知識

季節：

　　南美洲的氣候和北半球的氣候相反，我們的冬天是他們的夏天。庫斯科地區處於安第斯山區，氣候比較溫和。7 月是庫斯科最冷的季節，氣溫可到 0℃ 左右；最熱的 11 月最高氣溫是 23–25℃，十分宜人。我去的時候是 5 月，屬於當地的初冬，溫度在 10℃ 左右，並不算冷。不過如果要打算穿越「印加古徑」的話，選擇溫度較高的 11 月到 1 月左右較好。

參觀：

　　要看完庫斯科古城和周圍的主要景點至少需要兩天的時間。在「印加神聖河谷」，到處是印加文明留下的遺址和遺蹟。有興趣、有體力的遊客可以在庫斯科聯繫旅遊公司找好嚮導，然後從庫斯科乘火車到一個叫作「82 公里」的地方，從這裏步行到馬丘比丘。這是「印加古徑」最有吸引力的一段，全長大約 43 公里，沿途可觀賞印加古文明的眾多考古遺址及安第斯山美麗的風光和植被，全程共需要四天時間。因為都是山路，參加者需要較好的體力和耐力。

醫療健康：

　　庫斯科屬於山區，海拔比較高，最好帶上一些防止高山反應的藥。此外，最好向醫療部門了解，出發前是否需要事先注射一些疫苗。

交通和住宿：

　　從美國的邁阿密有飛機前往秘魯首都利馬，從利馬有飛機前往庫斯科，飛行時間一小時左右。另外也可以坐汽車，但時間要長得多，

據說要 21 個小時。

　　庫斯科的旅遊業相當發達，古城裏面的大小旅店不少，可以通過可靠的網站預定。

飲食文化：

　　庫斯科當地的啤酒頗出名。城裏面有各種餐館，經營法國菜、南美菜，甚至還有中餐，當然那是本土化了的。南美菜的肉類頗多，如牛羊肉等，也有蝦類；玉米、南瓜等當地蔬菜也是主要的食材。

語言和風俗：

　　作為前西班牙殖民地，西班牙語是秘魯的官方語言，但是在不同的地區也流行不同的當地方言。庫斯科流行的是當地的克丘亞語（Quechua）。這是一種很古老的語言，在印加帝國出現之前就已經存在。庫斯科是旅遊城市，英語作為一般溝通沒有太大的問題，但遊客最好還是學一點基本的西班牙詞彙，例如「水」「洗手間」等。

　　當地的民風淳樸，但仍需注意安全。庫斯科晚上城市的照明度並不十分高，有些小街巷比較暗，最好避免經過。和墨西哥相似，秘魯的服務行業也有支付小費的習俗。

大學城科英布拉

科英布拉（Coimbra）位於葡萄牙中部，是葡萄牙第三大城市，距首都里斯本一百九十多公里。葡萄牙境內從東向西流入大西洋的蒙德古河從東向西再向北流經該城。蒙德古河連接葡萄牙的內陸和海岸地區，科英布拉又位於葡萄牙的中部，因此這個城市在交通、商業和軍事上都具有獨特的重要性。該城最著名的是始建於13世紀的科英布拉大學，這是葡萄牙語世界最古老的大學，也是歐洲最古老的大學之一，至今保留了大量從中世紀到近現代的歷史文獻和建築，尤其是具有中國文化因素的18世紀巴洛克式圖書館，更是罕見。

科英布拉位於蒙德古河兩岸，河的東岸是一座小山，西岸是平地。科英布拉大學就坐落在東岸的小山上。早在羅馬帝國時代，科英布拉就是一個有一定規模的城鎮；8世紀又成為北非摩爾人的轄地。1064年，科英布拉被信奉基督教的國王費迪南奪回。後來，葡萄牙的開國國王阿方索‧恩里克斯又在這裏大興土木，建設了大教堂，重建了羅馬時代的橋樑和老城的城牆，還修了噴泉，鋪設了道路等等。中世紀的科英布拉已經分為小山上的「上城」和河流西岸的「下城」，前者是統治階級、貴族和教士聚居之地，後者是商人、藝術家和工人居住的地區。1131-1255年，科英布拉是葡萄牙王國的首都。1255年，

葡萄牙的首都遷到里斯本，但科英布拉一直是一個重要的藝術和學術中心。[1]

　　科英布拉大學的建立是 13 世紀葡萄牙國王迪尼斯一系列新政的內容之一。迪尼斯是葡萄牙歷史上一個相當有作為的統治者，在其統治期間，獎勵農耕和貿易，用當地語言取代拉丁文書寫法律文件，推動教育發展，並在 1290 年設立了葡萄牙第一所大學。[2] 大學原本專為僧侶而設，後來改為對公眾開放的大學。大學最先設在里斯本，1308 年遷到科英布拉，1338 年又遷回里斯本，1537 年最後定在科英布拉。開始的時候，大學設有文學院、法學院和醫學院。此後數百年間，科英布拉大學持續擴大，1770 年代增加了數學和科學學院，並設立了大學出版社和葡萄牙最早的自然科學史博物館。隨着宗教影響力的弱化，神學院於 1911 年取消。新的學院和設施持續增加，如心理學和教育學院、大學醫院、體育科學學院等。今天的科英布拉大學是一所現代化綜合大學，有 8 個學院，2 萬多學生。[3]

　　科英布拉大學位於俯瞰全城的小山上，居高臨下，是整個城市的中心。10 世紀，這裏原來是摩爾人建的城堡。「再征服」之後，這裏成為葡萄牙王家宮殿區。12-15 世紀，葡萄牙開國國王恩里克斯及其繼任者絕大部份出生於此。首都遷到里斯本之後，1537 年，葡萄牙國王約翰三世將該建築群交給大學使用。[4] 隨着大學規模的持續擴大，新建築隨之出現，因此，校園內既有 16-18 世紀的古老建築，也有現代建築。

　　科英布拉大學的校門原是伊斯蘭時代城堡的門戶之一，經過後來

1　Anderson, J. M. 2000, *History of Portugal*, Westport, USA: Greenwood Press.
2　同上。
3　Pimentel, A. and R. Agostinho, unknown year, *University of Coimbra*, Coimbra: Coimbra University Press.
4　同上。

上：從科英布拉大學俯瞰科英布拉城及西面的蒙德古河。
下：古老的大學校門。

葡萄牙國王的改建才成為今天這個樣子。校門上方的雙拱形結構象徵着軍事「凱旋」，門上分別刻有大學的建立者迪尼斯國王和校園建築提供者約翰三世的雕像。穿過這個大門便是大學老校園的核心地帶，這裏原來是宮殿區，後來改為校園。大學的中心廣場周圍集中了大學最古老的建築，包括現在用為行政、教育用途的建築樓和迴廊，建於18世紀的巴洛克風格圖書館和聖馬可小教堂，以及矗立在小教堂旁邊的鐘樓。在建築外牆上還可見到古老的雕塑群。重要的歷史建築還有始建於16世紀的大學藝術大堂，原來是王室舉行重要儀式的大廳，現在用做考試和其他慶典；私人考場原來是國王的寢宮，現在掛滿歷任大學校長的照片，也舉行大學行政會議、考試及學位頒發典禮。校園內還有武器陳列室、植物博物館、學術博物館、自然歷史博物館、人類學博物館、礦物博物館、動物博物館等。[1]

　　在科英布拉大學的歷史建築群中，令人印象最深刻的是聖馬可小教堂和巴洛克圖書館。現存的小教堂始建於15世紀末期，但主要建築建於16世紀初期葡萄牙國王曼努埃爾一世統治時期，因此小教堂的入口具有曼努埃爾建築的風格。其高祭壇具有文藝復興時期的藝術風格，而富麗堂皇的主祭壇則是16世紀至17世紀初文藝復興後期源自意大利的矯飾主義風格，強調精細、和諧和複雜的裝飾，使用大量的植物圖案作為裝飾主題。教堂的擴建和裝修工作斷斷續續一直延續到1739年，教堂中的管風琴是18世紀巴洛克風格。[2]教堂內部的顏色豐富，頂部天花裝飾以綠色、紅色和藍色的植物及貝殼紋飾，管風琴裝飾着金色高浮雕紋飾和天使雕塑，主祭壇入口則裝飾着典型的曼努埃爾繩索紋高浮雕和壁畫。我參觀的當天碰上當地市民舉行婚禮，

1　Pimentel, A. and R. Agostinho, unknown year, *University of Coimbra*, Coimbra: Coimbra University Press.
2　同上。

上　　：科英布拉大學的鐘樓、中心廣場和迴廊。
左下：巴洛克圖書館。
右下：大學建築外牆的雕塑。

不得不提早退出教堂。據當地人見告，這座小教堂儘管是大學的專用教堂，但當地市民也可租來使用，而且經常被用為婚禮場地。在這樣一座古老而華麗的教堂中舉行婚禮，一定是一次獨特的人生經歷和記憶。

　　華麗而古老的教堂在歐洲並不罕見，科英布拉大學華麗而古老的巴洛克圖書館則是非常罕見的建築。圖書館內部不准拍照，所以沒有照片提供。圖書館的入口在小教堂入口旁邊，外表似乎平淡無奇，門口不過有兩對石柱而已；但每個進入圖書館的參觀者幾乎都會「哇」一聲，被裏面的富麗堂皇震撼。圖書館建於 1717–1728 年間，平面是長方形的，樓高三層。館內分隔為三個大廳，每個大廳四壁排滿了直達天花板的木質髹漆鎏金書架，底漆的顏色有紅色、綠色和黑色；而鎏金裝飾的圖案中居然有相當部份是穿着中國式斗笠和服裝的「中國人」（或者說是 18 世紀歐洲人眼中的「中國人」形象）以及「中式」亭台樓閣的圖案，反映了 18 世紀西方世界對中國文化的興趣。地面是灰色帶花紋的岩石方磚，各大廳的入口是經雕飾的灰岩圓拱形門框，上面裝飾着下令建造這座圖書館的葡萄牙國王約翰五世的圓雕金色王徽。在最後一個大廳的後牆上是國王的王徽和全身像。整座圖書館內部可謂金碧輝煌，令人難以想像這是一座供藏書的建築。

　　但這座圖書館不僅只有華麗的內部裝飾，而且在建造的時候就考慮到藏書的功能而做了專門的設計。圖書館外牆厚達 2.11 米，室內空間高曠，入口的大門用貴重的柚木建造，目的都是為了讓室內溫度一年四季保持在 18-20℃，便於圖書的保存。室內牆上的框格結構有助維持室內濕度在 60% 左右，同樣是為了圖書的保存。為了對付圖書的另外一個天敵蠹蟲，所有的書架都用橡木製成，橡木不僅材質緊密而且散發出驅蟲的味道。更有趣的是，圖書館裏還養着一種專門吃書蟲的蝙蝠，牠們會在夜間出來進食，因此成為幫助圖書館對付書蟲的殺

手。[1] 管理員説，他每天晚上會用油布遮蓋館內的古董桌子和其他平面傢具，以避免蝙蝠的糞便落在上面。次日早上他會先將圖書館內部清理乾淨，再對外開放。

這座既實用又華麗的圖書館，至今仍珍藏着 20 萬冊從 16 世紀到近現代的各類圖書，包括了歐洲各時期的最佳出版物，很多書籍本身就是珍貴的歷史文物。如果需要借閲這些書籍，必須先説明理由，獲得館方批准，然後在大學的現代中央圖書館閲讀。[2]

毫無疑問，科英布拉大學圖書館是一座非常獨特的歷史建築，其大量藏書是可移動的珍貴人類物質文化遺產，而保存這座圖書館建築及內部的珍貴藏書，更是一項長遠而艱巨的任務。每每想到圖書館管理員日復一日、年復一年地遮蓋和清洗圖書館的古老傢具和內部空間，想到館內那些雕樑畫棟的內部裝飾、那些鎏金的書架和燙金羊皮封面、手工抄寫的書籍所需要的長期維修保養，以及由此所需的巨大的人力、物力和財力，便無法不對如此繁巨而恆久的工作肅然起敬。

科英布拉大學所在的山頂積澱了這個城市從羅馬時代到近現代的主要歷史。該大學自中世紀以來就是葡語世界傳播知識的重要教育機構，其模式影響到後來很多大學；又因為大學的存在和發展，科英布拉成了一個重要的學術中心。因此，聯合國教科文組織於 2013 年將科英布拉大學列入了世界文化遺產名錄。[3]

除了大學以外，科英布拉還有很多歷史建築，整個城市的景觀也別有特色。從大學所在的山頂向下步行，沿途可見具有中世紀風格的老教堂和具有曼努埃爾風格的大教堂。據教堂內的資料介紹，老教堂

1　Pimentel, A. and R. Agostinho, unknown year, *University of Coimbra*, Coimbra: Coimbra University Press.

2　Anderson, J. M. 2000, *History of Portugal*, Westport, USA: Greenwood Press.

3　UNESCO 2013, "University of Coimbra – Alta and Sofia", http://whc.unesco.org/en/list/1387.

左：科英布拉的老教堂。
右：科英布拉大教堂。

始建於 12 世紀，是葡萄牙開國國王恩里克斯稱王及定都科英布拉時所建，葡萄牙的第二個國王於 1185 年在該教堂加冕。該教堂是葡萄牙現存最重要的羅馬式天主教建築之一，也是葡萄牙僅有的至今仍保存基本完好的「再征服」時期建築物。

　　從中世紀到現在，整個科英布拉的城市佈局和文化，其核心就是科英布拉大學。現代城市居民的生活，也和大學有密切的關係。這不但因為科英布拉大學的教師學生們為城市帶來學術的氛圍和青春的活力，也因為每年來參觀大學的遊客為科英布拉的經濟帶來可觀的收益。無論是過去還是現在，科英布拉應當都是名副其實的「大學城」。

旅遊 小知識

交通和住宿：

　　科英布拉位於葡萄牙首都里斯本和葡萄牙北部主要城市波爾圖之間，從上述兩個城市均有火車或汽車到科英布拉。火車從里斯本到科英布拉需三個多小時，每天班次很多，幾乎每小時就有車出發。科英布拉有三個火車站，最靠近老城、大學的是科英布拉 A 站，或者就是科英布拉站。里斯本、波爾圖和托瑪爾等城市都有長途汽車到科英布拉。從里斯本到科英布拉的長途汽車大約需時兩個半小時，班次很頻密；可到 www.rede-expressos.pt 網頁上了解其最新班次和時間。儘管該網頁只有葡萄牙文，但只要知道主要城市的葡萄牙文（如里斯本是"Lisboa"），還是可以獲得相關信息。科英布拉汽車站距離老城區也很近。

　　如果只到科英布拉，可從里斯本或波爾圖出發作一日遊，時間稍微有些緊張。另一選擇是從里斯本到科英布拉再繼續前往波爾圖，那就需要住在科英布拉。當地酒店不少，可在互聯網上預訂。波爾圖也是世界文化遺產名錄上的古城，其夜景尤其美麗，值得參觀。

參觀：

　　科英布拉大學對遊客開放，遊客可瀏覽大學的英文或葡萄牙文網頁 http://www.uc.pt/en/informacaopara/visit/paco 獲得相關信息。參觀校園其他建築都可自由行，但參觀巴洛克圖書館一定要在限定的時間內跟隨圖書管理員參觀。

宮殿城堡篇

宮殿城堡篇

自從人類進入階級社會，原來用作遮風擋雨的房屋也就在一定程度上成了社會成員之間權力和財富差別的標誌。宮殿這種大型建築，專為國家的統治者或者具有影響力的上層貴族所建造，不僅是華麗的住宅，而且是政治權力的中心，所以世界各國從古至今的宮殿往往都按照當時當地文化的審美標準建造得富麗堂皇，以炫耀宮殿居住者的富有和威權。當然，所謂富麗堂皇，也是個相對概念，比如古希臘克里特島上青銅時代的宮殿，現代人也許認為不過是用石板建造、較為寬大的房屋而已。

宮殿是國家政權的產物，因此，在外來移民抵達之前尚沒有國家的澳洲大陸和北美洲地區，並沒有古代宮殿。宮殿又是帝王政治的產物，因此，當帝王制度被推翻的時候，作為帝王政治符號的宮殿往往也會被破壞，中外歷史上這樣的例子屢見不鮮。當然，作為一個國家最矚目的政治地標之一，宮殿也最容易受到戰火的摧殘。

宮殿的設計和建築往往因文化的差異而有很大的不同。比方說，北京明清兩代皇家宮殿紫禁城的設計反映了中國古代「前朝後寢」的理念，將處理國家大事的公共空間和帝王及其家庭生活的私人空間在平面上截然分開。歐洲近代的宮殿，如法國的凡爾賽宮、維也納的美

泉宮以及數不清的其他大小宮殿，則往往將處理國事的公共空間與帝王的私人空間設計在同一座大樓、甚至同一樓層中，國王會在寢宮接見最重要的大臣。因此，參觀不同國家的宮殿，有助我們了解不同文化、不同歷史和不同的建築風格理念。

世界上的大小宮殿多不勝數，有些已經成為廢墟，例如希臘克里特島上青銅時代的宮殿；有些依然存在，例如中國北京的紫禁城、韓國首爾的五大朝鮮王宮、泰國曼谷的大皇宮、英國的溫莎宮殿、法國的凡爾賽宮和楓丹白露宮等等。因為歷史和文化的關係，在世界五大洲中，歐洲大概是現存大小宮殿最多的地區。歐洲 18-19 世紀的很多宮殿都受到法國宮殿建築和裝飾風格的影響，看多了以後就開始覺得有些大同小異。不過，有些宮殿卻令人印象深刻，這或者是因為其獨特的建築風格和文化因素，或者因為其附近美麗的自然風光，或者是因為有些重要的歷史事件與之相關。例如位於瑞士阿爾卑斯山腳下、日內瓦湖東岸的西庸（Chillon）城堡，始建於中世紀，不僅歷史悠久，保存了很多中世紀建築的特色，更令人難忘的是該城堡周圍極其美麗的湖光山色。西庸城堡與峰頂終年積雪的阿爾卑斯山和碧水盈盈的日內瓦湖形成一幅美不勝收的風景畫。在西庸城堡頂端眺望藍天白雲，綿延山勢，湖面水鳥翱翔，足可令人忘憂。又如位於法國巴黎東南郊的楓丹白露宮是法國皇帝拿破崙‧波拿巴被迫退位的地點，在世界史上具有獨特意義。1814 年 4 月，被歐洲列強打敗的拿破崙就在這裏被迫宣佈退位、與他的衛隊告別，然後前往流放地厄爾巴島。瑞典首都斯德哥爾摩附近的卓寧霍姆宮（Drottingholms slott）保留了一座 18 世紀的劇院，其中國式庭樓又反映了 18 世紀中國建築藝術對歐洲園林建築藝術的影響，有助於建築學家和歷史學家了解西方建築和園林設計的發展和變化。薩爾斯堡（Salzburg）是奧地利歷史最悠久、保存相對較好的古城之一，音樂大師莫扎特的故鄉，美國電影《音樂之聲》的拍攝

奧地利薩爾斯堡的宮殿城堡

瑞士日內瓦湖畔的西庸城堡

地，又是享負盛名的旅遊勝地，1997 年列入了世界文化遺產名錄。

在亞洲，只有帝王所居才能稱為「宮殿」。日本古代權力極高的幕府將軍，其居所如日本京都的元離宮二條城可視為「宮殿和堡壘」，其園林和木構的宮殿是古代東亞宮殿園林難得保存下來的珍貴人類文化遺產。歐洲歷史上的大小統治者很多，「宮殿」這一名稱的應用也似乎比較寬泛，上自一國君主，下至一個地方的統治貴族，其居所都可以稱為宮殿。此外，中古到近代的歐洲政權之間經常出現規模不等的衝突，在冷兵器的時代，貴族王侯為了保護自身和家人的生命財產，在建造其住宅的時候往往加上具有防禦功能的城堡、碉樓和深邃的護城壕等，建成兼具禦敵、居住、享樂、理政和炫耀財富及權力的宮殿城堡建築合體。例如在盧瓦爾河谷由法國國王弗郎索瓦一世建造的香波城堡（Château de Chambord），其實也是一座豪華的宮殿。因此，本篇將宮殿和城堡合為一類。鑒於現有介紹宮殿城堡的旅遊書籍甚多，故只挑選了幾個作者認為具有獨特風格或重要歷史意義的宮殿城堡與大家分享。

日本京都元離宮二條城的宮殿建築和園林

阿爾罕布拉宮

阿爾罕布拉，阿拉伯語「紅色」之意。阿爾罕布拉宮（Alhambra Palace）是用紅磚、黏土、岩石、木材、白灰等建築材料建成的大型建築群，號稱世界上現存最美麗的伊斯蘭建築之一，位於西班牙南部格拉納達的薩比卡（Sabika）山上的阿爾罕布拉古城內，雄踞山頂，俯視着腳下的田野和現代城市。

阿爾罕布拉古城是伊斯蘭建築「塞特德爾」（citadel）的典型代表，有點像中國的「皇城」，但又不完全一樣。「塞特德爾」是城中之城，通常以城牆與平民居住的城區分隔開，是伊斯蘭古代城市的政治中心和軍事堡壘，裏面往往有城堡、宮殿或貴族豪宅、宗教建築，還有為統治階級服務的市場、手工商業，甚至還有皇室或貴族墓地。阿爾罕布拉古城就是這樣一個包括了城堡、宮殿、寺廟、墓地和供應皇室貴族的手工業商業區的城中之城。

保存比較完好的大型伊斯蘭建築群在今天的歐洲比較少見，阿爾罕布拉古城是格拉納達獨特的地理位置和歷史的產物。從地理位置上看，西班牙位於歐洲南部，而格拉納達又位於西班牙的南部，與非洲大陸西北部非常接近。這裏是富饒的沖積平原，氣候溫暖，雨量豐沛，很早就有人類在此定居繁衍。711 年，信仰伊斯蘭教的北非摩爾

阿爾罕布拉宮及周圍環境

人跨過直布羅陀海峽入侵南歐半島，此後基督教和伊斯蘭文明分別在南歐地區建立過他們的政權。阿爾罕布拉的宮殿和城堡等建築就是由中世紀當地最後一個信仰伊斯蘭教的摩爾人政權所建。[1]

　　根據當地學者的研究，至少在 8 世紀，薩比卡山上就出現了防禦性質的城堡。此後格拉納達的人口和城市規模持續發展，到 1238 年，當時屬於伊斯蘭文明的奈斯爾王朝（Naşrid Dynasty）蘇丹開始在這裏修建宮殿和城堡。整個古城建築群的建造到 14 世紀才告完成。到了 15 世紀，奈斯爾王朝開始衰落，最後當地更重新成為基督教政權的統治地域，而阿爾罕布拉城內也出現了基督教的建築。此外，即使在伊斯蘭政權時期，當地也有信仰基督教的居民；基督教政權重新控制當地後，又在建築中加入了西方建築的因素。[2] 因此阿爾罕布拉古城內部和周圍還可見基督教的教堂，與阿爾罕布拉宮、清真寺等建築共存，見證了當地宗教、族群和文化的歷史動態和多元性。

　　阿爾罕布拉古城的平面很像一艘船，東西窄，中間寬。所有重要建築都由高聳的城牆包圍着，城牆的南北各有兩道城門。城內北面的建築群是用於防禦的軍事堡壘，西面是宮殿區，城內其他地方則是為

1　Lopez, J. B. 1999, *The Alhambra and Generalife*. Alhambra: Patronato de la Alhambra y Generalife.
2　同上。

王朝的統治者和貴族服務的手工業和商業區，並建有公共浴池和清真寺、墓地等。

遊客今天通常從城堡的東面進入，經過花園區再進入宮殿區遊覽。花園區內，到處是各種木本和草本植物，長方形或方形的水池噴灑着水珠，池中飄浮着睡蓮，池旁綠蔭濃濃。各種顏色的玫瑰花在 7 月的陽光下綻放，蝴蝶穿插於花叢之間，使人頓覺清涼宜人，暑氣全消。

花園的設計也是伊斯蘭建築的特色之一。事實上，現存歐洲基督教文明中，13–14 世紀的花園並不多，而阿爾罕布拉宮花園所代表的伊斯蘭建築，注重對稱的設計，使用長方形或方形的水池，營造藍天和房屋在水池中的倒影。水池通常有噴泉，兩側通常有修剪齊整的灌木或茂密的植物，有些水池還位於重要的宮殿庭院之中，成為建築的一部份，為整座建築帶來活力。這類帶水池的庭院，在水池兩端各有一座主要的殿堂，而水池兩側則分佈着較小的房間。

在花園區還可以觀賞阿爾罕布拉古城圍牆的建築技術和材料。圍牆有 3 米多高，下端是用夯實的泥土建造，還夾雜着礫石，上部用磚砌成，也有部份圍牆是用礫石和磚交替建成的。早期的建築如阿本莎拉赫宮（Abencerrajes）遺址使用礫石和磚作為主要的建築材料，承重和分隔結構分別使用不同的建材組合。

阿爾罕布拉宮殿群的主要建築建於 13–14 世紀，多具有伊斯蘭建築的典型特徵。[1] 伊斯蘭建築的特色之一是非常注重室內的裝飾，柱頭、牆上的雕飾、繪畫、屋頂的木雕精雕細刻，花紋圖案富麗精細，展示出一流的設計理念和工藝。阿爾罕布拉城內的宮殿和清真寺等，是這一建築裝飾風格的傑出代表。在這裏到處可見到層層疊疊、富麗堂皇的灰雕、色彩斑斕的柱頭、繪畫以及紋飾複雜的木質天花板等。

1　Lopez, J. B. 1999, *The Alhambra and Generalife*. Alhambra: Patronato de la Alhambra y Generalife.

上：庭院和水渠宮（Patio de la Acequia）。
中：阿本莎拉赫宮遺址。
下：阿爾罕布拉宮內富麗精細的建築裝飾。

我以為，在阿爾罕布拉宮殿群的眾多殿堂中，以阿本莎拉赫宮的裝飾和技術最為令人震撼。這一殿堂是獅子宮的一部份，規模不算大，平面略近圓形，殿堂中間有一個大理石噴泉。據當地導遊介紹，阿本莎拉赫是北部非洲一個部族的名稱，據說奈斯爾王朝時期，曾經有來自這個部族的騎士在這一大殿中被殺死，大殿因此得名。但令人印象最深刻的是這座大殿從牆壁到天花板佈滿了精細的裝飾圖案，大小立柱在這裏成為裝飾的一部份。大殿的頂部是一個八角形的巨形「藻井」（借用中國古建築術語），每一個角的兩面各有一個鏤花天窗，一共有 16 個天窗，既可採光，又是裝飾。整座大殿的牆壁、天窗和「藻井」的裝飾圖案豐富複雜難以細分，而形成的整體效果是無與倫比的華麗、精細和輝煌。據說這個八角形藻井象徵着伊斯蘭教的天堂。這一大殿和「藻井」毫無疑問是奈斯爾王朝建築藝術的巔峰之作，也是不可多見的伊斯蘭建築瑰寶。

　　若將阿爾罕布拉宮殿群所代表的伊斯蘭建築與同時期的基督教建築比較，兩者有相似之處，都有用於軍事防禦的城堡、作為宗教活動中心的教堂或者清真寺，以及作為王室貴族政治活動和生活起居場所的宮殿建築。就宮殿建築的設計風格來看，12-14 世紀歐洲基督教文明最流行的建築風格是哥特式，用大量的尖頂和拱券來建造高聳入雲的城堡和教堂，同時營造內部採光通風良好、高闊疏朗的室內空間。這些建築風格非常重視建築物外觀的構造，密集成排的支柱和精雕細琢的屋頂，加上各種大大小小的雕塑，除了起到承重和分隔室內、室外空間的功能之外，同時還具有裝飾的功能，使建築物的外表顯得華麗壯觀，有先聲奪人的功效。

　　對比之下，阿爾罕布拉宮殿的外觀比較平實，大多數是瓦頂白牆，雖然也有大量使用弧形或弧形帶尖頂的拱券，但這些位於外牆用磚砌成的拱券並沒有特殊的裝飾。若從外表看，實在難以想像這是古

上：阿本莎拉赫宮的內部裝飾。
下：阿本莎拉赫宮的八角形殿頂、鏤空花窗和裝飾。

代王朝統治者所居的宮殿建築。但進入宮殿內部就會發現，室內裝飾極其繁複華麗，不同的裝飾圖案相互交集，構成令人眼花繚亂的室內空間。阿本莎拉赫宮的八角形「藻井」，用 16 個平行的鏤空小天窗採光，每個鏤空的天窗都向殿頂投射出一束光；光束經過天窗的雕刻圖案過濾和修飾，似乎變得散漫而溫和，均勻地投灑在密集的立體灰雕上面，營造出一個閃爍、輝煌而華麗的殿頂。

根據阿爾罕布拉宮內的陳列資料介紹，伊斯蘭建築其實受到古代的羅馬和拜占庭建築的影響，常用的裝飾圖案有變形樹葉紋、各種不

同形態的幾何形紋飾如長方形、方形、圓形、曲尺紋、八角紋，以及阿拉伯文字等。這些紋飾的形成受到希臘、羅馬、波斯和拜占庭建築裝飾圖案的影響，但也反映了伊斯蘭文明的世界觀和價值觀。室內裝飾經常出現的阿拉伯文字，內容往往與《可蘭經》有關，或者就是《可蘭經》的內容。[1] 此外，阿爾罕布拉古城還是中古時期伊斯蘭文明在南歐發展，並與當地基督教文明產生互動和交流的物質見證。鑒於阿爾罕布拉宮殿及鄰近的古城所具有的獨特歷史、科學、審美和藝術價值，1994 年聯合國教科文組織將之列入了世界文化遺產名錄。[2]

旅遊 小知識

季節：

西班牙位於南歐，在 7-9 月初可以非常炎熱。加上阿爾罕布拉位處山區，參觀時又需要長期步行，因此，建議 6 月以前前往參觀。

參觀：

西班牙，唐‧吉訶德、塞萬提斯和梵高的故鄉，雖然現在風車不大看得見了，但鄉間大片金黃色的向日葵常讓人想起梵高。西班牙境內可參觀的世界文化遺產及有特色的城市很多，在世界文化遺產名錄上，西班牙有四十多個，在全世界排第三位。除了世界文化遺產之外，北部著名的畢爾巴鄂博物館（**Bilbao Museam**）是 20 世紀世界上最具特色的建築物之一，這個博物館所吸引的遊客令畢爾巴鄂這個古老

---

1   Alhambra Palace, 2010, "Islamic Architecture," on-site caption.
2   UNESCO 1994,"Alhambra, Generalife and Albayzin, Granada", http://whc.unesco.org/en/list/314.

畢爾巴鄂博物館

的工業城市重拾經濟活力，因此畢爾巴鄂博物館成為現代博物館學研究博物館與城市經濟的一個典型範例。巴塞羅那是欣賞世界著名現代主義建築師安東尼‧高迪（Antoni Gaudi）建築作品必到之地。要看著名的弗拉明戈舞蹈就要到南部的安達盧西亞。如果遊客有興趣欣賞足球和鬥牛，那就更忙了。如果希望在西班牙作深度旅遊，至少需要兩三個星期。

阿爾罕布拉是西班牙境內最吸引遊客的景點之一，為了控制遊客的數量，每日發售的參觀門票有限，到當地再買票未必買得到當天的票；在旺季需要提前數週甚至三個月在網上預定：www.ticketmonument.com。有網友用過說這個網頁付費定票之後不退不改，網上預定之後還要提前一個小時到當地排隊取票，相當麻煩。此外，每張票入場參觀的時間都有所限定，分為上午、下午票，如果超過票上規定的時間就無法進入宮殿。如果希望避免買票的麻煩，可多付一點錢參加當地旅行團。

交通和住宿：

從馬德里有飛機到格拉納達，從那裏可乘公共汽車到格拉納達市區。格拉納達城內有價錢不等的各種旅店可供選擇。

語言和風俗：

西班牙語是當地的官方語言，但年輕一代會說英語的不少，作為旅遊區的阿爾罕布拉古城基本可以用英語溝通。此外，西班牙是天主教國家，宗教在當地有很大的影響，很多建於古代的教堂今天依然在使用。作為遊客參觀教堂的時候要注意當地的規矩，不要在教堂內喧嘩。

美食：

西班牙各地食物不盡相同，食材和出品均很豐富。當地盛產橄欖油、各種家禽和海鮮，比較常見的有各種薄餅、各種沙拉、西班牙海鮮飯和它帕（Tapa）。我個人比較喜歡它帕，這是一類用不同的食材做成的小食，種類非常繁多，例如在一小片麵包上面加黑毛豬火腿加一點蔬菜和醬汁，或炸土豆餅，或麵包加煙熏三文魚加牛油果，或麵包加白煮蛋和魚子醬等等，總之千變萬化，每個餐廳甚至每天都可以有不同的出品，廚師們可以充份發揮創意，食客們也可經常品嚐到新的美食。它帕的份量通常很小，即使一個人也可以品嚐很多不同種類。在西班牙，餐廳或酒吧都有它帕供應，當地人在下午四五點鐘也可以和朋友到餐廳分享幾個它帕，閒聊一陣，然後各自回家。所以它帕是很具有西班牙特色的美食。

西班牙美食中，出名的有黑毛豬火腿和烤乳豬。黑毛豬火腿片成極薄的小片，和當地的蜜瓜一起進食，前者鹹鮮濃郁，後者清甜爽口，兩者的味道配合極佳。西班牙的烤乳豬和我國粵菜的烤乳豬製作方法不完全一樣，烤出來的乳豬皮脆、肉嫩多汁。

布萊尼姆宮

布萊尼姆宮（Blenheim Palace）位於英國牛津郡，建於 1705–1722 年，號稱英國唯一的私人宮殿。這組氣勢恢宏壯觀的巴洛克式建築和周圍的大片湖泊園林，佔地一共 2.8 萬多平方米，被稱為是英國鄉村景觀和貴族宅第最美麗的代表作。

布萊尼姆宮的建造是 18 世紀初期歐洲歷史上一場血腥戰爭的產物。當時，圍繞着西班牙國王的繼位問題，歐洲存在着兩大陣營，一方以有「太陽王」之稱的法國國王路易十四和巴伐利亞選帝侯為代表，另外一方以英國、哈布斯堡王族出身的神聖羅馬帝國皇帝利奧波德一世（Leopold I）和葡萄牙公爵等為代表，各自希望推舉自己屬意的人繼承西班牙王位，以擴大自己在歐洲政治版圖上的利益。於是雙方在 1701–1714 年爆發了一系列武裝衝突，稱為「西班牙王位繼承之戰」，其間的 1704 年 8 月 13 日，英國和奧地利聯軍同法國和巴伐利亞聯軍在巴伐利亞的布萊尼姆村進行了布萊尼姆之戰，後者企圖借此奪取哈布斯堡王朝的首都維也納。[1]

1　Nolan, C., 2008, *Wars of the Age of Louis XIV, 1650-1715: An Encyclopedia of Global Warfare and Civilization*, Westport, CT: Greenwood Press.

戰役的英奧聯軍指揮官是英國貴族約翰・邱吉爾爵士（John Churchill）和哈布斯堡王朝的薩沃伊王子尤金（Prince Eugene of Savoy）。兩人憑藉軍事天才和組織能力，指揮 5.6 萬人的英奧聯軍大敗 6.2 萬人的法國和巴伐利亞軍隊。在一天之內，英奧聯軍戰死者約 1.3 萬人，法國和巴伐利亞聯軍死亡約 2 萬人，被俘約 1.3 萬人，包括法軍的指揮官。這場戰爭因此被稱為歐洲近代史上最血腥的戰役之一。[1]

　　英國在布萊尼姆之戰的勝利是一個重要的歷史轉折點。法國最後被迫簽訂合約，路易十四在歐洲的影響力受到削弱。為了向邱吉爾爵士表達謝意，也為了彰顯英國對法國的勝利，當時的英國女王安妮（Queen Anne）和英國議會批准，由國家出資 24 萬英鎊為邱吉爾爵士及其後人建造一所大宅，命名為布萊尼姆宮；邱吉爾爵士亦成為第一代馬爾伯勒公爵。不過，從 1712 年開始，第一代馬爾伯勒公爵失去了安妮女王的寵信，國家不再提供資金，不過爵位仍得以保住。從 1716 年他自己投入 6 萬鎊資金，最終完成了整座宮殿的建築。從 1722 年至今三百多年間，歷代馬爾伯勒公爵先後加建、修繕和維護布萊尼姆宮殿和周圍的園林。現在，第 11 代馬爾伯勒公爵及其家庭仍住在宮殿中，[2]但宮殿的相當一部份和整個園林向公眾開放。

　　布萊尼姆宮殿的另一歷史重要性與英國首相溫斯頓・邱吉爾（Winston Churchill）相關。邱吉爾的父親是第 7 代馬爾伯勒公爵的次子，第 8 代馬爾伯勒公爵的弟弟，所以邱吉爾和第 9 代馬爾伯勒公爵是堂兄弟。馬爾伯勒的爵位和財產由長子繼承；如果無子則由長女繼承，如第 2 代馬爾伯勒亨利埃塔就是一位女公爵。[3]邱吉爾沒有承襲

1　Nolan, C., 2008, *Wars of the Age of Louis XIV, 1650-1715: An Encyclopedia of Global Warfare and Civilization*, Westport, CT: Greenwood Press.

2　Duffie, P. et al. 2006, *Blenheim Palace*, Norwich, UK: Jarrold Publishing.

3　同上。

公爵的頭銜，但作為馬爾伯勒家族的一員，他在布萊尼姆宮殿中度過了生命中的很多時光。在這裏他出生、成長、繪畫、向後來的妻子求婚，從政後又曾在這裏處理國事、組織政治活動等等。[1] 布萊尼姆宮現在還保留着他出生的房間，以及 5 歲時剪下的頭髮、他的畫作等。

因為布萊尼姆宮的建造是英國宣揚軍事勝利的國家行為，所以聘請了當時英國最著名的建築設計師范布勒（Vanbrugh）按國家宮殿的規格來設計，包括三個用於會見重要客人和進行政治活動的大客廳（state rooms）、接待要人的宴會廳、小教堂等。[2] 宮殿內外都刻意宣傳布萊尼姆戰役的勝利和第 1 代馬爾伯勒公爵的軍事天才和成就，包括宮殿外的「勝利柱」、宮殿園林東南入口處門楣上的題字、三個大客廳的掛毯、會客室頂部的繪畫、室內各處的雕像和其他裝飾等。在這裏，英國的國家主義意識和貴族作為國家統治階層的「偉大貢獻」，通過宮殿的建築、內部和外部的裝飾、金碧輝煌的傢具、絢麗的壁畫、油畫、雕像、掛毯等等，得到全面的展示。

布萊尼姆周圍的大片園林、湖泊、石橋等等，看似天然，其實都是人工經營的結果。[3] 整個園林宮殿區平面呈不規則的方形，人工開鑿的湖泊圍繞着園林區的東、北兩面，宮殿建築群位於東北角，北區、中央和西南區都是花園。園林宮殿區至少有五個出口，其中以東和東南面的兩個出入口較為常用。從其中任何一個出入口到宮殿區至少還要步行十多分鐘，中間穿過大片園林和綠地；從東面進入還要經過人工湖。宮殿建築群的平面大致呈曲尺形，中央主建築的正面大體向東，北翼和南翼的建築背後（或西面）都是精心設計的花園，包括宮殿園林區北面的玫瑰園、中央區的「秘苑」（Secret Garden）和西南區

1　Duffie, P. et al. 2006, *Blenheim Palace*, Norwich, UK: Jarrold Publishing.

2　同上。

3　同上。

上：布萊尼姆宮。
下：布萊尼姆宮殿園林東南的入口。

上：布萊尼姆園林，包括廣袤的綠地、湖泊和植被。
下：布萊尼姆宮北翼建築及其花園。

的「愉悦園」（The Pleasure Garden）。

由於布萊尼姆宮所代表的英國巴洛克式建築風格、充滿自然主義特色的園林景觀設計（包括模仿自然的人工湖泊），代表了 18 世紀英國浪漫主義運動的開始；也因為布萊尼姆宮是英國褒獎第一代馬爾伯勒公爵率領軍隊戰勝法國的大型建築，具有歷史重要性，所以 1987 年列入了世界文化遺產名錄。[1]可是，布萊尼姆宮的歷史重要性，是典型的現代國家對政治權力、國家主義意識的炫耀。不知道法國人看了布萊尼姆宮作何感想，我看完這個世界文化遺產倒是想起了中國的詩句「一將功成萬骨枯」。布萊尼姆戰役是 18 世紀歐洲各國統治者爭權奪利的武裝衝突之一，為了國王的政治角力，數萬名士兵喪失了生命，卻造就了馬爾伯勒公爵家族獲得一座納稅人付錢建造的豪華宮殿。在文化遺產研究的領域，有不少學者批評，很多所謂的文化遺產的界定和建構是為社會精英和國家政權服務的，文化遺產用來彰顯上層社會和國家的「輝煌」，是宣揚國家主義意識的一種工具。布萊尼姆宮殿園林就屬於這樣的文化遺產。

當然，除了關於英國首相邱吉爾的歷史之外，布萊尼姆宮的歷史價值是作為英國貴族鄉村豪宅的代表，讓我們認識英國貴族階層在英國社會所扮演的角色。從中世紀到現代，英國貴族在國家的政治、經濟、軍事和文化活動中都是一個很重要的社會階層。政治上，他們是國家政權特別是王權的政治基礎，在民主選舉和現代政黨出現之前尤其如此。經濟上，古代英國很多貴族的財富主要來自土地和相應的經濟活動帶來的收入，他們才得以建造、保養和擴建自己的豪宅。工業革命以後，有些英國貴族的財富來自工業和投資，但來自土地的財富仍然是他們重要的資產。軍事上，馬爾伯勒家族所反映的正是貴族在

1　UNESCO 1987, "Blenheim Palace", http://whc.unesco.org/en/list/425.

國家軍事領域中所扮演的角色。除了第一代馬爾伯勒公爵的「軍功」為他帶來財富、權力和頭銜之外，馬爾伯勒家族成員的歷史，例如溫斯頓‧邱吉爾及其父親的生平，說明了在長子繼承制度下，很多貴族的非長子靠取得軍隊、教會或政治職位作為謀生手段，並據此保持他們的社會影響力。溫斯頓‧邱吉爾早期就曾在軍隊服役，並且依靠家庭的影響力和他對軍旅生活的報道、著述而成名，之後才進入政治領域。[1] 文化上，英國貴族也往往是建築風格和文學藝術潮流變遷的倡導者和參與者。所有這些角色，在布萊尼姆宮殿都得到了充份的反映。因此我認為，除了建築和園林在藝術和審美方面的價值之外，這才是布萊尼姆宮的歷史價值所在。此外，作為世界文化遺產，布萊尼姆宮的業主負責維修保養，明顯減低國家公帑負擔，這也是私人參與文化遺產保育的一種可持續方式。

旅遊 小知識

住宿：

　　牛津鎮裏有各種價格的旅店，豐儉由人，具體信息可在網頁 http://www.visitoxfordandoxfordshire.com 上搜尋，該網頁也有中文。眾所周知，牛津是著名的大學城，除了布萊尼姆宮之外，這裏還有建於 13 世紀的布勞頓城堡（Broughton Castle）和號稱歐洲最早的公共博物館阿什莫林博物館（Ashmolean Museam）等。值得在這裏住上兩三天，慢慢參觀。

1　Duffie, P. et al. 2006, *Blenheim Palace*, Norwich, UK: Jarrold Publishing.

交通和參觀時間：

　　布萊尼姆宮位於牛津郡，從倫敦的帕丁頓火車站有很多趟火車開往牛津，大概是每半個多小時左右就有一趟火車，只需一個多小時即到。倫敦維多利亞長途汽車站也有長途汽車開往牛津，但我認為坐火車比較舒服。

　　從牛津火車站乘坐 S3 路公共汽車，大約半個小時左右可到布萊尼姆東面大門附近的車站，非常方便。布萊尼姆宮有網址，上面還有中文。網頁上面有關於該世界文化遺產的簡要介紹，請見 www.blenheimpalace.com。要從容看完宮殿園林區需要一天，最少需要四五個小時。建議在購買門票的同時買一本簡介，以便參觀。

克倫伯城堡

克倫伯城堡（Kronborg Castle and Fortifications）是丹麥王室城堡之一，位於丹麥東部、首都哥本哈根附近的赫爾辛格鎮。雖然叫「城堡」，其實是一座歐洲文藝復興風格的城堡和宮殿結合體，在北歐歷史上曾扮演過重要角色。克倫伯城堡還在歐洲文學史上有特殊的意義，莎翁的《哈姆雷特》就是根據丹麥歷史故事改編而成，且以克倫伯城堡作為故事發生的地點。

丹麥的歷史和它的鄰居瑞典、挪威和芬蘭有些相似，都是在距今1.2 萬年大冰期之後開始有人類居住，5 世紀左右開始出現關於「丹麥人」的記載，說明了族群意識的出現。漁業、農業和海上貿易是丹麥經濟的重要組成部份。9-11 世紀，維京人及其文化在丹麥地區扮演過重要的角色。從大約 9 世紀開始，當地受到基督教文化的影響，出現了信奉基督教的國王。

丹麥國家是歐洲最古老的政權，丹麥王室號稱是歐洲最古老的王室。丹麥現在的瑪格麗特女王，其譜系據說可追溯到 900 年的維京王族。古代的丹麥是歐洲列強之一。11 世紀，丹麥王國的領土曾一度擴展到今天的英國、挪威、芬蘭和瑞典境內。13-15 世紀，丹麥是北歐地區的大國。14 世紀後期，丹麥、挪威和瑞典曾是一個政治共同體，

由丹麥國王管轄；但瑞典 16 世紀初成為獨立國家，挪威也在 1660 年成為獨立的王國。

　　丹麥地勢平坦，境內有很多大小不等的島嶼，首都哥本哈根位於東面最大的島嶼西蘭島（Zealand）之東北，而克倫伯城堡則位於哥本哈根的北部，西蘭島的東北端。在這裏，松德海峽變得極其狹窄，西蘭島的東岸狀如一個犁鏵的尖端伸入海中，扼守着北海進入波羅的海的通道，距離對面的瑞典只有 4 公里之遙。自中世紀到現代，這裏一直是北歐地區重要的海上航道之一，是商業貿易的重要渠道，古代也常有海盜出沒。由於這一地點的經濟和軍事重要性，至少在 1420 年左右，國王埃里克就在這裏修建了城堡，稱為 "Krogen"；以城堡和戰艦結合控制松德海峽的航道，向來往的商船收稅，並且打擊海盜。稅收是古丹麥王國重要的經濟收入之一。[1]

　　1574 年，丹麥國王弗雷德里克二世決定在這裏建立一座文藝復興時期風格的王宮，包括王室寢宮、豪華宴會廳、王室小教堂等；1577 年，國王將該建築命名為克倫伯宮，1585 年宮殿完工。克倫伯宮使用砂岩和紅磚為主要的建築材料，屋頂則使用黃銅。1629 年 9 月 25 日，一場大火燒毀了克倫伯宮殿城堡的大部份建築，只剩下王室小教堂和建築外牆。國王查理四世下令重建，基本恢復了建築群的原貌，並加上了當時流行的巴洛克風格裝飾。此後繼位的數位丹麥國王相繼加建了用於防禦的碉樓、城堡等軍事設施，使整座建築兼備宮殿和城堡的設施和功能。[2]

　　1658 年，克倫伯城堡被瑞典軍隊攻陷。1658–1660 年，瑞典軍隊佔據城堡，城堡中的許多藝術品被劫走。因此，克倫伯城堡也可以說見證了歷史上丹麥和瑞典之間的衝突。之後，克倫伯城堡又經過了一

1　UNESCO, 2000, "Kronborg Castle", http://whc.unesco.org/en/list/696.
2　同上。

系列的改建和加建，防禦設施進一步加強，但此後城堡就不再是丹麥
王室駐蹕之地。1739–1785 年，克倫伯城堡被用作監獄，被囚禁的除
了普通犯人之外，還包括了一位丹麥王后卡羅琳（Caroline Matilda），
後者於 1772 年 1 月至 5 月間被囚禁在這裏。1785 年，城堡交給丹麥
軍隊，從此一直到 1922 年，克倫伯城堡都是軍方的防禦設施。1923
年軍方撤出，將城堡交還丹麥國家。[1]

　　20 世紀 90 年代初期，克倫伯城堡周圍曾經是一個荒廢的造船場。
後來，丹麥有意將克倫伯城堡申報為世界文化遺產，因此，文物管理
部門將荒廢的建築拆除，對城堡進行全面維修，並對周圍環境加以改
造。2000 年，克倫伯城堡列入世界文化遺產名錄。今天，城堡受到丹
麥歷史建築保護法的保護，由丹麥政府中負責王室宮殿和政府公共設
施的部門負責管理，城堡周圍地區的發展則由城市規劃部門負責。[2]自
16 世紀以來，克倫伯城堡數百年來經過很多的天災人禍，也經過無數
次的修繕，不過基本格局和結構仍得以保存下來。

　　克倫伯城堡坐落在西蘭島東岸，旁邊就是輪渡碼頭。整座建築
的平面大體為長方形，坐落方位大致為南北向。城堡面向松德海峽的
一面陳列着 18 世紀為了控制航道鑄造的 12 門大炮。城堡四面鑄有圍
牆，四角建有高聳的碉樓，入口處有厚重的城門，建築中央有寬大的
院落。目前城堡內開放的建築包括王室小教堂、國王和王后的寢宮、
宴會大廳、國王城堡等，還有一部份建築 1915 年改建成丹麥海事博物
館，展示丹麥從 15 世紀到現代的海上航運和貿易，包括遠航到美洲和
亞洲的歷史。據說這是丹麥境內最大、最古老的海事博物館。

　　和歐洲許多同時期的宮殿城堡相似，克倫伯城堡內部也有不少油
畫、編織的掛毯和彩繪作為室內裝飾，其中描繪丹麥歷代國王的系列

掛毯，是由國王弗雷德里克二世出資、比利時安特衛普的工匠專門織造的。據當地導遊介紹，當時一共織了 40 多幅，只有 14 幅今天仍保存下來，其中 7 幅陳列在克倫伯城堡，另外 7 幅在丹麥國家博物館。這些織造技術精美的掛毯，能夠保存四百多年，今天仍可供人觀賞，實屬難得。另外，城堡內有些裝飾較有特色，如王室小教堂的座椅，裝飾和彩繪色彩濃重，別具一格。

除了歷史和軍事的價值之外，克倫伯城堡在西方文學中有特殊的地位。悲劇《哈姆雷特》就是莎士比亞根據丹麥歷史上的宮廷故事改編而成，那個在宮廷政治鬥爭中掙扎，在背叛、出賣和愛情之間糾結的王子「哈姆雷特」，原型是 12 世紀的丹麥王子阿姆列德。這位丹麥王子的叔叔殺害王兄，竊取王位並且娶了寡嫂，而且將王兄留下的兒子阿姆列德送往英國，讓英國國王將之處死。經過一番波折，阿姆列德大難不死，並且得以回國復仇。莎士比亞把這個故事的年代放到 17 世紀，並改編成著名的歷史悲劇，數百年來在西方長演不衰。為此，歐洲有不少人相信《哈姆雷特》是真實的歷史，並且專門為此到丹麥來參觀克倫伯城堡。大概也因為如此，從 20 世紀初期以來，每年都有劇團到克倫伯城堡上演《哈姆雷特》。

克倫伯城堡的另外一個傳奇丹麥王子是荷爾格（Holger the Dane）。據說這位王子的故事源自中世紀的法國，但在大約 16 世紀的時候，荷爾格王子被塑造成丹麥的王子，是丹麥國家精神的象徵。據說，只要丹麥國家受到外敵威脅，這位善戰的王子就會挺身而出保衛國家。在克倫伯城堡的地下室內有一尊荷爾格的青銅雕塑。

若論文藝復興風格的古老城堡，克倫伯城堡絕對不是歐洲唯一；若論城堡內部的輝煌、裝飾的美麗，克倫伯城堡也未必在丹麥排第一，因為哥本哈根西北 40 公里的腓特烈堡（Frederiksborg），比克倫伯城堡富麗堂皇得多，可以說令人目為之眩。但克倫伯城堡卻是丹麥

上　：克倫伯城堡。
左中：克倫伯城堡內部建築和
　　　中心院落。
右中：克倫伯城堡入口。
下　：克倫伯城堡大廳，注意
　　　其壁爐的青花瓷器。

腓特烈堡內的王室教堂

三個世界文化遺產之一，可見丹麥對其重視的程度。

聯合國教科文組織在 1993–1994 年開始評估克倫伯城堡是否可作為世界文化遺產，考慮的因素主要是城堡的經濟、歷史和政治重要性。專家認為，克倫伯城堡不僅是歐洲保留得最好的文藝復興風格城堡之一，更重要的是，其位置彰顯丹麥國家對波羅的海和北海航道的控制，見證了丹麥海上航運和商業貿易和北歐地區的歷史。[1] 最後，克倫伯城堡作為莎士比亞著名戲劇《哈姆雷特》中丹麥王室城堡的原型，在歐洲甚至世界文學中享有特殊的地位，並且為這個軍事堡壘添上了一筆浪漫色彩，為參觀者留下無盡的想像空間。這應當是克倫伯城堡與歐洲其他城堡不同之處。

1　UNESCO, 2000, "Kronborg Castle", http://whc.unesco.org/en/list/696.

旅遊 小知識

季節：

丹麥地處北歐，冬天相當寒冷，1-2 月的溫度在 0℃ 左右。夏季的溫度比較宜人，8 月的平均溫度在 16℃ 左右，是合適的旅遊季節。當然也有人為了看極光，選擇冬天到北歐地區。

交通和遊覽：

從哥本哈根有火車和公共汽車前往克倫伯城堡。在哥本哈根中央火車站乘坐海岸線（Coast Line）到赫爾辛格車站下車，再步行大約 15 分鐘即到城堡。公共汽車也可以抵達。

克倫伯城堡的官方網頁 www.kronborg.dk/english/ 上面有關於城堡的詳細資料，包括簡單的歷史介紹，城堡開放的時間，門票價格等。

語言：

丹麥語是當地的官方語言，但英語在大城市及主要的旅遊景點都可以使用。丹麥和其他北歐國家相似，民風純樸有禮，喜歡簡約的風格。

飲食：

丹麥近海，飲食與北歐其他國家相似，都用大量的海鮮、肉類作為食材，還有醃製的魚類、蔬菜、土豆、甜品等。

維拉諾夫宮

坐落在波蘭首都華沙市南郊的維拉諾夫宮（Wilanów Palace），距華沙老城大約 10 公里，是波蘭現存的王室宮殿之一，也是波蘭近代歷史的見證之一。

1677 年，波蘭國王索賓斯基三世（波蘭文 Jan III Sobieski，英文 John III，即約翰三世）決定在華沙郊外修建維拉諾夫宮，最初只不過是一棟簡單的平房。隨着索賓斯基對外軍事戰爭的勝利、權力的膨脹，宮殿的規模也逐漸擴大，到 1696 年，已經成為一座類似法國王宮的王室建築。據說這是因為索賓斯基的王后是法國人，而索賓斯基非常愛她，所以將宮殿建成類似凡爾賽宮的巴洛克式建築。[1]

根據建築學家的研究，巴洛克風格的建築於 16 世紀首先出現於意大利，17–18 世紀盛行於歐洲中南部。隨着西方政治勢力在世界各地的擴張，巴洛克風格的建築也見於南美洲甚至亞洲的部份地區如印度等地。簡單來說，巴洛克建築的主要特色是其建築恢宏壯觀，建築外形的線條華麗多變，室內外裝飾富麗堂皇。這類建築往往有突出的正立面、高大的圓拱、三角形的外牆裝飾、各種形狀的柱式和花窗等。

---

1 Wilanow Palace Museum 2011, "The Wilanow Palace and the Collection", http://www.wilanow-palac.pl/palace.html.

建築內部的空間往往寬闊疏朗，採光良好。建築的內外裝飾均極華麗，往往同時採用很多不同的裝飾元素和工藝技術，如建築的外牆、窗戶、塔樓和瓦頂等使用不同顏色，造成層次分明、對比強烈的色彩效果；使用源自古代希臘羅馬建築並加以變化的各種立柱，圓拱形、三角形、長方形和其他幾何圖形的建築元素，以及木雕、灰塑、彩繪、鎏金、浮雕或圓雕的人像、器物、動物和花草藤蔓圖案等作為室內外的裝飾，再利用光線和陰影使這些裝飾元素在不同時間產生獨特的立體效果。這種繁縟奢華的建築，是為了彰顯歐洲教會、國家乃至貴族的財富和權力。[1]

維拉諾夫宮殿正是這一建築風格的典型之一。宮殿的平面呈曲尺形，正立面向西，主樓兩端各有一個高聳的角樓。宮殿牆壁均是白色，立柱、圓拱等是黃色，角樓的頂部為綠色。外牆表面排列着柱頭紋飾繁複的立柱和半圓拱，立柱之間是各種圓雕的胸像和全身人體雕塑。陽光投射在建築物表面這些裝飾元素上，光線和陰影的對比更加深了色彩、人像、浮雕等裝飾的立體感。宮殿周圍是寬廣的綠色草地，黃、白、綠三色形成鮮明的對比，在藍天白雲襯托之下，顯得既壯觀又華麗。

維拉諾夫宮是為國王索賓斯基建造的，因此，宮殿及其園林的設計和結構都是為他的政治和生活需求服務。宮殿外牆的浮雕宣示索賓斯基對土耳其人的軍事勝利，而宮殿內部的裝飾，包括浮雕、壁畫等，則反映了索賓斯基對農業和大自然的興趣。宮殿外的花園也反映了索賓斯基的個人愛好。維拉諾夫皇家園林包括了意大利式花園、巴洛克式花園、英國－中國式花園、玫瑰園等，分別散落在宮殿四周，或小橋流水，或剪裁成規範的幾何圖案。據說索賓斯基在世的時候，

1　Fazio, M. Moffett and L. Wodehouse. 2014, *Buildings Across Time*, Boston: McGraw-Hill Higher Education.

上　：維拉諾夫宮。
左下：角樓和外牆裝飾，紅色的浮雕展示索賓斯基的戰功。
右下：外牆的雕塑。

一早就到花園中，甚至親手種植檸檬和其他植物，展示他對農業和自然的知識、技能和興趣。農業是 17 世紀波蘭重要的經濟基礎之一，[1] 索賓斯基對農業的興趣是否也是其管治國家的策略之一呢？

在波蘭歷史上，索賓斯基是一個頗為重要的國王。17 世紀，波蘭政治體制是波蘭－立陶宛聯邦，其統治者由聯邦內的貴族選舉產生。索賓斯基出身於貴族家庭，憑藉其軍事才能成功擊敗了土耳其軍隊，於 1674 被選為波蘭國王和立陶宛大公，維拉諾夫宮是他的主要宅第。索賓斯基 1699 年去世之後，宮殿逐漸荒廢，又曾經被不同的貴族或國王擁有。1805 年，當時擁有維拉諾夫宮的波蘭貴族、作家和收藏家波托斯基（Potocki）決定將它變成一座向公眾開放的博物館，維拉諾夫宮因此成為了波蘭最早的博物館。[2] 今天在宮外還有波托斯基的墓葬。

維拉諾夫宮是華沙歷史城區的延伸，而整個華沙歷史城區是世界文化遺產。1944 年，為了懲罰華沙人民反抗納粹德國的起義，納粹德國將華沙炸成一片廢墟。二戰之後，波蘭人民根據歷史文獻和記錄，利用殘存的歷史建築碎片和材料，遵循當時歐洲重建歷史建築準則，用了五年的時間重新建起了一個華沙歷史城區，包括城區的中央廣場、城堡和市集等。這個重建的歷史城區在 1980 年被列入世界文化遺產名錄。[3]

一般來說，列入世界文化遺產的古蹟、遺址、歷史建築等等均需要具有原真性，即沒有經過大規模重建或改造，在平面佈局、材料、技術工藝等方面大致保留其原貌。但華沙歷史城區卻是一個例外。聯合國教科文組織將華沙歷史城區列入世界文化遺產，一個主要原因是為了要表彰波蘭人民不屈不撓和無比堅韌的精神、對納粹的抗爭和對

1　UNESCO 1980, "Historic Centre of Warsaw", http://whc.unesco.org/en/list/30.
2　同上。
3　同上。

自己國家歷史和文化的熱愛，[1] 而這種精神應當成為人類的共同價值。

　　在今天的華沙歷史城區，遊客可以看到幸免於戰火劫難的聖約瑟夫教堂，據説童年的蕭邦曾在此彈琴。城區內還有傳説安放着蕭邦心臟的聖十字大教堂、波蘭國家科學院門前的哥白尼雕塑，以及其他歷史建築。這些或幸存、或經過重建的古物和歷史建築，見證了波蘭飽經憂患戰亂的歷史和政治變化，紀念了對波蘭乃至全人類的科學和音樂藝術的發展作出貢獻的波蘭歷史名人。這也是華沙歷史城區重要的歷史價值之一。維拉諾夫宮殿作為波蘭古代國家統治者的駐蹕之地，見證了華沙作為波蘭首都的歷史，為現代人和後人了解波蘭歷史和文化變遷提供了重要的資料。

上：維拉諾夫花園中的波
　　托斯基墓葬。
下：華沙舊城區的聖約瑟
　　夫教堂，始建於 18
　　世紀，見證了波蘭國
　　王的法國王后對當地
　　宗教的影響。教堂是
　　巴洛克和洛可可風
　　格的建築，經過「二
　　戰」幸存下來，並於
　　1966–1970 年修繕。

1　UNESCO 1980, "Historic Centre of Warsaw", http://whc.unesco.org/en/list/30.

上：聖約瑟夫教堂內的管風琴，據說蕭邦幼年曾演奏過該樂器。
下：聖十字大教堂，傳說蕭邦的心臟就安放在這裏。

位於波蘭國家科學院之前的哥白尼雕像，完成於 1830 年。

旅遊 小知識

語言：

　　波蘭語是當地官方語言，但近年英語也廣泛使用，在波蘭的主要城市中，我所接觸到的當地人士基本都可以説一些英語。

交通：

　　歐洲各主要城市均有火車或飛機直達華沙。從華沙歷史城區到維拉諾夫宮殿有多條公共線路。

住宿：

　　華沙的旅店很多，價錢比西歐主要城市同級旅店要便宜一些，住在歷史城區附近會比較方便參觀和出行。

飲食：

　　波蘭位於歐洲東部，歷史上和立陶宛、俄羅斯、土耳其、法國、奧地利等國家有頻繁的文化交流和衝突，因此飲食文化也受到這些國家的影響，逐漸形成比較豐富獨特的波蘭飲食文化。食材中肉類成份較多，有各種香腸，也使用大量的雞蛋、奶酪等。

參觀：

　　參觀維拉諾夫宮殿和園林需要大概三四個小時的時間，而且步行的範圍很大，最好穿平底鞋前往。網頁 http://www.wilanow-palac.pl/palace.html 提供宮殿博物館的開放時間、參觀路線、宮殿和園林的歷史簡介等，可在前往參觀之前先了解最新的情況，特別是不同季節的開放時間。參觀華沙歷史城區至少需要一天的時間，所以在華沙最少需要停留兩天。

天鵝堡

德國經歷了兩次世界大戰，柏林、慕尼黑、法蘭克福等大城市都飽受戰火摧殘，城中重要的歷史建築大多被毀，現在所見的重要建築多數經過了戰後重建。但在小城市和山區還保留着不少古代的城堡、宮殿、古城等歷史文化遺產，比如巴伐利亞州的新天鵝堡（Schloss Neuschwanstein）和高天鵝堡（Schloss Hohenschwangau）。儘管還沒有列入世界文化遺產名錄，新天鵝堡卻是德國境內最具有吸引力、最多遊客到訪的景點，也是美國迪士尼樂園「睡美人公主」城堡的原型。

火車在巴伐利亞州奔馳，時而穿過鬱鬱蔥蔥的森林，時而掠過綠草茵茵的平原。平原盡頭便是蜿蜒起伏的阿爾卑斯山脈。4 月的阿爾卑斯，山頂上仍覆蓋着一層薄薄的白雪，山腰以下卻已經是一片綠色。從山坡到平原，到處可見形態各異、色彩斑斕的小木屋，放眼望去猶如散落在山間和平地上的大蘑菇。都說巴伐利亞是德國最美麗的州，果然名不虛傳！還沒有到達天鵝堡所在地菲森（Füssen），阿爾卑斯的壯麗山色和山下安詳平和的田園風光，已經令人舒心而陶醉。

菲森是阿爾卑斯山下的一個小城。從地圖上看，阿爾卑斯山位於菲森的東邊，菲森城位於山前平原地區，多瑙河支流之一的萊希河（Lech）流經城外，附近還有好幾個湖泊。菲森城內幾乎不見現代高

萊希河、菲森小城和阿爾卑斯山脈。

樓大廈，街道佈局和部份建築還保存着古代的風格。兩個天鵝堡均位
於菲森西南大約 4 公里外的霍恩施萬高村（Hohenschwangau），從菲
森有公共汽車直接抵達，菲森城內又有旅館和餐館等設施，因此菲森
是遊客前往兩個天鵝堡的主要出發點。

　　霍恩施萬高坐落在阿爾卑斯山前沿，村子西面稍小的是天鵝湖，
西南面較大的一個是阿爾卑斯湖。據當地人介紹，之所以稱為天鵝
湖，是因為這一帶是野生天鵝的棲息地，春夏季節可見天鵝在湖中遨
遊。村名 "Hohenschwangau" 就是「天鵝（所在的）高地」之意，城
堡自然就叫天鵝堡。

　　據歷史文獻記載，12 世紀，這裏至少有三個由騎士修建的城堡，
其中一個稱為天鵝堡（Schwanstein Castle）；另外兩個城堡位於現在新
天鵝堡的位置上，不過 19 世紀初期均已荒廢。1832 年，巴伐利亞王

國太子馬克西米利安（Maximilian）經過此地，陶醉於這裏的秀麗風光，買下了天鵝堡的廢墟，重建城堡宮殿。重建工作 1833 年開始，1837 年結束。已經繼位為王的馬克西米利安二世將重建的城堡命名為霍恩施萬高城堡，又稱為「高天鵝堡」。此後，高天鵝堡成為馬克西米利安二世的夏季行宮，他們在這裏接待國內外的貴族和其他重要人物，馬克西米利安二世的長子路德維希也在這裏度過了快樂的童年時光，培養了對浪漫主義建築和藝術的興趣，並孕育了他繼位之後修建多個童話風格宮殿的靈感。[1]

路德維希於 1864 年繼承王位後，決定在高天鵝堡東面另外兩個中世紀城堡的廢墟上建一座新城堡，並且命名為新高天鵝堡。這座城堡從 1869 年開始修建，1886 年完工，路德維希二世卻在城邦完工前幾週去世，未能實現他在這裏欣賞湖光山色的願望。路德維希二世所主持修建的城堡後來被稱為新天鵝堡。[2]

新天鵝堡的修建其實與當時德意志的政治環境有一定的關係。19 世紀的德意志存在多個大小國家，巴伐利亞王國是其中之一，首都在慕尼黑。當時勢力最大的是普魯士王國，巴伐利亞王國不得不向普魯士王國屈膝，路德維希二世深感鬱悶。因此，他有意在風光秀麗的阿爾卑斯山間修建一所充滿浪漫色彩的新的宮殿城堡，在那裏他可以遠離首都，遠離惱人的國事，獲得身心的休憩。此外，他與作曲家瓦格納（Wagner）交情深厚，非常讚賞他的音樂。新天鵝堡也是他希望用來招待瓦格納的宮殿城堡。[3]

新天鵝堡矗立在陡峭的山岩上，是歐洲浪漫主義建築的代表作、最具有童話色彩的城堡。這不僅是因為城堡具有高低錯落、色彩和線

---

1 Gisela H. 1999, *Hohenschwangau Palace*, Munich: HIrmer Verlag GmbH Munich.

2 Kienberger, V. 2008(?), *Castles of Neuschwanstein and Hohenschwangau*, Germany: Lechbruck/Ostallgau.

3 Gisela H. 1999, *Hohenschwangau Palace*, Munich: HIrmer Verlag GmbH Munich.

上：高天鵝堡宮殿。
下：依山而建的新天鵝堡。

新天鵝堡及山下的天鵝湖，右側為城堡入口。

條豐富多變的建築外形，更因為城堡周圍的自然環境簡直美麗得難以
形諸筆墨。在這裏，四季各有迷人之處。春天，白雪仍然覆蓋在阿爾
卑斯山頂，然而山間春色漸濃，湖間冰雪已消，白雪、青山與藍色的
湖水相映成趣，湖中有優雅的白天鵝在悠閒游弋。夏季，這裏百花盛
開，青山綠水間姹紫嫣紅，賞心悦目，美不勝收。秋季，叢林經過霜
染，既有轉成金黃色的落葉林木、艷如晚霞的紅色楓葉林木，也有蔥
綠的常綠林木，加上碧湖、藍天、層峰疊翠，環繞着新天鵝堡，色彩
絢麗，令人見之忘憂。冬天，這裏一片白雪皚皚，而落在山峰、山
谷、森林、城堡上的白雪高低錯落，形成一個層次豐富的白色和深綠
的世界，清冷靜謐卻不蕭瑟。

　　新天鵝堡平面呈長方形，入口處是紅色的外牆，城牆兩側各有一
座小碉樓。城堡的建築由各種幾何圖形的建築元素組合而成，如圓錐
形的碉樓、半圓形的陽台迴廊檐篷、方形和長方形主樓，人字形屋頂
等；城堡背面位於城樓中層的陽台還可觀賞四季山景。各種形態的建
築元素都帶有細巧秀麗的風格，整個城堡遠望儼然如兒童積木構成，
散發着與王族宮殿不相稱的童真氣息。城堡內，傭人的房間和廚房位

於一樓，二樓現在是商店和餐廳，三樓是王室宮殿，包括大殿、寢宮、書房、晉見室、餐廳等；房屋內部飾以繪畫、木雕、鎏金等，風格富麗堂皇。

除了兩個天鵝堡，菲森小城也值得花一天時間遊覽。城內的大主教府見證了中世紀到 19 世紀宗教首領兼具政治和行政首領的角色，凸顯了宗教在當地巨大的影響力。菲森城內有若干小教堂，建築頗具特色。整座小城非常安寧靜謐，令人忘卻塵世的煩囂。我清晰記得，到菲森後的第二天正好是星期天，清晨，教堂敲響了呼喚教徒前往做禮拜的大鐘，悠揚的鐘聲在城中回響，傳遍了城中每一個角落，震蕩着初照的晨曦。我是無神論者，但在那一剎那也感受到一種精神召喚的力量。只有在沒有現代工業喧囂、幾乎不聞汽車聲、沉靜如菲森這樣的小城，才能夠感受到清晨鐘聲的強大震撼力。由此深切明白為何所有的基督教、天主教教堂都需要有至少一口大鐘，又由此想起雨果的《巴黎聖母院》那個鐘樓怪人，對宗教在歐洲地區的影響力有了一次新的體驗。

在我去過的百多個古代城堡宮殿中，論規模，新天鵝堡是屬於較

左：菲森大主教府。
右：菲森大主教府庭院及主樓。

小型的城堡；論內部的裝飾，新天鵝堡雖然美輪美奐，但肯定不是最富麗豪華的；論歷史，新天鵝堡肯定不是最古老的；論對歐洲乃至世界歷史的影響，也肯定不如凡爾賽宮、楓丹白露宮、白金漢宮等大國的宮殿；但若論城堡的獨特外觀及其周圍環境的醉人美麗，則新天鵝堡肯定是名列前茅，甚至可以説是冠軍。兩個天鵝堡雖然小巧，年代也不算古老，但其獨特的浪漫主義建築風格，與周圍的湖光山色融為一體，共同構成令人難忘的自然與人文景觀，令人難以忘懷。遊人絕對值得花上兩三天的時間，慢慢欣賞兩個天鵝堡和菲森小城，在這裏重拾一點童真，讓阿爾卑斯山的清新空氣、天鵝湖的碧藍湖水和兩個天鵝堡的秀麗身姿，一起成為人生記憶中最美麗的一部份。

旅遊 小知識

旅遊路線和交通：

　　20 世紀 50 年代德國旅遊當局為了發展旅遊業，設計了一條「浪漫之路」（Romantische Straße），從北部的符茲堡到南部的菲森，全程約 400 公里，沿途經過巴伐利亞和巴登－符騰堡兩個州的十多個小城鎮和古堡。有興趣的遊客可以從法蘭克福或慕尼黑機場進入德國，然後乘坐「浪漫之路」長途汽車沿途觀光。如果時間不夠，也可以從法蘭克福或者慕尼黑乘火車到菲森，但需要在奧格斯堡（Augsburg）火車站轉車，全程大約需要五六個小時。到了菲森還要坐公共汽車才可抵達兩個天鵝堡，所以至少要在菲森住兩個晚上，即第一天從法蘭克福出發到菲森，第二天花一天時間看兩個天鵝堡，第三天返回法蘭克福。如果能在菲森多留一天的話，可以去看另一處世界文化遺產、洛可可風格的維斯朝聖大教堂。

美食：

德國各地的飲食文化各有特色，在慕尼黑一帶最出名的美食之一大概是鹹豬手，份量非常大，味道濃郁。德國的各種香腸品種繁多，啤酒亦很出名，好飲者自然可在這裏嘗試不同牌子的啤酒。我比較喜歡德國的麵包，特別是一種形狀像「8」字的麵包圈，叫作 Pretzel，烤成棕黃色，表面沾着粗鹽粒，剛出爐的時候熱辣鹹香，相當美味。甜品方面，著名的「黑森林蛋糕」也源於德國，用櫻桃酒、黑櫻桃、巧克力等製成，據説最早在一個叫作「黑森林」的地方製作，因此得名。不過這種蛋糕的糖份和奶油的含量都很高，淺嚐即可。

住宿：

菲森城內有大小不等的旅店可供住宿，霍恩施萬高村也有好幾家旅店，都可以在網上搜尋並且預定。若願意多欣賞新天鵝堡一帶的美麗風景，住在霍恩施萬高村是一個不錯的選擇。

參觀：

新天鵝堡是德國最吸引遊客的地點，每年接待一百多萬遊客，夏季每天的參觀人數可到 6000 人之多。遊客參觀前需要在霍恩施萬高村的售票處購票，也可以在網上預訂。

景福宮和昌德宮

景福宮和昌德宮是朝鮮王朝五大宮殿最重要的兩組建築，另外三大宮殿是慶熙宮、德壽宮和昌慶宮。其中，景福宮建造的年代最早，始建於 1395 年，由朝鮮王朝第一代王太祖李成桂所建，是五大宮殿中規模最大的王宮。朝鮮王朝成立之初，國都在開城和漢城（今首爾）之間遷徙。1405 年，太宗決定定都漢城，下令修建新宮殿，即為昌德宮。[1]

朝鮮半島很早就有人類居住，大約在距今四五千年出現農耕經濟。公元前後，朝鮮半島出現了高句麗、新羅和百濟三個國家，稱為「三國時代」。高句麗在北，疆域包括今天中國東北地區之一部份和朝鮮半島的北部；百濟和新羅在朝鮮半島南部。668 年，新羅在唐朝協助下滅掉高句麗和百濟，統一朝鮮半島，後來又出現了內亂和分裂。918 年豪族王建在開城建立高麗國，936 年重新統一朝鮮半島。忽必烈時期，高麗國崩潰，朝鮮半島成為元朝行省之一。1392 年，李成桂推翻國王，在開城建立朝鮮王朝，稱李氏王朝或「李朝」。[2]

1401 年，明朝正式冊封朝鮮國王，將朝鮮納入朝貢體系。1404

1　UNESCO 1997, "Changdeokgung Palace Complex" http://whc.unesco.org/en/list/816.
2　白永瑞 2009，《思想東亞：韓半島視角的歷史與實踐》，台灣：台灣社會研究雜誌社。

年，朝鮮與日本室町幕府建立往來。1592年，豐臣秀吉攻打朝鮮，引發「壬辰倭亂」，景福宮和昌德宮均毀於火。1637年，朝鮮王朝中斷與明朝的朝貢關係，改向清朝朝貢。從明代到清末，朝鮮王國一直是中國的藩屬國，但其間經歷了多次日本入侵。從1880年代開始，中、日、俄三國在朝鮮半島角力，1894爆發了中日甲午戰爭。1895年中日簽署《馬關條約》，終止了朝鮮作為清朝藩屬國的關係。之後，俄國、德國、法國不願意見到日本勢力獨大，出面干涉；朝鮮王朝的高宗妃閔氏（即後來所稱的「明成皇后」）主張聯俄排日，引起日本人仇視，1895年10月被日本人殺害於景福宮。1897年，朝鮮王朝的高宗宣佈終止與清朝的藩屬關係，建立大韓帝國。1910年，日本和朝鮮簽訂《日韓合併條約》，正式吞併朝鮮，大韓帝國滅亡。[1]

朝鮮李朝存在的時間與中國的明清兩代大體相當，這五百多年是朝鮮半島社會文化發展的重要時期，很多政治、經濟和軍事的改革都在此期發生，包括創立韓文漢字，鞏固王權的科舉制度、稅收、科技和農業的改革等等。而五大宮殿，特別是昌德宮和景福宮，則代表了朝鮮半島古代建築技術的發展。

朝鮮半島的古建築以磚、木、石為主要建築材料，現存12世紀以前的建築多為佛教的塔、寺廟、石窟等；建於12世紀左右的鳳停寺開始有斗拱。李朝時期建造的宮殿，在建築佈局、設計、斗拱結構等方面都已經十分成熟。景福宮的勤政殿為李朝規模最大的宮殿，五開間五進深，殿前廣場上有標誌官員官階的石柱，百官依照官階在此列隊覲見國王。[2]但經過一系列內亂外侵和火災，特別是閔妃被日本人殺害之後（景福宮現在尚有「明成皇后遇害處」），景福宮的大部份建築被毀。現在景福宮保留下來（經過重建）的主要建築有勤政門、勤

1　白永瑞2009，《思想東亞：韓半島視角的歷史與實踐》，台灣：台灣社會研究雜誌社。
2　王英健2006，《外國建築史實例集II東方古代部份》，北京：中國電力出版社。

政殿、慶會樓等。其中建於人工島上的慶會樓是景福宮最早的建築之一，又是朝鮮樓閣建築的代表之作。景福宮內的修正殿，原來是集賢殿的舊址，李朝時期即在集賢殿創立韓文。景福宮十長生殿煙囪的磚雕展示了朝鮮文化中的吉祥圖案，很有特色。

上：景福宮慶會樓。
下：景福宮慈慶殿十長生煙囪的灰雕。

　　昌德宮的建築年代晚於景福宮，建築規模也小於景福宮。但昌德宮雖然也多次毀於火災並經過重建，但其完整性和原真性保存較好。從建築特色來看，昌德宮的平面佈局按照「三門三朝」和「前朝後寢」的原則，建築群的南面是處理政務的宮殿區，北面是王室的住宅區和花園區，稱為秘苑、後苑。[1]1997 年，昌德宮建築群被列入世界文化遺產名錄，並說明其文化重要性有三：第一，該建築群對韓國建築和花園的設計及相關藝術的發展有重要影響；第二，體現了儒家的理念並反映了朝鮮王朝的世界觀；第三，與自然環境高度和諧，是東亞宮殿和花園建築的傑出範例。[2]

　　昌德宮佔地 58 公頃，位於漢城市區北部，坐落在北嶽山腳下，是最具有自然風光的韓國宮殿建築群。宮殿建於 1405 年，是太宗（1400–1418 年）下令建造的，當時共有二百多間房屋。昌德宮在建造時是作為王室的「離宮」，而景福宮是王室處理政務和居住的「正宮」。1592 年「壬辰倭亂」時，昌德宮和景福宮均被焚毀。因為昌德宮規模較小，復建所需財力較少，所以首先復建。後來又被焚毀，又再次重建。從 1618 年開始，朝鮮王朝以昌德宮為正宮凡 250 年，直到 1868 年景福宮重新作為「正宮」，昌德宮再次成為「離宮」。1890 年代之後景福宮逐漸荒廢，李朝末代國王純宗 1907 年在昌德宮即位，一直住在昌德宮直至 1926 年去世。[3]因此，昌德宮在朝鮮半島的古代歷史中扮演了重要的角色。

　　參觀景福宮、昌德宮和韓國其他朝鮮時期的宮殿建築，很容易聯想到中國的皇宮建築。前朝後寢和中軸對稱的宮殿建築設計理念，至少可追溯到西周時期，到唐代已經十分成熟，並影響到東亞其他地區

1　UNESCO 1997 "Changdeokgung Palace Complex" http://whc.unesco.org/en/list/816.

2　同上。

3　昌德宮管理所，2004，「演慶堂」說明牌。

的宮殿建築，如日本的京都。北京紫禁城始建於 1406 年，比昌德宮晚一年。兩者的設計和平面佈局有相似之處，都體現了「前朝後寢」的儒家皇宮佈局理念，也都在「後寢」部份設計建造了供帝王遊憩的花園。但李朝在建築材料、顏色等方面與紫禁城相比還是有區別的。紫禁城用的是明黃色琉璃瓦，而昌德宮用的是綠色琉璃瓦。昌德宮大殿的基座為兩層石頭砌成，比紫禁城三大殿的三層漢白玉基座少了一層，建築材料也有所不同。李朝國王御座背後的屏風以五座山巒的圖案作為國王權力的象徵，與明清王朝的屏風圖案完全不同。宮內部份大殿仍陳列着席地而坐的傢具，彰顯朝鮮半島的起居文化；另外一些大殿內則陳列着西式傢具。

　　與紫禁城相比，昌德宮的後苑規模大得多，而且依山而建，與北嶽山蜿蜒的山腳地貌融為一體，更見廣闊深邃，綠蔭濃濃。後苑中有一個頗大的蓮池，夏日蓮花盛開時想必美不勝收。苑內廣植名花異木，據説一共栽培了五萬六千多棵植物，包括二萬六千多棵本地植物，其餘是外來的植物。[1]

　　昌德宮內有趣的建築是建於後苑的演慶堂。演慶堂建於 1828 年，模仿朝鮮的士大夫住宅而建，但規模比最高規格的士大夫「大院君」的住宅要大，而且使用了民居不允許使用的石頭築起了基壇。國王為了解宮外士大夫的生活偶爾在此居住。[2] 由此看來，用加工過的石材作為建築基座是朝鮮時期王室特有的權利，再次説明建築具有別尊卑、分等級的社會政治功能。朝鮮國王為了解宮外士大夫的生活，而在王宮中建造這樣一座其實等級高於士大夫的宅邸，倒是讓人想起了《紅樓夢》大觀園裏面的「稻香村」。演慶堂周圍綠樹參天，風景秀麗，十分適宜居住休憩。

1　UNESCO 1997, "Changdeokgung Palace Complex" http://whc.unesco.org/en/list/816.
2　昌德宮管理所，2004，「演慶堂」説明牌。

上：昌德宮仁政殿。殿外地上的石柱列出各級官員等級，讓上
　　朝的官員按等級依次排列。最後一行石柱刻着「正九品」。
中：昌德宮北部依山而建的後苑，包括蓮池。
下：在後苑中模仿朝鮮士大夫住宅建成的演慶堂。

昌德宮內的李朝
宗廟正殿

　　昌德宮曾經作為朝鮮王朝的主要宮殿，故宮中也有供奉歷代國王和王妃神位的宗廟。昌德宮內的宗廟始建於 1394 年，由朝鮮第一代王太祖始建，次年完工，即將太祖的四代祖先神位從開城遷到這裏供奉。最早建造的是正殿，經過歷代加建，現在正殿寬 19 間，供奉了 49 個神位，每一間內供奉的是一王一后、一王兩后甚至一王三后。被日本人殺害於景福宮的「明成太皇后」閔氏與其丈夫「高宗」的神位共同供奉在正殿第 18 室。別廟永寧殿供奉 34 個神位，功臣殿裏則有 83 個神位。宗廟的各大殿不對外開放，但遊客可通過正殿供奉神位的說明牌了解李朝歷代國王和王后的世系。宗廟附近還有供祭祀用的祭井。朝鮮時代在每年春夏秋冬四季和臘月均舉行大規模祭祀活動。[1]

　　宗廟和祖先祭祀是儒家思想的典型體現，但也具有其特殊的政治和社會功能。在中國，祭祀祖先不僅是為了祈求祖先的庇佑，更是確認帝王、貴族乃至家族長老統治權力和統治身份合法性的過程，也是確認家族內部各成員的等級、地位，並據此分配財富和權力的過程。昌德宮中的宗廟和祭祀儀式，很可能也具有類似的功能。

　　簡言之，景福宮和昌德宮見證了朝鮮半島從 15 世紀到 20 世紀初的政治、外交和文化變遷，也是朝鮮半島古代建築工藝技術及審美和信仰的反映。這兩座宮殿可說是朝鮮王朝歷史的縮影，具有獨特的歷史、科學和審美價值，也因此成為重要的人類文化遺產。

1　UNESCO 1997 "Changdeokgung Palace Complex" http://whc.unesco.org/en/list/816.

旅遊 小知識

語言：

我在首爾和大中所遇到的韓國民眾大多不會講英語、或只會講有限的單詞，但都很樂於助人。不過，各大旅遊地點都有中文標誌。

交通：

首爾市內公共交通方便，到景福宮可乘坐地鐵或公共汽車。

參觀：

在昌德宮附近有韓國國家民俗館，建議可先行參觀該館以初步了解韓國的歷史和文化，便於參觀景福宮和昌德宮及其他韓國歷史文化遺蹟。

美食：

韓國民族源自氣候寒冷之地，飲食中有不少辣菜，但也有不辣的，例如海鮮拌飯、炒粉絲、年糕排骨、人參雞湯等，都很美味。在韓國，主菜和「小菜」的份量和品種都很可觀，「小菜」除了各種辣的泡菜以外還有不辣的豆芽、蓮藕等，排出來一大片。我曾經在韓國首爾某餐廳叫了一個拌飯和一個炒粉絲，服務員下單之後笑了好久。我莫名其妙，等飯菜上來後才明白：原來除了拌飯和炒粉絲份量很大之外，這一菜一飯還各有一套「小菜」，排起來圍了一圈，一個人根本吃不完。

宗教建築篇

宗教建築篇

人類群體在不同的自然和文化背景中產生了多種多樣的信仰。除了精神層面的功能之外，信仰還有其他功能，或幫助當權者統治國家，或有助於民眾團結互助。因為種種因素，某些信仰的影響逐漸擴大，信眾的數量大增，並且隨着社會的分工出現了專業的神職人員，因為同一信仰而形成的社會組織變成規範化和等級化的宗教機構，產生了更大的社會影響力。

所有的宗教信仰都有某些特殊的儀式，用作溝通人和神，宣傳本教的教義，確認神職人員的權威，也彰顯本教的特色。這些特殊的儀式往往需要在特殊的場地進行，以便強調宗教的神聖性、權威性和獨特性，同時建構和強化信眾的歸屬感和集體認同意識。當然，並非所有宗教活動地點都有特殊的建築。沒有社會專業分工、沒有國家的近現代狩獵採集群體，其信仰儀式往往是在某個特殊的地點舉行。比如，澳大利亞的原住民並沒有宗教建築，他們的信仰活動在居住地的神聖地點進行，並不歡迎甚至不允許外人參觀。

宗教建築的出現，是複雜社會和國家的副產品之一。出現了專業分工和國家的人類社會，為了滿足宗教活動的需要，依據各自文化的審美和工藝技術，利用不同的自然資源，修造了各種各樣的宗教建

築。從埃及的神廟、南美洲的金字塔、亞洲的佛教寺廟和神社、中東地區的清真寺，到俄羅斯的東正教和歐洲的基督教及天主教教堂，都是不同宗教的神聖場所，其中很多更因為其傑出的歷史、藝術、審美和科學價值而被列為世界文化遺產，成為人類共同的財富，也成為我們和後人認識人類建築藝術、宗教制度和歷史發展的珍貴資料。

宗教建築的出現也說明了這一宗教在當時當地所具有的合法性和社會影響力。今天一提起希臘羅馬建築，大家便會想起雅典萬神廟、羅馬帝國各地的廟宇等，並且認為希臘羅馬建築的特色之一是用石材作為原料。其實，根據考古學、建築史學等學科的研究，古代希臘的主要建築材料是木和泥磚，到公元前 7 世紀左右才逐漸開始用石材來建築神廟。這是因為在當時的希臘文化中，供奉神的廟宇是最重要的建築，因此希臘人將最好的原料和最好的技術都用在神廟的建造上。在這個過程中，希臘人也受到埃及文明巨大神廟建築的影響，並逐漸發展出多立克和愛奧尼亞兩種柱式，兩者最早都是用於神廟的建築，後來才見於其他建築。多立克柱式大約在公元前 7 世紀後期出現，愛奧尼亞柱式大約出現於公元前 6 世紀早期；最後出現的是科林斯式，後兩者一直沿用到羅馬時期。[1] 如本書的「考古遺址篇」所述，同樣的柱式分別見於羅馬帝國內的歐洲、非洲和西亞地區，成為古代文化交流的見證。

今天世界的三大宗教基督教、佛教和伊斯蘭教，各有其獨特的建築。哥特式便是基督教建築的典型代表之一，高聳入雲的教堂、色彩斑斕的玻璃、繪畫和雕塑等室內裝飾，都是為了宣傳宗教的教義和進行相關的宗教活動。佛教早期沒有佛像，石窟寺是早期僧人修行的場所。後來出現的佛教廟宇、佛塔和造像，例如日本京都的高塔，泰國

1　Fazio, Michael, M. Moffett and L. Wodehouse 2014, *Buildings Across Time*, Boston: McGraw-Hill Higher Education.

的佛寺，都是為了宣傳佛教的教義和進行宗教活動，其建築同時彰顯不同地區、不同文化的工藝和審美觀念。7 世紀開始出現於阿拉伯半島的伊斯蘭文明，以伊斯蘭教為特色，其宗教建築往往帶有穹廬或圓拱，裝飾往往是各種組合的幾何圖案，顏色則常為白色、藍色和金黃色，加上阿拉伯文的書法作為裝飾。[1] 這些最早見於宗教建築的元素，後來都用於其他建築中，共同形成某一地區、某一城市的文化特色。因此，宗教建築不僅是一種宗教的象徵符號，而且是一種文化的物質化符號。

基督教在羅馬帝國早期是被禁止的，當時的教會活動都屬於「地下」性質，往往在私人家中聚會。直到公元 313 年西羅馬帝國君士坦丁大帝和李錫尼皇帝在米蘭赦令中宣佈實行宗教自由，基督教才開始在歐洲正式建造教堂，供信眾進行公開的宗教活動。[2] 當某一宗教受到其他宗教或國家的打壓時，首先受到摧毀的往往也是其宗教建築。中國古代的滅佛運動時，大量寺廟被毀；基督教進入埃及的時候，雖然無法摧毀所有古埃及的神廟，但也破壞了大量的古埃及神像。類似的例子還有不少。因此，宗教建築不僅具有宗教的功能，其形態的變化、建造和毀棄的過程也反映了某一時代某一地區的宗教和政治歷史。

世界各地的宗教建築千姿百態，各有特色。亞洲最令人震撼的宗教建築，當推柬埔寨的吳哥窟，在「文化景區篇」已經介紹過。非洲的古代宗教建築以埃及的神廟最著名也最恢宏壯觀，本章選擇介紹其中兩座。歐洲是基督教和天主教的大本營，教堂星羅棋佈，風格多樣，從線條簡單的中古教堂，到高聳入雲的中世紀哥特式，到 17–18 世紀華麗繁縟的巴洛克和洛可可式，再到 19–21 世紀的新古典主義和

---

1 Fazio, Michael, M. Moffett and L. Wodehouse 2014, Buildings Across Time, Boston: McGraw-Hill Higher Education.
2 同上。

左：日本古都京都的佛塔。
右：泰國首都曼谷的佛教寺廟。

現代風格，各種不同建築風格的教堂充份反映了歐洲建築藝術風格和歷史文化的發展演變。本章選擇了幾座具有代表性建築風格和特殊歷史價值的教堂與讀者分享。清真寺是伊斯蘭教的重要建築，土耳其伊斯坦布爾的清真寺是這類宗教建築的代表作，不容忽略。南美洲現在仍在使用的宗教建築多為基督教和天主教的教堂，雖然有些本地化，但基本屬於歐洲同類建築；屬於南美洲本地宗教建築的多是古代留下的遺蹟，如墨西哥的帕倫克、奇琴伊察、特奧蒂瓦坎和烏斯馬爾建築群等，都是瑪雅文明的建築傑作。

不同的學科各有其研究宗教建築的角度。建築學家往往分析其建築風格、工藝和裝飾，由此重構人類的建築發展演變歷史，甚至從中獲取設計現代建築的靈感。建築學人類學者會探討人類設計宗教建築的理念、行為和過程，文化變遷如何影響了建築形式和功能的變化，後者又如何對人類社會產生影響。歷史學家和宗教學家根據對宗教建築的研究來分析世界各地的宗教和政治歷史。考古學家研究考古遺址中的宗教建築遺蹟，探討人類宗教信仰的起源、演化和多樣性，以及宗教信仰在不同文化中所扮演的角色。19世紀在歐洲出現、近年風行世界的文化遺產保育學者研究宗教建築在現代社會的角色，其歷史、科學、審美和社會價值如何被界定，保育、管理和使用宗教建築的技術、法律和行政措施，以及宗教建築作為文化遺產在當代社會的角色，等等。政治地理學則會探討宗教建築如何成為城市或人類聚落的文化符號和權力象徵，在不同時期其象徵意義和功能又發生了怎樣的變化。

宗教建築最基本的功能，自然是作為宗教活動的場所。不過，並非所有現存宗教建築都保存着這個基本功能。列入世界文化遺產的宗教建築可分為兩類，第一類是原本的宗教功能已經消失，在現代社會中被人類賦予了新的功能。如雅典的帕特農神廟建築群，是兩千多年

希臘雅典帕特農神廟，石柱為多立克柱式，柱身粗壯，有 20 條凹槽，沒有柱礎，柱頂沒有裝飾。

前的雅典人為他們的多神宗教活動而修建的，今天已經成為廢墟，或者稱為考古遺址。但帕特農神廟建築群的建築設計和工藝，特別是影響了整個西方建築的古希臘多立克柱式，精美的雕塑（儘管帕特農神廟上原有的一整套奔馬雕塑已經被搬到大英博物館），以及神廟建築群所見證的古希臘歷史和文化，具有獨一無二的歷史和審美價值，同時為當地旅遊經濟服務，又成為大眾的文化休閒設施，當然也具有建構和強化現代國家與文化認同的社會功能。簡言之，已經廢棄的古代宗教建築成為具有歷史、科學、審美和社會價值的人類文化遺產。本章介紹的埃及神廟屬於這一類。

另外一些宗教建築，儘管建造的年代也很久遠，卻一直保存着作為宗教活動場所的功能，很多這類宗教建築也已經成為世界文化遺產，如米蘭大教堂。本篇所介紹的德國維斯教堂和伊斯坦布爾的藍色清真寺，屬於仍然在使用中的宗教建築。有些宗教建築甚至曾經為不同的宗教服務，例如本篇所介紹的西班牙科爾多瓦大清真寺和大教堂，曾經是清真寺，後來成為天主教的教堂。這些美輪美奐的建築，

意大利米蘭大教堂，典型哥特式建築，是世界文化遺產。

歷經數百年風雨而屹立不倒已經不容易，更難能可貴的是，它們至今仍然是信眾的心靈殿堂。它們不僅是當地的歷史文化地標，也是當地人確認文化之根的歸依。當然，它們同時也是當地建築、歷史和文化的見證，是吸引世界各地遊人的景點，同樣具有獨特的歷史、科學、審美和社會價值。

　　無論是哪一種宗教建築，其設計、建造和裝飾往往是當時當地建築技術、工藝和審美觀念的精華所在，因此更是我們應當加以珍惜、妥善保存、希望可以留給子孫後代繼續欣賞的珍貴文化遺產。當我們參觀那些仍在使用中的宗教建築的時候，請注意尊重當地信眾的信仰，在宗教儀式正在進行的時候，宜遵循教堂外面貼出的告示，或者不要進入，或者保持安靜、不要使用閃光燈拍照等。

盧克索和卡納克神廟

作為世界最古老的文明之一，尼羅河流域的古埃及文明一直具有很高的公眾吸引力。19世紀後期拿破崙入侵埃及，就帶了大批考古學家對當地古文明留下的遺址和遺蹟進行測量、登記和研究。今天在埃及各地的古蹟中還經常能看到當年法國人留下的登記牌。1920年代埃及法老圖坦卡蒙墓葬及其珍寶的發現，使整個世界都為之震撼。在世界考古學、歷史學和古文字學中，對埃及古文明的研究成為一個獨特的學科，稱為「埃及學」。

埃及位於非洲大陸的東北角，北臨地中海，與歐洲大陸隔海相望，其東北就是人類古代文明的重要搖籃之一——中東。號稱世界最長的尼羅河從南向北流經埃及，在北部孟菲斯以北形成尼羅河三角洲，然後注入地中海。因為尼羅河是從南向北流，所以北部的三角洲地帶被稱為「下埃及」，而南部的河谷地帶則稱為「上埃及」。[1]這和中國人所習慣的「上下」觀念正好相反。

根據現代考古學的研究，在古埃及文明出現之前，尼羅河地區是

---

1 Milton, J. 1986, *Sunrise of Power: Ancient Egypt, Alexander and the World of Hellenism*, Boston: Boston Publishing Company Inc. 古埃及文明的分期，各派學者的意見不完全一樣，這裏只採一家之説。

否已經有史前農業，情況尚不清楚，目前只知道在在距今 7000 年左右，畜牧業便在埃及地區出現，主要是馴養牛、羊等家畜。不過，根據壁畫和其他考古發現，在古埃及文明時期，農業無疑是重要的經濟基礎，主要作物是小麥、葡萄等。古埃及的農民也繼續馴養牛、羊等家畜。[1]

可能在公元前 3100 年之前，上下埃及就出現了政權。古埃及文明大約始於公元前 3200－前 3100 年，到公元前 332 年馬其頓人入侵滅亡為止，延續了兩千多年。[2]此後，希臘、羅馬、拜占庭、阿拉伯和奧斯曼帝國先後統治過這個地區，隨後是法國人和英國人。現代埃及國家於 20 世紀初期獨立，絕大部份人口是信仰伊斯蘭教的穆斯林，也有極少數基督教和其他宗教的信仰者。

古埃及文明大致可分為下列八個時期：[3]

早王國時期：公元前 3100－前 2686 年，分第一和第二王朝。這時期，上下埃及統一歸一個國王管轄，古埃及文字、建築等均在此期出現。位於上下埃及之間的孟菲斯城作為古埃及的首都也始建於這一時期。[4]孟菲斯的遺址在今天埃及首都開羅南面約 20 公里，在這裏可見到埃及早期的階梯形金字塔和其他古埃及遺蹟。孟菲斯和吉薩三大金字塔於 1979 年被聯合國教科文組織列入世界文化遺產名錄。

古王國時期：公元前 2686－前 2181 年，下分第三至第六王朝。這時期最引人注目的是大型金字塔的出現和法老權威的進一步確立。[5]

第一中間期：公元前 2181－前 2040 年，包括第 7 至第 10 王朝。

1　Milton, J. 1986, *Sunrise of Power: Ancient Egypt, Alexander and the World of Hellenism*, Boston: Boston Publishing Company Inc.

2　O'Connor, D. A. (ed.) 2007, *Ancient Egypt in Africa*, Walnut Creek: Left Coast Press.

3　Milton, J. 1986, *Sunrise of Power: Ancient Egypt, Alexander and the World of Hellenism*, Boston: Boston Publishing Company Inc.

4　同上。

5　同上。

孟菲斯的階梯形金字塔，是最早的埃及金字塔。這是早王國法老左塞爾的陵墓，年代為公元前 2700 年。

這個時期，中央政府的權力受到削弱，地方勢力增強。[1]

中王國時期：公元前 2040－前 1786 年，包括第十一、十二王朝。法老的勢力再次強化，太陽神阿蒙（Amon）是最主要的神。此期位於上埃及尼羅河右岸的底比斯（Thebes）開始興建大型建築。[2]

第二中間期：公元前 1786－前 1570 年，包括第十三至十七王朝。同樣是中央集權受到嚴重挑戰的時期。[3]

新王國時期：公元前 1570－前 1085 年，包括第十八到二十王朝。這時期埃及成為世界強國之一。底比斯成為王國的新首都。進行宗教改革的法老阿肯那頓（Akhenaten）、女王哈特謝普蘇特和法老圖坦卡蒙都是這個時期的統治者。第二十王朝的拉美西斯三世（Rameses III）則是古埃及最後一個「偉大」的法老。[4]

第三中間期：公元前 1085－前 715 年。古埃及再次陷入分裂。[5]

1　Milton, J. 1986, *Sunrise of Power: Ancient Egypt, Alexander and the World of Hellenism*, Boston: Boston Publishing Company Inc.

2　UNESCO 1979, "Ancient Thebes with its Necropolis" http://whc.unesco.org/en/list/87.

3　Milton, J. 1986, *Sunrise of Power: Ancient Egypt, Alexander and the World of Hellenism*, Boston: Boston Publishing Company Inc.

4　同上。

5　同上。

晚王國時期：公元前 715 – 前 332 年。古埃及文明開始衰落。公元前 671 年，來自波斯地區的亞述人入侵埃及。公元前 332 年，來自希臘馬其頓的亞歷山大大帝征服埃及，古埃及文明滅亡。[1]

　　在古埃及文明中，神權和王權關係極為密切。古埃及宗教是多神教，例如上埃及的守護神是女神奈赫貝特（Nekhebet），其符號是禿鷹；下埃及的守護神是女神瓦傑特（Wadjet），其符號是眼鏡蛇；所以統一上下埃及的法老，其王冠上便有兩者的形象，象徵着法老是上下埃及的統治者。這兩個女神的形象在圖坦卡蒙的金質面罩上表現得最為清晰。此外埃及還有很多不同的神，如鷹頭人身的天空之神荷魯斯（Horus），獅頭人身的戰爭女神塞克美特（Sekhmet），死亡世界之神俄西里斯（Osiris），犬頭人身的墓地保護神及屍體防腐之神阿努比斯（Anubis）等，而法老則是眾神之王——太陽神阿蒙之子，是活着的神。古王國法老左塞（Djoser）為自己修建了埃及最早的金字塔陵墓，據此確立自己作為「人間之神」的特殊地位。此後的法老金字塔都具有類似的功能。[2]

　　既然法老就是神之一，那麼，對神的崇拜就是對法老威權的認可。所以，埃及的法老們都致力於修建大型的神廟，以滿足其宗教和政治的需要。當下埃及在大約公元前 18 世紀被來自亞洲的游牧民族希克索斯人（Hyksos）入侵時，法老被迫放棄孟菲斯，遷到上埃及的底比斯建都。但在和入侵者戰鬥的過程中，埃及人逐漸建立了一支強大的軍隊，使用戰車和青銅武器；因此，在新王國時期，埃及法老展開了一系列對外軍事擴張，由此奠定了埃及作為當時世界強國的位

1　Milton, J. 1986, *Sunrise of Power: Ancient Egypt, Alexander and the World of Hellenism*, Boston: Boston Publishing Company Inc.

2　同上。大英博物館網頁上列有埃及諸神的詳細資料，有興趣的讀者可瀏覽 www.ancientegypt. co.uk/gods/explore/main.html。

置，[1] 也為法老們大修各種大型建築提供了經濟和政治基礎。盧克索（Luxor）和卡納克（Karnak）神廟都位於底比斯，離此不遠就是古埃及法老和妻子埋骨之地的國王谷和王后谷。這裏是古埃及全盛時期的核心地區，留下了大量埃及古文明的精華，因此在 1979 年被列為世界文化遺產。

規模巨大的盧克索神廟建築群主要由新王國的阿蒙霍特普三世（Amenhotep III）和拉美西斯二世所建，入口的石牆上是炫耀法老對敍利亞和赫梯人（Hittite）軍事勝利的浮雕，入門之後便是巨大的拉美西斯二世大堂，由巨大的石柱所支撐，還有氣勢懾人的紙莎草柱廊和法老雕像。盛產於尼羅河流域的紙莎草，在古埃及文明中有重要的意義。它不僅是造紙、造船和編織工業的原料，而且是豐碩多產的象徵，因此在埃及建築中經常可見到各種紙莎草柱式或圖案。這個柱廊由阿蒙霍特普三世（公元前 1390 – 前 1352 年在位）開始興建，但未曾建完便去世了；圖坦卡蒙法老（公元前 1336 – 前 1327 年在位）繼續修建該柱廊，但直到後續兩個法老才終於完成柱廊的結構和裝飾。當然，目前所見到的柱廊及神廟的石牆都經過後期的修復。盧克索神廟裏面還有供奉阿蒙神及其配偶的廟宇。除了埃及諸神及法老的雕像和線刻之外，因為古埃及文字已經能夠釋讀，所以神廟牆上的許多古埃及文字也成為埃及學研究的重要原始資料。

盧克索神廟的對面就是卡納克神廟，兩者之間以排列着兩排獅身羊頭像的通道相連。卡納克神廟大於盧克索神廟，據說這是世界上第二大的古代宗教建築遺蹟（僅次於吳哥），裏面有三個大的廟宇，分別用於供奉阿蒙神及其配偶穆特（Mut）、戰神孟圖（Montu），還有不少小型廟宇。不過這些部份都尚未修復，暫未對外開放。遊客今

1　Milton, J. 1986, *Sunrise of Power: Ancient Egypt, Alexander and the World of Hellenism*, Boston: Boston Publishing Company Inc.

左上：盧克索神廟內的紙莎草柱廊。

右上：盧克索神廟牆上的古埃及文字和法老浮雕，可見頭頂的眼鏡蛇符號。

左下：盧克索神廟牆上的古埃及文字和埃及眾神及法老浮雕。左邊第一位應
　　　當是獅頭戰神塞克美特，第二位是犬頭人身的阿努比斯，第三位是法
　　　老，他對面可能是天空－太陽神拉－赫拉特（Ra-Horakhty），或太
　　　陽神拉（Ra），因為這兩個神的形象幾乎一樣，都是人身鷹頭加太陽。

右下：卡納克神廟的入口和獅身羊頭像大道。古埃及人相信太陽神拉晚上以獅
　　　身羊頭的形象出現，所以羊頭也是與太陽神有關的符號。

天能夠參觀的主要是神廟中部供奉古埃及主神、太陽神阿蒙的部份，包括巨大的柱廊、雕塑和建築遺蹟等。從中王國到新王國時期的眾多法老均曾經參加修建卡納克神廟，所以神廟裏面的建築跨越不同的年代，具有不同的風格。其中有些石柱高達 10 米，柱上飾以彩繪，氣勢磅礴，令人嘆為觀止。

　　盧克索和卡納克神廟都是古埃及文明進行宗教活動的神聖場所，也是通過宗教進行政治管治的地點。通過耗費大量人力物力修建這些蔚為壯觀的建築，並在其中祭祀諸神和法老的祖先，法老們不僅是向臣民宣示他們的權威和能力，而且是向臣民們宣示和確認他們作為神之子管治世俗世界的合法性。在這裏，宗教與政治密不可分。不過，今天當我們來參觀這兩個巨大宗教建築群的時候，仍可以從歷史、建築科學、藝術審美等角度來認識古老而輝煌的古埃及文明，欣賞這兩個神廟的壯觀和美麗，讚嘆三千多年前不知名工匠的創意和智慧，甚至從中獲得新的靈感。這兩大神廟及鄰近的國王谷和王后谷，毫無疑問是人類應當共同珍視的世界文化遺產。

卡納克神廟巨大的彩繪石柱

上：卡納克神廟的建築遺蹟和哈特謝普蘇特方尖碑，後者高 100 英尺（約 30.5
米），是埃及最高的方尖碑。

下：開羅的埃及考古博物館入口，著名的圖坦卡蒙法老墓出土珍寶就在該博物
館內陳列。

旅遊 小知識

季節：

埃及的夏天很熱，盧克索一帶在七八月氣溫可達到攝氏 40 度以上。通常每年 10 月到次年 5 月左右比較涼快些。如果因為種種原因要在夏天到埃及，最好跟從當地智慧，穿長袖和淺色的衣服盡量遮蓋身體，使用抗 UV50 度的防曬用品，戴太陽眼鏡和帽子等等，以避免灼傷。打傘是不足夠的（當地也沒有人打傘），因為紫外線會從各個方向甚至從地面反射到身體。還要喝大量的清水或淡鹽水以避免中暑。

語言和風俗：

現代埃及的官方語言是阿拉伯語，但旅遊業是埃及重要的經濟行業，所以從事旅遊業的人多會說英語。

埃及是伊斯蘭林國家，遊客需注意尊重其宗教信仰和文化習慣，以免出現衝突。

埃及的貨幣是埃鎊（EGP），在埃及，一般人的工資收入不高，小費成為他們收入的重要來源，所以服務行業的人幾乎都期望會收到小費。小費的數量沒有一定，如果認為對方提供的服務滿意，不妨多給一些。

旅遊業的從業人員相當專業而有效率，而且有幽默感。遊船上的職員甚至用大毛巾和墨鏡做了一個「拉美西斯三世」木乃伊，放在我的床上作為玩笑。我所接觸的埃及人對其土地上的古埃及文明多數覺得很自豪。為了尊重當地人，不要跟人家説「這不是你們祖先的文明」之類讓人反感的話。有的時候，沉默也是一種修養。

交通和住宿：

從開羅到盧克索可乘尼羅河上的遊船抵達。通常的路線是乘飛機抵達開羅，次日到孟菲斯和吉薩參觀，之後參觀開羅古城和埃及考古博物館，然後再從開羅坐晚上的火車，次日早上抵達上埃及看阿布·辛拜勒神廟（Abu Simbel Temple），再乘坐遊船（通常是四日三夜的行程）參觀阿斯旺水壩、國王谷、盧克索神廟等，最後乘遊船返回開羅。埃及五星級遊船的內部非常舒適寬敞，有寬大的客房和洗手間，靠船邊有可觀看風景的客廳，船上各種設施齊全，一路上可瀏覽著名的尼羅河風光。當然也可以先乘火車和船到上埃及，再返回開羅看開羅及附近的遺址。如果要節省時間，到開羅以後可請當地酒店職員代為安排可靠的出租車司機，包車一天遊覽孟菲斯和吉薩。也可請當地酒店職員介紹可靠的旅行社，根據自己的時間代為安排在埃及境內的行程，如火車、遊船、參觀點、導遊等，可省卻很多麻煩。

即使是自由行，最好也要通過當地旅行社安排一個當地導遊，可從中學到很多。我和來自澳洲的兩個家庭共同跟隨一個當地考古專業畢業的導遊，聽他從阿布·辛拜勒、考姆翁布（Kom Ombo）、菲萊（Philae）、國王谷，一路介紹到盧克索和卡納克，獲益良多。到了埃及一定要看開羅的埃及考古博物館，因為圖坦卡蒙墓出土的珍寶就在館內陳列。

埃及旅遊業很發達，開羅和盧克索等地均有各種等級的酒店可供選擇，價錢也比歐洲同級酒店便宜些。

參觀：

兩個神廟的規模都很大，在參觀過程中也需要聽導遊講解，故總共至少需要五六個小時的時間。在神廟內要走不少路，適宜穿寬鬆舒適的服飾鞋履。

美食：

　　埃及盛產椰棗、小麥、葡萄等；愛喝啤酒者可鑒賞當地的啤酒——據說古埃及文明就已經釀製啤酒！當地傳統的烤餅也很有特色。在提比斯嚐到用傳統烤爐製作的烤餅，鬆軟香脆，的確美味。

哈特謝普蘇特神廟

哈特謝普蘇特神廟（Hatshepsut Temple）位於底比斯地區尼羅河西岸的代爾拜赫里（Deir el-Bahari），是古埃及第十八王朝女王哈特謝普蘇特用作祭祀太陽神阿蒙和神化她自己的大型宗教建築。和這時期其他神廟的建築不同，背靠一片懸崖峭壁而建的哈特謝普蘇特神廟有極其寬闊的三層正立面，憑藉背後的山岩增添了整座建築的高度與寬度，非常大氣磅礴。當太陽從東方升起時，陽光噴灑折射在神廟的立面及背面的山岩，使整個神廟及其作為背景的懸崖均光芒耀眼，氣勢奪人。

哈特謝普蘇特是古埃及最早的女王，第十八王朝最有魄力的統治者之一，也是埃及最成功的法老之一，她的故事充滿了傳奇色彩。在古代埃及，男性佔有主導的地位，女性的地位一般比男性低；法老是從父系繼承的，女性不能繼承王位。作為法老配偶的王后們，通常的角色就是妻子和母親。但哈特謝普蘇特屬於例外。哈特謝普蘇特的祖父是新王國第十八王朝的創建者阿赫摩斯（Ahmose），但阿赫摩斯的兒子阿蒙霍特普一世（Amenhotep I）沒有男性後裔，就引入了一個與公主結婚的男性圖特摩斯（Thutmose 或 Tuthmosis）作為繼承人。哈特謝普蘇特就是圖特摩斯一世和公主的長女，嫁給其同父異母的兄弟圖

哈特謝普蘇特神廟全景，通往神廟第二層和三層的斜坡經過修復。

特摩斯二世為王后。在古埃及，因為相信法老是神的家族，為了保持王族血統的純正，兄妹、姐弟通婚很常見。[1]

　　圖特摩斯二世不久就死了。哈特謝普蘇特沒有兒子，圖特摩斯二世和另外一個妃子生有一個兒子圖特摩斯三世。這個兒子成為了王位的繼承人，但他當時年紀還很小。因此哈特謝普蘇特「太后」順理成章地「垂簾聽政」，這樣的情況在以前也出現過。只是沒有多久哈特謝普蘇特便改變風格，從後台走到前台，直接管治國家，做只有法老才做的事情，例如向眾神獻祭，發動征伐東非的軍事行動，下令在卡納克神廟修建高達 96 英尺、獻給神的方尖碑等。開始她並不掩飾自己的女性身份，但掌握實權不久，為了在男性佔主導地位的古埃及確立自己管治的合法性，她便完全以男性的形象出現，包括昭示天下她的父親是太陽神阿蒙、她出生的時候是個男孩，在下頜繫上象徵法老威權的「鬍子」，宣告自己成為「國王」，等等。從公元前 1473－前

1　Brown, C. 2009, "Hatshepsut, the King Herself", *National Geographic*. Farina, A. 1998, *Principles and Methods in Landscape Ecology*. London: Chapman and Hall.

1458 年，哈特謝普蘇特統治古埃及王國將近 20 年，她名義上的兒子圖特摩斯三世成了傀儡。[1]

　　哈特謝普蘇特女王／法老的御用建築師和顧問是塞奈穆特（Senenmut）。哈特謝普蘇特神廟這座當時最重要的建築，其選址和建築格局應當是塞奈穆特的傑作。神廟的主要功能之一是祭祀當時的眾神之王太陽神阿蒙。根據殿堂內留下的文字和圖像記錄，太陽神在「美麗的季節」會離開位於尼羅河東岸卡納克神廟的太陽神殿，跨過尼羅河，來到西岸的哈特謝普蘇特神廟，在這裏接受哈特謝普蘇特女王（法老）和大眾的膜拜，再返回卡納克神殿。[2]哈特謝普蘇特神殿共有三層，最主要的建築在第三層，這裏有祭祀太陽神阿蒙的殿堂和聖壇，還有舉行節日慶典的庭院。當然，這裏也有埃及宗教中其他重要神祇的形象，如阿努比斯和荷魯斯。哈特謝普蘇特神殿還是膜拜哈特謝普蘇特女王之地。在這裏，女王或者以死亡世界之神俄西里斯的形象出現，或者以法老的形象出現。

哈特謝普蘇特神廟第二層的廊柱，其雕塑展現哈特謝普蘇特以死亡世界之神俄西里斯的形象出現，但圖特摩斯三世後來將雕像上女王的名字毀掉，通過波蘭考古學家的努力才恢復了原貌。

1　Brown, C. 2009, "Hatshepsut, the King Herself", *National Geographic*. Farina, A. 1998, *Principles and Methods in Landscape Ecology*. London: Chapman and Hall.

2　Milton, J. 1986, *Sunrise of Power: Ancient Egypt, Alexander and the World of Hellenism*, Boston: Boston Publishing Company Inc.

神廟內阿努比斯的彩繪

上：神廟內太陽神阿蒙的形象。
下：神廟內的哈特謝普蘇特女王雕像。

　　哈特謝普蘇特女王（法老）在世時權威無比，身後遭遇卻頗為曲折。雖然哈特謝普蘇特在世的時候和其他法老一樣也預先為自己在帝王谷建造墳墓，但她的木乃伊在很長一段時間內下落不明。[1]

　　古埃及人相信生命死後復活，他們將法老、王族、貴族和富人的遺體製成木乃伊保存，其過程大致是：由經過訓練的人先將遺體清洗，然後將大腦和身體內部的器官取出，只保留心臟；將取出的器官乾燥，早期是放入特製的罐子，後來變成用麻布包裹後再放回遺體中。之後用香料和酒洗乾淨遺體內部，用鹽掩埋 70 天，在大約 40 天的時候以麻布或沙充填遺體使之保持形狀，並在其表面塗油。70 天之後將遺體從頭到腳用麻布層層包裹，在死者兩手間擺放一捲紙莎草的「亡靈書」，然後放入棺中，外面再套上彩繪的，甚至用貴金屬裝飾的人體形石棺埋葬。[2]

　　古埃及中王國和新王國的法老多埋骨在底比斯附近的國王谷，王后則埋在王后谷。這些皇家墓葬後來絕大多數都被盜掘，只有圖坦卡蒙的例外。發現圖坦卡蒙墓的考古學家霍華德·卡特（Howard Carter）於 1903 年曾經在國王谷第 20 號墓中發現一具刻有哈特謝普蘇特名字的外棺，但裏面空空如也，並沒有發現木乃伊。直到 2005 年，埃及最高古物委員會的考古學家根據一系列研究和鑒定，發現一具早年發現在 KV20 號墓附近的一個小墓 KV60 號墓內、編號為 KV60a、毫無裝飾的一具木乃伊，應當就是女王哈特謝普蘇特的遺體。[3]

　　生前權傾朝野的女王，死後為何落得如此卑微？具體原因尚不清楚。直到目前為止，現代的學者也不大清楚是甚麼原因導致哈特謝普

1　Milton, J. 1986, *Sunrise of Power: Ancient Egypt, Alexander and the World of Hellenism*, Boston: Boston Publishing Company Inc.

2　British Museum, unknown year, "Mummification", www.ancientegypt.co.uk/mummies/home.html.

3　Brown, C. 2009, "Hatshepsut, the King Herself" *National Geographic*. Farina, A. 1998, *Principles and Methods in Landscape Ecology*. London: Chapman and Hall.

蘇特如此「反傳統」，敢於而且能夠在男性主導權力的古埃及成為女王，用甚麼手段成功統治埃及。只知道哈特謝普蘇特死於大約公元前1458年，圖特摩斯三世終於正式掌權了。圖特摩斯三世相當好戰，也喜歡建造大型建築。在他的晚年，他決定將其名義上的母親哈特謝普蘇特從歷史中抹去。在哈特謝普蘇特神廟前，她的雕像被打碎並扔進坑裏。在卡納克神廟中，哈特謝普蘇特王的名字被鑿掉，方尖碑上她的名字被石頭遮蓋。總之，圖特摩斯三世竭盡全力毀掉關於哈特謝普蘇特作為「國王」的文字和實物記錄，僅保留她早期作為王后的圖像和文字記錄。[1]這也使得現代對哈特謝普蘇特女王的研究缺失了不少資料。至於哈特謝普蘇特女王木乃伊的遭遇與這一政治大清洗是否有關，還是近代埃及文物盜掘所致，甚至目前發現的木乃伊是否就可確認為哈特謝普蘇特女王的遺體，都還是學術界討論的問題。

無論如何，哈特謝普蘇特神廟獨特的地理位置和大氣磅礴的建築風格，神廟中精美的雕塑和壁畫，在在顯示了女王當年的權威和氣勢。據說哈特謝普蘇特女王最關心的是在她死後人們仍會記得她。[2]若如此，她的願望可說沒有落空。三千多年之後，哈特謝普蘇特女王所建造的神廟、方尖碑和其他大型建築仍矗立在尼羅河畔；世界各地每年有數以百萬計的遊客到這裏欣賞她當年下令建造的這些壯麗的建築遺蹟；考古學家、歷史學家、人類學家和其他科學家們仍在探討她的歷史；文物保護專家數十年如一日地為修復她的神殿而努力。世界顯然沒有忘記她。至於她是否值得世界這樣紀念，那就是另外一個問題了。

其實作為一項世界文化遺產，哈特謝普蘇特神廟固然讓我們想起

1　Brown, C. 2009, "Hatshepsut, the King Herself" *National Geographic*. Farina, A. 1998, *Principles and Methods in Landscape Ecology*. London: Chapman and Hall.
2　同上。

哈特謝普蘇特女王，但絕不僅僅是女王。在這座神廟，我們看到古代埃及建築的設計、構造、工藝和技術，看到古埃及的宗教信仰、繪畫和雕塑藝術，看到古代埃及人對死後世界的認知，看到古埃及兩性在社會中的地位和角色，當然也看到埃及古代的權力鬥爭。換言之，哈特謝普蘇特神廟不是僅僅讓我們紀念甚至崇拜哈特謝普蘇特，而是讓我們和後人在此認識古埃及的歷史、文化和藝術，從而增進對不同文明的了解，學會欣賞不同的文化。

值得特別指出的是，遊客今天所見到的哈特謝普蘇特神廟，在很大程度上是波蘭和埃及考古學家及古建築維修專家超過半個世紀的共同努力的結果。歷經三千多年的戰亂和天災人禍，20 世紀初期的哈特謝普蘇特神廟基本上是一片廢墟，只有第一層（底層）和第二層的中心建築大致保存下來，第二層的兩翼、屋頂完全坍塌，第三層只見到大量的建築構件和遺蹟，重要建築如祭祀阿蒙神的神殿及節日廣場均只剩下殘垣斷壁。有見及此，1960 年，波蘭華沙大學的地中海考古學中心向埃及政府的古物管理部門提出幫助修復哈特謝普蘇特神廟最高層（第三層）的建築。該合作項目一直延續到 2007 年。[1]

在修復的過程中，考古學家在神廟範圍內進行了多次發掘，為釐清神廟的範圍、建築結構等提供了寶貴的資料，對神廟的修復和重建工作極為重要。經過整整 40 年的努力，哈特謝普蘇特神廟的第三層建築及其頂部終於在 2000 年修復完成，數千件建築構件和碎片被放回到原來的位置，雕塑和彩繪都經過清理和修復。2002 年，經過全面修復的神廟第三層建築由當時的埃及總統穆巴拉克主持開放儀式。考古學家還在哈特謝普蘇特神廟中發現了第二十一王朝的墓葬，在神廟附近

1　PCMA 2007, "Seventy years of Polish archaeology and conservation/restoration in Egypt", www.pcma.uw.edu.pl/en/about-pcwa/history.

發現了圖特摩斯三世的廟宇。[1]

　　哈特謝普蘇特神廟不僅是古埃及全盛時期文明的見證之一，神廟的修復工程也是 20–21 世紀人類維修和保護古代文化遺產的典型範例。1964 年由國際古蹟遺址理事會（ICOMOS）制定的《威尼斯憲章》，為修復和重建古代文化遺產、並且在維修過程中維護其歷史和工藝技術的原真性和完整性提出了指導性原則。在哈特謝普蘇特神廟，我們可見到這些原則的具體體現。在這裏，原來的建築構件、材料和新的建築構件、材料可明顯區隔；修復工作以考古學、歷史和文獻資料作為依據，尊重原貌，盡量使用原有的建築構件，避免建構「假古董」。四十年無數人的耐心和熱忱，才完成了這項巨大的修復工程，將三千五百多年前哈特謝普蘇特神廟的輝煌重現於世人面前。今天，當我們欣賞這座神廟的時候，不要忘記這些專業人士為此做出的努力，也要更加珍惜這難得的人類文化遺產。

旅遊 小知識

交通和參觀：

　　哈特謝普蘇特神廟在尼羅河西岸，可從盧克索乘公共渡輪前往，也可乘公共汽車抵達，在左塞‧左塞魯（Djeser-Djeser）下車步行約 1 公里即到。但如果覺得難以抵擋酷熱，當然也可乘出租車或參加當地旅遊團前往。有一個專業導遊帶領參觀會好得多。參觀整個神廟大約需要兩個小時。

1　PCMA 2007, "Seventy years of Polish archaeology and conservation/restoration in Egypt", www.pcma.uw.edu.pl/en/about-pcwa/history.

奇琴伊察建築群

奇琴伊察（Chichén Itzá）是瑪雅文明後期的重要遺址。325-1200年左右，瑪雅文明繁盛於中南美洲。墨西哥東部、中部和南部的瑪雅文明在 9 世紀左右開始走向衰落，但墨西哥東北面尤卡坦半島的瑪雅文明仍然繁榮了一段時間，因此這裏分佈着大量的瑪雅文明遺蹟，宗教建築是其重要部份。

西班牙和葡萄牙的殖民者在 16 世紀來到中南美洲時，瑪雅文明已經開始衰落，而歐洲人的殺戮、他們帶來的疾病更加速了瑪雅文明的消亡。不過，當地仍然保留了一些瑪雅的風俗、文化和儀式等。歐洲的學者和傳教士在他們的文獻中記錄了這些古老的風俗、儀式和遺址，成為後來研究瑪雅文明的重要文字資料。從 18 世紀開始，歐洲和美洲的學者開始對中美洲的古老文明進行研究，包括持續的考古發掘和分析。20 世紀 60 年代以來，部份瑪雅文字已經可以釋讀，為研究瑪雅的生活、社會和政治組織、宗教信仰等等提供了更多更翔實的資料。[1]

瑪雅宗教是多神教。農業在古代瑪雅經濟中佔有重要的位置，而

---

1 Sharer, R. with L. Traxler 2006, *The Ancient Maya*, Stanford: Stanford University Press.

雨水、太陽和月亮是人類和農作物生存的基本因素，所以在瑪雅宗教中，對雨神恰克、太陽神（K'inich Ajaw）和月亮神（其形象是一個懷抱兔子坐在彎月上的年輕女性）的祭祀是十分重要的內容。中南美洲是栽培玉米的起源地，代表玉米的神（Hun Hunapu）也是重要的瑪雅神祇。瑪雅神祇中還有造物神（Itzamnaaj）、閃電神（K'awiil）、死神（Kimi）、商人守護神（Ek Chuaj）、彩虹之神（Chaak Chel）、陰間之神，還有統治者、商人和學者的守護神羽蛇神（K'uk'ulkán）。瑪雅的國王通常兼任大祭司，通過各種祭祀活動來確認和鞏固其統治地位。可以說，祭祀在瑪雅古文明中具有非常重要的政治和社會功能，而祭品是祭祀儀式中不可缺少的內容。[1]

　　瑪雅宗教的祭品包括各種精美的工藝品、血和活人或動物。在某些祭祀儀式中，瑪雅的國王和配偶用粗糙的繩索劃破自己的舌頭，將血液灑在祭祀用的樹皮布文獻上，這些沾滿王族血液的文獻隨後會被焚燒獻給神靈。在另外一些儀式中，美洲豹、鷹等動物，甚至是人，會被殺死作為獻給神的祭品。這些被殺死的人通常是社會身份地位較高的戰俘，包括敵方的國王。活人祭祀通常見於比較重要的儀式，例如新王登基、確認國家的繼承人、新廟宇落成等。奇琴伊察建築群便是晚期瑪雅宗教活動的重要見證。除了各種與祭祀活動有關的建築之外，考古學家在奇琴伊察的聖井中發現了大量祭品，包括祭祀中用於殺人的匕首，一些建築的牆上還發現了描述殺人獻祭的圖案。[2]

　　奇琴伊察建築群位於尤卡坦半島的北端。至少在大約 5 世紀的時候，這裏就已經出現了人類聚落，各種廟宇的建造則始於 6 世紀。9世紀初，在這裏居住的群體稱為伊察人（Itzaes），他們開始建造奇琴伊察的部份建築。970 年前後，從墨西哥高地上遷來了一群托爾特克

1　Sharer, R. with L. Traxler 2006, *The Ancient Maya*, Stanford: Stanford University Press.
2　同上。

人（Toltec），他們佔據了當地的城市定居下來，除了廟宇和其他宗教建築之外，還修建了房屋、市集等。為了強化對當地的控制，奇琴伊察和附近的其他瑪雅城市，包括烏斯馬爾，結成了「泛瑪雅同盟」。大約 750–1200 年，奇琴伊察是瑪雅的政治和經濟中心之一，也是古代墨西哥最大的城市之一，佔地大約 5 平方公里。後來，奇琴伊察被同盟的另外一個城市瑪雅潘（Mayapán）所征服。[1]

托爾特克人成為統治者之後，當地的建築物逐漸形成了瑪雅和托爾特克文化融合的風格，後來稱為瑪雅–尤卡坦式（Maya-Yucatec）建築。這類建築一方面保留了瑪雅建築的立體感，例如多層的平台、陡峭的階梯、灰泥透雕的屋頂、大量的立柱等；另一方面又引入了托爾特克文化的裝飾圖案，例如大量的戰爭場面、以羽蛇和其他動物作為雕塑裝飾的主題，還有半坐半臥的雕塑人像查克·穆爾（Chac-Mool）等。[2] 這些特徵都見於奇琴伊察建築群。

奇琴伊察的部份建築刻有建築年代，最早的年代是 832 年，最晚的年代是 998 年。建築群以高大的祭祀塔為中心，南北東西分佈着 17 座建築。祭祀塔的北面是聖井，瑪雅時代，這是各地信徒朝聖的中心，他們將各種祭品投入井中，如玉器、金器、紅銅、銀器、陶器和人類骸骨等。[3] 大祭祀塔的東北面是武士廟，其頂部有查克·穆爾雕像；東面有千柱廣場和美洲豹廟，西北是大球場、鷹和美洲豹平台、骷髏牆等；西南面有方壇廟，南面有觀象廟、骨灰壇廟等。這些建築建於不同的年代，不同的族群，但都具有獨特的宗教功能。

奇琴伊察建築群最引人矚目的是正方梯形的九層大祭祀塔，坐落在長方形的廣場中間，塔基邊長 60 米、塔高 24 米，四面各有一道

1　Leal, M.C. 1990, *Archaeological Mexico*, Firenze: Casa Editrice Bonechi.

2　Sharer, R. with L. Traxler 2006, *The Ancient Maya*, Stanford: Stanford University Press.

3　同上。

407

陡峭而狹窄的階梯通向塔頂用於祭祀的廟宇,其中兩道階梯的兩旁各有一個石雕羽蛇頭,這是瑪雅重要的神祇庫庫爾坎(羽蛇神,又稱為Quetzatcoatl)的形象。大祭祀塔是進行祭祀的主要地點。根據歐洲殖民者留下的文獻記錄,在進行祭祀的時候,大祭司(很多時候由國王兼任)會沿着階梯登上塔頂,在廟宇內舉行宗教儀式。將要被作為祭品獻給神靈的戰俘,也是沿着階梯登上塔頂的廟宇,在祭壇上被殺。[1]

大祭祀塔的東北是另外一座重要建築武士廟。戰爭是瑪雅文明重要的內容之一,通過戰爭,各瑪雅王國互相爭奪土地和資源,擴大王國的版圖。因此,武士在瑪雅文明中是一個重要的社會階層,而敵方的高級武士乃至國王則往往成為祭祀的犧牲品。武士廟具有典型的托爾特克建築風格。這座建築的方形台基用石塊砌成,在台基上建造廟宇和登上廟頂的階梯。武士廟從地面到頂部共有六層平台,每一層平台的尺寸逐漸收縮。該廟的不少石柱上刻有淺浮雕的瑪雅武士形象,廟宇因此得名;其他建築裝飾還有人身的庫庫爾坎神形象,以及美洲豹、鷹等瑪雅文化中重要的圖案。武士廟頂部原來同樣有用於宗教活動的廟宇,但已經坍塌;現存遺蹟包括一座以人像立柱支撐的石平台,廟宇的石柱和石牆,還有獨特的查克‧穆爾雕像。這種半臥半坐、上身90度轉向正面的人物雕像,廣泛見於墨西哥東北地區的瑪雅建築中,學術界對其含義有不同的解釋。武士廟內還有描述戰爭和戰俘的圖案。[2]

大祭祀塔的東面是曲尺形的千柱廟,現在只留下大量的石柱。瑪雅的石柱呈圓形或方形,用打磨規整的石塊疊砌而成,有些石柱頂部有較寬的柱頭,另外一些則不見柱頭。石柱的裝飾主要見於柱身,例如淺浮雕的武士或動物圖案。與古希臘建築以柱頭雕刻裝飾為主的柱

---

1   Sharer, R. with L. Traxler 2006, *The Ancient Maya*, Stanford: Stanford University Press.
2   同上。

上：奇琴伊察大祭祀塔，左後方是武士廟。
下：武士廟及西面的階梯入口，頂部是查克‧穆爾雕像。

式相比，瑪雅的石柱顯然具有完全不同的風格。大球場東面石牆的南側建有一座美洲豹廟，因廟中發現美洲豹的石雕而得名，美洲豹廟東面的入口也有一座美洲豹雕塑。

祭祀塔東邊廣場的美洲豹廟

奇琴伊察的大球場是中美洲最大的瑪雅球場，長 168 米，寬 68 米，球場兩側高牆上各有一個淺浮雕裝飾的石環。很多瑪雅宗教建築群中都有球場，因為球賽在瑪雅宗教中有特殊的意義。16 世紀的西班牙殖民者仍見到當時的瑪雅人進行球賽，規則已經不大清楚，但知道所用的球是一個直徑大約 30 厘米的橡皮球，球員用肩膀、大腿或軀幹來控制球，但不可以用手或腳。若其中一隊能夠將球送入對方高牆上的石環，即為勝利的一方。與現代球賽不同，在瑪雅，輸贏可謂生死攸關。比賽雙方往往來自兩個對立的政治團體，輸球一方的球員將會成為球賽後進行的宗教儀式的祭品。奇琴伊察大球場高牆底部的浮雕圖案便展示了正在殺死一個人準備用作祭品的場面。[1]

鷹和美洲豹在瑪雅文明中是經常出現的動物形象，雖然現代學者對這兩種動物的象徵意義已經不大清楚。奇琴伊察的鷹和美洲豹平台以該建築上的鷹和美洲豹圖案得名，平台的功能仍有待研究。骷髏牆佈滿了人類頭骨的圖案，據研究在當時是用來展示戰俘頭骨之地。建築群南部的方壇廟，頂部用巨石砌成廟宇，內有巨大的四方形祭壇。不過這一廟宇已經部份坍塌。

瑪雅的天文曆法成就非常高，有獨特的曆法，2012 年 12 月的所謂「世界末日」，是瑪雅曆法一個週期的結束。曆法不僅和農業有關，瑪雅的戰爭、祭祀、等重要社會活動都需要根據曆法選擇適當的時間。因此，觀察天象成為瑪雅文明中重要的內容，掌握天文曆法知識是權力的象徵，而奇琴伊察的觀象廟便是為這一功能服務的建築。骨灰壇廟則據說保存了一位祭司的骨灰。

不少文獻將瑪雅的祭祀塔稱為金字塔，其實瑪雅的祭祀塔與埃及金字塔的功能不同，前者主要用於祭祀，後者主要用作埋葬國王。因為功能的不同，兩者的建築結構也非常不一樣。前者有階梯通向塔頂

1　Sharer, R. with L. Traxler 2006, *The Ancient Maya*, Stanford: Stanford University Press.

左上：大球場兩側高
　　　牆基座的浮
　　　雕，中間跪下
　　　的人即將成為
　　　祭祀的犧牲。
右上：平台牆上的鷹
　　　和美洲豹浮雕
　　　圖案。
中　：骷髏牆。
下　：觀象廟。

的廟宇，塔頂是主要的功能區；後者的主要功能位於塔中心的墓室，沒有通向塔頂的階梯。若要比較，瑪雅的祭祀塔在功能上和兩河流域古文明、柬埔寨吳哥的塔形建築相似，都是為了宗教活動而建造；埃及的金字塔在功能上和中國的帝陵相似，都是為了埋葬帝王而修建的巨大墳墓。不過，柬埔寨的吳哥是允許一般信眾登上塔頂的廟宇進行參拜，而瑪雅的祭祀塔只允許祭司及其助手登上塔頂進行祭祀活動，一般民眾並不能登塔。顯然，瑪雅古文明的宗教儀式具有更多的政治和社會排他性，更凸顯了國王或大祭司至高無上的權威和地位。

作為墨西哥東北部瑪雅文明的見證，奇琴伊察建築群在 1988 年被列為世界文化遺產，後來又被評為新的世界七大奇蹟之一。今天，這裏是墨西哥最具有吸引力的旅遊地，每年有大量的遊客到此參觀，欣賞古老而獨具特色的瑪雅宗教、建築和藝術。

旅遊 小知識

交通和住宿：

奇琴伊察在尤卡坦半島城市梅里達的東面，距梅里達大約 120 公里。從墨西哥城可乘飛機前往梅里達，每天的航班很多。在梅里達有價格不等的酒店可供住宿。此外在遺址附近也有小量酒店，有些遊客會選擇在頭一天的下午入住酒店，以便在第二天清晨大批遊客尚未抵達的時候從容參觀這個古代宗教建築群。

參觀：

參觀整個建築遺蹟最少需要三個小時。參觀時需要帶足飲用水和小量食物，因為遺址範圍內基本不見購物點。

伊斯坦布爾

若論地理位置的獨特，土耳其第一大城市伊斯坦布爾可以說是舉世無雙。這座城市坐落在地中海北岸博斯普魯斯海峽（Bosporut Strait）的兩岸，是世界上唯一地跨歐亞兩大洲的城市，扼守從黑海出地中海的主要通道，戰略地位和文化重要性不言而喻。

伊斯坦布爾的位置如此重要，因此自古以來便是兵家必爭之地，羅馬帝國後期，君士坦丁大帝為了政治的安全起見，330 年將帝國首都從羅馬搬到這裏，命名為「君士坦丁堡」。羅馬帝國分裂之後，東羅馬帝國（又稱拜占庭帝國）從 395 年到 1453 年滅亡為止，在長達一千多年的時間定都伊斯坦布爾。10 世紀前後，突厥民族在和穆斯林的交往中接受了伊斯蘭教，其中部份成員逐漸從中亞地區向小亞細亞擴張，入侵拜占庭帝國。12 世紀西歐發動的第四次「十字軍東征」進一步削弱了拜占庭帝國。1453 年，奧斯曼軍隊在穆罕默德二世的指揮下攻克君士坦丁堡，並將之變為奧斯曼帝國（1453-1922）的首都。[1] 現代的土耳其共和國在建國初期也曾定都於此，後來才遷到安卡拉。

兩千多年來豐富多元的東西文化交流，以及作為歐亞大陸歷史

1　UNSECO 1985, "Historic Areas of Istanbul", http://whc.unesco.org/en/list/356.

連接歐亞大陸的博斯普魯斯大橋

上幾個大帝國政治、經濟和宗教中心的角色，使伊斯坦布爾擁有很多考古遺蹟和堪稱人類傑作的歷史建築。在這裏可見到來自埃及的方尖碑，來自歐洲的巴洛克式建築，還有代表性的宗教建築。拜占庭帝國的宗教是希臘的東正教，而奧斯曼帝國則以伊斯蘭教為主要宗教。因此，在伊斯坦布爾可見到不同的宗教建築，其中又以索菲亞大教堂／清真寺和藍色清真寺最為著名，兩者均是伊斯坦布爾的地標性建築。

現存的索菲亞大教堂／清真寺始建於 6 世紀，即拜占庭帝國時期。這座世界著名的建築，由拜占庭皇帝查士丁尼一世於 532 年下令建造，兩位當時的數學家和科學家安特米烏斯（Anthemius）和伊斯多魯斯（Isidorus）設計並主持施工，建築原料來自帝國內不同地區。教堂的主體結構於 537 年落成，但內部裝飾則到 6 世紀中後期才完成。這座規模宏大的宗教建築，平面呈方形，中心是直徑為 107 英尺（約 33 米）的巨大圓拱頂，象徵天堂；拱頂距離地面的高度為 180 英尺。室內有不同層次的窗戶採光和通風，在圓拱底部的一排窗口將光線投射入大廳，象徵着從天堂投射到人間的聖光。[1] 在世界建築史中，索菲亞大教堂代表了 6 世紀的建築和裝飾藝術的精湛水平和工藝，是公認

1　Binns, J. 2002, *An Introduction to the Christian Orthodox Churches*, Cambridge: Cambridge University Press.

巴洛克式建築

上　：索菲亞大教堂/清真寺和周圍的
　　　宣禮塔。
左下：來自埃及的方尖碑。
右下：索菲亞大教堂/清真寺正在維修
　　　中的圓拱形頂。

的拜占庭建築代表作之一，具有獨特的歷史、科學和審美價值。

　　從 6 世紀到 15 世紀中葉，索菲亞大教堂一直是東正教的重要建築，也是拜占庭帝國進行一系列重要活動，包括帝王加冕典禮的地點。在漫長的千餘年間，索菲亞大教堂曾經歷了多次地震、火災、兵燹等天災人禍，不同部位的結構都曾受到破壞，又經過多次修復。1453 年，奧斯曼帝國的軍隊攻陷君士坦丁堡，蘇丹下令將索菲亞大教堂改為帝國的清真寺。因此索菲亞清真寺也成為伊斯坦布爾最早的皇家清真寺。[1] 寺內有指示伊斯蘭教聖城麥加方向的聖龕，供教徒朝拜。今天的土耳其實施政教分離的政策，1935 年索菲亞大教堂 / 清真寺被改成可供遊客入內參觀的博物館。

　　若說索菲亞大教堂 / 清真寺是拜占庭宗教活動的中心和拜占庭建築藝術的瑰寶，則它對面的藍色清真寺則是奧斯曼帝國的宗教活動中心和 17 世紀伊斯蘭建築工藝的集中體現。藍色清真寺的正式名稱是「蘇丹艾哈邁德清真寺」，奧斯曼帝國的蘇丹艾哈邁德一世 1609 年下令建造，1616 年完工，因其圓拱和宣禮塔頂部的外表均貼上大量的藍色瓷片而得名藍色清真寺。

　　從建成之後直到現代，藍色清真寺一直是伊斯坦布爾最重要的宗教建築，是伊斯蘭信徒進行宗教活動的重要場所。歷史上的一些重要人物，包括艾哈邁德一世的陵墓也建在藍色清真寺的周圍。不過，與突尼斯的情況不同，土耳其的藍色清真寺在沒有宗教活動的時候是允許遊客進內參觀的；當然，女性遊客進入清真寺範圍需要戴上頭巾。藍色清真寺內有巨大的圓柱作為承重，玻璃花窗作為採光和裝飾，牆壁和天花上都可見伊斯蘭文字和其他紋飾作為裝飾圖案，色調以藍色、白色和金色為主，這些都是伊斯蘭建築的藝術和工藝元素。從清

1　Binns, J. 2002, *An Introduction to the Christian Orthodox Churches*, Cambridge: Cambridge University Press.

上：藍色清真寺，位於索菲亞大教堂／清真寺西南。
中：藍色清真寺內部巨大的柱子、花窗和裝飾。
下：藍色清真寺圓拱形頂的裝飾圖案細部。

真寺內部可見藍色清真寺的大小圓拱下部都有一排小窗戶，陽光從這些窗戶透進來，一方面解決這座巨大建築內部採光的問題，另一方面也達到猶如「聖光普照」的宗教效果。

宗教建築首先要解決採光、通風、容納人流和營造室內空間的問題；宗教建築又都具有為宗教服務的功能，包括彰顯神的至高無上以吸引和堅定追隨者的信仰。基督教、東正教和伊斯蘭教的建築，似乎都着力營造高大舒朗的室內空間，以便容納更多的信眾進行各種宗教活動；同時利用各種建築技術和工藝，例如圓拱屋頂、拱券形窗戶、或尖形屋頂和高大的窗戶等，將室外的光線引人室內，營造來自「天堂」的聖潔之光，強調神的至高無上，使信眾歡喜讚嘆，頂禮膜拜。室內的裝修圖案，如基督教教堂的彩色玻璃和繪畫、清真寺內的伊斯蘭文字，又具有宣示教義的功能。建築內部往往使用最好的技術和材料裝修得美輪美奐，以彰顯神的莊嚴和神聖，也顯示宗教建築修造者所擁有的財富和社會地位。索菲亞大教堂／清真寺和藍色清真寺都是宗教建築的典範。

建築史學家普遍認為伊斯蘭建築吸收了基督教和東正教拜占庭建築藝術的某些元素，[1] 有伊斯蘭學者甚至指出，不應當隨便使用「伊斯蘭建築」這個名稱，因為伊斯蘭文明的建築吸收了很多其他文明的建築藝術要素，在各地區各有不同的風格，例如奧斯曼帝國的建築與伊朗的建築就不完全相同；而且這些建築並不一定都具有宗教意義，各類建築往往是一定歷史文化背景下的政治和文化身份認同的宣示，因此並沒有一種單一的、跨越時空的「伊斯蘭建築」。[2] 若將藍色清真寺和索菲亞大教堂／清真寺比較，便可見此言不虛。索菲亞大教堂／清真寺最

1 Fazio, Michael, M. Moffett and L. Wodehouse 2014, *Buildings Across Time*, Boston: McGraw-Hill Higher Education.

2 Alami, M. H. 2010, *Art and Architecture in the Islamic Tradition: Aesthetics, Politics and Desire in Early Islam*, London: GBR.

有特色的是巨大的圓拱，藍色清真寺則使用了更多層次、大小不同的圓拱作為建築的主要元素，包括一個主要的圓拱和八個次級圓拱。藍色清真寺圓拱下面的一排券頂窗戶也見於索菲亞大教堂／清真寺。

拱券結構在距今六千年左右便出現於兩河流域。圓拱形或穹隆形的建築工藝技術，早在距今三千多年地中海的邁錫尼文明中就已經出現。「考古遺址篇」中介紹的邁錫尼遺址，其「阿伽門農墓」便已經有近似穹隆形的墓頂。古希臘建築中這類建築元素較罕見，但在古羅馬建築中則頗為常見。現存的古羅馬建築，如意大利羅馬的鬥獸場，便有大量的拱券結構。圓拱形屋頂也是在古羅馬時代出現的，並一直延續到拜占庭建築中；也有人認為圓拱可能是波斯人發明的。[1]

無論是誰發明了圓拱和拱券技術，一個不爭的事實是，圓拱能夠使建築的室內空間高度和跨度明顯增加，更便於建造大規模的公共建築如宗教寺廟、宮殿等。因此，圓拱在東西方的建築中都頗為常見，東方的如本書介紹的兩座清真寺、俄羅斯的東正教教堂等，都是利用圓拱營造巨大的建築空間；西方的圓拱和拱券則見於羅馬式、文藝復興和巴洛克時代的建築。梵蒂岡的聖彼得大教堂就有一個巨大的圓拱形頂，其下端同樣也是一排窗口。在這個意義上說，伊斯坦布爾的兩座地標性宗教建築，不僅傳承了拜占庭建築的因素，更傳承了邁錫尼和古羅馬建築的元素。通過欣賞這兩座建築及其文化傳承，使我們認識到人類社會不同文明、不同文化之間是如何互相影響、互相吸收並不斷創新，即使是群體之間的衝突和戰爭，也可以成為不同文明之間交流和互相影響的渠道。世界上沒有甚麼文化是完全不受其他文化影響而發展的，因此，歧視其他文化是毫無道理的。這正是我們今天欣賞世界各地不同文化遺產的目的之一。

---

1 Fazio, Michael, M. Moffett and L. Wodehouse 2014, *Buildings Across Time*, Boston: McGraw-Hill Higher Education.

旅遊 小知識

交通：

　　世界各大航空公司都有航班前往伊斯坦布爾。伊斯坦布爾市內的公共交通也比較方便，兩座宗教建築又是位於伊斯坦布爾歷史城區內，有地鐵可直接抵達。

住宿：

　　伊斯坦布爾市內大小酒店賓館甚多，不過在夏季最好還是預先訂好酒店。

參觀：

　　索非亞大教堂 / 清真寺雖然現在已經不是清真寺，但入內參觀最好遵循當地規則，如女性戴上頭巾包裹頭髮，不要穿暴露的衣服等。藍色清真寺現在仍然是穆斯林宗教建築，雖然在沒有宗教活動的時候允許非穆斯林進入參觀，但遊客更需要嚴格遵循進入清真寺的規則，不論男女都要在門口脫下鞋子，衣服不要暴露，女性要戴頭巾，以表示對當地宗教和文化的尊重。

科爾多瓦大清真寺／大教堂

在許多人的心目中，伊斯蘭清真寺和天主教／基督教的大教堂是兩種截然不同的宗教建築，涇渭分明，絕不相容。我一度也是這樣認為的。但西班牙的科爾多瓦清真寺／大教堂卻讓我大開眼界，認識到世界上的文化是如此豐富多彩，清真寺和大教堂這兩種風格不同的建築是可以共存的。

科爾多瓦（Cordoba）是西班牙南部安達盧西亞自治區科爾多瓦省的省會。至遲到公元前 3 世紀，科爾多瓦就已經是個繁榮的小鎮。公元前 206 年，羅馬人佔領了科爾多瓦，認識到這個小鎮的商業和戰略價值，開始在這裏大興土木，建造各種公共設施。科爾多瓦城至今還保留着部份古羅馬時代建築的城牆。西羅馬帝國衰落後，科爾多瓦曾一度被哥特人佔據。從 8 世紀到 13 世紀，信奉伊斯蘭的北非摩爾人和信奉天主教的歐洲政權在西班牙和葡萄牙所在的伊比利亞地區反覆爭奪領土和人民。8 世紀初期，摩爾人控制了西班牙地區並在科爾多瓦建都，興建了大約 300 座清真寺，以及大量的宮殿和公共建築，以便使科爾多瓦成為和君士坦丁堡、大馬士革和巴格達匹敵的大城市。785年，摩爾統治者拉赫曼一世下令建造大清真寺。根據 20 世紀 30 年代的考古發現，大清真寺所在地原來是一個羅馬神廟，後來，哥特人在

原址又曾修建過基督教教堂。拉赫曼一世從基督徒手中買下這塊地皮，拆毀教堂，建造大清真寺。[1]

　　拉赫曼一世來自敍利亞，在設計科爾多瓦大清真寺的時候，他要求這座清真寺的方向要和大馬士革大清真寺的方向一致。科爾多瓦大清真寺平面為正方形，邊長 79 米，中間用圍牆分隔為庭院部份和寺廟部份，外牆有多個入口，每個入口均有豐富的伊斯蘭風格裝飾圖案，包括色彩和風格多變的拱券，後者在這裏不僅是承重結構，而且也是裝飾的主題。寺內建築大量使用拱券和支柱，包括希臘的科林斯柱式。有些學者認為，這些建築元素使得科爾多瓦大清真寺明顯帶有希臘式風格。[2]

　　伊斯蘭建築使用的拱券，最早見於 6000 年前的兩河流域，羅馬建築更經常使用拱券。希臘建築的各種柱式，在羅馬、拜占庭、伊斯蘭建築中也不斷發展、變化。[3] 在科爾多瓦大清真寺拱券柱廊所見的科林斯柱式，再次見證了古代人類文化的互相借鑒和影響。

　　拉赫曼一世 788 年去世，未能見到大清真寺的竣工。他的兒子和之後繼位的數位西班牙摩爾政權統治者，持續投入可觀的資源來建設這座清真寺：785 年動工，經過一系列的擴建和裝修工程，直到 1009 年前後才完全建成，歷時兩百多年。[4] 儘管基本的拱券柱廊結構一直延續使用，但大清真寺裏出現了不同時代、不同形狀風格的圓拱形頂，拱券結構也從早期的羅馬式紅白弧形磚拱發展到後來出現交錯重疊的拱券。簡言之，科爾多瓦大清真寺展示了西班牙南部地區從 8 世紀到 11 世紀的兩百多年間，伊斯蘭宗教建築在技術、工藝、裝飾風格和圖

1　UNESCO 1994, "Historic Centre of Cordoba", http://whc.unesco.org/en/list/313.

2　Cumplido, M. N. 2010, *The Mosque-Cathedral of Cordoba*, Cordoba: Escudo de Oro.

3　Fazio, Michael, M. Moffett and L. Wodehouse 2014, *Buildings Across Time*, Boston: McGraw-Hill Higher Education.

4　Cumplido, M. N. 2010, *The Mosque-Cathedral of Cordoba*, Cordoba: Escudo de Oro.

上　：從瓜達爾基維爾河（Guadalquivir）對岸遠眺科爾多瓦大清真寺／大教堂。
左下：科爾多瓦大清真寺／大教堂圍牆上伊斯蘭風格的入口。
右下：聖龕，指示聖城麥加的方向。

案各方面的發展軌跡。

大清真寺內有 850 根柱子，柱式的風格也相當多樣。每根柱子高 3 米，支撐着一系列連續的弧形雙層拱券。據説拱券結構的靈感和白色、紅色相間的結構，均來自古羅馬建築。[1] 這一磚拱柱廊結構為清真寺提供了寬闊、深邃而疏朗的室內空間，足以容納大量信眾。大清真寺也突出了宗教建築的特色，寺內指示聖城麥加方向的聖龕、作為天堂象徵的圓拱形頂等，都以典型的伊斯蘭建築元素加以裝飾，如重用藍色、白色或金色，透雕幾何或卷草圖案，用阿拉伯文字作為裝飾等，整體效果極其富麗堂皇。因此，科爾多瓦大清真寺是伊斯蘭宗教建築的傑出範例，並且影響到歐洲其他地方的清真寺。

8-10 世紀是伊比利亞半島伊斯蘭王國的全盛時期。阿拉伯人帶來新的農業技術和新的農產品橙、桃、棗、棉花等，農業經濟得以進一步發展。歷代摩爾的統治者「哈里發」也鼓勵學術發展，包括收集和翻譯古希臘的哲學、醫學和數學文獻，並支持科學技術的發展。10 世紀，科爾多瓦的哈里發朝廷富有而博學，惹得歐洲的基督教國王們心生妒忌。[2]

11 世紀，科爾多瓦的伊斯蘭政權開始衰落。1236 年，信奉天主教的西班牙卡斯蒂利亞國王費迪南三世（Ferdinand III）攻佔科爾多瓦，下令將科爾多瓦大清真寺改建為供奉天主教聖母瑪麗亞的大教堂。在伊比利亞半島，天主教政權正節節取勝。當天主教政權取得對一個城市的控制權時，便往往下令將清真寺改建為教堂。但十分難能可貴的是，當時科爾多瓦的政治人物和天主教的大主教能夠跨越宗教藩籬，高度欣賞科爾多瓦大清真寺的建築科學和藝術價值，大清真寺因而得

1 Cumplido, M. N. 2010, *The Mosque-Cathedral of Cordoba*, Cordoba: Escudo de Oro.

2 Anderson, J. M. 2000, *History of Portugal*, Westport, USA: Greenwood Press.

以幸存下來。[1] 儘管經過後期的改建，今天的科爾多瓦大清真寺仍保留了很多精美獨特的伊斯蘭建築藝術和風格，包括裝飾風格多樣的入口、恢宏壯觀或精雕細琢的圓拱形頂、富麗堂皇的聖龕等等。

據我觀察，天主教或基督教的教堂平面通常是長方形或十字架形，通常有一個主要入口，信眾由此進入教堂，沿着長長的中央走道步向教堂後方的祭壇前進行膜拜。走道兩旁是供信眾使用的椅子和供懺悔的小告解室，較大規模的教堂還有聖徒神龕、名人墓葬、雕塑、向兩翼延伸的小教堂等。從哥特式、文藝復興式到巴洛克式教堂都強調建構高大疏朗採光良好的室內空間，以彰顯教堂是神的殿堂，並將信眾的目光引向天空。清真寺的平面佈局多為方形或近似方形，較大的清真寺往往包括了寺廟和廟外的庭院，有圍牆環繞整個建築，召喚信眾的宣禮塔建於圍牆之間或寺廟外圍。圍牆上往往有很多入口，方便信眾從不同的方向進入庭院和寺廟；寺外往往有一圈拱廊開向庭院，方便信眾在這裏做進入寺內禮拜的準備。有些清真寺內用圓拱形頂營造高大疏朗的室內空間，如土耳其伊斯坦布爾的索非亞大教堂／清真寺和藍色清真寺；但也有些清真寺使用木板天花製作較為平面的室內空間，而將寺內建築和裝飾的重點放在聖龕及鄰近的空間，如突尼斯凱魯萬的大清真寺。科爾多瓦大清真寺則似乎兼有多個不同風格的圓拱形頂和木板平頂天花，裝飾工藝和技術比凱魯萬大清真寺要複雜和豪華得多。

1239 年，科爾多瓦大清真寺開始改建為大教堂，但基本格局仍保留了下來。清真寺外牆的宣禮塔改建為大教堂的鐘樓。大教堂西邊的圍牆保留了多個大清真寺原來的入口，仍保存着伊斯蘭風格的裝飾。清真寺原來開向庭院的拱廊被封閉起來，但從庭院進入大清

1　Cumplido, M. N. 2010, *The Mosque-Cathedral of Cordoba*, Cordoba: Escudo de Oro.

真寺的主要入口保留下來成為大教堂的入口。大教堂內的主祭壇建於 17 世紀，完全是歐洲天主教堂的風格，極其富麗工巧。教堂內到處可見非常華麗的天花、圓拱形頂和金碧輝煌的神龕等，但大清真寺原來的各種拱券、柱廊、木板天花、圓拱形頂、聖龕等主要結構大部份都保留下來，有些地方加建了天主教的神龕和歐洲風格的建築元素。整個改建工程也是漸進式的，從 13 世紀一直持續到 19 世紀，因此科爾多瓦大教堂包含了歐洲哥特式、文藝復興式和巴洛克式的建築元素。[1]

改建後的科爾多瓦大教堂主要用作天主教的宗教活動，直至今天。始建於一千三百多年前的科爾多瓦清真寺／大教堂，是西班牙現存最古老的、仍在使用的建築之一，更是非常獨特的伊斯蘭和天主教宗教建築，成為當地多元宗教文化的珍貴見證，並且於 1984 年被列入了世界文化遺產名錄。後來，鑒於大清真寺／大教堂周圍還有很多重要的歷史建築和公共設施，包括位於瓜達爾基維爾河上的羅馬石橋，大清真寺／大教堂北部的古老商業中心，用作抵抗摩爾人的基督教國王城堡和始建於中世紀的高塔要塞，多個重要的教堂，以及 15 世紀以前生活在當地的猶太人街區等等，共同展示了科爾多瓦的多元文化和多元族群歷史，因此，聯合國教科文組織於 1993 年將世界文化遺產的範圍擴展到整個科爾多瓦歷史城區。[2]

來自不同文化背景的人，在參觀和欣賞科爾多瓦大清真寺／大教堂的時候也許有完全不同的感受。但科爾多瓦大清真寺／大教堂所帶出的一個重要信息是：不同的文化之間有很多相似和互相影響的因素；人類文化總有很多相通之處，包括對美麗事物的認同和欣賞，以及保存人類傑作的願望，即使這些傑作並非來自自己的文化。在衝突

1　UNESCO 1994, "Historic Centre of Cordoba", http://whc.unesco.org/en/list/313.
2　同上。

建於 17 世紀的大教堂主祭壇及其富麗堂皇極盡工巧的天花

上　　：大教堂內另一裝飾繁縟的天花。
左下：伊斯蘭式拱廊上後加的西歐風格牆壁和天窗。
右下：伊斯蘭式拱廊和巴洛克式神龕共存。

不斷的現代社會，科爾多瓦大清真寺／大教堂所蘊含的文化寬容和文化共存的理念，是值得人類珍惜和追求的普世價值觀。

旅遊 小知識

交通和住宿：

從西班牙首都馬德里到科爾多瓦最方便的是乘高速火車，車程不到兩個小時。具體時間表可見歐洲鐵路網頁 www.raileurope.com。從科爾多瓦可繼續南下到塞維利亞地區，然後再返回馬德里，從那裏可向東到巴塞羅那，向北到畢爾包。科爾多瓦城內酒店很多，豐儉由人，從五星級酒店到青年旅舍都有，具體信息可見網頁 http://english.turismodecordoba.org。

參觀：

除了大清真寺／大教堂外，科爾多瓦可參觀的歷史文化遺產景點還很多，如羅馬石橋、基督教國王城堡、高塔要塞、始建於中世紀的修道院等等，只看大清真寺／大教堂的話，大概需要兩三個小時，但最好有導遊帶領參觀。

托馬爾基督修道院

葡萄牙中部古城托馬爾（Tomar）有一座中世紀城堡內的基督修道院，它不僅是一座重要的天主教宗教建築，而且是一座具有歷史意義的建築。它見證了基督教文化與伊斯蘭文化在伊比利亞半島的交流和衝突，是葡萄牙基督騎士團歷史的重要內容。修道院內的小教堂風格獨特，不僅是葡萄牙而且是全歐洲最具特色的宗教建築之一。

從 711 年到 15 世紀這七百多年間，來自北非、信奉伊斯蘭教的摩爾人與信奉基督教[1]的南歐地區政治軍事力量反覆爭奪當地的統治權。8-11 世紀，摩爾人在伊比利亞半島建立了多個伊斯蘭政權，但信奉基督教的歐洲政權不斷反擊，雙方的衝突持續，而機動靈活的騎兵在這曠日持久的戰爭中成為重要的軍事力量。在中世紀的伊比利亞半島，國王和貴族都擁有大量的騎士，這些騎士很多本身就是貴族。教皇也擁有屬於他們的軍事組織騎士團，打擊伊斯蘭軍事力量，保衛和擴大屬於基督教政權的領地和人民。其中，聖殿騎士團是當時歐洲的三大騎士團之一，始建於 1099 年，最初的成員主要是法國騎士，成立的目標是保護前往中東地區耶路撒冷的基督教朝聖者。因為該騎士團首領

1　基督教 (Christianity, Christian) 在這裏是泛稱，並未區分天主教、新教等不同教派。

托馬爾城的中心廣場和教堂

最早駐紮在耶路撒冷的阿克薩（al-Aqsa）清真寺一角，據說那裏是所羅門王神殿的舊址，故得名為聖殿騎士團。1129 年，聖殿騎士團得到教皇的正式支持，直接聽命於教皇，成為「十字軍東征」的重要軍事力量之一，政治、軍事和經濟影響力迅速發展，包括發展銀行業，發展和控制海上貿易等。騎士團的成員後來來自歐洲各地，又到處興建堡壘、要塞和其他建築，因此甚至發展出騎士團的建築風格。托馬爾修道院的小教堂就被視為聖殿騎士團風格的建築。[1]

　　從 12 世紀開始，信奉基督教的南歐國王持續向摩爾人發動軍事反擊，史稱「再征服」，最終奪回對整個伊比亞半島的統治。在這個過程中，出身於法國勃艮第貴族的阿方索‧恩里克斯率領軍隊戰勝摩爾人，1139 年成為葡萄牙國王阿方索一世，並於 1179 年得到教皇認可為葡萄牙國王。騎士團在這個「再征服」過程中發揮了重要的作用，阿方索一世對伊斯蘭的戰鬥中就借助了聖殿騎士團的軍力。而騎士團在此過程中也獲得土地與財富，並將土地租給農民，以地租收入

1　Anderson, J. M. 2000, *History of Portugal*, Westport, USA: Greenwood Press; Hagg, M. 2009, *Templars: History and Myth: From Solomon's Temple to the Freemasons*, Profile Books; ICOMOS 1983, "Evaluation", http://whc.unesco.org/archive/advisory_body_evaluation/265.pdf.

供養騎士。[1]

　　中世紀葡萄牙的天主教集團享有巨大的權力和財富，教會組織（包括騎士團）免交賦稅，並從國王和貴族那裏收到大量的捐贈。聖殿騎士團通過其銀行業和貿易活動更積累了巨大的財富，以致引起囊中羞澀的法國國王腓力四世（Philippe IV）的垂涎。1307 年 10 月 13 日星期五，法國國王腓力四世在全國同時逮捕、囚禁、屠殺聖殿騎士團成員，以掠奪騎士團的財產。1312 年，腓力四世要求羅馬教皇克雷芒五世下令解散聖殿騎士團，後者迫於壓力只有照辦。[2]

　　聖殿騎士團在法國、葡萄牙、西班牙等地皆有分團。葡萄牙國王迪尼斯向教皇建議在葡萄牙成立新的騎士團。1319 年，葡萄牙基督騎士團在原來的葡萄牙聖殿騎士團基礎上成立，繼承了聖殿騎士團在當地的財產，包括作為騎士團葡萄牙總部的托馬爾修道院。新成立的基督騎士團主要駐守在葡萄牙南部，不再直接聽命於教皇，而聽命於葡萄牙國王，對抗伊斯蘭或西班牙可能的入侵。葡萄牙的王室成員成為該騎士團的成員甚至首腦，如曼努埃爾一世和葡萄牙的一些國王就曾經擔任葡萄牙基督騎士團的「大團長」。葡萄牙王室借助騎士團的財富和人力來推行葡萄牙的海外探險，而騎士團也通過參與 15 世紀葡萄牙的海外探險獲得了巨大的財富和土地。發現從非洲到印度航線的葡萄牙人達·迦瑪（Vasco de Gama）就是葡萄牙基督騎士團的成員。到 15 世紀末期，葡萄牙基督騎士團已經在印度、非洲和葡萄牙本土擁有 454 個領地，在 15–18 世紀地理大發現和殖民主義過程中積累了更多的財富和力量。不過，隨着中世紀的結束和宗教力量在歐洲影響力的下降，葡萄牙基督騎士團也開始走向衰落。1789 年，騎士團被世

1　Anderson, J. M. 2000, *History of Portugal*, Westport, USA: Greenwood Press.
2　同上；Hagg, M. 2009, *Templars: History and Myth: From Solomon's Temple to the Freemasons*, Profile Books.

上：托馬爾修道院的圍牆
　　和碉樓。
下：托馬爾修道院的主要
　　入口和城堡。

俗化；1834 年，在反教會運動中，基督騎士團喪失了他們所擁有的一切。今天，騎士團（勳章）只是作為一種國家榮譽頒發給對社會有貢獻的人士。[1]

　　聖殿騎士團和後來的基督騎士團在葡萄牙最早和最主要的大本營就是托馬爾基督修道院。修道院的建築群包括圍牆、碉樓、城堡、教堂、修士宿舍、墓地等。整個托馬爾修道院的平面大致呈不規則的長方形，周邊有圍牆和碉樓環繞。主要入口在西南面，入口的東側就是城堡。城堡內有建於 12 世紀的圓形小教堂，還有供騎士住宿的房屋。城堡內原來還有另外一個教堂，不過現在已經成為廢墟。城堡的北邊

1　Anderson, J. M. 2000, *History of Portugal*, Westport, USA: Greenwood Press.

有一座長方形、建於 16 世紀的教堂，和始建於 12 世紀的圓形小教堂相連。除了教堂和城堡之外，修道院內還有 8 座修道院的分院和宿舍，還有小圖書館、廚房等，分別建於不同時期。

托馬爾修道院，包括修道院內的小教堂，均始建於 1160 年，由聖殿騎士團的建築師帕伊斯（Gualdim Paes）主持興建。這位建築師曾經在耶路撒冷居留了 5 年，而葡萄牙在 9-12 世紀又是由北非摩爾人統治，因此，托馬爾修道院最早的建築吸收了這一時期伊斯蘭建築和中東地區建築的某些因素，如向內傾斜的城堡圍牆，圓形的碉樓，多角圓形的小教堂等。在設計小教堂的時候，帕伊斯採用了源自耶路撒冷基督聖墓教堂的圓形平面結構。[1] 因此，托馬爾小教堂的外層平面是十六角圓形，教堂中心的聖龕是八角圓形，由八組高聳的羅馬式圓柱圍成，向頂部延伸形成多稜的天花。基督和聖母的雕塑就位於其中兩組圓柱上。這座教堂給人的感覺有點像一朵巨大的花，其花枝就是教堂中心的八角形結構，延伸到天花猶如八瓣展開的花瓣，再與外圈牆壁上的屏板銜接。這樣的結構在歐洲的教堂中的確是比較獨特的。

圓形教堂建築當然不僅見於托馬爾，但托馬爾小教堂是年代比較古老、又是由聖殿騎士團修建的多角圓形教堂，類似的建築在歐洲已經比較少見。到了 15-16 世紀，身兼騎士團首領的曼努埃爾一世下令在小教堂東部打開通道，加建了後來的長方形教堂。托馬爾小教堂現存富麗堂皇的內部裝飾主要也是 16 世紀的作品。整體說來，小教堂既有中世紀羅馬式和哥特式的風格，又帶有摩爾式和拜占庭式建築的因素；反映了聖殿騎士團起源於耶路撒冷的歷史，見證了中世紀中東與南歐文化的交流和互相影響，以及十五六世紀葡萄牙在「地理大發現」中所扮演的角色。再加上托馬爾修道院作為聖殿騎士團葡萄牙總

---

1   ICOMOS 1983, "Evaluation", http://whc.unesco.org/archive/advisory_body_evaluation/265.pdf.

上：始建於 1160 年的聖殿騎
　　士團小教堂，拱形入口
　　則建於 16 世紀。
下：小教堂八角形中心和天
　　花的裝飾。

建於 16 世紀的曼努埃爾式教堂

部所具有的獨特歷史價值，因此，聯合國教科文組織於 1983 年將托馬爾修道院建築群列入了世界文化遺產名錄。[1]

　　小教堂的面積不大，無法容納很多信眾，但這與小教堂原來的功能吻合，因為騎士團的小教堂本來就是只供團內的成員使用，並不對公眾開放。16 世紀加建的曼努埃爾式教堂明顯增加了整個教堂的空間。曼努埃爾一世和另一位葡萄牙國王若昂三世（Joao III）均曾下令在托馬爾修道院興建了一些新的建築，如新的分院和上文提到的教堂等。曼努埃爾一世時期加建的教堂，其外牆的圓窗和方窗是典型的曼努埃爾式建築，吸收了中世紀哥特式和北非摩爾人的因素，又帶有 16 世紀航海王國葡萄牙文化的因素，使用繩索、貝殼、海藻等作為裝飾主題。托馬爾 16 世紀所建教堂的這兩扇窗戶因此成為曼努埃爾式建築的典型範例之一。[2]

1　ICOMOS 1983, "Evaluation", http://whc.unesco.org/archive/advisory_body_evaluation/265.pdf.
2　同上。

　　縱觀托馬爾基督修道院的歷史，其早期建築是伊比利亞半島基督教和伊斯蘭教文明衝突和交流互動的產物，又是歐洲中世紀三大騎士團之一聖殿騎士團及其葡萄牙後繼者基督騎士團的歷史見證。托馬爾修道院從作為聖殿騎士團總部，到作為葡萄牙基督騎士團總部的演變，見證了歐洲宗教騎士團「世俗化」的過程，即從為教皇服務的軍事力量，變成為國王服務的軍事力量；騎士團不再是跨國的、超然於王權之上的宗教武裝力量，而成為受王權指揮的軍事力量。這是一個在歐洲歷史上相當重要的轉變，而托馬爾基督修道院正是這樣一個歷史過程的物質見證。最後，托馬爾 16 世紀的教堂展示了葡萄牙當年作為「海上王國」的航海文化對其建築風格的影響。在托馬爾基督修道院不同時期的建築中，我們見到來自中東、北非和歐洲文化因素的交融匯合，再次說明，戰爭和衝突的過程，也可以是人類文化的一種交流過程。當然這絕對不是說要鼓勵戰爭，只是從多方面分析戰爭對人類文化的影響。

左：曼努埃爾式圓窗。
右：曼努埃爾式方窗。

旅遊 小知識

交通和住宿：

　　托馬爾位於葡萄牙首都里斯本東北約一百三十多公里，從里斯本有火車去托馬爾，車程大約兩個小時。從里斯本也有長途汽車到托馬爾，車程不到兩個小時。公共汽車站停在城外，而且不見出租車，要步行一段卵石路入城，所以不要攜帶太多行李。不過托馬爾城內有公共汽車。城內有酒店可供住宿，可預先在可靠的互聯網上預訂。

參觀：

　　修道院位於托馬爾城附近的山上，要步行一段山路，需三四十分鐘，所以最好穿可爬山的衣履。參觀修道院整個建築群需要最少三四個小時。該修道院現在是博物館。

　　除了修道院之外，托馬爾古城也保留了不少中世紀到 18 世紀的歷史建築，值得參觀。古城中心廣場的教堂建於 15 世紀，裏面有 16 世紀的繪畫。古城的中心廣場有遊客中心，遊客可到該處獲取地圖和最新信息。

維斯教堂

讀歐洲藝術史、建築史的時候，常常見到關於巴洛克、洛可可風格的描述甚至批評，對於洛可可風格的某些批評尤其嚴厲，認為其「繁縟雕飾」，是一種奢靡頹廢的藝術風格。但洛可可風格的建築到底如何，總需要有些典型的例子讓大家「眼見為實」，然後才好發表意見。

德國上巴伐利亞施泰因加登（Steingaden）小鎮維斯村的維斯教堂（Die Wieskirche），便是一座典型的洛可可風格建築。這座教堂建於1745-1757 年，[1] 經過兩百多年滄桑，歷經兩次世界大戰，卻奇蹟般地保存完好，至今仍安靜地聳立在維斯村的青蔥草地之間，每年吸引數量可觀的世界各地天主教信眾和遊客。

根據藝術史研究，洛可可風格的藝術是從巴洛克發展而來，因此有人也稱洛可可為「晚期巴洛克」風格。巴洛克藝術大約在 17 世紀至 18 世紀初期始於羅馬，首先受到天主教的推崇，其特色是用藝術雕像和裝飾強調宗教主題和人物，彰顯天主教的力量，以便對抗新教的興起；這一風格後來逐漸流行於歐洲各地。洛可可藝術則在 18 世紀初期興起於法國，受到法國王室的推崇，其風格輕鬆、更強調裝飾的細

1　Pornbacher, H. 1993, *DIE WIES*, Regensburg, Germany: Erhardi Druck GmbH.

維斯教堂外觀

節和繁複；後來逐漸流行於歐洲各地。有人認為兩者均重視裝飾和細節，但巴洛克風格較為厚重，較為男性化；洛可可風格則較為輕鬆，趨於女性化。巴洛克和洛可可風格均影響到當時歐洲的繪畫、建築、音樂和文學藝術等領域。就建築而言，巴洛克建築大量使用立柱、雕像和雕飾來裝飾建築的立面和室內空間，加上光和影的效果，營造出立體感強烈、壯麗輝煌的風格。洛可可建築則常用柔和的線條，裝飾常使用白色、粉紅色、金色，貝殼、藤蔓、花朵是經常出現的裝飾圖案，用以營造柔美而富麗工巧的風格。[1]

　　維斯教堂從內到外都可以說是充份體現了洛可可建築的特色。教堂外部完全沒有哥特式建築那些高聳入雲的尖頂和拱券，代之以線條柔和的鐘樓，圓弧頂的外牆長窗，以及教堂入口兩側對稱的白色和金色的纖長立柱。這種立柱纖細，加上它的位置和結構，顯示其主要功能是裝飾而不是承重。進入教堂內部，第一感覺就是滿眼的白色、金黃色和粉紅色，從祭壇、主神龕、講道壇、管風琴，到描述天堂的天

---

1 Fazio, Michael, M. Moffett and L. Wodehouse 2014, *Buildings Across Time*, Boston: McGraw-Hill Higher Education.

頂壁畫，莫不以這三種顏色為主，連聖徒雕像都塗上白、金兩色。再細看時，到處都是貝殼、花朵、藤蔓等裝飾圖案，從祭壇、神龕、講道壇、樑柱、天花到管風琴，不僅是無處不在，而且是重疊堆砌。維斯教堂那具用白色和金色蔓草花朵紋飾裝飾得炫目富麗的管風琴，在我所見過的數以百計歐洲風格教堂管風琴中也是獨一無二的。這座教堂果真是名不虛傳的典型洛可可風格建築，無怪乎要被列入歐洲乃至世界建築史教材之中了。

維斯教堂的建築師多米尼庫斯·齊默爾曼（Dominikus Zimmermann, 1685–1766）是 18 世紀德國南部一位相當著名的建築師和室內裝修師；他的哥哥約翰·齊默爾曼（1680–1758）是建築師和巴伐利亞選帝侯的宮廷畫師，兩人合作修建了不少重要建築，而且幾乎都是洛可可風格。維斯教堂是多米尼庫斯最後的代表作。1745 年，60 歲的多米尼庫斯應邀到維斯主持這座教堂的興建。他的哥哥、兒子和侄子也都直接參與了維斯教堂的繪畫、粉飾等室內裝修工作。維斯教堂內的繪畫由約翰主持，並且大部份由他親自完成。1754 年，維斯教堂的基本建築完成。同年，多米尼庫斯搬到維斯教堂附近居住；1766 年去世。[1]

多米尼庫斯對教堂的設計是很費了心思的。教堂室內的採光主要來自教堂兩側的長方形窗戶。建築師通過採用白色、金色作為室內裝修的主色，使來自窗戶的自然光在室內互相折射、互相輝映，讓整個教堂內部明亮輝煌，完全沒有很多教堂內黑暗陰沉的感覺。不僅如此，室內裝飾顏色的使用也具有宗教意義。維斯教堂內部裝飾除了白色和金色之外，也常見藍色、綠色和（粉）紅色，而後三種顏色象徵着天主教的三種美德：堅信，希望和愛（慈悲）。作為一個供朝聖的教堂，維斯教堂的朝聖對象是木雕「哭泣的耶穌」像。多米尼庫斯

1　Pornbacher, H. 1993, *DIE WIES*, Regensburg, Germany: Erhardi Druck GmbH.

上：維斯教堂內部。
中：天頂壁畫。
下：管風琴。

設計了一個裝飾極盡富麗繁縟的主神龕將之供奉起來，使之與其他神龕、神像判然有別。最後，洛可可藝術強調輕鬆愉悅，即使在教堂進行宗教活動也希望是一個輕鬆享受的過程。據說這也是他設計維斯教堂建築和室內裝修時的理念。[1]

藝術審美是很個性化的，是否欣賞洛可可藝術完全是每個人的品味問題，但不能不承認維斯教堂所展示的洛可可藝術，的確有其令人印象深刻的獨特風格和成功之處。我到過的許多文藝復興或哥特式教堂，即使有大量天窗，室內往往是暗沉的，多少令人感到壓抑——當然也可以說這增加了教堂的莊嚴肅穆。多米尼庫斯成功地將建築設計和室內裝飾結合起來，將自然光和裝修色彩結合起來，既解決了教堂室內採光的問題，使維斯教堂滿室明亮；同時又達到內部裝飾的目的，使教堂獨具特色。

一所教堂的內部環境和氛圍應當如何，是偏於暗沉凝重還是偏於明亮富麗，這恐怕不僅僅是藝術審美的問題，而且是神學的問題：信眾到教堂進行宗教活動，到底應該是一種莊嚴虔誠的體驗，還是一種愉悅享受的過程？不同派別的神學者有不同的觀點，不同宗教信仰和不同藝術流派的建築師也是根據他們的理念來設計、建造和裝修教堂，營造出不同的內部氛圍。而不同設計、不同風格的教堂，會在不知不覺中影響信眾在教堂進行宗教活動時的體驗和經歷，進一步甚至影響到信眾的神學理念、行為和價值觀。因此，教堂作為一種宗教性的公共建築，以及信眾到教堂參與宗教活動的過程，其實是每個個體接受社會教化的過程。

建造這樣一座教堂，所費必然不菲。18 世紀的施泰因加登只是一個鄉村小鎮。是甚麼因素導致當時當地的政府和宗教團體花如許人力

1　Pornbacher, H. 1993, *DIE WIES*, Regensburg, Germany: Erhardi Druck GmbH.

物力來興建這樣一座大師級的巴伐利亞洛可可風格宗教建築？這仍然要歸結於宗教的力量。據當地的傳說，1730 年，當地教士將一個木雕的耶穌披枷戴鎖受難像供奉在施泰因加登，以便信眾在星期五的宗教活動中加以膜拜。1736 年，這個雕像不再用於星期五的活動，並且在 1738 年 5 月 4 日輾轉送到一個住在維斯的農婦瑪麗亞‧羅莉（Maria Lori）手中。就在這年 6 月 14 日，瑪麗亞‧羅莉在耶穌雕像的臉上看到水滴，她宣稱這是眼淚。此消息一傳開，附近的信眾紛紛到羅莉的家來朝聖。後來，德國其他地區，甚至遠到奧地利、波希米亞和意大利的信眾也聞風而來，人數過萬。為了應付如此龐大的人流和殷切的需求，當地社區和宗教團體決定修建一座教堂來供奉這座「哭泣的耶穌」雕像。[1] 最早建造的教堂規模很小，很快就需要加建。1743 年，當地宗教團體決定建一座規模更大的教堂，以便滿足朝聖者的需要，並且請多米尼庫斯‧齊默爾曼作為該工程的主持人。1745 年，多米尼庫斯來到維斯，教堂正式動工。1754 年，基本建築完成。1756–57 年，附屬神龕、管風琴和所有裝修工作全部完成，「哭泣的耶穌」雕像從此一直供奉在維斯教堂祭壇後方的主神龕內。這一年，主建築師多米尼庫斯還在教堂中留下了一幅感恩教堂完工的奉獻匾額。[2]

維斯教堂後來也經過了一系列的維修和翻新工程，包括 1904–1905 年和 1980–1990 年的兩次大規模維修。遊客今天看到的維斯教堂與兩百多年前的維斯教堂，在某些細節上未必完全一樣，但基本結構、室內裝修風格仍完好地保存下來。[3] 換言之，維斯教堂這座歷史建築具有相當高的完整性和原真性。

作為歐洲洛可可藝術的典型建築之一，維斯教堂凝聚了 18 世紀德

1　Pornbacher, H. 1993, *DIE WIES*, Regensburg, Germany: Erhardi Druck GmbH.
2　同上。
3　同上。

主神龕，祭壇後的雕像便是「哭泣的耶穌」。

國南部地區建築師、室內裝修師和畫家的創意和辛勞，是一個時代一種獨特藝術風格的物質見證。因此，聯合國教科文組織於 1983 年將維斯教堂列入了世界文化遺產名錄。[1]

旅遊 小知識

交通和住宿：

維斯靠近德國南部的菲森，從菲森有公共汽車直達維斯教堂，單程需時約 45 分鐘。建議住在菲森，到當地的遊客中心詢問最新的公共汽車路線和時間。菲森有不同檔次的酒店可供選擇，可用較可靠的網頁預訂。

遊客可以從法蘭克福或者慕尼黑乘火車到菲森，但需要在奧格斯堡火車站轉車，全程大約需要五六個小時。也可以從法蘭克福或慕尼黑機場進入德國，然後乘坐「浪漫之路」長途汽車沿途觀光，最後抵達菲森。

參觀：

教堂在沒有宗教活動的時候對公眾開放，遊客可自行入內參觀。建議避開星期天上午，因為這是教堂進行宗教活動的時間。為穩妥起見，到菲森後應到當地遊客中心了解最新資訊。視乎遊客對洛可可藝術的興趣，參觀教堂需要一兩小時。如果從菲森出發乘公共汽車到維斯教堂再返回菲森，有大半天的時間足夠了，沿途可以觀賞阿爾卑斯山腳下的田園風光。

1　UNESCO 1983, "Pilgrimage Church of Wies" http://whc.unesco.org/en/list/271.

阿旃陀和艾羅拉石窟寺

位於西亞和東亞之間的印度地區，有悠久的史前文化，又是世界古老文明起源地之一。公元前 6 世紀末期，波斯阿契美尼德王朝的國王大流士一世入侵印度河平原一帶。波斯帝國衰落之後，來自希臘馬其頓的亞歷山大大帝又征服了印度。因此，印度自古便受到不同地區文化的影響。世界三大宗教之一的佛教，大約在公元前 5 - 前 6 世紀的時候起源於印度，之後從印度傳入中國，時間大約始於公元 1 世紀前後，至今已經有兩千多年。佛教的傳入及後來在中國本地的發展，不僅是中國和世界宗教史的重要內容之一，也是中國和世界藝術史的重要內容之一。這是因為佛教的東傳，不僅帶來了一種宗教信仰，而且帶來了佛教藝術，包括建築藝術、繪畫和雕塑藝術。佛教藝術不僅在中國大陸，而且在東亞、東南亞和南亞地區都有巨大的影響，是亞洲地區古代和近現代文明的重要內容。

佛教的建築藝術通常展現在其廟宇、塔、石窟等宗教建築上，而繪畫和雕塑藝術的精華，除了見於廟宇塔樓之外，也見於石窟寺。中國現在還保存有數量甚多的石窟寺，其中最著名的是甘肅敦煌千佛洞、山西大同雲岡和河南洛陽龍門，號稱「中國三大石窟寺」，各以其精美的建築、繪畫和雕塑藝術聞名於世，都是人類文化的瑰寶，已

經被聯合國教科文組織列入世界文化遺產名錄。

　　這些精美的佛教藝術，其源頭都來自印度。佛教藝術的出現及其特色，是印度次大陸古文明發展的產物。公元前 327 年，來自希臘馬其頓的亞歷山大大帝入侵印度，帶來了希臘的文化藝術，對印度當地的佛教藝術產生了一定影響。前 323 年，亞歷山大病死於兩河流域的巴比倫。公元前 317 年印度的月護王旃陀羅笈多（Candragupta）在印度西北部推翻了希臘人的軍事統治，建立了著名的孔雀王朝。其孫子阿育王（Asoka）是印度歷史上著名的君主之一，當時阿育王在全國大力推崇佛教，建造供奉佛祖釋迦牟尼的佛塔。[1]

　　對佛教有些了解的人大概都聽説過，印度的佛教有大乘和小乘之分，大乘派鼓勵「普度眾生」，向大眾宣傳佛教的教義，鼓勵大眾成為信眾；小乘派則強調僧侶自身的修為和對佛教教義的認知。早期的佛教多屬於小乘教派，其僧侶多是苦行僧，認為佛並不能以人體形象來表現，自然也就沒有佛、菩薩的造像，都是用一些具有特殊意義的符號和圖案來象徵，如蓮花象徵佛，因為據説佛祖出生時走了七步，「步步生蓮」。但這個時期已經出現了一些民間的朝聖活動，主要朝拜埋葬佛骨的塔，以及佛祖生前居住過、活動過的重要地點。隨著佛教的影響力不斷增加，僧侶們在印度各地的石窟、寺廟定居下來，開始膜拜塔以及佛像，並研究佛經。佛教從此進入了所謂「學術佛教」（Scholastic Buddhism）時期。[2] 而描繪佛像及佛教教義內容的雕塑和繪畫，也始於此時。當時印度的藝術明顯受到希臘藝術的影響，其雕塑和繪畫的風格，人物的髮式、服裝等，都帶有希臘雕塑和繪畫的風格。如雕像的服裝多為與希臘雕像相似的貼身斜肩衣袍，髮式也是類

1　〔日本〕佐佐木教悟等著，楊曾文、姚長壽譯 1983《印度佛教史概説》，上海：復旦大學出版社。

2　Fogelin, Lars 2015, *An Archaeological History of Indian Buddhism*, Oxford Scholarship Online.

開鑿於山崖中的阿旃陀石窟

似希臘的肉髻。人物的形象多為高鼻深目的雅利安人面相。

在大學讀書的時候，老師給我們上課，便詳細講述過佛教的繪畫和雕塑藝術如何因應宗教傳播的需要而產生，最早的佛教藝術出現於今天印度中部奧蘭加巴德（Aurangabad）地區，最早的繪畫和雕塑見於當地的阿旃陀（Ajanta）石窟。此後佛教藝術如何沿着陸地絲綢之路從西向東傳入中國，又如何經過了「本土化」的發展，佛、菩薩和侍從的形象、髮式和服裝如何發生變化，其面相如何由「高鼻深目」變成黃河流域人群的形象，其服裝如何由希臘式的斜肩貼身長袍變為黃河流域漢族的服飾，等等。總而言之，印度的佛教藝術，本來就是東西文化交流和發展的產物，對中國博大精深的佛教藝術和文化，有深遠的影響。從那時候起，便希望有一天能夠去「瞻仰」佛教藝術的「起源地」。

這個願望，終於在 30 年之後實現了。2015 年 9 月，我專門去了印度中部的奧蘭加巴德，參觀了著名的阿旃陀和艾羅拉石窟。這兩個石窟群，均開鑿在奧蘭加巴德的河谷群山之中，距離現在的河床估計至少有十多二十米。阿旃陀現有 30 個石窟，早期的石窟群包括 9 號、10 號、19 號和 29 號窟，大約開鑿於公元前 150–前 100 年，也就是距

今大約 2200 年左右。這類早期的石窟，平面像個長馬蹄形，洞窟從門口到前半段是長方形的，洞窟底部是個半圓形。洞窟的頂部是圓拱形的，用石雕工藝雕刻出類似木建築的檁條；洞廳內有排列的石柱，牆上和石窟頂部還有眾多繪畫或石雕的佛像。供信眾瞻仰的石雕佛塔位於洞窟後部，其頂部的穹隆也較為高大。這樣的平面設計和建築格局是為了方便信眾進入洞窟之後可圍着佛塔繞行瞻仰，[1] 顯然是為了滿足宗教活動的需要。

阿旃陀餘下的石窟開鑿於 5–6 世紀，年代較晚。這時期洞窟內部的裝飾更為繁複精細，繪畫的色彩富麗，人物表情的刻劃細膩入微。佛祖和菩薩的雕像也增加。此期已經允許將佛祖以人類的形象來表達，[2] 所以，人像的石雕藝術也就得以進一步發展。簡言之，這時期的建築、室內裝修、雕塑和繪畫，代表了當時印度中北部地區工藝和藝術的最高成就。即使在今天來看，其繪畫的豐富色彩和層次，對人類身體和表情的寫實及傳神的描繪，都不失為大師之作。

阿旃陀佛教藝術，不僅是印巴次大陸古代的藝術瑰寶，而且影響到中國、東亞和東南亞其他地區。今天從中國的新疆向東到甘肅、山西、河南等地，我們都能夠在早期的石窟寺雕塑和繪畫中看到阿旃陀藝術的影響，如高鼻深目的面相、螺旋式的肉髻，以及斜肩貼身的衣袍等。從隋唐開始，中國的佛教藝術趨向「本土化」，佛祖、弟子、菩薩和其他造像的面相和服裝也逐步變為本地人民常見的面相和服裝。因此，研究從印度阿旃陀到中國石窟寺藝術中人物造像和服飾從早到晚的變化，為佛教藝術如何接受希臘藝術影響、從南亞東傳到東亞地區以後又如何發展變化這樣一個世界宗教文化藝術交流的大題目，提供了具體的物質證據和資料。

1　ICOMOS 1982, *Ajanta Caves*, http://whc.unesco.org/archive/advisory_body_evaluation/242.pdf.
2　同上。

阿旃陀早期石窟寺內的佛塔和雕塑

阿旃陀後期石窟寺內的彩色繪畫

到了 500-1000 年，佛教開始衰落，大部份信眾改信印度教、耆那教（Jainism）甚至伊斯蘭教。這時期的石窟寺也逐漸衰落。但離阿旃陀不遠的艾羅拉（Ellora）石窟，卻是開鑿於 600-1000 年的藝術瑰寶。和阿旃陀石窟不同，艾羅拉的 34 個石窟，並非都是佛教的宗教建築，而是古代印度三個主要宗教的建築。艾羅拉最早的 12 個洞窟（編號 1-12 號），包括大型的 10 號窟，開鑿於 600-800 年左右，是佛教的建築；另外的 17 個洞窟或廟宇，編號 13-29 號，包括著名的第 15 號窟和卡拉利（Kailasha）廟，也稱 16 號窟，大約開鑿於 600-900 年，是婆羅門教（Brahmanism），又稱印度教（Hinduism）的建築。最後的 5 個窟，即第 30-34 號窟，開鑿於大約 800-1000 年，則是耆那教的建築。[1] 所以，艾羅拉石窟是古代印度三大本土宗教匯聚之地，展現了

1　Archaeological Survey of India (2011), "World Heritage Sites – Ellora Caves", http://asi.nic.in/asi_monu_whs_ellora.asp.

三種宗教建築藝術各自的特色及相互間的影響。例如艾羅拉 10 號窟的平面佈局和建築設計都受到阿旃陀石窟的影響。

不過，艾羅拉的石窟寺有不少是通天開鑿的大型廟宇，有些還具有兩、三層樓，有的庭院中就有佛塔和石雕，如大象的雕塑，其建築比阿旃陀的洞穴式建築要複雜得多，當時所費的人力物力必然也更加可觀。艾羅拉石窟寺的年代較晚，又有不同宗教共存，其雕塑和繪畫藝術更為多樣。如耆那教的石窟藝術似乎更着重精細複雜，與佛教較為大型的造像便有所不同。

艾羅拉石窟比較靠近古代印度中部的貿易通道，不同時代的旅客商賈均來此造訪。艾羅拉不同宗教的石窟寺和廟宇建築，分別受到古代印度不同朝代統治者和上層人士的資助而興建。從 5、6 世紀到 10 世紀，印度地區分別存在着不同的政治勢力，既有本地的政權，也有

艾羅拉石窟的大象石雕

來自外國的波斯和伊斯蘭政權。艾羅拉石窟所屬的三種宗教均屬印度本土宗教，由此也可見在政治形勢多變的古代印度，本土宗教仍然在當地文化發展中扮演着重要的角色。當然，艾羅拉石窟寺藝術也為後人研究中古印度藝術和建築工藝技術的發展和變化留下了非常珍貴的實物資料。

因為阿旃陀和艾羅拉石窟寺見證了印度古代和中世紀時期的佛教和其他三大本土宗教的發展演化，又反映了不同時期當地經濟（包括遠距離貿易）和政治的歷史，更是印度古代建築工藝技術和繪畫雕刻等藝術發展的珍貴實物見證，還展示了印度宗教藝術與西亞、歐洲和東亞古代文化藝術的互動，所以，在 1982 年的時候，聯合國教科文組織將這兩個石窟寺列入了世界文化遺產名錄。今天欣賞這兩大石窟寺，不僅可從中看到中國石窟寺藝術的源頭，更可領會人類自古以來的文化交流、文明的互相學習和互相影響，認識到文化的發展不是孤立的產物，而是人類合作的結果，從而增進現代人群體之間互相尊重、互相學習的善意。

旅遊 小知識

氣候：

奧蘭加巴德位於印度中部，雨季的時候氣候較溫和。建議不要在夏天前往，因為天氣比較酷熱，兩處地方都比較開闊，容易感覺不適。

交通：

從新德里和孟買均有直航飛機抵達奧蘭加巴德。乘火車也可以到達。艾羅拉離奧蘭加巴德只有 30 多公里，可參加當地旅行團組織的

一日遊。阿旃陀距離比較遠些，超過 100 公里，但也可在一日來回。

　　艾羅拉都是平地，但要步行的距離不短，有些石窟寺要上陡峭的樓梯，所以還是要穿輕便的衣履，不要穿高跟鞋、超短裙之類。阿旃陀石窟要爬到接近山頂才能進入洞窟，體弱者可在山腳下付錢僱人抬椅子上、下山。工人往往在下山時要求更多，這就要看具體情況了。實際上每個工人分很少的錢，各人可考慮自己的支付能力決定付多少，但千萬不要變成衝突，更不要騙人。

參觀：

　　艾羅拉的旅遊資料可參照〝Archaeological Survey of India〞網頁上的資料 http://asi.nic.in/asi_monu_whs_ellora.asp。

工業遺產篇

工業遺產篇

作為人類文化遺產的一個類別，工業遺產往往被誤認為僅限於與西方工業革命相關的文化遺產。但實際上，工業遺產的範圍要寬廣得多。根據聯合國教科文組織的定義，工業遺產包括了人類從史前到當代代表人類技術發展的各類遺址、遺蹟及其遺物。[1] 因此，一個新石器時代開採燧石作為石器工具原料的礦洞，一座青銅時代的採礦遺址，一個地區的羅馬帝國供水系統，一個工業革命時代的城鎮，一個標誌着鐵路運輸系統的火車站，或一座重要的工廠建築，都可被定義為工業遺產。

與其他類別的文化遺產如文化景區、考古遺址、古城古鎮或歷史建築不同，工業遺產是體現或反映人類工業技術發展的文化遺產，因此其重點比其他類別的文化遺產要狹窄一些。舉例來說，中國的秦始皇陵和湖北大冶銅綠山青銅時代到漢代的礦冶遺址都是考古遺址，但只有銅綠山遺址可以被同時界定為工業遺產，因為該遺址是中國古代採礦工業的見證，而青銅器的冶煉和使用是人類工業技術發展的一個重要里程碑，是人類最重要的發明和創意之一。

1　Falser, M. 2001, "Industrial Heritage Analysis".

西班牙塞戈維亞城的羅馬帝國供水系統

始建於 19 世紀中葉的葡萄牙波爾圖火車站

對工業遺產的分類、研究和保育，大體興起於 20 世紀八九十年代。1999 年，在英國康沃爾（Cornwell）郡成立了工業遺產保育國際委員會。這個委員會得到國際古蹟遺址理事會的認可，專門研究和推動對工業遺產的保育、記錄、管理和研究，組織學術會議，出版關於保育工業遺產的書籍和資料等。[1]

聯合國教科文組織對工業遺產的保育和研究也付出了相當多的努力。不過，在世界文化遺產名錄上，工業遺產所佔的比例並不高。在 2001 年的一份報告中，工業遺產只佔世界文化遺產名錄的 5.3%，其中大部份集中在歐洲，小量在亞洲和拉丁美洲，非洲和阿拉伯國家則一個「工業遺產」都沒有。這一「歐洲中心主義」的格局不僅見於工業遺產的分佈，而且見於整個「世界自然和文化遺產」的分佈。[2] 打開聯合國教科文組織的「世界遺產名錄」，除了亞洲的中國和印度及南美洲的墨西哥之外，擁有大量世界自然或文化遺產的都是歐洲國家，如西班牙、意大利、法國和德國；而作為人類誕生地的非洲國家，包括埃及和突尼斯這些擁有古老文明的國家，名下的世界文化遺產卻寥寥可數，有些非洲國家甚至完全沒有世界文化遺產，或者所有世界遺產都處於瀕危狀態。

形成這種世界遺產不平衡現象的原因很多，既與各國的政治和經濟力量、政局是否安定有關，也與世界文化遺產評審的標準有關。如果運用廣義的工業遺產概念，則非洲國家應當有大量的工業遺產，因為人類最早期的石器工業製作遺址都在非洲。沒有史前時期的石器製作，就沒有後來的工業革命，也沒有現代的航天飛機、手提電話和電腦。因此，工業遺產概念的應用，有助於我們認識到地球上不同地區人類對人類文化發展所作出的貢獻，加深人類群體和文化之間的互相

---

1 TICCIH 1999, "Guiding Principles & Agreements", http://ticcih.org/about/about-ticcih/.
2 Falser, M. 2001, "Industrial Heritage Analysis".

尊重。

在人類數百萬年的歷史中，最早、最重要的技術發明應當是工具的製作和使用。雖然最近的研究發現某些黑猩猩也會使用石頭、木棒等工具來採集和加工食物，但有系統地、大規模地、專業地製作大量工具，仍然是人類獨有的能力，也是人類能夠生存至今的主要原因，也是人類對這個地球造成日趨嚴重破壞的主要原因。因此，人類工業技術的發展可以說是一把雙刃劍，而這也是當代學術界研究工業遺產時經常關注的問題。

簡言之，工業遺產的焦點，是人類歷史上重大的工業技術發展和革新，以及這些革新對人類的社會結構、經濟制度、政治體制、意識形態，乃至自然資源和環境所帶來的巨大甚至是不可逆轉的影響。現代社會對工業遺產的保育和研究，不僅是為了欣賞和讚美人類的創意，而且是批判性地審視這些創意和革新如何影響人類過去、現在和將來的文化發展，人類又是否應從中吸取教訓。

我未曾有幸到非洲探尋人類最早的石器製作地點。最早接觸到的工業遺產是澳大利亞巴拉臘特（Ballarat）金礦遺址，但那更像一個主題公園。本篇與讀者分享的是三個工業遺產，均位於歐洲，英國工業革命的起源地鐵橋、與現代工業管理息息相關的新拉納克，以及波蘭的鹽礦遺址。這些工業遺產代表了人類工業發展中的重要階段，同時能夠讓我們反思技術發展對人類社會和自然環境的多面影響，從中吸取教訓，以便規劃和推行人類文化的可持續發展。

鐵橋：工業革命的標誌

18 世紀最早出現於英國，然後擴展到西方國家及世界各地的工業革命，毫無疑問是人類歷史上最重要的大事之一。工業革命首先是技術革新，大機器取代了中世紀以來人工和小型器械為主的生產設施；大規模的工業生產，包括鋼鐵的生產和紡織業的生產，取代了中世紀以來家庭作坊式的小規模、小批量生產；蒸汽機和其他機械動力取代了人工動力，等等。這些技術革新為整個人類社會帶來了翻天覆地的經濟結構、社會結構、政治制度和意識形態方面的變化，為資本主義制度的發展和鞏固奠定了基礎。

工業革命的出現，有廣泛的經濟、社會和政治原因，包括十五六世紀的地理大發現和原始資本的積累，17 世紀開始出現的各種早期動力機械，1694 年英格蘭銀行的設立以及隨之而來的「金融革命」，銀行業為大規模的工業生產和商業活動提供了資金。歐洲人口的顯著增加和農業生產方式的變化導致剩餘人口的出現，並由此產生對新生產方式的需求，以及英國政府獎勵工業活動的政策、海外市場的開拓和競爭，等等。[1] 儘管學術界對這一系列文化變遷與工業革命的因果關係有不同的看法，但至少有一個共識：工業革命這一重大歷史事件不僅

---

1 Wyatt, Lee T. 2009, *Industrial Revolution*, Westport, CT: Greenwood Press.

僅是某項技術革新的結果。

　　另外，在工業革命產生的過程中，也不能否認某些技術革新的作用。其中，1709 年英國人亞伯拉罕·達比（Abraham Darby）發現用焦炭煉鐵能夠大規模生產質量較好、成本又較低的生鐵，由此為鋼鐵機械的大量生產和使用奠定了基礎，因此被視作推動工業革命的重大技術發明之一。達比進行這一技術革新的地點就在英國什羅普郡鐵橋（Ironbridge）的科爾布魯克德爾（Coalbrookdale）村。1708 年，達比來到這裏，1709 年成功使用了便宜而數量豐富的焦炭取代了較昂貴的煤來煉鐵，鐵產品產量大增，質量亦明顯提高。[1]

　　今天的鐵橋是一個小鎮，位於英國中部城市伯明翰西北大約 50 公里的什羅普郡塞文河谷，又稱為「鐵橋峽谷」。在這裏，各種工廠、窰址、作坊、商店和住宅等歷史或現代建築及古董機械，還有十座博物館，分佈在塞文河兩岸大約 6 公里長的範圍內。其中，比較重要的工業遺產建築物是位於河谷東北面科爾布魯克德爾的達比家族舊居和其他煉鐵家族的建築；鐵橋東端有兩座建於 18 世紀的高爐遺蹟。南端是建於 19 世紀 30 年代的布利斯特希爾（Blist Hill）煉鐵廠和磚瓦廠，以及建於 18 世紀的陶瓷廠；最後是橫跨塞文河峽谷、1779 年建成的世界第一座金屬橋——鐵橋。

　　遊客一般從鐵橋河谷的東北入口進入鐵橋，首先見到的就是鐵橋河谷博物館，這裏有關於鐵橋工業遺產的一般介紹，可在此購買門票和地圖。該博物館的東北面就是建於 1717 年的達比家族舊居和科爾布魯克德爾建築群，還有一座鋼鐵博物館（Coalbrookdale Museum of Iron）。三百多年前，大量的鋼鐵產品便是從這裏運送到世界各地。遊客可先參觀這一群建築，了解亞伯拉罕·達比及其家族，以及他的

1　Wyatt, Lee T. 2009, *Industrial Revolution*, Westport, CT: Greenwood Press.

上：鐵橋所在的塞文河谷。
下：鐵橋鎮上的歷史建築。

焦炭煉鐵技術革新對工業革命的貢獻。

鐵橋河谷博物館的東南不遠就是建於 1779 年的鐵橋。這座完全用鑄鐵構成的大型金屬橋，由達比的孫子達比三世（Darby III）主持建造，不僅為塞文河兩岸的交通運輸提供了便利，也對現代西方建築產生了相當大的影響。在人類歷史上，曾經用過木、岩石、夯土、磚和瓦等材料作為建築用材；但從 18 世紀末期開始，鋼鐵成為了主要的建築材料之一。鋼鐵特殊的性能使人類建築的建造和設計得以有更加寬廣的發展空間。以鋼鐵作為主要建材是人類建築史上一大工藝技術革新，[1] 而鐵橋可以説是這一革新的標誌。

沿着塞文河向南，在河谷的西南出口便是另外兩組鐵橋地區最重要的工業遺產建築：布利斯特希爾煉鐵廠和科爾波特（Coalport）陶瓷廠。前者位於河谷的東南，附近還有一些民居，稱為「布利斯特希爾維多利亞鎮」。根據現場的説明牌介紹，布利斯特希爾煉鐵廠是 1830–1840 年間由梅德利·伍德（Madeley Wood）公司建造的。當時廠內有三座圓錐形的高爐，日夜不停地生產生鐵，然後製成鐵製品。1912 年，隨着鐵橋地區的煉鐵工業逐漸衰落，這三座高爐也被關閉，整個煉鐵廠被廢棄。直到 1970 年代，鐵橋河谷博物館基金會對該煉鐵廠的建築進行修復。現在三座高爐已經不存，只剩下高爐的底部遺蹟。高爐兩旁原來安置鼓風設備的廠房則仍然保存下來。[2]

科爾波特陶瓷廠坐落在塞文河岸，數座廠房圍抱着圓錐形的陶窰。與中國的「龍窰」不同，英國生產陶瓷用的是高聳的窰爐，用作裝載陶坯的匣鉢在爐內層層疊起。看來，匣鉢的使用與中國使用的方法是一樣的。這座陶瓷廠是英國人約翰·羅斯（John Rose）1796 年設立的，後來成為 18 世紀歐洲最大、最著名的陶瓷廠之一。瓷器廠現在

1　中國最少自五代（965 年）以來就有鐵塔，但作為民間建築材料，鐵的使用並不普遍。

2　The Ironbridge Gorge Museum Trust, unknown year, "Blist Hill Blast Furnaces", caption on site.

上：建於 1779 年的世
　界首座金屬橋──
　鐵橋。
中：布利斯特希爾煉鐵
　廠舊址。
下：陶瓷廠舊址，左
　邊為圓錐形豎式陶
　窯。

已經沒有大規模的生產了，一部份廠房改為陶瓷博物館，有員工現場展示瓷器的製作，有時候組織工作坊讓遊客體驗陶瓷的製作，並出售各種瓷器作為旅遊紀念品。

中國是陶瓷生產的大國，宋代以來陶瓷便成為中國外貿最主要的產品之一。後來，英國人也開始生產陶瓷。在科爾波特陶瓷廠的陶瓷博物館見到最有趣的陳列就是 19 世紀該陶瓷廠生產的中國式陶瓷，明顯是模仿中國明清兩代盛行的青花瓷，瓷器上的花紋也有中國山水風格。當然，瓷器的設計和造型還是根據英國本土的文化需要，例如為了適應英國人喝茶的習慣，瓷器就設計成一整套的英式茶具；而且在瓷器上加以金邊裝飾。這是一種典型的外來文化本土化現象。

瓷器要以高嶺土作為原料，燒成的製品才能晶瑩剔透。英國人並非只仿製中國的瓷器，他們後來發明了用牛骨粉混合高嶺土作為瓷器原料，燒成的「骨瓷」更為透明晶瑩，瓷胎更為輕薄，因此成為世界瓷器中的高端產品。這也是英國工業革命中的技術發明之一。科爾波特後來生產的瓷器就完全擺脫了中國的影響，產品趨向高端、精細、華麗，成為歐洲皇室貴族的用品。遊客可在陶瓷博物館中看到科爾波特陶瓷廠各個時期的經典產品。在觀賞這座博物館的時候就忍不住要想，為甚麼歷史上曾經以瓷器著稱於世界的中國，今天的產品卻無法進入世界最頂級的瓷器行列？

為甚麼鐵橋會成為工業革命初期重要的煉鐵和陶瓷生產中心呢？這與鐵橋的自然環境和資源密切相關。在 1.5 萬年前的末次冰川期，冰川運動導致河流改道，形成了今天所見的「鐵橋峽谷」。峽谷兩岸埋藏着豐富的石灰岩、煤和鐵礦石，這些都是冶鐵必不可少的資源。鐵橋附近還有可供製作陶瓷的黏土，[1] 而塞文河又為原料和產品的運輸

---

1 The Ironbridge Gorge Museum 1996, *Ironbridge – A World Heritage Site*, Ironbridge, UK: Jarrold Publishing.

提供了方便。所有這一切造就了鐵橋峽谷成為 18 世紀工業革命的重要地區。

　　但工業革命並非一幅浪漫美麗的畫卷。18 世紀很多文人、畫家來到鐵橋地區,記錄和描繪人們的生活情景:震耳欲聾的鼓風機,熱浪滾滾的高爐,燒製陶器和製作骨粉產生的黑煙和味道,骯髒的街道,低矮擁擠的農舍,嚴重污染的河水,流行的疾病,都是 18 世紀鐵橋地區的日常寫照。亞伯拉罕‧達比和他的孫子都只活了 39 歲。當時人們的平均壽命普遍偏低。直到 20 世紀,人們才開始意識到環境污染、惡劣的生活和工作環境對人類壽命的影響。[1]

陶窯內重疊的匣缽

1　The Ironbridge Gorge Museum 1996, *Ironbridge – A World Heritage Site*, Ironbridge, UK: Jarrold Publishing.

Chinese style teapot of 1800

陶瓷廠早期燒製的中國式青花瓷器

　　大規模焦炭煉鐵技術的使用和鐵橋的建造都被視為人類創意的見證，人類工業技術和建築技術的突破，而鐵橋峽谷作為工業革命的標誌，無疑具有重要的歷史和科學價值。因此，1986 年，鐵橋峽谷被列入了世界文化遺產名錄。[1]今天，我們當然無法否認工業革命對整個人類社會文化所帶來的巨大影響和改變，但工業革命對環境和人類健康的負面影響同樣是人類不容忽視的問題。鐵橋峽谷今天的青山綠水是過去一百多年停止工業生產的結果，但全球化將工業生產和環境污染帶到全世界，後者已經是在世界範圍內日益嚴重的問題。鐵橋工業遺產不僅見證了人類技術革新的一段重要歷史，而且見證了技術革新帶來的負面後果。如何在技術發展和自然資源的利用及環境污染的處理這三方面取得平衡，是 21 世紀人類必須要解決的問題。

1　UNESCO 1986, "Ironbridge Gorge", http://whc.unesco.org/en/list/371.

旅遊 小知識

交通和住宿：

　　從伯明翰到鐵橋不遠，正常情況下駕車一小時即可。離鐵橋最近的較大城鎮是特爾福德（Telford）。若乘公共交通工具前往，需要先到特爾福德，從那裏的市中心汽車站再乘公共汽車到鐵橋。倫敦及英國各大城市都有火車或長途汽車到特爾福德，詳情可瀏覽網頁 www.visitironbridge.co.uk。

參觀：

　　鐵橋鎮不大，大約五六個小時左右便可看完主要工業遺產。建議先到鐵橋峽谷博物館參觀展覽、獲取地圖和門票，便可按圖到各景點參觀。

新拉納克紡織廠

這是一座棉紡廠，位於蘇格蘭南拉納克郡（South Lanarkshire）的新拉納克（New Lanark），始建於 1786 年，1968 年停產，歷時近兩百年。這座紡織廠之所以出名，不僅因為它的歷史悠久，主要是因為它在 19 世紀有一位非常具有前瞻意識的管理者羅伯特·歐文（Robert Owen, 1771–1858）。

18 世紀的新拉納克只是一個風景美麗的蘇格蘭鄉村，附近的克萊德河（Clyde River），流經村子附近的一個小峽谷時形成一個小瀑布。因為瀑布可推動水輪，水輪又可推動機器，所以被兩位工業家選中作為棉紡廠的廠址。

英國工業革命的內容之一就是紡織機械的發明和使用，以及由此帶來的紡織工業大發展，特別是棉布紡織業。從 17 世紀開始，棉布因為纖維韌度強、易於染色、穿着和清洗方便等特色，在英國比毛織物更受歡迎。18 世紀，英國人發明了當時最先進的紡紗和織布機，紡出的棉線更強韌，紡線和織布的速度更快，而且可以用水輪或蒸汽作為動力。因此英國的紡織工業當時在世界上佔據領先地位，不僅供國內市場使用，還大量出口到歐洲、美洲、亞洲等地。[1] 巨大的市場需求吸

1　Wyatt, Lee T. 2009, *Industrial Revolution*, Westport, CT: Greenwood Press.

引了很多富有人士投身這一行業。

　　1784 年，蘇格蘭商人大衛‧戴爾（David Dale, 1739–1806）和英國棉紡織工業家理查德‧阿克萊特（Richard Arkwright, 1732–1792）來到這裏，選定最適宜建立水輪棉紡廠之地，很快買下了河邊的土地開始興建工廠，並將這裏命名為「新拉納克」。阿克萊特是 18 世紀著名的紡織機械發明人之一，他所發明的水輪紡線機器的產量，相當於數千個手工紡線工人的產量。儘管阿克萊特 1786 年退出了新拉納克的管理經營，作為獨資經營者的戴爾繼續推動工廠的建設和發展，並且於這一年開始生產棉線。到 1793 年，新拉納克已經佈滿了廠房。三座紡織廠中有一萬多個紗錠在運轉，而最大的第 4 號工廠則是作坊、倉庫和宿舍。新拉納克當時已經成為蘇格蘭最大的單一紡織工廠。[1]

新拉納克的工廠建築

1　New Lanark Conservation Trust, unknown year, *The Story of New Lanark*, Scotland: Tartan Ink Ltd.

當時有數以千計的工人在這裏工作，而其中相當部份是童工。根據文獻資料，1793 年春天，工廠有 1157 個工人，其中 362 名成年人，將近 800 人是未成年人，其中包括了 95 名 9 歲兒童，71 名 8 歲兒童，33 名 7 歲的兒童和 5 名 6 歲的兒童。這些兒童有相當部份來自附近的農村，還有一些是來自愛丁堡和格拉斯哥的孤兒院。戴爾僱傭他們的條件是給他們提供食宿和生活所需，並不需要支付薪水給這些童工（如果他們不是孤兒）。因此，4 號工廠裏面就有給孤兒提供的宿舍，1796 年有 396 個童工住在裏面。[1]

在現代人看來，僱傭童工是不可思議的；但在 18 世紀的英國，童工現象相當普遍。這是因為童工通常只獲得食宿，沒有工資或只有微不足道的工資；而且兒童是弱勢群體，更容易被操控和逼迫。他們被迫每天工作十幾個小時，操作危險的機器，住在擁擠的宿舍，工作如果出錯或未達到標準就被辱罵、體罰，無法反抗。因此，童工受傷、疾病和死亡的人數都相當多。19 世紀，英國政府通過了三個法律規範童工的使用，有助於改善童工的待遇，但並沒有完全解決問題。[2] 儘管兒童工作並不始於工業革命時代，農業社會也經常要求家裏的兒童幫助從事各種勞動以幫補家計，但工業革命將兒童帶入了機械化的、殘酷的工作環境中，使兒童成為資本家獲得暴利的工具。童工現象至今還廣泛存在於世界上，這是工業革命對社會結構帶來的巨大影響之一。

戴爾 1796 年向曼徹斯特衛生局提交了一份報告，相當詳盡地描述了他所僱傭的童工的生活環境。根據他的描述，396 個童工住在 6 間大房間裏面，每三人睡一張床。床上鋪稻草，稻草上面鋪床單。童工的服裝，夏天是棉布，冬天是羊毛織物。夏天有幾個月童工是沒有鞋

1　New Lanark Conservation Trust, unknown year, *The Story of New Lanark*, Scotland: Tartan Ink Ltd.

2　Cruickshank, M. 1981, *Children and Industry*, Manchester: Manchester University Press.

襪的。1792–1795 年間，有 9 個童工死亡。但和當時其他工廠童工的生活環境相比，新拉納克童工的待遇已經算是比較好了。[1]

在這樣的背景之下，工廠學校便是一個非常重要的設施。戴爾在新拉納克工廠設立了一所學校，1796 年請了 16 個老師，有 507 個學生，包括童工和年輕的工人。在這裏，工作時間是早上 6 點到下午 7 點，中間有半個小時吃早飯，一個小時吃晚飯。7 點以後，童工再到學校上兩個小時的課，課程的內容包括閱讀、書寫和算術，以及縫紉和教堂音樂。學校分為 8 個年級，完成一年級功課的學生可升到二年級，依此類推。學校至少給部份童工提供了基礎教育。此外，工廠也為有需要的成年工人及其家庭提供宿舍。[2]

戴爾的管理政策在當時算是比較「仁慈」的，但他並沒有提出一個清晰的管理理念。1798 年，一個年輕人應邀來到新拉納克，這就是大名鼎鼎的羅伯特·歐文，馬克思和恩格斯在他們的著作裏都提到歐文及其工廠管理改革。歐文的改革對整個西方工業社會產生了巨大的影響，而他進行企業管理改革的基地就是新拉納克。

歐文出身平民，很早就進入紡織工業行業，19 歲時已經是曼徹斯特一家大型紡線工廠的工頭。他最初是應戴爾的大女兒卡羅琳之邀到訪新拉納克。一到當地，他就感到可以在這裏將他關於工廠管理改革的理想付諸實現。他和兩個合夥人出資 6 萬英鎊買下了新拉納克。1799 年，歐文與卡羅琳結婚，開始全權管理新拉納克的紡織廠。[3]

在歐文管理新拉納克的早期階段，因為要顧及合夥人的商業利益，他將工人每天的工作時間從 13 小時增加到 14 小時，並加強了對工人的監管，例如工作時醉酒的工人會受到懲罰甚至開除。不過後來

1　New Lanark Conservation Trust, unknown year, *The Story of New Lanark*, Scotland: Tartan Ink Ltd.
2　同上。
3　同上。

他將工作時間減到 10 小時。歐文在推行改革之初遇到不少困難，合夥人難以理解他的理念，只關心工廠的利潤。直到 1814 年他才找到較理想的合夥人，從而得以推行他的一系列改革。歐文認為，一個成功的工業社會必須顧及勞工的福祉，而過去半世紀的技術發展卻忽略了這一點。他認為工業生產中最重要的資源就是人力資源，如果工人在惡劣的環境中工作和生活，他們必然是心懷不滿的，因此也是效率低下的。良好的工作和生活環境、適當的教育、有紀律但合理的管理制度才能夠產生心情愉快而有效率的員工。慈善事業和經濟發展應當是並行不悖的。他將這些觀點發表在他的論文《社會新觀》（New Views of Society）和其他三篇論文中，並將其理論在新拉納克工廠及附近的鄉村付諸實現。[1]

在工人管理方面，歐文用不同的顏色標記每個工人的生產量，據此「獎勤罰懶」，但不再使用毆打、辱罵等方法。他設立了一個疾病基金，讓工人將工資的 1/60 存入基金；設立了儲蓄銀行，鼓勵工人儲蓄。歐文在工廠附近的村子裏開了一個商店，以成本價出售商品，使村民和工人能得到價錢合理、質量較好的商品。通過這個商店，他還能夠控制酒的銷量，從而減少酗酒的問題。但他最重要的貢獻是兒童教育，歐文在這裏發展出英國最早的兒童教育系統。1816 年，他在新拉納克的新學校正式建成。這所學校白天的上課時間是上午 7 點半到下午 5 點，來上課的學生從 1 歲半到 10-12 歲；5 點以後則是年齡在 10 歲以上、白天工作的童工甚至成年人來上課。學校杜絕體罰，上課的內容強調吸引學生的興趣，教師通常帶學生到大自然認識動植物和礦物，每天還有音樂和舞蹈課程。除此之外，學校的大課室還供村民和工人作其他用途，例如集會、節日活動等，因此又是一個「社

---

1 New Lanark Conservation Trust, unknown year, *The Story of New Lanark*, Scotland: Tartan Ink Ltd.

新拉納克的紡線車間

區中心」。[1]

　　歐文的早期兒童教育似乎很費錢，但當時已經有人指出，這些兒童的母親可放心地將孩子留在學校，自己到工廠工作。因此，這是保持工廠勞動力的一種方法。歐文的理念之一是經濟利益和慈善事業可以並行不悖，他堅信教育是形成人的良好品質，從而讓社會更美好的重要途徑，早期兒童教育就是他實施這一理念的途徑之一。十八九世紀的英國乃至歐洲，啓蒙運動只關注於對成年人教育，歐文是從理念和實踐上關注兒童教育的先驅者。當時就有很多人來新拉納克的學校參觀，將歐文的兒童教育理念和實踐帶到歐洲各地。[2]

　　歐文在新拉納克的新型管理方法，為他贏得了國際聲譽。可是，他與合夥人的關係卻不是那麼順暢，因為合夥人對他的兒童教育頗有微詞。1824 年，當一個美國人來到新拉納克邀請歐文到美國印第安納

1　New Lanark Conservation Trust, unknown year, *The Story of New Lanark*, Scotland: Tartan Ink Ltd.
2　同上。

州投資工廠的時候，歐文決定放棄新拉納克移居美洲大陸。新拉納克紡織廠後來由不同的人接手經營，但歐文的管理原則大致保留下來。1967年9月，工廠在無預警的情況下突然宣佈關閉，但部份建築仍然保留下來。從1971年起，地方政府開始關注新拉納克紡織廠及村子的保育問題，啓動了一系列保育和重建工作。[1]歐文的經營管理理念是工業社會發展的重要里程碑之一，其影響至今未衰。

　　2001年，聯合國教科文組織將新拉納克納入了世界文化遺產名錄。[2]今天，新拉納克每年接待數十萬遊客。遊人在這裏可看到原來工廠的廠房、車間、工人宿舍、歐文創立的兒童學校的課室，以及歐文的舊居和辦公室，緬懷這位在工業革命中首先提出人文關懷工人福祉的先驅人物，並反思技術進步對人類社會分層、貧富懸殊等社會結構變化所產生的影響。

歐文所創立的兒童學校課室

1　New Lanark Conservation Trust, unknown year, *The Story of New Lanark*, Scotland: Tartan Ink Ltd.
2　UNESCO 2001, "New Lanark", http://whc.unesco.org/en/list/429.

旅遊 小知識

交通：

　　新拉納克距格拉斯哥大約 40 公里，距愛丁堡大約 56 公里。可從格拉斯哥中央火車站乘火車到拉納克火車站；從拉納克火車站再坐當地的公共汽車到新拉納克。格拉斯哥也有公共汽車到拉納克。

參觀：

　　建議先到新拉納克的遊客中心索取相關資料再參觀，時間大約三四個小時。若住在格拉斯哥，可於一天內往返。格拉斯哥是英國重要的工商業城市，市內也有不少歷史建築和文化景點值得參觀。

維利奇卡和博赫尼亞王室鹽礦

鹽是動物和人類不可或缺的礦物質，因為它不僅是身體必需的成份，同時對人類還具有多種其他功能，例如保存食物、防腐、清洗傷口等。現代工業也大量使用鹽，包括紡織業和製革業。又因為鹽並非在大自然隨處可見的物質，因此，鹽的生產和出售便關係到國計民生。中國古代的專賣鹽制度，以及鹽業商人如何暴富的歷史，在在都說明了鹽的重要性。在現代歐洲某些國家，歡迎最尊貴客人的時候奉上的禮物就是麵包和鹽，表示將最重要的兩種基本食物獻給來賓。

天然鹽或存在於海水中，或作為礦物（岩鹽）埋藏在地底下。因此，人類獲得鹽的方法大體有兩種：一種是曬鹽，即將海水圍入鹽田曬乾後獲得海鹽，生活在沿海地區的人類群體常採用這一方法；另外一種方法就是挖掘地下的鹽礦，或通過加熱含有鹽份的地下溫泉水來獲得鹽，居住在內陸地區的人類通常用這一方法，前提是當地存在鹽礦。

鹽礦和其他礦物的分佈一樣有偶然性。擁有鹽礦的地區，可以說是擁有了一項可觀的天然財富。位於波蘭南部克拉科夫城東南大約 10 公里的維利奇卡鎮便是一個鹽礦所在地，從 13 世紀到 20 世紀一直在開採。維利奇卡（Wieliczka）和博赫尼亞（Bochnia）是彼此相距不遠

的兩個開採點，開採的都是同一鹽脈。

維利奇卡和博赫尼亞鹽脈形成於一千三百多萬年前，原是海相堆積，地殼運動導致這些含鹽的岩層被埋在地下。鹽脈底部是成層的含鹽堆積，上部是塊狀的岩鹽。在維利奇卡，13 世紀以來持續的開採活動，在地底下形成了 9 層巷道，深度由距地表 64-327 米。巷道內有數以百計的大小礦洞和數以千計的採礦點，總容積達到 750 萬立方米。這裏的開採活動一直持續到 1996 年，才因為水淹礦洞和鹽價下降而停止。[1]

可以想見在過往數百年間鹽礦的開採和鹽的售賣所帶來的巨大經濟利益。自始至終，鹽礦的開採和經營都是由政府控制的。從 13 世紀到 1772 年，鹽礦曾先後屬於克拉科夫公爵和波蘭王國。波蘭王國成立了一個專門機構，管理這個鹽礦，其收入歸王室，故維利奇卡和博赫尼亞鹽礦有「王室鹽礦」的頭銜。1772-1918 年，鹽礦由奧地利政府管理，當時波蘭已經被俄國、普魯士和奧地利哈布斯堡王朝瓜分，1795 年完全喪失獨立。1918 年波蘭再次獨立之後，鹽礦又成為波蘭政府的財產。[2]

數百年間，無數礦工在鹽礦裏辛勤工作，不僅留下了不同時期開採形成的礦洞，不同時代的採礦技術工具和運輸設施，包括在井下飼養和使用馬匹作為運輸工具，而且留下了多座教堂或小教堂。在地底深處挖掘和開採礦產並不令人驚訝，但在地底深處用可觀的人力和物力來建造和裝飾教堂卻不常見。據研究，這是因為採礦具有高度的危險性，礦工就在鹽礦的巷道裏建造了這些教堂，每天早上在開工之前先禱告。[3]

---

1 Wolanska, A. 2010, *Wieliczka – Historic Salt Mine*, Cracow: Karpaty.

2 同上。

3 同上。

左上：鹽礦入口處。
右上：鹽礦的地下巷道。
左下：從 16 世紀開始，馬車是礦井中重要的運輸工具。
右下：聖金佳大教堂。

這些教堂有大有小，教堂內的裝飾性建築構件例如柱式、神龕、甚至神像，多是在鹽礦表面雕刻而成，或利用晶體化的鹽塊作為原料製成。最早的一座教堂建於 17 世紀後期到 18 世紀初期，甚至具有巴洛克風格。在所有這些教堂中，最令人印象深刻的是聖金佳（St. Kinga）教堂。聖金佳是天主教聖女。據說她是 13 世紀匈牙利國王的女兒，嫁給波蘭的克拉科夫親王。她生前致力於慈善事業，因而在 1690 年得到教皇嘉許，1695 年成為波蘭和立陶宛的主保聖女。[1] 不過，導遊卻說，根據當地傳說，聖金佳出嫁前，向父親要一座鹽礦作為嫁妝，因為鹽在波蘭比較缺乏。她父親帶她到匈牙利某鹽礦前，她將戒指扔到父親的鹽礦中，然後嫁到波蘭。嫁過去之後，她叫當地工人挖洞，最後發現了鹽，而其中一塊岩鹽中就包裹着她的戒指。因此，聖金佳成為克拉科夫和鄰近地區鹽礦的主保神。維利奇卡鹽礦中的一組雕塑表現的就是這個故事。

開鑿於 15 世紀之前的礦洞，雕塑表現聖金佳的故事。

1　Wolanska, A. 2010, Wieliczka – *Historic Salt Mine*, Cracow: Karpaty.

聖金佳教堂始建於 1896 年，長 54 米，寬 15-18 米，高 10-12 米。
在開鑿教堂時，數以噸計的礦鹽被運出礦井外。礦工藝術家花了將近
70 年時間來裝飾這座大教堂，包括雕刻祭壇、神像等。直到 1963 年，
所有裝飾工作才完成。這座教堂裏面，既有教皇、聖女和其他宗教人
物的雕像，也有礦工的雕像，還有大量闡述聖經故事的浮雕，如「出
埃及」「最後的晚餐」等。所有這些裝飾或建築構件，都是雕塑在鹽
礦上，或以岩鹽為原材料。不可思議的是，連看上去光彩耀目的「水
晶吊燈」，也是用晶體化的礦鹽作為原料，經過溶解、再結晶，使之
擁有類似水晶的透明質感。[1] 整個建造和裝飾過程中投放了大量的人
力、物力和巧思，特別是盡量利用礦鹽作為原料，使教堂具有非常獨
特的藝術和建築風格，充份顯示了鹽礦教堂的特性。遊客來到這座寬
闊大氣的地下教堂，在欣賞教堂內的裝飾、人像和建築構件的時候，
不能不感嘆礦工的建築和藝術天才及創意。

除了聖金佳大教堂之外，鹽礦內還有三座小教堂，包括建於 1859
年的聖約翰小教堂。和聖金佳教堂不同，聖約翰小教堂的拱券使用了
木結構，但其他構件仍大量使用鹽礦，因此被視作另外一種風格的鹽
礦教堂。聖金佳教堂建成前的數十年間，聖約翰小教堂是維利奇卡鹽
礦最重要的宗教活動地點。教堂原來位於第一層巷道，為了保育和展
覽的需要，2005 年將這座小教堂遷建到第三層。[2]

鹽礦類的工業遺產有獨特的保育問題。鹽是可溶於水的物質，
因此，用岩鹽作為原料或雕刻在鹽脈上的所有建築構件、人像、教堂
等，都面臨着變形甚至消失的問題。這也是維利奇卡鹽礦博物館要面
對的主要挑戰。

維利奇卡和博赫尼亞鹽礦及其留下的工具和設施，反映了歐洲鹽

---

1   Wolanska, A. 2010, Wieliczka – *Historic Salt Mine*, Cracow: Karpaty.
2   同上。

鹽礦內的聖約翰小教堂

礦工業從中世紀到現代的技術和生產方式的變遷。鹽礦內的教堂和其他裝飾則反映了礦工的生活和宗教信仰。因此，鹽礦於 1978 年被列入世界文化遺產名錄，是波蘭的第一批世界文化遺產，[1] 每年接待超過百萬遊客，成為獨具特色的工業遺產。

旅遊 小知識

交通：

從克拉科夫中心廣場乘坐 304 號公共汽車，正常情況下在大約半小時抵達鹽礦入口處。波蘭的公共汽車司機不一定會説英語，所以最好是預先看好鹽礦之前的車站名，一過了該站就準備下車。克拉科夫也有火車到維利奇卡，但火車站距鹽礦入口處較遠，不如汽車方便。

參觀：

參觀全程（包括鹽礦博物館）為三小時，不參觀博物館只需要兩小時。個人認為鹽礦博物館十分值得參觀，裏面介紹了當地人類從新石器時代開始用不同的技術開採、利用鹽的歷史，鹽礦的地質構造和開採技術的變化等等，欲知更多最新詳情可瀏覽該博物館的網頁 http://muzeum.wieliczka.pl。

遊客開始參觀的時候向下步行 300 多級樓梯，下到礦洞的第一層巷道；然後跟隨導遊步行參觀各景點，如地下教堂、巷道等，然後在第三層（距地表 130 多米）乘升降機回到地面。礦洞裏面的溫度常年保持在攝氏十四五度左右，所以即使在夏天進入礦洞也需要穿上較厚的衣服。

1　UNESCO 1978, "Wieliczka and Bochnia Royal Salt Mines", http://whc.unesco.org/en/list/32.

後
記

旅遊是去尋找、欣賞和感受美，為心靈充電的過程。這裏所說的「美」，既包括自然的美、人類所創造的文化之美，更包括人性的善與美。要找到這些美麗，旅遊者先要有一顆開放的、謙虛的、誠懇的心，一顆真誠地尊重當地文化和人民的心，抱着學習和請教的態度和當地的人民打交道，必能獲得最多的善意，得到最大的收穫。若帶着自己的「文化」和價值觀旅行，甚至抱着高高在上、挑剔和鄙視的心態，這樣的旅遊所得必然較少，甚至可能招致敵意。旅遊本是為了尋求歡樂，若變成收穫憤怒，那就完全是浪費時間和金錢了。

出國旅行可以參加旅行團，可以邀上親朋好友成群結隊呼嘯而去，也可以一個人自由地旅行。一個人旅行，不需要考慮其他人的時間、興趣或經濟能力；也不需要遷就他人購物的需要、飲食的習慣和住宿的愛好，可以自由選擇路線、方向、時間和地點；可以靈活決定在每一個地方停留多少時間，看哪些風景，吃甚麼食物，和甚麼人談天。一個人旅行，因為沒有熟悉的朋輩、親友可依靠，在旅途中沒有「自己人」可交談，因此更需要成熟和獨立的精神，發現和解決問題、處理危機的能力，以及與陌生人打交道的能力。這些能力，在每一個人生命的歷程中，都是至關重要的資產。作為自由行的遊客，沒

有了「團體」的有恃無恐，更能夠睜大眼睛，打開心扉，仔細觀察和探究另外一種文化、另外一道風景；更需要入鄉隨俗跟從當地的行為模式，更容易被當地的百姓接受，得到更多的善意和幫助。即使有時語言不通，但通過善用肢體語言和面部表情，遊客和當地人民仍然可以溝通。我至今記得在秘魯的某汽車站尋找前往納斯卡的汽車；我不會說西班牙語，當地人不會說英語，但他們仍親自將我帶到正確的站台上。類似的好人，多年來在世界各地時常遇到。這些經歷也是旅遊收穫的一部份，是人性美的見證，不僅成為值得緬懷的記憶，而且是推動我們檢視自身的品德修養、善待他人的動力。這種旅遊的自由度及所獲得的滿足感是其他旅遊方式所不及的。也許因為如此，在世界各地，有越來越多單身的遊人，作為一個獨立、成熟的個體，在漫遊世界的過程中體驗挑戰，享受樂趣，積累能力，並且獲得許多值得珍惜的回憶。

旅行的原則是安全第一，方便第二，經濟開支第三。以下是幾點建議：

住宿　現在網上訂酒店十分方便，但要注意選用可靠的網站。選擇酒店時，要看一下當地的地圖，還可以參考互聯網上其他住客的意見，確保酒店的位置不是太偏僻、公共交通便利等。

出行　在當地住下來以後，既可以自由行，也可以參加當地的旅行團前往旅遊目的地。很多國外的酒店接待櫃台就有當地旅行社的資料，可以在入住以後索取相關資料，甚至可以請酒店職員代為聯繫。和當地旅行團團友和導遊的交談是了解當地文化的一個重要途徑。

交通　每到一個地方，第一件事是買一張地圖。這非常重要，不僅是為了方便旅遊，而且還可以通過地圖對當地的自然環境、居民的聚落格局等等有一個基本的概念。在旅遊結束以後，借助地圖可以幫助我們回憶曾經去過的地點，所以又是最好的旅遊紀念品！此外，帶

一個袖珍的指南針。有了地圖和指南針，就不擔心會迷路。也有遊客喜歡使用手機上面的地圖軟件，但注意不是所有地區、村鎮都可以在電子地圖上找到，所以一張本地的地圖和指南針還是有用的。交通方面，盡量使用公共交通工具。這不僅是為了省錢，主要是為了安全。除非趕時間，否則盡量少用出租車。如果真要坐出租車，特別是在晚上，要事先把路線看好，而指南針這時候就有用了，因為坐在車上也可以大概知道出租車的方向是否正確。

衣着　第一，不要炫富。除非在旅途中有某些隆重場合要出席，否則不必帶着滿身名牌服飾皮包首飾出國。炫富行為其實反映了炫富者的自卑心理，惟恐別人看不起自己。在旅遊時炫富至為不智，不僅招當地人反感，還容易成為打劫和盜竊的對象。第二，行李不要過多，以簡便實用為原則，份量越輕越好。見過一些年輕人拖着巨大的行李箱在機場掙扎，步履維艱，他們如何能享受漫遊世界的樂趣？第三，服裝要實用、得體。在瑞士見過穿高跟鞋爬雪山的亞裔女性，在柬埔寨也見過因穿高跟鞋爬吳哥窟而扭傷腳腕，在攀爬過程中裙底又完全「走光」的年輕亞裔女性。在五星級酒店喝下午茶當然不妨穿連衣裙和高跟鞋，但出外爬山越嶺，為安全、舒適、私隱和健康着想，還是穿上輕便舒適的服裝為宜。

健康和安全　第一，出發前要根據當地的情況，看看是否需要接種某些疫苗。第二，行李中一定要帶一個小藥盒，裏面應有止血、防治蚊叮蟲咬、治療腹瀉、食物過敏、扭傷和發燒等基本藥品，例如一小瓶真正的雲南白藥、創可貼、止痛藥膏、一小卷紗布、白花油，還有防止腹瀉和發燒的內服藥。如果旅途中不幸染病，自然要看醫生。第三，出發前要事先了解當地警察、消防和救護車的緊急電話，以及當地中國大使館的電話，最好將號碼寫下來，這樣即使遺失了手機也不會茫然無措。第四，要確保手機可以在當地使用。第五，一定要買

全面的旅行保險，並且將保單和護照複印一份留給家人或可靠的朋友，另外一份自己攜帶。現在的機票都是電子機票了，但也應該留一份副本給家人或可靠的朋友。這樣，萬一丟失護照、機票，也可以立刻聯繫家人朋友，使用複印的副本資料。

天下好人佔多數，但任何地方都會有宵小之徒。虛心向當地人學習，不等於輕信和全無警惕。所謂「害人之心不可有，防人之心不可無」，因此旅行中要隨時保持警覺。如果遇到意外的情況，例如失竊、遭到搶劫等，首先要保持冷靜，做到處變不驚。冷靜才可以考慮處理方法，想好最糟糕的結果可能是甚麼，自己又應當如何面對。除了報警之外，要評估是否可完成餘下的行程，如何處理損失等。遇上危機時方寸大亂，或大發雷霆，都於事無補，甚至可能作出錯誤的決定。

妥善處理糾紛　旅行中難免出現計劃之外的情況，甚至與其他人出現糾紛。這時候，遊客要決定哪些是需要處理的「糾紛」，以及如何處理。中國的傳統文化講究做人要「溫、良、恭、儉、讓」。如果來接遊客的汽車因為某些原因來晚了，是自己想辦法、或者要當地汽車公司負責人另外安排交通工具以免耽誤行程，還是在當地傳媒面前痛哭流涕地控訴汽車公司並且要求賠償，最終耽誤行程？如果飛機、火車或其他交通工具因為氣候或其他原因晚點了，是讓相關的交通運輸公司想辦法，自己也通知家人、朋友、下一站預定的酒店等，將行程延誤所帶來的影響降到最低，如有必要甚至可以向相關部門索要證明文件以便向旅行保險公司索賠，還是在機場大堂地上打滾，或者大鬧航空公司的櫃台，最後被警察逮捕？每個人的取捨和決定不同，但遊客要問自己，是希望享受旅遊的樂趣、盡量不耽誤行程、保持好心情、保持自己良好的形象呢，還是希望小事化大、耽誤行程、給人「旅霸」、「沒有教養」的印象，甚至攪進法律訴訟裏面，給自己帶

來更多的麻煩？

　　當然，即使如何寬容和有教養的遊客，有時候也難免和其他人出現矛盾。為了避免衝突升級，一般情況下應當盡量找專業人士或第三者來處理糾紛。例如在餐館進餐時若無法忍受旁邊客人的噪音，應當請餐廳的員工幫忙換桌子或用其他方法處理。在公共交通工具上和其他乘客有矛盾，應當請運輸公司的服務人員處理。遇上更大的事件，請記住各國都有警察，還有中國使領館。

　　誠願國人在漫遊世界、欣賞世界各地的自然和文化美景之餘，能夠提高自身的素質，適應不同的文化環境，為自己贏得尊重，同時享受旅行的樂趣。

www.cosmosbooks.com.hk

書　　　名　從馬丘比丘到波希米亞──世界文化遺產深度遊

作　　　者　高山云

責任編輯　陳幹持

美術編輯　郭志民

出　　　版　天地圖書有限公司

　　　　　　香港皇后大道東109-115號

　　　　　　智群商業中心15字樓（總寫字樓）

　　　　　　電話：2528 3671　傳真：2865 2609

　　　　　　香港灣仔莊士敦道30號地庫 / 1樓（門市部）

　　　　　　電話：2865 0708　傳真：2861 1541

印　　　刷　美雅印刷製本有限公司

　　　　　　香港九龍官塘榮業街6號海濱工業大廈4字樓A室

　　　　　　電話：2342 0109　傳真：2790 3614

發　　　行　香港聯合書刊物流有限公司

　　　　　　香港新界大埔汀麗路36號中華商務印刷大廈3字樓

　　　　　　電話：2150 2100　傳真：2407 3062

出版日期　2019年7月 / 初版